光文社古典新訳文庫

ゴリオ爺さん

バルザック

中村佳子訳

光文社

Title : LE PÈRE GORIOT
1835
Author : Honoré de Balzac

目次

ゴリオ爺さん

気高く偉大なジョフロワ・サン＝ティレールに。
彼の業績と天才に敬意を表して。

バルザック

第1章　ヴォケール館

ヴォケール夫人は旧姓をド・コンフランといい、四十年来、パリの下町で賄《まかな》いつきの下宿屋を営んでいる。場所はカルチェ・ラタン街とフォブール・サン゠マルソー街のあいだに延びるヌーヴ゠サント゠ジュヌヴィエーヴ通り。ヴォケール館の名で知られるその下宿は、このご時世にいまだ風紀の点で悪評の立ったことのない堅気《かたぎ》の宿で、店子《たなこ》も老若男女を問わずに受け入れる。とはいえ三十年ばかりは若い娘の姿を見かけなかった。若い男にしたって家族からの仕送りがよほど少ない者でもなければ、そんなところには住まない。さて、それでも一八一九年、このドラマが始まるころ、その下宿にはひとりの貧しい若い娘が住んでいた。

「ドラマ」という言葉は、いたずらに読者の恐怖心や同情心を煽《あお》るこのごろ流行《はや》りの文学でうんざりするほど用いられたため、少し重みの欠ける言葉になってしまったが、それでもここではその「ドラマ」という言葉を使わざるをえない。この物語が文字通り劇的《ドラマチック》だからではない。この町の人間であろうとなかろうと《イントラ・ムロス・エト・エクストラ》、おそらくこの物語を終わりまで読めば、きっと涙をこぼすだろうからだ。

果たしてこの物語がパリ以外の人間に理解されるものかどうか、検討してみるのもいいだろう。なるほど、この物語の背景を説明するこまごました観察や地域色を多分に含んだ描写は、もしかすると、モンマルトルの丘とモンルージュの丘のあいだ、いまにも剝《は》がれ落ちてきそうな漆喰《しっくい》壁と黒い泥の川とがつくりだすパリというその名高い谷間でしか、評価されないかもしれない。そこは正真正銘の苦しみと、大抵はまがい物である悦びが氾濫《はんらん》する谷だ。つねにめまぐるしく変化しているから、そこで多少とも長持ちする刺激を生みだそうとすれば、常軌を逸したなにかが必要となるはずだ。ところが、そこにはいたるところに苦しみが転がっており、谷に寄り集まった悪徳だの美徳だのが、そうした苦しみを偉大で厳《おごそ》かなものに育てている。なるほど、そうした苦しみを目《ま》の当たりにすれば、利己的な人間や打算的な人間であっても、さすがに足を止め、同情する。しかしそんな感動は、味はよいがすぐさま食われて消えてしまう果実のように儚《はかな》い。文明という荷車は、ジャガンナートの神輿《みこし》[1]車さながらに、ときどき比較的頑丈な心臓に車輪を取られて速度が落ちることはあっても、やがてはすべてを踏みしだき、華々しい前進を続けるのである。
あなただって同じだ。そうやって汚れひとつない手でこの本を摑《つか》み、ふかふかした椅子《いす》に腰かけ、これは面白そうだなどと呟《つぶや》いているではないか。あなたはゴリオ爺さんの秘かな不幸を読み終えると、ああ腹が減ったと夕食を取りながら、感動できないのを作者のせいにして、この本は大袈裟《おおげさ》だの詩情がないだの文句を言うのだろう。ああ、それでもどうか、これだけはご承知おきいただきたい。このドラマはただの作り話でも小説でもないのである。「すべてが真実《オール・イズ・トゥルー》」なのであって、真を突きすぎて、誰もが、どこかしらに自分に通じるものを見つけることになるだろう。

下宿屋が営まれる家屋はヴォケール夫人の持家だ。ヌーヴ＝サント＝ジュヌヴィエーヴ通りの端、ちょうど土地がラルバレト通りに向かって傾斜するあたりに建っている。あまりに坂が急で道も悪いので、馬がここを上り下りすることはめったにない。こうした事情もあってヴァル＝ド＝グラス陸軍病院とパンテオン[2]、それぞれ頭にドー

1　ヒンドゥ教の神の化身、またその神像の呼び名。かつて、その神の山車《だし》に轢《ひ》き殺されれば天国に行けると信じられた。

ムを戴《いただ》くそのふたつの歴史的建造物のあいだの狭い路地はどこも静まりかえっている。あたり一帯がそのふたつの建造物の色調に包まれて黄みがかり、丸屋根の醸しだす厳粛な趣きによって暗く沈む。石畳は乾ききり、溝には泥も水もなく、塀にそって草が蔓延《はびこ》っている。どんなに能天気な人間でもここを通りかかれば気分が塞《ふさ》ぐし、馬車の音が響けばそれだけで事件になる、そんな場所だ。家屋には生活感がなく、建物の壁は牢獄のそれを思わせる。このあたりにうっかり迷いこんでも、お目にかかれるのは下宿屋か学校、不幸か憂鬱、死にかけた老人か勉強浸けでせっかくの青春を散らす若者くらいだろう。

そう、パリのなかでもこのあたりほど醜く、知られざる界隈はないのである。とりわけヌーヴ＝サント＝ジュヌヴィエーヴ通りほど、この物語を収めるにうってつけの頑丈な額縁はなかろう。とにかくこの物語に入っていくにあたって、暗い色調や深刻な考え方には馴染《なじ》めるだけ馴染んでおくのがいいと思う。旅行者が地下墓地《カタコンベ》に降りていくとき、一歩、また一歩と外の光が遠ざかるにつれ、ガイドの口上が次第に真に迫って聞こえてくるのと同じである。いまのはうまい譬《たと》えになった！　干上がった心臓と虚ろな頭蓋骨、どちらを目にするほうが恐ろしいかなんてどうせ誰にも決められないのだから。

正面を小さな庭に臨んで建つ下宿屋は、その横腹をヌーヴ＝サント＝ジュヌヴィエーヴ通りにぴったりと接し、通りからは母屋がすっぱりと途中で切り落とされたように見える。建物の正面に沿って庭とのあいだ二メートルほどの幅に砂利《じゃり》が敷いてあり、そこから前方に砂地の小道が延びている。小道の両脇を青や白の陶製の鉢に植えられたゼラニウムや夾竹桃《きょうちくとう》、柘榴《ざくろ》の木が飾る。通りからこの小道に入るときにくぐる門のてっぺんには看板が掲げてあり、「ヴォケール館」と大書された下に「賄いつき下宿屋／男女とも受け入れ可、その他にも対応」と添えられている。門には日中は、けたたましく音を立てる鈴のついた格子戸が閉められ、通りから格子越しに中を覗くと、正面に小さな石畳が見え、その向こうの壁に、近所の絵描きの描いた緑色大理石のアーチが見える。いかにも本物らしく見えるアーチの下にはキューピッドの像まで立っている。その像の塗料の剥げかけたさまを見て、図像学に詳しい者ならば、ここから目と鼻の先で癒《いや》されているパリならではの愛の病を連想することだろう[3]。像の台

2　ソルボンヌの丘に建つ偉人たちを合祀する霊廟。
3　この下宿に程近いサン＝ジャック街には、いくつかの医療施設があったが、性病患者を多く収容していた。

座の下の部分にある半分消えかかったこんな碑文が、一七七七年ヴォルテールのパリ帰還に沸いたあの時代を彷彿《ほうふつ》とさせる[4]。

お前が誰であろうと、これがお前の主《あるじ》なのだ。
いまも昔もそうであり、あるいは、そうでなければならないのだ。

日が落ちると、ヴォケール館の門は格子戸に替わって頑丈な扉が閉められる。前庭は、長く延びる下宿屋の正面の分だけ横幅を持ち、通りの側と隣家の側、それぞれの塀で仕切られている。隣家の側はマントのように垂れた木蔦《きづた》ですっかり覆われており、パリらしからぬ趣きで通行人の目を惹《ひ》く。どちらの側の塀にもなにかしらの果樹かブドウの木が這《は》わせてある。毎年ここにひょろりと長細い果実が粉を吹くように実るのがヴォケール夫人の悩みの種で、下宿人相手の会話の種でもある。両側の塀に沿って延びる細い道は菩提樹《ティユル》の木陰へと続いている。ちなみにヴォケール夫人は良家の出身だと主張するわりに、綴りからしてそうは読めないと下宿人からいくら指摘されても、頑固にこれをティユイユと発音する。

平行に伸びるこの二本の小道のあいだにアーティチョークの畑がある。畑を守るようにまわりには紡錘形に刈られた果樹が並び、畑の縁にはスカンポ、レタス、パセリなどが植えてある。菩提樹の木陰には、緑色に塗られた丸いテーブルとその周りに椅子が数脚あり、恐ろしく暑い時分に、コーヒーを飲むくらいには懐に余裕のある食事客たちが、卵も孵化《ふか》しかねない暑さのなかでコーヒーを味わおうとここにやってくる。

下宿屋は石造りの四階建てで、その上にマンサード式の屋根が載《う》る。正面の壁は、パリのほとんどすべての家屋を下品にしている例の黄色い漆喰で塗りかためられている。各階には五つずつ窓が設けられ、それぞれに小さな窓枠が嵌《はま》り、ブラインドがついているが、いつも上げかたがばらばらなので横のラインが揃《そろ》わない。建物の側面には各階にふたつずつ窓があり、一階の窓には鉄格子が嵌っている。裏手には幅六メートル半ほどの裏庭があり、豚や鶏、ウサギが一緒に飼われており、奥には薪《まき》を仕舞っておく納屋が建っている。この納屋と厨房の窓のあいだに保存用食料を吊っておくた

4　ヴォルテールが隠遁していたスイスとの国境の寒村フェルネーからパリへ帰還したのは実際は一七七八年二月十日。

5　フランソワ・マンサールが考案したとされる寄棟屋根の一種。屋根の勾配が二段になっており、上部が緩く下部が急になっている。内に屋根裏部屋が設けられる。

めの縄が張ってあり、その下に洗い場からの排水が流れでる。この裏庭にはヌーヴ＝サント＝ジュヌヴィエーヴ通りに通じる勝手口があるのだが、ここの料理女はこの勝手口から下宿人の出した汚物を捨てる。疫病の元になるかもしれないのに、汚物槽を洗った大量の排水もろともそれを通りに流してしまうのだ。

もともと下宿を営むようにしつらえてある一階には、通り側のふたつの窓から光の入る明るい玄関サロンがある。外からこのサロンへは大きなガラス戸から出入りする。サロンは食堂に繋《つな》がっていて、食堂と厨房のあいだに階段スペースがある。木製の階段には、彩色タイルがあしらわれてはいるが、ごしごし擦《こす》られすぎてすり減っている。光沢のある生地と無い生地が縞模様をなす馬巣《ばす》織りのソファと椅子が備えつけられたこのサロンほど、見る者を侘《わび》しくさせるものはない。中央に丸テーブルがあり、サンタンヌ大理石製の天板の上に、金縁の剝がれかけた昨今よく見かける白磁のティーセットが飾られている。サロンの壁はかなり安っぽい板張りで、床から肘《ひじ》の高さまで羽目板があしらわれ、残った部分には、『テレマコスの冒険』[6]の代表的な場面が、その登場人物ともどもに描かれた、つるつるした壁紙が張ってある。鉄格子の嵌ったふたつの窓のあいだは、海の女神カリプソがオデュッセウスの息子テレマコスを豪勢な食事でもてなす場面になっている。この絵は四十年来、ここに集う若者たちの冗談のネタになってきた。貧しさに強いられる貧相な夕食を笑い飛ばすことで、若者は少し上に立っているような気になるのである。つねに炉がきれいであることからして、余程のことでもなければそこに火が熾《おこ》されることがないとわかる石造りの暖炉の上には花瓶がふたつ飾られ、朽ちかけた造花がぎゅうぎゅうに突っ込まれている。そのあいだに青い大理石でできた相当に趣味の悪い振り子時計が置かれている。

この玄関サロンには、名状しがたい、「下宿臭」としか呼びようのない異様な匂いがした。むっとするような、かび臭い、饐《す》えた匂いだ。嗅ぐと寒気がし鼻水が出る。衣服にも染みつく。食後の食堂のような匂いがする。食事が匂うのか、調理場が匂うのか、救済院《オスピス》[7]のような匂いもする。カタルを誘発しそうな悪臭だ。加えて年寄から若

6　ギリシャ神話の登場人物。オデュッセウスとペネロペの息子。女神アテナの導きで、トロイア戦争に出征したきり戻らぬ父を探す旅に出る。『テレマコスの冒険』はルイ十四世の孫の教育係フェヌロンが匿名で書いた寓話小説。ギリシャ神話の衣をまといながら主君とその施策を批判する内容であり、これをきっかけにフェヌロンは失脚した。

7　元来は、巡礼者を宿泊させる小さな教会を指したが、やがて巡礼者のみならず、貧者、老人、障碍者、病人などを無料で収容し、治療、看護を行う施設全般の呼称となった。現代でいうところの病院、ターミナルケア施設、養護施設などの前身。

者まで下宿人全員が独特の体臭を放つ。匂いの元の量を化学的に測定する方法でも発明されないかぎり、この匂いを正確に描写することはできないだろう。

しかし上には上があるのである。救いようもなく醜悪なそのサロンも、隣の食堂と比べれば、エレガントで芳《かぐわ》しい貴婦人の居間のようにさえ思えてくるだろう。全体が板張りになっている食堂の壁は、かつては色が塗ってあったが、今となってはそれが何色だったかは判然としないうえに、手垢がまるで奇妙な図形を描くように幾重にもこびりついている。つくりつけのべたべたする食器棚の上には、くすんだガラスの水差しと銀色のナプキンリングが並び、トゥルネ産の縁の青い厚ぼったい皿が重ねてある。部屋の隅には番号の振られた仕切り棚があり、染みのついた、あるいはワインの匂いのする、それぞれの下宿人用のナプキンが仕舞ってある。ようするに、文明の搾《しぼ》りかすのような人間が末期患者のための救済院に身を寄せるように、あちこちでお払い箱になった家具類がしぶとくここに会しているのである。

ほかにも雨が降ると坊さんの人形が姿を現す気圧計や、下宿人の食欲をそぐ黒いニス塗りの額に入ったお粗末な複製絵画。鼈甲《べっこう》に銅が象嵌《ぞうがん》された飾り時計、緑色のストーブ、埃《ほこり》と油にまみれたアルガン式オイルランプ。長テーブルにかけられた防水クロスは、外から食事だけを食べにくる客たちが調子に乗って指で自分の名前が書けるほどべとついている。がたがたする椅子。どこまでもほどけていくのに消えて失くなることもない安っぽい藁《わら》編みの足ふきマット。ぼろぼろに穴が開き、蝶番《ちょうつがい》が壊れ、箱が黒焦げになりつつある憐れな足元置きの小型コンロ。そこにある家具類がいかに古びており、ひび割れ、朽ち、ぐらつき、虫に食われ、どこかしら動かず、どこかしら欠け、がたつき、崩壊寸前であるかということを説明しようとすれば、なにかしらの描写が必要になるが、そのぶんこの物語が面白くなるのが遅れるし、せっかちな読者はそれを許さないだろう。足元の赤いタイルはごしごし擦《こす》られ、着色され、あちこちに凹みができている。

ようするに、その場を支配しているのは詩情のない貧困なのだ。けちけちとした、寄せ集めの、みすぼらしい貧困であり、泥まみれとまではいかないまでも、すでに染みはあるし、穴や裂けめがないとしても、いずれは腐敗が待っているのである。

この部屋が光に包まれる朝七時ごろ、ヴォケール夫人の猫が、主人よりも一足先にやってきて、テーブルの上にぴょんと飛び乗り、皿で蓋してあるミルク入りのカップの匂いを嗅《か》ぎ、朝の挨拶《あいさつ》にごろごろと咽喉《のど》を鳴らす。そのうちにヴォケール夫人が姿を現す。不器用に装着したかつらの上に、趣味の悪いチュール生地の縁なし帽をあてがい、くたびれたスリッパを引き摺《ず》りながら歩いてくる。その顔はぽっちゃりと丸く、老けていて、中央からインコの嘴《くちばし》のような鼻が飛びだしている。手は小さくぽってりしており、体は教会のネズミのように丸く、胸は肉が余って波打っている。ヴォケール夫人は、そこらじゅうに不幸を滲《にじ》ませひとの思考を淀《よど》ませるこの食堂にしっくりと馴染む。例の鼻を衝く不快な臭気だって、夫人は吐き気をもよおすこともなく吸い込むのだ。

その表情は秋の初霜のようにひんやり冷たい。皺に埋もれた目が、ポン引きのように微笑《ほほえ》んだかと思うと、手形を割引く世知辛《せちがら》い仲買人の顔に豹変する。ようするに彼女の容姿それ自体が、その下宿のありようを示しているのであり、はたまた下宿がかくあるので彼女の容姿もこうなるのだった。徒刑場と看守とはどちらが欠けても成り立たず、片方だけを想像することはできないはずだ。チフスが病院の臭気から引き起こされるように、この小さな女性の蒼白い太った体は、こうした生活環境から出来上がったのである。古ドレスを仕立て直し、ほつれた縫い目から中の綿が覗《のぞ》くスカート、そこからはみ出した手編みのペチコートが、サロンや食堂や庭を端的に語り、厨房のありさまを予告し、これから登場する下宿人たちを想像させる。彼女がそこにいてはじめて、この見世物は完成するのである。

年齢は五十がらみ。ヴォケール夫人にはあらゆるタイプの「不幸を重ねた女」の風《ふ》情《ぜい》がある。その目はどんよりと曇っている。声を荒らげて客により高い金を払わせようする浅はかな遣手婆《やりてばばあ》のようなところがあるかと思えば、おのれの境遇を楽にするためならなんだってやりかねない雰囲気もある。たとえばカドゥダルやピシュグリュ[8]がいまだに手配中だったなら、彼らをそっくり売り渡してしまうだろう。それでも「根は悪いひとじゃない」と下宿人たちが言うのは、夫人が自分たちと同様に愚痴《ぐち》を言ったり、咳《せき》をしたりするのを聞いて、夫人には財産がないものと思い込んでいるからだ。亡き夫のヴォケール氏がどんな人物であったかについて、夫人があれこれ語ることはなかった。その財産はいかにして失われたのだろう？　不幸ばっかりで、あのひとにはろくな目に遭わされなかったわ、と彼女は答えたものだ。あのひとが残したものといったら、涙を流すための目と、生きていくためのこの家屋と、いかなる不幸

8　一七九三年のヴァンデの反乱を率いたジョルジュ・カドゥダルと、巧妙な戦略家として一時は国民公会から「祖国の救い主」と称えられ全共和国軍最高司令官になったシャルル・ピシュグリュのふたりは、一八〇三年ナポレオン暗殺を企てるが失敗し逃亡。警察に手配されたのち密告により逮捕。カドゥダルはギロチンにて処刑され、ピシュグリュは獄中で変死する。

にも同情しないですむ権利だけ。なにしろ、あたしはもう苦しむだけ苦しんだんだから。女主人のちょこちょこと歩きまわる音が聞こえてくると、料理女のふとっちょのシルヴィは、下宿人の朝食の準備を急ぐのだった。

外部から食事を取りにくるだけの客は、大抵、夕食のみを申し込んでおり、代金は月三〇フランだった。下宿人はというと、この物語が始まる時分には七人いた。二階にはこの建物で一番立派なしつらえの続き部屋がふたつあった。小さいほうにはヴォケール夫人が住み、大きいほうにはクチュール夫人という、共和国軍の支払命令官[9]だった男の寡婦が住んでいた。彼女は、母親代わりとして面倒をみているヴィクトリーヌ・タイユフェールという若い娘と暮らしていた。このふたりの婦人の家賃は年一八〇〇フランもした。

三階にもふたつ部屋があり、それぞれに住人がいた。一方にはポワレという老人が住み、もう一方には四十歳くらいの男が住んでいた。黒髪のかつらを着け、揉み上げを染めた男で、自らを元仲買人だと称し、ヴォートランと名乗っていた。

四階には四つ部屋があり、そのうちのふたつに借家人がいた。ひとりはミショノーという年配の未婚女性で、もうひとりは昔ヴェルミセル[10]やイタリア式パスタ、でんぷん麺[11]を製造していた男でみんなからゴリオ爺さんと呼ばれていた。それではあとのふたつの部屋はというと、渡り鳥向けというか、ゴリオ爺さんやミショノー嬢のように、食費込みで月あたり四五フランの家賃を払うのがやっとという貧しい学生たち向けの部屋だった。とはいえヴォケール夫人は学生の店子をあまり有難いとは思っておらず、それよりましな下宿人が見つからないときにだけ受け入れていた。若者はパンを食べすぎるのだ。

その学生部屋のひとつに、この当時、アングレーム[12]のあたりからパリに法律を学びにやってきた若者が住んでいた。大所帯である実家は、彼に年一二〇〇フランの仕送りをするために、きわめて厳しい倹約生活を強いられていた。ウジェーヌ・ド・ラスティニャックというのが彼の名前であったが、これが逆境にあるせいで学業に専念するのが当たり前だと思っているタイプで、つまり幼いときから親に掛けられた期待を

9　軍隊で会計、給与を取り扱う軍人。
10　極細の棒状パスタ。イタリア語ではヴェルミチェッリ、日本では英語読みでバーミセリと呼ばれることが多い。
11　小麦粉にコーンスターチなどのでんぷんを混ぜてつくる麺、あるいは、でんぷんだけでつくる麺。
12　フランス中西部。シャラント川流域の高台に位置するコミューン。

理解し、学業で立派な成績を収めて将来素晴らしい道に進もうと思っている若者、社会の動向を先読みしてまっさきにその恩恵に与《あずか》ろうと身の振りかたを考える若者だった。

もし、この若者の注意深い観察力、パリのサロンにうまく潜り込む如才なさがなかったら、この物語はかなり真実味を欠いたものになったはずだ。おそらく彼の明敏な精神と、ある悲惨な局面の謎を解き明かしたいという欲求が、この物語に果たした役割は大きい。なにしろその悲惨な局面は、それを生みだした者はもちろん、それに耐え忍んだ者によっても同じくらい念入りに隠蔽《いんぺい》されていたのだから。

この四階の上には、洗濯物を干す物置と、力仕事をする下男のクリストフと料理女のふとっちょシルヴィのめいめいが寝起きする屋根裏部屋がふたつあった。

ヴォケール夫人にはこの七人の店子のほかに外から夕食だけに通ってくる客がいて、その年によって増減はあるものの、だいたい法学生や医学生が八人、この界隈の住人が二、三人いた。これで食堂の人口は夕食時には十八人になるが、二十人までは受け入れ可能だった。ただし朝、そこにいるのは七人の下宿人だけで、朝食のあいだ七人はそろって食事を取る家族のように見えた。それぞれがスリッパ履きで部屋から降りてきて、外から食事を取りにくる客の身なりや態度、前夜の出来事について、ここだけの話と説明しながら、内輪の感想を交換する。

この七人がヴォケール夫人の秘蔵《ひぞ》っ子というわけだ。夫人は天文学者ばりの精密さでもって、家賃に応じて各人への待遇や敬意を加減する。これらの人々はたまたまそこに集まったのではあるが、みなが同じ事情を抱えていた。三階の住人ふたりは月に七二フランしか払っていなかった。これは、サン＝マルセル街、[13]ようするにブルブ修道院とサルペトリエール救済院に挟まれたあたりでしかお目にかかれない安い家賃である。つまりひとりクチュール夫人は例外として、ここの住人はみな程度の差こそあれ不幸にあえいでいるということになろう。

この下宿の内装が示す嘆かわしいありさまは、同様にぼろぼろの住人の服装にも見てとれる。男たちはもう元が何色だったか判らないフロックコートと、エレガントな界隈では路肩に捨てられているような靴と、擦り切れた下着といった、かろうじて服だった形跡を残しているものを着用している。女たちは染め直されたがまた色褪《いろあ》せた

13　パリ天文台とオーステルリッツ河岸のあいだに広がる界隈。当時のパリきっての場末町。メルシエの『タブロー・ド・パリ』によれば「もっとも貧しく、もっとも不穏で、もっとも手に負えないパリの下層民が住んでいる街区」。

年季の入ったドレスと、あちこち繕われた古いレースと、使いこんでてかてかになった手袋と、赤茶色に変色した飾り襟と、ほつれたショールを着用している。服装はそんな具合だったが、ほぼ全員ががっしりと骨太で、人生の風雪によく耐えた体格をしており、大昔の銀貨の表面のように硬く冷たく精彩のない顔をしている。口元に張りはないのに、がつがつものを食らおうとする歯は具《そな》わっている。こうした下宿人たちの姿からは、すでに出来上がったドラマ、あるいは進行中のドラマが感じられた。それはスポットライトに煌々《こうこう》と照らされ、舞台セットの中で演じられるドラマではない。荒々しい無言のドラマ、凍てつくように冷たいのに熱烈に心を揺さぶるドラマ、休みなく続くドラマである。

　老嬢ミショノーは、憐れみの天使さえ及び腰になりそうな、針金の輪に汚らしい緑色のタフタ地を張ったサンバイザーのごときものを、つねにその疲れた目にかかるように被《かぶ》っている。無残に擦り切れたフリンジ地の肩掛けを掛けると角ばった体が目立ち、かえって骸骨《がいこつ》を覆っているように見える。いかなる辛酸がこの女性から女らしい容姿を奪い取ってしまったのだろう？　きっとかつてはかわいらしく、スタイルも良かったはずだ。犯人は悪徳か、悲しみか、金銭欲か？　愛欲に溺《おぼ》れすぎたのだろうか？　もとは古着売りの女商人[14]、あるいはただの高級娼婦だろうか？　押し寄せる快楽に大胆不敵に若さを晒《さら》して謳歌したツケを、いま擦れ違うひとが逃げていくような老い方で支払っているのだろうか？　その虚ろな眼差《まなざ》しを見る者は寒気を覚え、萎《しぼ》んだ顔に恐怖を感じる。その声は、茂みで鳴く季節外れの蟬《せみ》のごとく耳障りだ。

本人の話によれば、かつて膀胱《ぼうこう》にカタルを患い文無しだと思われて子供たちに見捨てられた老紳士を看病したのだという。この老人が彼女に、終身年金の一〇〇〇フランを残した。これをめぐっては定期的に遺族から非難され、中傷の的にされているらしい。烈しい情念の駆け引きが彼女のかつての容姿を根こそぎにしてしまったのだとしても、色の白さだとか肌のきめの細かさに、ひょっとしたらかつては美しかったのかもしれないと思わせるものがあった。

ポワレ氏はゼンマイ仕掛けの人形のごとく生気がない。よく植物公園《ジャルダン・デ・プラント》の散歩道で見かけるが、うっかりすると道に広がった灰色の影かと思ってしまう。古くなってたるんだハンチングを被り、黄ばんだ象牙の杖の持ち手にかろうじて摑《つか》まっている。ひらひらとめくれるフロックコートの色褪せた裾《すそ》から、ぶかぶかの半ズボンが覗き、

14　中古の古着やアクセサリーなどを売り買いする女性の行商人。陰で売春の斡旋もする。バルザックの作品ではサン＝テステーブ夫人（ヌリッソン婆さん）が有名。

青い長靴下を履いた脚が、酔っ払いのそれのようによろめくのが見える。薄汚れた白いベストと、厚手のモスリン地のシャツも覗く。シャツの胸元の縮んでめくれたフリルと七面鳥の尾羽のように結んだネクタイがまるで合っていない。多くの人間が、果たしてこの胡散臭《うさんくさ》い影のような男は本当にイアペトスの末裔[15]かしら、イタリアン大通りをひらひらと飛び回る、あの大胆不敵な洒落者《しゃれもの》たちと同じ人類なのかしらと首を傾げる。

いかなる労働がこの男をこのように萎《しな》びさせたのだろうか？ いかなる受難がその球根のような顔を土気色にしてしまったのだろう？ その顔は戯画のようでとても現実のものとは思えない。彼のかつての仕事とはなんだったのか？ もしかしたら法務省勤めで、たとえば処刑される反逆者に被せる黒いヴェールだとか、首を受ける籠に敷くもみ殻、ギロチンの刃を吊るための紐などにかかった費用の計算書を提出する部署にいたのかもしれない。もしかしたら屠場あたりの会計係だとか、衛生局の副検査官だとかだったのかもしれない。ようするにこの男は、社会という巨大な粉挽車《こなひきぐるま》を回すロバの一頭であり、自分たちをまんまと利用しているベルトラン、つまり中央で不幸な人間やごみのような大衆を振りまわしている大元締めのことなど知りもしないパリのラトン[16]の一匹であり、ようするに眺めたひとが「こんな連中も世の中には必要だ」と形容するような人間のひとりだった。

美しいパリは、こうした精神的、肉体的苦痛に喘《あえ》ぐ蒼褪《あおざ》めたひとびとに頓着しない。パリはまさしく大海なのだ。その海原に測鉛《そくえん》を投げ込んだところで、けっしてその深さを測ることはできないだろう。その海を網羅し描写しようとするならば、どれだけ注意を払っても足りない。どれほどたくさんの人間が心惹かれてその海を探検しようとも、そこに行けばいつだって手つかずの場所、知られざる洞窟、花、真珠、怪物が見つかるのだ。誰もがそこで文学者という潜水士からも顧みられることのなかった、とんでもないなにかに出くわすことだろう。ヴォケール館はまさしく、そうした好奇心をくすぐる驚異のひとつなのである。

ふたりの人物が、そこに集う下宿人や常連客と際立ったコントラストをなしていた。

15　ホラティウスの抒情詩からの引用。イアペトスはギリシャ神話に登場する神。ウラノスとガイアの息子でプロメテウスの父。ホラティウスの詩においては、全人類はイアペトスの末裔とみなされている。

16　ラ・フォンテーヌ寓話『猿と猫』では、猫のラトンは、悪賢い猿のベルトランにおだてられ暖炉の中の栗を拾って火傷《やけど》を負うが、苦労して拾った栗は猿に食べられてしまう。ことわざ「火中の栗を拾う」の語源。

ヴィクトリーヌ・タイユフェール嬢は、鉄欠乏性貧血を患った娘のように病的に色が白く、また日常的に塞いだ様子や、もじもじした態度、いまにも折れてしまいそうな哀れな雰囲気からして、この絵物語全体の土台となる不幸としっかり結びついているのだが、それでもその顔は年老いてはいないし、動作や声だって軽快だった。この若い不幸な娘は、まるで適さない土壌に移植されて葉が黄色く変色してしまった灌木《かんぼく》のようだった。ほんのり赤茶けた顔や、暖かな色みの金髪、細すぎる腰には、昨今の詩人が中世の彫像に見いだすあの優美さがある。グレーがかった黒い瞳からは、キリスト教徒らしいおやかさや諦念がうかがえる。簡素で、ほとんど金のかかっていない服装は、かえって若い体つきを浮き彫りにしている。環境さえ変わればきれいになる娘なのだ。幸せであれば見事に輝いたことだろう。幸せは女性たちに詩情を添える。いわば彼女らは幸福という化粧で美しくなるのである。もし舞踏会の興奮が、その蒼褪めた顔をバラ色に染めていたなら、もし優雅な生活がやつれた頬《ほお》に張りを与え、朱を差していたなら、もし愛がその悲しげな瞳に再び活気を与えていたなら、ヴィクトリーヌはきっと、もっとも美しい娘たちと並んでも引けを取らなかったはずだ。彼女に欠けているのは、そうした二次的に女性をつくりだすもの、つまり装身具や恋文だった。

その気になれば彼女の物語で、本が一冊書けるだろう。彼女の父親は娘を我が子と認知しない正当な理由があると信じ、これを手許に置くことを拒み、彼女には年に六〇〇フランしか払おうとせず、息子に自分の資産をすべて継がせるために、不動産を動産に変えてしまった。

ヴィクトリーヌの母親は遠い親戚のクチュール夫人のもとに身を寄せたのち、絶望のうちに亡くなったため、夫人が遺児を引き取り、我が子のように面倒を見ている。不幸なことに、この共和国軍支払命令官の未亡人には、寡婦資産[17]と年金のほかに、財産らしいものがなかった。おそらく夫人は、この世間知らずの無一文の憐れな少女を、いつの日か世間の慈悲に委ねることになるだろう。

この善良な女性は、万一の場合に備えてヴィクトリーヌを敬虔な女性に育てるべく、毎日曜日には教会のミサに、二週ごとに告解に連れていった。彼女は正しかった。宗教的な感情が、親から認めてもらえなかったこの子供に生き甲斐を与えたのである。ヴィクトリーヌは父親を愛し、年に一度、母親の赦《ゆる》しの言葉を抱えて父の家へと赴き、その門を叩いたが、非情にも毎年、門は閉じられたままだった。ただひとりの仲介者

17　婚姻の際に夫から分与された財産を妻が夫の死後にはじめて受け取るというシステムの資産。

であるはずの彼女の兄は、この四年のあいだに一度も妹に会いにこなかったし、いかなる援助も寄越さなかった。彼女は神に、どうか父親の目の曇りを晴らし、兄の頑《かたく》なな心を和らげてくれるように、しかしながらどうか彼らを罰することのないようにと祈った。クチュール夫人とヴォケール夫人に言わせれば、ヴィクトリーヌの父や兄のこうした振る舞いはまったく言語道断の非道な振る舞いであって、この世に存在する罵詈雑言《ばりぞうごん》を集めた辞書にも、その非道さを形容するに十分な表現はないそうだ。夫人たちがその汚らわしい大富豪を罵《ののし》ると、きまってヴィクトリーヌは優しい言葉でそれを宥《なだ》めた。まるで傷を負い苦痛のために鳴いているのに、なおも愛の歌に聴こえる山鳩《やまばと》の声のようだった。

ウジェーヌ・ド・ラスティニャックはいかにも南仏人らしい顔立ちをしている。色白で、髪が黒く、目は青い。外見、仕草、日頃の態度、どこから見ても貴族の子息、つまり子供の頃からセンスの良い伝統だけを身につけてきた貴族の子息であった。たとえ彼が身なりに金を使わず、年季の入った服を擦り切れるまで着ていたとしても、ときには上品な若者らしい服装で外出することもできた。普段はというと、古くなったフロックコートと、粗悪なベストを着て、よれよれになったみすぼらしい黒ネクタイを学生らしくだらしなく結び、ズボンも似たようにくたびれたものを穿き、何度も底を張り替えたブーツを履いていた。

　このふたりとその他の登場人物の中間にいるのが、揉み上げを黒く染めた四十男、ヴォートランだ。彼はひとが「これぞたくましい男！」と形容するような男だった。肩幅が広く、胸板が厚く、筋肉は隆々と盛り上がっている。手は分厚く角ばっていて、指にもびっしり赤い毛が生えているのが印象的だ。まだ若いのに皺の寄った容貌には冷酷さが表れているが、人当たりのよい、そつのない仕草がそれを目立たなくしていた。バスとバリトンのあいだの低い声は、彼の破格な陽気さと調和して、ひとにいっさい嫌な感じを与えなかった。彼は親切でにこやかだった。たとえば錠前かなにかが壊れてしまったりしたときには、すぐさま彼がそれを分解し、不具合を直し、油を差し、やすりをかけ、もとのように組み立てながら「こういうのは得意分野だ」などと言う。そもそも彼は、船舶、海事、国内事情、国際事情、経済、人間、事件、法律、金持ちの邸宅から牢獄にいたるまで、なんにでも詳しかった。また、誰かがなにかに困って途方に暮れているときには、すぐさま力を貸そうと申し出る。ヴォケール夫人やほかの下宿人たちにちょくちょく金を貸したが、借りたほうは、死んでもそれを返さないわけにはいかないという気分になった。にこやかな様子にもかかわらず、ヴォートランはその肚《はら》の据わった、底の知れない眼差しでもって、相手に恐怖を植えつけるのだった。彼の唾《つば》を吐き捨てる仕草には、けっして取り乱すことのない冷徹さがよく表れている。危うい局面を切り抜けるためなら、犯罪さえためらわずに実行するにちがいない。彼の目は、厳しい判事のように、あらゆる案件、あらゆる良心、あらゆる感情の奥底にあるものを見透かしてしまいそうだった。

ヴォートランは毎日、昼食後に出かけていき、夕食に一度戻ってくる。その後急いで出かけていき、真夜中頃、ヴォケール夫人から預かったマスターキーで帰宅する。こんな特別待遇に浴しているのは彼ひとりだった。たしかに彼は誰よりも未亡人と懇意だった。彼女の腰に腕を回し、おべっかとも本気とも思えぬ調子でママさん呼ばわりするほどだ。女将《おかみ》は単純だからそんなことはたいしたことではないと考えているが、その巨体を抱きしめることができるほど腕が長いのはヴォートランくらいしかいないのだ。またデザートで飲むグロリア[18]に月一五フラン払う気前の良さもあった。

パリのめまぐるしい日々に振りまわされている若者や、直接関わりのない人間に無関心な老人ならともかく、多少とも洞察力のある人間なら、ヴォートランから受ける印象は、ちょっと怪しいどころでは収まらないだろう。彼は周辺にいる人間の事情を知っているか、あるいは見抜いているが、逆に彼がなにを考え、気にしているかは誰にもいっさいわからなかった。彼はいかにもひとがよさそうに、つねに愛想よく、陽気に振る舞うことで、うまく他人とのあいだに壁をつくっているが、しばしばその性格の奥に隠れた恐ろしい部分を覗かせもした。ユウェナリス[19]顔負けの毒舌でもって、法を愚弄したり、上流社会を厳しく非難したり、その一貫性の無さを立証したりしていかにも面白がっているが、しばしばそうした毒舌からは、彼が国家や体制に対して鬱屈《うっくつ》した感情を抱えていることや、その人生に巧妙に隠された秘密があることが窺《うかが》い知れた。

タイユフェール嬢はおそらく自分でも気づかぬうちに、一方には力に、もう一方には美に惹かれて、この四十男と若い学生のふたりに、秘かな眼差し、秘めた思いを寄せていた。しかしどちらの男も彼女のことなど眼中にないようだった。いつ、どんな幸運が彼女を金持ちに変えるかわからないのにである。

そもそもここに登場する人物の誰ひとりとして、相手が主張する不幸が嘘か本当か、わざわざ確かめたりしなかった。みんな他人に無関心であり、またおのおの境遇からどこかで他人を警戒していた。彼らは自分たちが無力であり、苦悩を軽くするすべ

18　コーヒーにラムやブランデーを入れたもの。
19　古代ローマ時代の風刺詩人。代表作は『サトゥラエ――風刺詩』。

を持たないことを知っており、それぞれの身の上話をしたり聞いたりしているうちに、同情の言葉を言うのも聞くのも厭《あ》きてしまったのだ。長く連れ添った夫婦がそうであるように、彼らにはもはやたがいに話すことがない。したがって彼らのあいだには、機械的に日々を送る上での関係、ぎすぎすと嚙《か》み合って回る歯車の関係しかなかった。みんながみんな、街角で目の見えないひとを見かけても素通りし、不幸な話を聞いても心動かされず、死人を見ても貧困から抜け出せてよかったねと思うにちがいなかった。貧困とは、死というもっとも耐え難い苦悶に対してさえ、ひとを冷徹にするのである。

そんなふうに誰の心も荒れ果てているなかで、ひとり幸せなのが、ヴォケール夫人だった。彼女は民間型の救済院のごときその下宿に君臨していた。あんまり静かで寒々とし、からからに乾いているか、じめじめ湿っているかのどちらかなので、なんだかシベリアの荒野に取り残されたような気分にさせられるその小さな庭も、夫人にだけはうららかな牧草地なのだった。カウンターにつく緑青《ろくしょう》のように薄汚くくすんだその館も、彼女にだけは無上の喜びを与えてくれる場なのだった。そこにある独房はみな彼女の所有物だった。終わりのない苦悩という檻《おり》に捕まった囚人たちに食事を提供することで、彼女は彼らの上にありがたい存在として君臨する。いったいパリのどこに、こうした貧しいひとびとに、ヴォケール館と同じ価格で、安全かつ十分な量の食事と、上品は無理でも実用向きで、とりあえず清潔で健康に過ごせる部屋を提供してくれるところがあるというのだ？　たとえヴォケール夫人が紛れもない不当な行為に及んだとしても、被害者は文句も言わずにそれに耐えるだろう。

このような集団は小ぶりであっても、ひとつの社会のあらゆる側面を見せてくれるものだが、実際ここもそうだった。食卓に集まる十八人の会食者のあいだには、寄宿学校や巷《ちまた》にいるのと同様に、爪弾《つまはじ》きにされる気の毒な人間、からかいの言葉を雨あられと浴びせられる虐《いじ》められっ子がいた。ウジェーヌ・ド・ラスティニャックが大学生活二年目に入ったころ、あと二年は過ごさなければならないその下宿で、その哀れな人物が誰よりも異彩を放って見えるようになった。

その虐められっ子こそ、元製麵業者のゴリオ爺さんだった。きっと画家や歴史学者なら、この男の顔にすべての光を当てるはずだ。いったいここのひとびとは、いかなる経緯から、その下宿一番の古株にそんなふうに底意地の悪い態度をとったり、少し見下して仲間外れにしたり、不幸な様子を小馬鹿にするようになったのだろう？　ひとが悪徳よりも目くじらを立てる特異さだとか奇妙さの類が、その引き金を引いたのだろうか？　こうした疑問は、巷に溢《あふ》れる不正と密接に繋がっている。おそらくそれは人間の本性なのだが、ひとは相手が身分の低さから、弱さから、あるいは無頓着からどんなことでも我慢するとわかると、徹底的に苦しめてやろうとする。誰だってみな、誰かをあるいはなにかを犠牲にして、おのれの力を証明したがるものではないだろうか。一番の弱者でさえそうだ。たとえばパリの浮浪児だって、凍《こご》えそうに寒い日にあらゆる家の戸口のベルを鳴らしたり、自分の名前を刻みつけようと、まっさらな記念碑のうえによじ登ったりするではないか。

ゴリオ爺さんは齢《よわい》六十九かそこらだろう。仕事を引退して一八一三年にヴォケール夫人の下宿に越してきた。彼はまず、いまクチュール夫人が使っている続き部屋に居を構え、家賃年一二〇〇フランを払っていた。いずれにせよ五ルイなんぞ[20]端金《はしたがね》というような風情であった。なんでもヴォケール夫人は先に敷金を払わせ、それと引き換えに三間続きの部屋を修繕してやったという話だが、その金で買ったのが黄色のキャラコ地のカーテン、ニス塗りの木材にユトレヒト産ベルベットの張られた肘掛椅子数脚、膠《にかわ》絵の具で描かれた絵画数枚、場末の居酒屋でも張らないだろう壁紙からなる粗末な家具一式なのだ。おそらく、ゴリオ爺さんには黙って騙されてやるだけの大らかな気前の良さがあったのだろう。彼はこの時代、恭《うやうや》しくゴリオさんと呼ばれており、ヴォケール夫人からは商売のことなどなにも知らない馬鹿だと思われていた。

ゴリオは、引退してもなに不自由ない暮らしのできる卸売商《おろしうり》らしく、見事な衣装一式とそれを仕舞う戸棚を持ってきた。ヴォケール夫人はきわめて上等な麻製のシャツ十八枚をうっとりと眺めた。しかもただでさえ上等なそのフリルの胸飾りの上にゴリオはいつも鎖で繋がれた二本のピンを刺していた。それぞれのピンの先に付いた大ぶりのダイヤモンドが、なおさらその上質さを引き立てた。ゴリオの普段着はライトブルーの燕尾服で、毎日、白いキルティングのベストを着用した。ベストの下で洋梨のように膨れた腹がたぽたぽ揺れ、その上で懐中時計のずっしりとした金の鎖が跳ねていた。嗅ぎ煙草《たばこ》のケースもやはり純金製で、ロケットが仕舞ってあった。中には女の髪の毛が入っており、彼がいかにも女たらしであるという印象を与えた。女将に「女の敵ね」などとからかわれると、ゴリオは十八番を褒《ほ》められた俗人らしくにんまりするのだった。

　彼のたんす《オルモワール》（彼は庶民と同じようにたんす《アルモワール》をそう発音した）には、家財道具としてたくさんの銀食器が仕舞ってあった。ヴォケール夫人は恩着せがましく荷解《にほど》きや片づけの手伝いを買ってでながら、その目をぎらぎら輝かせた。ソース用やシチュー用のスプーン、ナイフとフォーク、薬味入れ、ソースボート、平皿数枚、金メッキされた

20　ルイ金貨。一ルイは二〇フランなので五ルイは一〇〇フラン。

朝食用の銀器のセット、それはおおむね形の良い、とにかく相当に値の張る物であり、ゴリオはこれらを大切にしており、けっして手放すつもりはなかった。こうした小物は、彼に家庭での輝かしい日々を思い出させた。彼は一枚のソーサーと、嘴をつつきあう二羽のキジバトが蓋に描かれたカップを大事そうに手に取って、ヴォケール夫人に言った。「これは妻がわたしに最初にプレゼントしてくれた物なのです。結婚記念日のお祝いに。涙ぐましいじゃありませんか。あれは独身時代に貯めた金をすべてこれに注ぎこんだのです。いいですか、女将さん。万一、爪に火をともすほど生活に貧窮することになろうと、これだけは手放しませんよ。ああ神さま、感謝します。わたしは生きているかぎり、このカップで毎朝コーヒーが飲めるでしょう。泣き言なんか申しません。たっぷり長生きできるだけ蓄えがありますからね」

ヴォケール夫人はついに、ゴリオの国債目録の記載を盗み見た。ざっと計算してみたところ、このゴリオには申し分ないことに、年に八〇〇〇から一万フランの金利収入がありそうだった。当時、本当は四十八歳でありながら、三十九歳だと言い張っていたド・コンフラン家出身のヴォケール夫人は、この日からいくつかの構想を抱くようになった。ゴリオの目頭がめくれていようが、膨れていようが、垂れ下がっていようが、頻繁に拭《ぬぐ》っていなければいけなかろうが、夫人は彼が感じよく申し分ないと思った。また、ふっくらと盛り上がった頬といい、長く大きな鼻といい、内面の長所をよく表しているように思えた。爺さんの天真爛漫なまでのおめでたい丸顔からしてそれを裏づけていた。きっと体だけ丈夫な、恋愛以外に能のない馬鹿にちがいない。毎朝、理工科学校界隈《かいわい》から理容師が通ってきて、爺さんの鳩の羽のように左右をロールで膨らませたかつらに染粉を振った。前髪は狭い額の上で五つ波を描くようにカールしてあった。多少田舎くさくとも、彼はたしかにめかしこんでいたし、煙草となればいかにも金持ちらしく嗅ぎ煙草を常用した。煙草入れの中には常にたっぷりマクーバ[21]が入っているから、吸いかただって余裕綽々《しゃくしゃく》だった。そんなわけでゴリオが下宿に越してきたその日の夜、ヴォケール夫人は自分の背脂で巻かれてローストされる山ウズラのように、ベッドの中で欲望の炎にじりじりと焙《あぶ》られた。ヴォケールの経帷子《きょうかたびら》に別れを告げ、ゴリオを自分のものにする夢に捕らわれた。再婚しこの下宿を売却し、そのブルジョワ趣味のエリートと腕を組み、地域で一目置かれる夫人となって、貧乏人のために寄付を集めたり、日曜日にはショワジー、ソワッシー、ジャンティイといった郊外にピクニックへ出かけ、好きなときに劇場へ出かけ桟敷《さじき》席で観劇する。

21　西インド諸島マルチニーク島のマクーバでつくられる高級な煙草。

たまに七月に下宿人から回ってくるタダ券[22]なんて当てにしなくてもいいのだ。彼女はまさしくパリの小市民みんなが抱く夢を思い浮かべた。誰にも言ってなかったが彼女はこつこつ貯めた四万フランを持っていた。なるほど資産という観点からも自分は結婚相手にふさわしいと彼女は思う。「ほかの点からしたって、あたしはあの爺さんにちょうどいい!」彼女はそうつぶやきながら、あたかも自らの魅力を証明するかのごとく、どすんどすんと寝返りを打つ。そうやってベッドにできた窪《くぼ》みに、毎朝ふとっちょシルヴィは女主人の魅力の痕跡を発見するのである。

この日から三カ月ばかり、ヴォケール夫人はゴリオ氏のもとにやってくる理髪師をつかまえて、この下宿にはしばしば身分の高い人間も訪れるから、見た目も恥ずかしくないようにしておく必要があるのだと言い訳をつけて、多少の金を払って化粧をしてもらった。彼女は下宿に集まる顔ぶれを変えようとあれこれと画策し、今後は、どこから見ても立派な人間しか下宿人に受け入れないという張り紙を出したりした。外国人がひとり下宿に入りたいと申し出てくると、ヴォケール夫人はこの人物に向かって、うちはパリでもっとも著名でもっとも尊敬される卸売商ゴリオ氏御用達なんですとか言って売り込んだ。夫人は「ヴォケール館」と銘打たれたパンフレットをあちこちに配布した。「ここはカルチェ・ラタンでもっとも歴史のある、もっとも評価の高い下宿です」パンフレットは語る。「ゴブランの谷を臨む気持ちの良い景観（四階からなんとかそれが見えた）と、かわいらしい庭があり、庭の奥には菩提樹の並木道が続きます」パンフレットには美味しい空気や静かな環境にも触れられていた。

このパンフレットが、ランベルメニール伯爵夫人をヴォケール館に運んできたのだった。歳は三十六、戦場で没した将軍の妻に支払われる遺族年金の額の決定とその支給を待っているという話だった。ヴォケール夫人はメニューに気を遣い、半年ほどのあいだサロンに火を絶やさず、自分がおおいに尾ひれをつけてしまったパンフレットの記述に嘘がないよう、自腹まで切った。伯爵夫人のほうもヴォケール夫人にいかにも親しげに声を掛けるようになり、自分の友人であるヴォメルラン男爵夫人と故ピクワゾー大佐伯爵夫人のふたりは、ヴォケール館よりも家賃の高いマレ街に住んでいるのだが、そこの契約期間がもうすぐ切れるので、なんならここへ呼んであげましょうかなどと話すのだった。それらの夫人たちは軍事局からの年金支給の手続きが完了すれば、悠々自適に暮らせるはずなのだという。「でもね」伯爵夫人は言うのだった。「お役所というのは、なにひとつ終えることがないんですから」

22　七月は避暑でパリを離れる富裕層が多いため、劇場に客が少なくなる。

ふたりの未亡人は夕食を終えると連れだってヴォケール夫人の部屋に行き、カシス酒を飲み、女将が大事にとっておいた砂糖菓子をつまみながら、他愛もないおしゃべりをするのだった。ランベルメニール夫人は、女将がゴリオを狙っていると聞き、実にいい考えだと褒め、自分も初日からそうじゃないかと思っていた、ゴリオは完璧な男だと思うと言った。

「まあ、わかってらっしゃる！　ぴちぴちした男性でしょう」ヴォケール夫人は伯爵夫人に言う。「完璧に若さを保っているし、彼はまだ女性を魅了する力を持ってますよ」

伯爵夫人はヴォケール夫人の身なりについて、その狙いにはふさわしくないと親切に指摘してくれた。「断固、負けてはいけません」伯爵夫人は言った。じっくりと作戦を練ったあと、ふたりの未亡人はパレ＝ロワイヤルに出かけ、〈ギャルリー・ド・ボワ〉で羽根飾りのついた帽子とボンネットを買った。伯爵夫人は友人を〈ラ・プティット・ジャネット〉に引っ張っていき、ふたりはその店でドレスとショールを選んだ。そうやって装備を揃え、武装した結果、ヴォケール夫人は〈おしゃれな仔牛亭〉[23]の牛の看板そっくりになった。しかしながら当の本人はというと、とても素敵に変身した自分を発見し、伯爵夫人に借りができたと本来あまり気前のよいほうではないのに二〇フランもする帽子を彼女に買ってやった。そこには、伯爵夫人にゴリオの気持ちを探ってもらい、彼のそばで自分を持ち上げるような話をしてもらおうという下心があった。

ランベルメニール夫人はその仕事をお安い御用と引き受け、元製麺業者をうまく捕まえ、ふたりきりで話すことに成功した。伯爵夫人はヴォケール夫人の代わりに自らがゴリオ氏を誘惑しようとして失敗し、この男が実にお高くとまっていることを思い知ったのだが、そうとは言えないものだから、戻ってくるなり彼の不作法に憤慨してみせた。

「お聴きなさいな」彼女はヴォケール夫人に言った。「あんな男からはなに一つ得られません！　笑っちゃうくらいガードが堅いんだから。あれはけちなしみったれです。馬鹿で、間抜けで、あいつといたって不愉快になるだけです」

ゴリオ氏とランベルメニール夫人のあいだで起こったことは、伯爵夫人がもう彼といっしょにいるのさえ嫌だと感じる類のことだった。翌日、伯爵夫人は六カ月の下宿代を払うのも忘れ姿を消した。置いていったガラクタも五フランにしかならなかった。

23　パレ＝ロワイヤル界隈に実在したレストラン。

ヴォケール夫人は躍起になって彼女を捜索したが、パリのどこを探してもランベルメニール夫人についての情報は得られなかった。

ヴォケール夫人はしばしばこの嘆かわしい事件を思い出しては、自分は猫よりも警戒心が強いというのに、なんであんなに簡単に騙《だま》されてしまったのかしらと愚痴をこぼした。しかしながら、身近な人間のことは警戒するのに、余所者《よそもの》には心を許してしまう彼女のようなひとは多い。これは心の問題で、奇妙ではあるが現実にあることだ。おそらくある種のひとびとは、生活をともにしている人間のそばではもはやなにも得られないのだろう。彼らは自らの精神がからっぽであることをそばにいる人間に晒しているので、相手が自分をあるがまま容赦なく評価しているのを感じる。しかしひとは誰からも褒められないと、褒められたくてしかたがなくなるし、長所がないとあるように見せたくてしかたがなくなる。だから外部の人間の評価や優しさがいかに儚いものであっても当てにするようになる。ようするに、生まれつき打算的な人間がいたとして、彼らが友人や近親者のためになることをなにひとつしないのは当然なのだ。彼らは未知の人間に貢献することで、自尊心の糧を得るのである。交際仲間との距離が近ければ近いほど、薄情になり、遠ければ遠いほど、親切になるのである。ヴォケール夫人はおそらくこうした心底さもしく、腹黒く、いまわしい性質をすべて持っているのだった。

するとヴォートランは夫人に言うのだった。「そのときおれがいたら、そんな目には遭わせなかったのに！　そんなホラ吹き女は、おれがこっぴどくお仕置きしてやったんだが。連中の顔はよく知っているから」

視野の狭い人間がみなそうであるように、ヴォケール夫人は災難の連鎖から抜け出すのも苦手なら、どうしてそうなるのか判断するのも苦手だった。彼女は自らの過ちを他人のせいにしたがった。伯爵夫人が姿をくらましたとき、ヴォケール夫人は、例の正直な元製麺業者を、おのれの不運の主たる原因だと考えた。あれをきっかけに自分は、すっかり夢から覚めたのだと彼女は言う。彼女はゴリオに対して思わせぶりな態度を取っても、身支度に金を使っても無駄だと気がついた。ほどなくその理由もわかってきた。ようするに彼にはすでに、夫人の表現を借りるなら、色恋の当てがいろいろとあるのだ。それはつまり、自分のささやかな望みが夢の産物であり、自分はこの男からなにひとつ得られない、ということだった。その道のプロと思われた伯爵夫人が、熱を込めて語ったとおりなのだ。

当然のなりゆきとして、彼女は好きだったときよりも深くゴリオを嫌いになった。ヴォケール夫人が彼を憎むのは愛していたからではなく、期待を裏切られたからだった。ひとの心は愛の高みへと上るときには何度も休憩を取るのに、憎しみの急な下り坂の途中ではほとんど立ち止まらない。しかしゴリオ氏は、彼女の店子《たなこ》だった。したがって未亡人はあたかも修道院長に虐待された小坊主のように、傷つけられたプライドが爆発するのを抑え、失望から出そうになる溜息《ためいき》をぐっとこらえ、復讐してやりたい気持ちを飲み込まなくてはならなかった。心の狭いひとたちは、自分の善い感情なり悪い感情なりを、つねになにかしら小さなことで満たしている。未亡人は女の悪知恵を使って、自分の獲物を秘かに迫害する方法を編みだした。彼女は下宿に導入されていた余計な贅沢を排除することから始めた。「もうピクルスもアンチョビもなし。ああもったいない！」彼女はシルヴィにそう言うと、以前のメニューを復活させた。しかしゴリオ氏というのは、裸一貫から一財産つくりあげる人間に欠かせない倹約の精神が骨まで浸みこんだ人間だった。スープ、ゆで肉、野菜が一品、これが彼のお気に入りの夕食であり、この先もそうであるにちがいない。つまりそれ以上粗末にしようがないわけで、ヴォケール夫人にとって、この下宿人を苦しめるのは容易なことではなかった。

つけいる隙《すき》のなさに失望した夫人は、彼の評判を落としに掛かり、自分のゴリオ嫌いを下宿人たちに感染させていった。下宿人らも面白がって、彼女の復讐に協力したのである。最初の年が終わる頃、ヴォケール夫人のゴリオに対する不審の念は相当に大きくなっていた。なぜ七〇〇〇も八〇〇〇も金利収入があり、高級な銀器や囲われ妾《めかけ》が持つような宝石を所有している豪商が、自分の下宿なんぞに住み、その資産からすればあまりに控えめな額しか下宿代に充《あ》てないのかしらと彼女は首を傾げるのだった。

最初の年、ゴリオはだいたい週に一、二回程度は外で夕食を取っていた。その後、外食の回数は徐々に減り、そのうち月に二回あるかないかになった。ゴリオ氏のささやかなお愉《たの》しみはヴォケール夫人の利益とも直結していただけに、この下宿人が次第にきちんきちんと下宿で食事を取るようになってきたことに、夫人はどうしても不満を持たざるをえなかった。彼女にしてみれば、こうした変化はゴリオの資産がゆっくり減少していることを意味しており、相手がわざとこちらを不愉快にしようとしていることの表れでもあった。せせこましい人間はそのもっとも嘆かわしい習性として、他人も自分と同様にせせこましいと考える。可哀想に二年目の終わりにゴリオ氏は、住まいを三階に移し、家賃を年九〇〇フランに下げてくれるようヴォケール夫人に頼み、自分をめぐって交わされる噂話に信憑性を与えた。彼は厳しい倹約を迫られており、冬のあいだも暖炉に火を熾さなくなった。ヴォケール夫人は前払いを要求した。

ゴリオ氏は承諾した。このときから夫人は彼をゴリオ爺さんと呼ぶようになった。

こうした凋落《ちょうらく》の原因を、いったい誰に推察することができただろう？　実に難解な謎解きだ。偽伯爵夫人が言ったとおり、ゴリオ爺さんは口数の少ない、感情を表に出さない人間だったからだ。頭の空っぽな人間がみな口が軽いのは、どうでもいいことしか話さないからだが、この連中の論理に従うなら、自分のことを話さない人間というのは必ずや悪いことをしているのである。したがってかの上品な卸売商はただの詐欺師に、色男はただの老いぼれ奇人に格下げされた。当時、ヴォケール館に越してきたばかりだったヴォートランの説によれば、ゴリオ爺さんはかつて証券取引所に通ってそこで大損したのちに、今度は国債のほうで金融界の強烈な言い回しにしたがえば「けちな相場を張って」いるのだという。いやいや運まかせに毎晩賭け事で一〇フランを稼ぐシケた博打うちだ、いやいや公安所属のスパイだという意見もあった。しかしヴォートランは、スパイにしてはゴリオ爺さんには狡猾《こうかつ》さが足りないと主張した。いやいやゴリオ爺さんは短期間高利で金を貸す守銭奴だとか、同じナンバーばかり買う宝くじマニアだという説もあった。ひとはこの男の素性について、悪徳、恥辱、無能さからイメージされるあらゆるものの中でも、もっとも謎めいたものを想像した。ただしその振る舞いや欠点がいくら見苦しく、見ていてうんざりするからといって、ゴリオが追放されることはなかった。家賃を払っていたからだ。それに彼には利用価値があった。誰もが彼を冷やかしたり、小突いたりすることで、ちょっと機嫌よくなったり、憂さを晴らしたりするのだった。

ゴリオについて、よりもっともらしく、大抵の人間が納得しそうな見解を持っているのはヴォケール夫人だった。彼女によれば、この男はまだ相手を大いに愉しませるだけの若さを保ち、ぴちぴちしているくせに、風変わりな趣味に溺れる放蕩者だというのである。もちろんヴォケール夫人がそんな悪口を言うにはいくつかの根拠があった。半年ものあいだ彼女に無駄金を使わせた例のいまいましい伯爵夫人が出奔してから数カ月後のある朝、まだベッドにいた彼女は、階段でさらさらと絹のドレスが擦れる音がするのを聞いた。それから若くて華奢《きゃしゃ》な女性のかわいらしい足音が聞こえてきた。足音はゴリオの部屋へと進んでいき、扉がそっと開く音がした。すぐに、ふとっちょシルヴィが女主人の部屋に報告にやってきた。堅気にしてはきれいすぎる「女神さまのような格好をした」娘が、上等な羊毛地でつくられた、泥染みひとつ付いてない編み上げ靴で通りから厨房まですると入ってきて、ゴリオ爺さんの部屋はどこかと訊ねたというのだ。ヴォケール夫人と料理女はゴリオの部屋に女の来ているあいだじっと耳をそばだて、そこで優しく口にされる言葉をいくつか聴きとった。女はしばらく帰らなかった。ゴリオ氏が「恋人」を送って出ていくと、ふとっちょシルヴィは買い物かごを引っ摑み、市場へ行くふりをして恋人たちを追跡した。

「女将さん」シルヴィは戻ってくるなり女主人に言った。「ゴリオさんは、どえらい金持ちにちがいありませんよ。さもなきゃあんな贅沢させてやれませんて。とにかく驚いたのなんの！　エストラパード通りの角に立派な馬車が停まってて、あの女のひとはそれに乗っちゃったんですよ」

夕食のとき、ヴォケール夫人はゴリオの目に入る西日を遮るために、カーテンを閉めに立った。

「ゴリオさん、あなたって美しいものに好かれるのねえ。太陽まであなたを追いかけてますよ」夫人は彼に女の客があったことをほのめかして言った。「たいしたもんですよ！　あなたって面食いなのね、彼女すごく美人でしたもの」

「あれはわたしの娘です」

ゴリオがちょっと誇らしげにそう言ったので、テーブルにいたひとびとは、体面を保とうとする老人が見え透いた言い訳をしていると思った。

この訪問から一カ月後、ゴリオ氏のもとにふたたび客が訪れた。最初に訪ねてきたとき昼の訪問着に身を包んでいた娘は、今度は夕食後に、社交界に出かけていくような格好でやってきた！　サロンで歓談していた常連たちは、彼女をとくと眺めることができた。それは見事な金髪の、ほっそりとした優雅な娘であり、ゴリオ爺さんの娘とするには、あまりにも上品すぎた。

「これで二人目！」ふとっちょシルヴィが言った。同じ娘だとわからなかったのだ。数日後、今度は、長身でスタイルのよい、肌色の濃い、髪の黒い、目の生き生きとした別の娘が、ゴリオ氏の部屋はどこかと訊ねた。

「これで三人目！」シルヴィが言った。

　この三番目の娘も、やはり最初は日中に父親に会いにきて、数日後には夜、舞踏会に行く装いで馬車でやってきた。

「これで四人目！」ヴォケール夫人とふとっちょシルヴィは言った。ふたりはこの長身の女性が数日前にシンプルな訪問着でやってきた娘と同一人物であることが、まったくわからなかった。

　ゴリオはこの頃はまだ家賃に年一二〇〇フランを払っていた。ヴォケール夫人は、金持ちの男が四、五人の愛人を抱えているのは至極当然のことだと思った。そしてその女たちを自分の娘で通そうとするゴリオ氏に如才のなささえ感じた。彼女は氏がヴォケール館にそういう女たちを呼んだことには、ちっとも腹を立てていなかった。

ただ、こうした訪問はこの下宿人がヴォケール夫人にまったく無関心であることの証しだったので、二年目のはじめ、夫人はゴリオを「スケベ親爺《おやじ》」と呼んでいいと判断した。そしてゴリオが家賃年九〇〇フランの身分に落ちたとき、例の女たちのひとりが部屋から降りてくるのを見たヴォケール夫人はきわめて横柄な態度で、いったい自分の下宿でなにをするつもりなのかと、ついにゴリオに詰問した。ゴリオ爺さんは、あの女性は自分の上の娘であると返答した。

「ということは、あなたには三ダースほども娘がいるんでしょうね？」ヴォケール夫人は棘《とげ》のある言いかたをした。

「ふたりしかいませんよ」下宿人は穏やかに言い返した。貧しさからなにに対しても従順になってしまう破産した男のような穏やかさだった。

三年目が終わる頃、ゴリオ爺さんは、一段と無駄な出費を削った。住居を四階に移し、月四五フランの部屋に暮らす身分になった。煙草もやめた。理容師をお払い箱にし、頭に染粉を振るのをやめた。ゴリオ爺さんが初めて素のままの頭髪で姿を現したとき、女将はその髪の色を見て、思わず驚きの声を漏らしてしまった。薄汚く灰色にくすみ、緑がかっていた。彼の容貌は隠された心痛によって日ごとに影を増し、テーブルを囲む誰よりも悲嘆に暮れて見えるのだった。もう疑いの余地はなかろう。ゴリオ爺さんは老いぼれの放蕩者なのだ。病のために飲まざるをえない薬に副作用はあるが、腕のよい医者のおかげでかろうじて失明は免れている。その薄気味悪い髪の色は、不摂生とそれを続けるために飲んだ薬のせいなのだ。こうした馬鹿げた噂話が繰り返されるのも、この老人の心身の状態からすれば仕方なかった。

持参した身の回りの品一式が使えなくなると、ゴリオ爺さんは下着やシャツ用に麻布の代わりに一オーヌ[24]一四スーの安いキャラコ布を買った。ダイヤモンド、金の煙草入れ、金鎖や宝石のたぐいはひとつ、またひとつと姿を消していった。ライトブルーの燕尾服、豪華なスーツ一式を手放し、夏でも冬に着るような栗色のいかつい毛織物のフロックコートに、山羊の毛皮のベスト、灰色のラシャのズボンを着用するようになった。彼は次第に痩せていった。張りのあった頰《ほお》は弛《たる》み、いかにも裕福なブルジョワらしく福々しかった顔はひどく皺だらけになった。額にも、顎《あご》にも皺が寄った。ヌーヴ＝サント＝ジュヌヴィエーヴ通りに越してきて四年目、その一年のあいだに、彼はすっかり別人のようになってしまった。六十二歳の元製麺業者はもう四十歳には見えなかった。かつて色艶よく肥満し、軽薄なくらい生き生きとし、好色を思わせる

24　一オーヌは一・一八八メートル。

着こなしで擦れ違うひとを楽しませ、笑顔に若さのあった裕福な旦那はいま、判断力が衰え、生気を失ってぼんやりした七十過ぎの老人だった。活力に溢れていた青い目は、どんよりと灰色に濁り、光を失い、涙も涸れていた。目の縁は赤く、泣くと血が流れだしそうだった。ある者はその目に恐怖を覚え、ある者は憐れをもよおした。医学部に通う若い学生たちは、その下唇が垂れていることに注目し、顔面角の頂点を計測し、[25]説明もせずに相手をさんざん小突き回したあと、あなたはクレチン病[26]に罹《かか》っていますと告知した。

ある晩、夕食のあとで、ヴォケール夫人がからかうように彼に言った。

「それにしても！　あのお嬢さんがた、会いにこなくなりましたね、娘さんでしたっけ？」

父親であることを疑われ、ゴリオ爺さんは女将に剣で突かれたように戦慄した。

「ときどき来ています」彼は震える声で言った。

「おやまあ！　いまでもときどき会っていると！」学生たちが声をあげた。「天晴れ！　ゴリオ爺さん」

しかし自分の返答が引き起こした冷やかしは、老人の耳には届かなかった。彼はふたたび深い考えごとに沈んでいった。彼を表面的にしか観察していないひとたちは、それを知性の喪失からくる年寄り特有の無気力と捉えた。もしゴリオのことをよく知っていれば、彼の心身をそこまで苦しめている問題とはなにか本気で興味を持ったことだろう。とはいえこれ以上の難問はない。その気になれば、ゴリオがかつて本当に製麺業者だったかどうかとか、彼の財産がいくらあるかを知るのはわけもないことだろうが、いくらゴリオに好奇心を刺激されようと、歳取った連中はその界隈から外へは出ていかず、岩に張りついた牡蠣《かき》のように下宿に張りついている。その他の連中はというと、ヌーヴ＝サント＝ジュヌヴィエーヴ街から出るやいなや、パリの目まぐるしい生活に流され、自分たちが馬鹿にしている可哀想な老人のことなど忘れてしまう。だからそうした狭量な老人や呑気《のんき》な若者にとっては、ゴリオ爺さんのすっかり干からびた生活やその阿呆のような態度は、いかなる財産にも能力にも結びつかなかった。彼が自分の娘だと呼ぶ女性たちについては、みんなヴォケール夫人と同じ見解だった。夫人は、宵のあいだじゅうおしゃべりをしている老婆たちが、なんでもかんでも推測でものを語るときに使う容赦ない論理を展開する。「もしゴリオ爺さんにあ

25　当時医学界で流行していたガル骨相学の影響。ガルについては95頁の注41参照のこと。
26　先天的な甲状腺機能低下症。

んなに金持ちの娘たちがいるなら、だって爺さんに会いにきたご婦人がたはみんな金持ちそうでしたよ、もしそうなら爺さんはうちの下宿なんかに、しかも四階の月四五フランの安部屋なんかにはいないし、貧乏人みたいな格好だってしてないでしょうよ」この結論に反論する者はいなかった。

こんな具合にこのドラマが動きだす一八一九年十一月の終わりごろには、ヴォケール館の誰もが、この憐れな老人について断定的な考えを持っていた。それによれば彼には娘も妻もいたことはないのだった。「快楽の過剰摂取が、カスケット属に分類される人型カタツムリ、人型軟体動物をつくるんですな」などと外から夕食に通ってくる博物館員は言う。「ゴリオに比べれば、ポワレは知性派の紳士ですよ。ポワレは発言し、抗弁し、返答します。まあ、発言し、抗弁し、返答したところで、実のところ彼はなにも言っていませんがね。なにしろ他人の言ったことを、言いかたを変えて繰り返すのが常なんですからね。とはいえ会話には参加します。彼は生き生きとしているし、なにかしらものを感じていそうです。ところがゴリオ爺さんときたら」博物館員はなおも言う。「いつまでたっても温度計はゼロのままですからね」

ウジェーヌ・ド・ラスティニャックは、優秀な若者であれば、というか、逆境に置かれることでかえって人間的に秀でた優れた能力を発揮できるようになる若者であれば、かならず到達するだろうある種の精神状態に至っていた。彼はパリに暮らしはじめた最初の年、学部内で上位の成績を取るのにさほどの努力も必要としなかったので、パリの目立った楽しみを実際に体験する余裕があった。いざ各劇場のレパートリーを知りつくそう、パリという迷宮の謎を解き明かそう、慣習を学ぼう、言語を習得しよう、首都ならではの娯楽に慣れよう、柄の良い場所、悪い場所を発掘しよう、おもしろい講義に出席しよう、美術館の至宝を知りつくそうとすれば、とにかく学生には時間がいくらあっても足りない。この時期の学生というのは、自分には崇高なことに見えているが本当はくだらないことに夢中になっている。お手本にするのは、聴講者のレベル以上の講義をしないで賃金をもらっているコレージュ・ド・フランスの教授だ。学生は派手なネクタイを締め、オペラ＝コミック座のバルコニーの最前列にいる女性の気を惹こうと格好をつける。こうした一連の通過儀礼を通して、学生は若木を包む薄皮のごときおのれの皮を一枚ずつ剝ぎ取っていき、自分の生活の領域を広げていく。そしてついには、人間社会が、ひとびとの層が折り重なってできていることを理解する。彼はまず、晴れた日にシャン＝ゼリゼにできる馬車の行列に魅了され、やがてはそれに憧れるようになる。

ウジェーヌが文学士と法学士の予備試験に合格して田舎に帰省したとき、彼はすでにパリでそうした最初の手ほどきを知らぬうちに受けていた。子供の頃の夢や、田舎の考えかたは姿を消していた。新しいものの見かたに慣れ、野心を掻きたてられた彼には、父親の城館の中、家族の姿がありのままに見えてきた。父、母、ふたりの弟、ふたりの妹、それから、財産は年金だけという伯母が、ラスティニャック家の小さな領地で暮らしている。この領地から三〇〇〇フランほどの収入が上がる。といっても、すべてブドウの加工業からの不安定な収益であり、しかもウジェーヌのためにそこから毎年一二〇〇フランを割《さ》かなければならなかった。こうした困窮が自分に黙って献身的に続けられていることに彼は気がつく。子供の頃はなんと美しいのかと思っていた妹たちと、本当に夢のような美女とはこういうものだと彼に手本を示したパリの女たちを、つい比較してしまう。自分の肩に伸しかかる大勢の家族の未来はいかにも不安定だ。どんなにつまらない産物でも取っておこうとする姿に涙ぐましい努力を見る。家族用のワインは圧搾機に残った搾り滓《かす》でつくられている。ようするに、ここに書き留めたところでどうにもならない状況がそっくり精神的圧迫となって、彼の出世欲を増大し、栄誉への憧れを掻きたてたのだった。

彼は非常に高邁《こうまい》であったため、おのれの能力以外は頼りにしないぞと思った。しかし彼の気質は、きわめて南仏的であった。つまり決めたことを実行しようとする段になると、きまって若者ならではの迷いに捕らわれる。大海原の真ん中で、自分の力をどちらに向ければいいか、帆をどの角度に張ればいいかを知らぬ若者は、こうした逡巡《しゅんじゅん》に襲われるものだ。最初は勉学にがむしゃらに身を投じたいと思っていたはずなのに、そのうちに有力な人脈をつくらなければという観念に囚われ、そうなると社交における女性の力にはたと気がつき、そうだ、社交界に飛び込もう、と突然思う。そこでなら自分を庇護してくれる女性を見つけられるだろう。彼女たちは、情熱豊かで知的な若者に飢えているかもしれないじゃないか。その若者には情熱や知性に加えて、それを引き立てる優雅な物腰と、力漲《みなぎ》る美しさもあるんだ。女性が喜んで身を任せたくなるような美しさだぞ。こうした考えが、散歩の途中、田園の真ん中でふと彼の頭に降りてきた。かつて散歩といえば、兄は妹たちと延々楽しくおしゃべりをしたものだったのに、妹たちは兄が変わったと思った。

　伯母のマルシヤック夫人はかつて宮廷に出入りしていたことがあり、一流の貴族たちとつきあった過去があった。突然、若い野心家はかつてしばしばうっとりしながら聞いた伯母の昔話に、社交界で成功するための糸口がいくつか隠れていることに気がついた。少なくとも、法学部で取り組んでいることと同じくらい重要な情報だった。彼は伯母に交際を再開できそうな親戚はないか訊いた。年老いた貴婦人は家系図の枝という枝を揺らし、エゴイストの集まりである裕福な親戚から、甥に紹介できそうなひとびとを選り分け、中でもボーセアン子爵夫人ならまだ脈がありそうだと判断した。伯母はこの若い女性宛てに古風な手紙を書いた。そしてそれをウジェーヌに手渡しながら、あなたがもしうまく子爵夫人に取り入ることができたら、次は彼女がほかの親戚を紹介してくれるでしょうと言った。数日後、ラスティニャックはパリに戻ると、伯母の手紙をボーセアン夫人に送った。子爵夫人はこれに、近々開かれる舞踏会への招待で応えた。

一八一九年十一月末、この安下宿の状況というのはおおむねこのような様子であった。数日後、ボーセアン夫人の舞踏会からウジェーヌが下宿に戻ったのは深夜二時ごろだった。この勤勉な学生はダンスをしている最中、今夜は失った時間を取り戻すため朝まで勉強するぞ、と誓った。この静かな界隈に住むようになって夜を明かすのは初めてだった。とにかく社交界の栄華に中《あ》てられ、見せかけの活力の虜《とりこ》になっていた。彼はヴォケール夫人の下宿で夕食を取らなかった。だから下宿の仲間たちは、ラスティニャックが舞踏会から戻るのは、明朝か、夜明け近くになってからだろうと思ったはずだ。過去に数度プラド座やオデオン座が開催する舞踏会から、絹の靴下を泥で汚し、舞踏用の靴を型崩れさせて戻ってきたときがそうだったからだ。

下男のクリストフは玄関に錠を掛ける前、通りを見るために扉を開けた。ラスティニャックが姿を現したのはちょうどそのときだった。それで彼はやたらと足音を立てるクリストフの後ろについて階段を上り、ほとんど物音を立てずに自分の部屋へと戻ることができた。ラスティニャックは服を脱ぎ、スリッパを履き、粗末なフロックコートを着て、泥炭に火を点け、てきぱきと勉強の準備を始めた。ふたたびクリストフがごつごつ靴音を鳴らすので、ラスティニャックが立てる物音はほぼかき消された。ラスティニャックは法律の本を開き、勉強に取り掛かる前に、しばし物思いに耽った。自分は、たった今、パリ社交界の花形のひとりボーセアン夫人と知り合ってきたのだ。しかもその屋敷は、サン゠ジェルマン街でもっとも素敵な場所と見なされている。また彼女は、その名からも、その財産からも、貴族社会のトップにいる人間だった。この貧乏学生は、伯母マルシヤックのおかげで、そんな名門の家に気持ちよく迎えいれられたのに、それがどれほど特別なことであるか気づいていなかった。そうした煌《きら》びやかなサロンに入ることを許されるというのは、名門貴族の称号を得たにも等しい。あらゆる社会のなかでもっとも閉鎖的なその社会に姿を見せたことで、彼はどこへだって出入りできる権利を得たのである。

ラスティニャックは子爵夫人とほんの少しだけ会話を交わしたあと、その煌びやかな集まりに目が眩《くら》みながらも、そこにつめかけたパリの女神たちのあいだからひとりの女性を見つけだした。若い男がすぐさま夢中になりそうな女性だ。アナスタジー・ド・レストー伯爵夫人。長身で実に見栄えがよく、パリでもっともスタイルが良いと言われている。黒い大きな瞳、優雅な手つき、軽やかに舞う炎のようなきびきびとした足どり。ロンクロール侯爵が「純血種の馬」と呼んでいる女性である。こうした活力の漲る美しさは、この女性からいかなる長所を奪い去ることもなかった。また体つきは丸く、肉がはちきれそうなのに、けっして太りすぎていると責められることもなかった。「天上の天使」「オシアン[27]の詩を思わせる容貌」といった一昔前の神話的表現はダンディズム[28]によって丸ごとお払い箱にされ、代わって「純血種の馬」「生粋の女」といった表現が流行りつつあった。なんであれラスティニャックにとって、アナスタジー・ド・レストーは欲望をそそる女だった。彼は扇子の上のダンスの申し込みリスト[29]に周到に二回名前を書いた。そして最初のコントルダンス[30]のあいだに彼女と話ができた。「今後、どちらであなたにお会いできますでしょうか、マダム?」彼は情熱にまかせて唐突に切り出した。女性というのはこういう強引さが嫌いではない。「あら」彼女は言った。「ブーローニュの森でも、ブッフォン座[31]でも、わたくしの家でも、どこでも」

コントルダンスとワルツが一曲ずつあれば、ひとりの若者と女性が親しくなれるくらいの時間はある。向こう見ずな南仏男はこの魅力的な伯爵夫人の気を惹こうと躍起になった。自分はボーセアン夫人の従弟《いとこ》だと言うと、家に招待された。立派な貴婦人だと思っている女性から、自宅への出入りの許可を得たのだ。レストー夫人が最後に投げかけてくれた微笑みに、ラスティニャックは絶対に訪問しなくてはいけないと

27　三世紀スコットランドで叙事詩を書いたとされる伝説の詩人。アイルランドの伝説に原型を持つとも言われる。十八世紀にスコットランドの作家マクファーソンによって紹介されヨーロッパの文壇で反響を呼んだ。

28　反俗的で懐疑的な物腰を洗練させる精神的貴族主義者をこう呼ぶ。十八世紀後半ごろからロンドンやパリに登場しはじめ、やがてフランスの社交界の花形の定型となる。実際に流行ったのは一八三〇年以降、バルザックがこの小説を執筆しているころ。

29　ダンスを申し込む男性が名前を書きこむ小さな手帖。俗に舞踏会の手帖と呼ばれるもの。筆記用具の付いた小さな手帖で、貴婦人が身に付けた。扇の形を模したデザインも多い。

30　英国起源のダンス。十七、八世紀にフランスで流行した。数組の男女が向かいあって踊る。

31　イタリア座の別称。

思った。彼の無知は、ひとをひとともおもわぬ当世きっての無礼者がごろごろしている世界にあって致命的な欠陥だったが、幸運にも彼はその無知を馬鹿にしない男に出会った。たとえばそこではモランクール、ロンクロール、マクシム・ド・トライユ、ド・マルセー、アジュダ＝ピント、ヴァンドネスそれぞれの派閥が、その思い上がりから勝ち誇ったような顔をしていたし、彼らのあいだには非常にエレガントな女性たち、たとえばレディ・ブランドン、ランジェ公爵夫人、ケルガルエ伯爵夫人、セリジー夫人、カリリャーノ公爵夫人、フェロー伯爵夫人、ランティ夫人、デーグルモン侯爵夫人、フィルミアーニ夫人、リストメール侯爵夫人、デスパール侯爵夫人、モーフリニューズ公爵夫人、グランリュー姉妹などがいたのである。だから、この世間知らずの学生が偶然出会ったのがモンリヴォー侯爵だったのは本当に幸運だったのだ。それはランジェ公爵夫人の恋人で、子供のように率直な将軍だった。この男がレストー伯爵夫人の住まいがエルデル通りにあるとおしえてくれた。

まさしく若いとはこういうことなのだ。社交界に憧れ、なんとしても女性をひとり捕まえたいと願い、ふたつの貴族の屋敷が自分に門戸を開いてくれると思っているのである。つまり一方でサン＝ジェルマン街のボーセアン子爵夫人の屋敷に足を踏み入れ、もう一方でショセ＝ダンタン街のレストー伯爵夫人の足元に跪《ひざまず》くつもりなのだ。

パリのサロンを順々にじっくりと観察してみよう。自分は相当魅力的な青年だから、そうした女性たちに庇護してやりたい、援助してやりたいと思わせることができるはずだ。野心だってたっぷりあるから、落ちないと信じて渡るしかない宙吊りのロープの上に、綱渡りのプロのように見事な一歩を踏み出すこともできるだろう。魅力的な女性なんてものは、綱の上でバランスを取るための棒のようなものなんだから、などと考えているのである。しかしラスティニャックのような若者が貧しさと法律の本しかない部屋で、そんなことをつらつらと考えるうちに、泥炭の炎の前にすっくと立ち上がるその女の幻を思い浮かべ、ただただ成功に彩られた将来の夢に溺れてしまったとしても無理はないではないか。取り留めのない夢に身をまかせ、未来の喜びをあまりにも強烈に味わいすぎたために、若者は自分がレストー夫人のそばにいるような気がした。そのとき聖ヨセフ[32]の溜息のようなものが夜の静けさの中に響き渡った。若者は瀕死の人間のあえぎ声を耳にしたかのように心底びくりとした。

彼は静かに扉を開けた。廊下に出てみると、ゴリオ爺さんの扉の下から、ひと筋の灯りが漏れている。隣人の体になにかあったのではないかとラスティニャックは考え

32　イエスの義父である大工のヨセフ。

た。彼は鍵穴から部屋の中を覗いた。老人がなにかの作業に没頭しているのが見えた。犯罪の匂いがした。とてもじゃないが社会のためになることをしているふうには見えない。ラスティニャックは、元製麺業者を自称するその老人が夜中にごそごそなにをしているのかを確かめようと思った。ゴリオ爺さんはひっくり返したテーブルの脚の横木の部分に平たい盆と金メッキしたスープ鉢のようなものを括《くく》りつけているようだった。ロープのようなもので、彫刻の施された食器をぐるぐる巻きにし、それをものすごい力で締めあげている。銀の塊にでもするつもりらしい。

「すごいぞ！　なんて男だ！」ラスティニャックはロープを使って、パスタ生地でも捏《こ》ねるように音も立てずに銀食器を捏ねくりまわす老人の筋張った腕を見て言った。「それにしても、この男は泥棒か、盗品を隠匿する悪党なのだろうか？　連中は自分の商いをより安全に進めるために、阿呆や、無力を装ったり、物乞いのふりをするのかもしれない」ラスティニャックはしばし体を起こして考えた。ふたたび、鍵穴に目をあてた。ゴリオ爺さんは、ロープをほどき、ひと塊になった銀を摑み、毛布を広げたテーブルの上にそれを置いた。そしてその上でそれを転がして、棒状に丸めた。彼はそうした作業を驚くほど簡単にやってのけた。「ということは、ポーランド王アウグスト[33]並みの怪力なのだろうか？」ラスティニャックは、その丸い棒がだいたい出来上がったところで考えた。ゴリオ爺さんは、自分の作品を悲しげに眺めた。その目から涙が溢れた。彼は銀器を捩《ね》じるあいだ灯していた蠟燭《ろうそく》の火を吹き消した。そしてウジェーヌは、爺さんが横になりながら溜息をつくのを聞いた。「正気とは思えない」学生は考えた。

「可哀想な子だ！」ゴリオ爺さんが大声を上げた。

ラスティニャックはこの言葉に、いま見た出来事をひとにぺらぺら話すのは控えよう、隣人を不用意に悪人扱いするのには慎重になろうと思った。部屋に戻ろうとしたとき、ふと、なにか形容しがたい奇妙な物音がするのに気がついた。ごわごわする毛糸の上履きで階段を上ると、こういう音がするにちがいない。ウジェーヌは耳をそばだて、ふたりの男が交互に漏らす吐息を、たしかに聞き取った。扉が軋《きし》む音も、足音も聞こえなかったが、突如、三階に弱々しい明かりが灯るのが見えた。ヴォートランの部屋だ。「なんとまあ、下町の下宿には謎がいっぱいだな！」と彼は思った。彼は階段を少し降りて、聞き耳をたてた。金貨の鳴る音が聞こえた。すぐに明かりが消えた。扉の開いた音はしなかったが、ふたたび、ふたつの息遣い

33　ヴォルテールの『カール十二世伝』にアウグスト二世は綱と棒一本でクマを倒したとある。

が聞こえてきた。それから、ふたりの男が階段を降りていき、物音は小さくなっていった。

「誰かいるの?」寝室の窓を開けながら、ヴォケール夫人が叫んだ。

「おれですよ、ただいま、ママさん」ヴォートランが野太い声で言った。

「変だな。クリストフが錠を掛けたのに」ラスティニャックは部屋に戻りながら思った。「パリでは、身の回りでなにが起こっているかを本気で知ろうとするものは、眠らずにいなければいけない」これらの小さな出来事のおかげで、野心的な恋の妄想から我に返ったラスティニャックは、勉強を始めた。しかしゴリオ爺さんのことを思い出したり、時折まるで輝かしい運命の先触れのようにレストー夫人の顔が浮かんでくるといよいよ気が散り、とうとうベッドに横になり、すとんと眠りに落ちた。勉学に充てるべき十夜のうち七夜を眠りに充ててしまうのが若者だ。若者であるかぎり夜明かしなどできるようにはならないのだ。

翌朝、パリの街はすっかり霧に覆われていた。それはあまりにすっぽり、なにもかもを覆ってしまうために、もっとも規律にうるさい人間でさえ、時間を誤ってしまう霧だった。仕事の約束には支障が出る。正午の鐘が鳴っても、誰もがまだ朝の八時だろうと思う。ヴォケール夫人は九時半になっても、まだベッドの中にいた。クリストフとふとっちょシルヴィもいつもより遅い時間に、客に出すミルクを掬《すく》って入れたコーヒーを悠々と飲んでいる。シルヴィはちょろまかした分をヴォケール夫人に気づかれぬよう、ゆっくりとミルクを煮立たせている。

「シルヴィ」クリストフが、一枚目のトーストをコーヒーに浸しながら言う。「ヴォートランさんはいいひとだよね、ゆうべも誰かふたりと会ってたけどね。もし女将さんになにか訊かれても、その話はするんじゃないぜ」

「なにか貰ったね」

「今月は一〇〇スー［五フラン］。黙ってろよ、って意味さ」

「あのひととクチュール夫人は別だけど、あとの連中はドケチだね、元旦に右手でくれたものを、左手で取り戻そうとするんだから」

「ドケチなんてもんじゃない！」クリストフが言った。シルヴィは言った。「くれるったってしみったれた小銭とか一〇〇スーなんだから。ここ二年、ゴリオ爺さんは自分で靴を磨いてる。ポワレのごうつくなんて靴墨をけちる。ボロ靴にかけるくらいなら、飲んじまうほうがいいとさ。あの貧相な学生はというと、四〇スー［二フラン］くれるにはくれる。でも四〇スーじゃあ靴を磨くブラシも買えねえよ。それにやつは古くなった服を市場で売っているんだぜ。しけてやがる！」

「なあに！」シルヴィはコーヒーをちびちび飲みながら言った。「あたしらは、まだこの界隈じゃ全然マシさ。恵まれてるよ。それはそうと、あのヴォートランのパパさんについてだけど、クリストフ、あんた誰かになにか訊かれた？」

「訊かれたよ。何日か前に街で会った旦那がさ『おまえんとこに揉み上げを染めてる大柄な旦那が住んでないか？』と訊いてくるのさ。おいらは『いいや、旦那、あのひとは揉み上げなんて染めちゃいないね。ああいう愉快な旦那は、そんなことに時間を使わないよ』って答えといた。あとでその話をヴォートランの旦那にしたら、旦那こう言った『でかしたぜ、坊や！ いつもそんなふうに答えてくれよ。ひとに弱みを握られるほど、いやなことはないもんな。結婚しそこねちゃうかもしれん』」

「へええ！ あたしは市場でさ、やっぱりかまかけられたよ。あのひとがシャツを着るところを見たことないか、と訊くのさ。ざけんなっての！ あれまあ」彼女は急に言葉を切った。「ヴァル゠ド゠グラスの鐘が九時四十五分を鳴らしたってのに、誰も降りてこないじゃないの」

「なあに、みんな外出してるのさ。クチュール夫人とお嬢さんはサン゠テチエンヌの八時からのミサに行った。ゴリオ爺さんは包みを抱えて出てった。学生さんは講義が終わる十時までは戻ってこない。階段を掃《は》いているときに、みんなが出かけるのを見たからね。ごつんとゴリオ爺さんの荷物とぶつかったけど、鉄みたいに硬かった。いったいなにやってんだろう、あの爺さんは？　みんなはあの爺さんをとんでもない不良のように言うが、あれはとにかく正直なひとだよ。それにほかの連中よりましさ。まあ爺さんは大したもんをくれるわけじゃないが、あのご婦人がたはすごいぜ。たまに爺さんの使いでお屋敷に行くと、たんまりとチップをくれるんだよね、あのひとは立派な服を着てるしね」

「爺さんが娘だって言ってる連中だろ？　一ダースくらいいるんだからね」

「おいらはふたりの家にしか行ったことはないよ。ここへ来たひとらだよ」

「おや、女将さんが動きだしたよ。すぐに大騒ぎしはじめるから。行かなきゃ。ミルクを見張っといておくれよ、クリストフ、猫が来るから」

シルヴィは主人の部屋へ上っていった。

「ちょいとシルヴィ、もう九時四十五分じゃないの。起こしてくれないにもほどがあるよ！　こんなことは初めてだね」

「霧なんですよ、なにしろナイフで切り分けられそうなくらい濃いんですから」

「で、食事はどうしたの？」

「ああ！　下宿のみなさんはやけにはりきってましてね、みんなして夜明けごろ大急《パトロン＝ジャケット》

ぎで出かけていきました」

「やれやれ、それを言うなら」ヴォケール夫人が言った。「明けがた《パトロン＝ミネット》でしょ」

「まあったく！　どっちだっていい[34]んですよ。十時に朝食が取れれば文句ないでしょう。ミショノーとポワレは部屋から出てきません。下宿にはあのひとたちしかいませんし、ぐっすり眠ってますよ」

「いやだシルヴィ、そんなふうにふたりまとめちゃ、まるでふたりが……」

「まるでなんです？」シルヴィが下品な笑いを漏らした。「ふたりはお似合いですからね」

「それにしても変だと思わないかい、ヴォートランさんはゆうべ、クリストフが錠をかけたあとに、どうやって家に入ったんだろう？」

「だから逆ですよ、女将さん。クリストフはヴォートランさんが帰ってきたのが聞こえたんです。だから玄関を開けに降りたってわけです。女将さんはそれを……」

「キャミソールを取っておくれ。それから、すぐに食事の仕度に行ってちょうだい。羊肉の残りとポテトでなにかつくっておくれ。それと焼き梨を出してちょうだい。ひときれ二リヤール[35]でね」

少しして、ヴォケール夫人は階下に降りてきた。ちょうど猫がミルクの入った椀《わん》に蓋《ふた》がわりに載せてある皿をひょいとどかし、中のミルクをぺちゃぺちゃと舐めはじめたところだった。

「ミスティグリ！」夫人は叫んだ。猫はぱっと飛びのき、それから夫人のもとに体をすり寄せにやってきた。「まああ、ご機嫌とりかい、悪賢い子だこと！」彼女は猫に言った。「シルヴィ！　シルヴィ！」

「今度はなんです？　女将さん」

「ご覧よ、猫が飲んじまったよ」

「クリストフの馬鹿のせいです。皿を載せとけって言ったのに。どこに行ったのかね？　心配ご無用ですよ、女将さん。それはゴリオ爺さんのだから。水を足しときます。どうせ気づきやしませんよ。無頓着なんですから、なに食べてるかさえわかっちゃいないんだから」

「それでどこへ行ったのかしら、そのぼんやり爺さんは？」ヴォケール夫人は皿を並

34　いずれの表現も「パトロン＝ジャケ」「パトロン＝ミネ」が正しい発音なのでふたりとも言い間違っている。

35　銅貨。一リヤールは四分の一スー。

べながら言った。

「さあねえ。どこぞで五百匹の悪魔と取引でもやってるんでしょう」

「寝すぎちゃったわ」ヴォケール夫人が言った。

「おかげでぴちぴちしてますよ、バラみたいに……」

　このとき、玄関の鈴が鳴った。そしてヴォートランが大声で歌いながらサロンに入ってきた。

　　世界を股にかけて幾年月
　　おれさまはそこらじゅうに出没する……[36]

「あれまあ！　ごきげんよう、ママさん」彼は女将を見つけると、いかにも伊達《だて》男《おとこ》らしく彼女に腕をまわした。

「ほらほら、やめてちょうだい」

「ちがうなあ、そこは、おやめ無礼者って言わなきゃ！」彼は言った。「ほら言って、さあさあ。それ貸して。食器を並べるお手伝いをしましょう。ああ！　おれって、ほんとに親切でしょう？」

栗毛の娘に金髪娘をくどいて
愛して、囁《ささや》いて……

「さっきね、おもしろいものを見ましたよ」

……風の向くまま気の向くまま

「なにを見たって？」未亡人が言った。
「ゴリオ爺さんが朝の八時半にドフィーヌ通りの金銀細工の店にいるのをね。古いナイフやらフォークやら金の縁飾りなんかを買い取ってくれる店ですがね。爺さんたら、銀食器をごっそりと売ってやがった。それも職人でもあるまいに、器用に捏ねて丸めてひとつにしてね」

36　ニコロ・イズアール作曲、エティエンヌ作詞のオペラ・コミック『ジョコンド、あるいは冒険を追い求める者たち』のアリアの一節。

「なんですって！　ほんとなの？」

「ええ。おれは王立郵便馬車で旅立つダチを送って、ここへ帰る途中でね。笑いのネタになるかしらと、ゴリオ爺さんを待ち伏せしてみた。するとやっこさんこの界隈に戻ってくると、今度はグレ通りのゴプセックっていう有名な金貸しの家へと入ってった。このゴプセックってのがアホみたいに尊大な奴でしてね、自分の親父の骨でドミノの牌《はい》でも作りかねない奴です。ユダヤ人だか、アラブ人だか、ギリシャ人だか、ボヘミア人だか知りませんが、なかなか手ごわい男です。めったなことじゃこの男から金品は盗めない。やつは金って金を銀行に預けますからね」

「それで、ゴリオ爺さんがなにしてるって言うの？」

「なんもしてません」ヴォートランが言った。「ただ破滅しているだけです。あれは相当な馬鹿です、愛する女たちのために身を滅ぼすんですよ……」

「あ、帰ってきた！」シルヴィが言った。

「クリストフ」ゴリオ爺さんが叫んだ。「いっしょに来てくれ」

クリストフは爺さんについて部屋に行き、すぐに降りてきた。

「どこ行くの？」ヴォケール夫人は下男に訊いた。

「ゴリオさんのお使いでさ」

「こりゃあなんだい？」ヴォートランはクリストフの手から手紙をむしり取りながら言った。封筒には「アナスタジー・ド・レストー伯爵夫人様」と書いてある。「で、どこへ？」クリストフに手紙を返しながらヴォートランは言った。

「エルデル通り。伯爵夫人にこれを届けるだけでさあ」

「中身はなんだい？」ヴォートランは手紙を光にかざして言った。「お札かな？　ちがうな」封の隙間を覗いてみる。「支払済みの手形だな」彼は叫んだ。「まいった！　爺さん豪胆だな、あの色ジジイ。ほら行け、坊や」ヴォートランはその大きな手で、クリストフの頭を摑んで、サイコロの向きを変えるように回れ右をさせた。「たくさんチップがもらえるぞ」

テーブルに食器が並んだ。シルヴィはミルクを沸かしている。ヴォケール夫人はストーブを点ける。ヴォートランはあいかわらず鼻歌を歌っている。

世界を股にかけて幾年月
おれさまはそこらじゅうに出没する

すっかり準備が整ったとき、クチュール夫人とタイユフェール嬢が戻ってきた。

「こんな早くから、どちらへお出かけでしたの？」ヴォケール夫人が訊いた。

「サン＝テチエンヌ＝デュ＝モン教会でお祈りしてまいりましたの。ほら、今日はタイユフェール氏の屋敷へ行く日なものですから。可哀想に、この子はがたがた震えています」クチュール夫人はストーブの前に腰を下ろしながら言った。ストーブの開口部に靴を近づけると湯気が出た。

「あなたも暖まりなさいな、ヴィクトリーヌ」ヴォケール夫人がタイユフェール嬢に言った。

「お嬢さん、神さまにお父さんの心を和らげてとお祈りするのもいいが」ヴォートランは娘に椅子を勧めながら言った。「それだけじゃ足りない。あなたに必要なのは友だちです、あのクズみたいな男に、あの野蛮人に、おまえのやっていることは間違っているとはっきり言ってくれる友だちがね。三〇〇万も金を持っているくせに、あなたに持参金も持たせないとは。このご時世、美しいお嬢さんには持参金が必要だってのに」

「可哀想に」ヴォケール夫人が言った。「さあさあ、いらっしゃい。あなたの冷血なお父さまはおのれの欲をかいて、かえって不幸を呼び寄せてるんですよ」

この言葉に、ヴィクトリーヌの目は涙でいっぱいになった。クチュール夫人が身振りで制したのでヴォケール夫人はそれ以上は言わなかった。

「とにかく会えさえすれば、話さえできれば、あのかたに奥さんの最後の手紙を渡すことさえできれば」クチュール夫人は言った。「郵送するなんて恐ろしい、考えたこともありません。彼はわたしの筆跡を知っていますし……」

「ああ、罪のない、不幸な、迫害された女たちよ」ヴォートランが叫んだ。「つまり、それがあなたがたの現状というわけですな！　おれが一枚嚙んだら、数日のうちにも、すべてが解決するんだがなあ」

「ああ！　ヴォートランさん」ヴィクトリーヌは涙で潤んだ熱っぽい眼差しをヴォートランに投げたが、彼の心はぴくりとも動かなかった。「もし父と話をする手立てをお持ちなら、父に伝えてください。わたしにとっては父の愛情と母の潔白が、この世界のあらゆる富よりも尊いものだということを。もし父の頑なな心を幾分かでも溶かすことができたなら。わたしはヴォートランさんのために神にお祈りします。ご加護がありますようにと……」

「世界を股にかけて幾年月」ヴォートランは皮肉めいた声で歌った。

このとき、ゴリオとミショノー嬢とポワレが、おそらくはシルヴィが残っていた羊肉にからめようと温めたルーの匂いに誘われて降りてきた。七人がたがいに挨拶をしながら、テーブルについたとき、十時の鐘が鳴った。通りから学生の足音が近づいてくるのが聞こえた。

「あら！　ちょうどいい。ウジェーヌさん」シルヴィが言った。「今日はみなさんと食事ができますよ」

学生は下宿人に挨拶をした。それからゴリオ爺さんのそばに坐った。

「ついさっき、とても変わった事件《アヴァンチュール》に出くわしました」そう言いながら、学生は自分の皿に羊肉をたっぷりとよそい、パンを切った。ヴォケール夫人は毎日横目でその分量を測っていた。

「情事《アヴァンチュール》ですと！」ポワレが言った。

「ほお！　なんであんたがそんなに驚くんだね、おじさん？」ヴォートランがポワレに訊いた。「お兄さんくらいいい男なら、あっちのほうもうまくいくさ」

タイユフェール嬢は恥ずかしそうに、ちらりとこの若い学生を見た。

「いいからその事件とやらを話してくださいな」ヴォケール夫人が言った。

「昨日、ボーセアン子爵夫人の舞踏会に行ったんです。子爵夫人はぼくの従姉《いとこ》ですが、素晴らしい屋敷を持っているんです。どこもかしこもシルクで飾られた部屋がいくつもあるんです。そこで盛大なパーティが開かれ、ぼくも楽しんできたというわけです。

まるで王《ロワ》さ……」

「ちゃま《トレ》」ヴォートランが話を遮った。

「なんです？」ラスティニャックがむっとして聞き返した。「なにが言いたいんです？」

「王《ロワ》ちゃま《トレ》って言ったのさ、王《ロワ》さまより道楽者だろう」

「ほんとだ。ただ王さまって言うより、能天気な小鳥のほうがぴったりきますね[37]、なぜなら……」繰り返し屋のポワレが言った。

「ようするに」学生はポワレを横から遮って話を続けた。「ぼくは舞踏会にいるなかでも、とりわけ美しい女性とダンスを踊ったんです。おそろしく美人の伯爵夫人です。これまであんなきれいなひとは見たことがありません。結いあげた髪に桃の花をあしらい、ドレスの片側にかぐわしい生花のブーケを着けていました。ああ、いきいきとダンスを踊る彼女を形容するのは無理ですね、実際、見てもらうしかないんです。そう、それでです！　今朝、ぼくはその女神のごとき伯爵夫人に会ったんですよ、九時頃、グレ通りを歩いていました！　もう、心臓が止まるかと思いました。ひょっとし

37　ロワトレはキクイタダキ属の鳥。弱小国の王の意味もあり、皮肉になる。

て……」

「自分を訪ねてきたのかと思ったんだろう」ヴォートランは学生をじいっと見つめながら言った。「おおかた高利貸しのゴプセック親爺のとこへでも行ったんだろうさ。いいかね、パリでは女性の本音なんて探ろうものなら、恋人より先に、高利貸しが出てきちまうぜ。きみの伯爵夫人の名前はアナスタジー・ド・レストーだろう。住まいはエルデル通りだ」

その名前を聞くなり学生はヴォートランを凝視した。ゴリオ爺さんが急に顔を上げ、目を爛々《らんらん》と輝かせてふたりを見た。その目があまりに不安そうなので、まわりの下宿人は驚いた。

「クリストフは間に合わなかったか。だからあの子はあそこへ行ったんだな」ゴリオが苦しげに叫んだ。

「当たった」ヴォートランはヴォケール夫人の耳元に口を寄せて囁いた。

ゴリオは機械的に食事を取っていた。なにを食べているのかも気づいていない。このときほど彼が呆《ほう》けて虚《うつ》ろに見えたことはなかった。

「どういう魔法です、ヴォートランさん、どうして彼女の名前がわかったんです?」ラスティニャックが訊いた。

「そうさね、それはつまり」ヴォートランが答えた。「その名はゴリオ爺さんがよくよくご存じというわけさ！　おれが知ってたってよかろう？」

「ゴリオさんが！」学生が叫んだ。

「それはそうと」老人が言った。「あの子は昨日きれいでしたか？」

「誰です？」

「レストー夫人です」

「ごらんなさいな、けちんぼ爺さんが」ヴォケール夫人がヴォートランに言った。「あんなに目を輝かせてさ」

「つまり、爺さんがその夫人を囲ってるってことね」ミショノー嬢がラスティニャックに囁いた。

「ああ、もちろん。おそろしいほどきれいでしたよ」ラスティニャックは言った。ゴリオ爺さんは彼を熱心に見つめた。「ボーセアン夫人がいなかったら、あの素晴らしい伯爵夫人が舞踏会の花形になったでしょう。若いひとたちはレストー夫人のことしか見てませんでしたから。ぼくはダンス待ちのリストの十二番目に名前を書きました。彼女はコントルダンスを全曲踊りました。ほかのご婦人がたは悔しがってました。昨日、幸せだった女性がひとりいるとすれば、それは間違いなく彼女ですね。満帆のフリゲート艦、ギャロップする馬、ダンスする女性より美しいものはこの世にない、とか言いますが、本当ですね」

「昨日は公爵夫人の屋敷で世界の頂点にいたのに」ヴォートランが言った。「今朝は手形を割引く金貸しのところでどん底を這っている。これこそがパリの女なんだ。おのれの果てしない贅沢を夫君が維持できないときには、自分を売る。自分が売れないとなると、金目のものはないかと実の母親の腹だって裂くかもしれん。ようするにやりたい放題なんだ連中は。知れたことさ！」

学生の言葉に太陽のように明るく輝いたゴリオ爺さんの顔が、ヴォートランの容赦ない考察に曇った。

「それで、それで！」ヴォケール夫人が言った。「ようするに、あなたの事件《アヴァンチュール》ってのはどうなったの？　彼女に話しかけてみた？　法律のお話を聞きたくないですか、とか」

「彼女はぼくに気づきませんでしたよ」ウジェーヌは言った。「でもグレ通りで、朝の九時に、パリ一番の美女に会うなんて、それも前の晩の二時に舞踏会で会った女性に再会するなんて、すごいことだと思いませんか？　こんな事件、パリでなきゃ起こりませんよ」

「よしてくれ！　パリにゃもっともっと面白いことがあるぜ」ヴォートランが叫んだ。

タイユフェール嬢は話をほとんど聞いていなかった。自分がこれから挑もうとしていることで頭がいっぱいだったからだ。クチュール夫人が着替えをしに部屋に戻ろうと彼女に合図を送った。ふたりが食堂を出ていくと、ゴリオ爺さんもそれに続いた。

「やだわ！　彼を見た？」ヴォケール夫人はヴォートランとほかの下宿人に言った。「爺さんが例の女どものせいで破産したのは明らかだわ」

「ありえませんよ」学生が叫んだ。「あの美しいレストー伯爵夫人がゴリオ爺さんの愛人だなんて」

「べつに」ヴォートランが横から口を挟んだ。「きみに信じてもらわなくったっていいのさ。パリを理解するには、きみはまだまだねんねだからな。そのうちきみにもわかるだろうが、世の中には情熱家と呼ばれるような連中がいるのさ……（この言葉にミショノー嬢ははっとして、目が覚めたようにヴォートランを見た。らっぱの音を耳にした軍馬のようだった）」「ほうらね！　誰にだって、ちょっとは思い当たるふしがあるってね」ヴォートランはここで少し言葉を切って、ミショノーをしげしげと眺めた（老嬢は聖像を前にした修道女のように恭しく目を伏せた）。

「とにかく！」彼は続けた。「そうした連中というのはひとたびこれだという考えを見つけたら、もう絶対に手放さない。彼らの渇きはある種の泉でしか癒せないが、その水は大抵濁っている。連中はそれを飲むためなら、女房だろうが、子供だろうが売っちまう。悪魔に魂だって売っちまうだろう。ある人間にとっちゃ、その泉が博打だったり、株だったり、絵画や昆虫のコレクションだったり、音楽だったりする。また別の人間にとっちゃ、連中に甘い砂糖菓子をこしらえてくれる女だったりするのさ。そういう連中に、この世のすべての女をくれてやると言っても無駄なんだ。連中は自分の情熱を満たしてくれる女しか望まない。当の女はというと大抵は連中を愛さない。連中を邪険に扱って、馬鹿みたいな高値で、ほんのわずかな満足を売りつける。ところがどうだ！　われらが道化師たちは飽くことを知らん。連中は最後の一エキュ[38]まで女に注ぎこみたいから、一枚きりの毛布さえ質屋に入れちまう。ゴリオ爺さんは、そういう連中のひとりだよ。伯爵夫人が爺さんを食いものにするのは、爺さんが奥ゆかしいからさ。とまあ、よくできてるな、世界ってのは！　あの可哀想な老人は彼女のことしか頭にない。普段の爺さんを見てみろ、魂の抜け殻みたいだろう。ところが伯爵夫人の話をしてみろ、ダイヤモンドのように顔を輝かせるぜ。

　この謎を解くのは難しいことじゃない。爺さんは今朝、銀食器を金銀細工屋に持っていった。そのあとゴプセック親爺の店に入っていくのをおれは見た。グレ通りだ。

いいかね！ やっこさん帰ってくると、レストー伯爵夫人のところへクリストフを使いに出した。夫人の名前はクリストフが見せてくれた手紙の宛先に書いてあった。封筒の中身は支払済みの手形だった。伯爵夫人まで例の金貸しのところに行ったとすれば、事態が切迫していたのは明らかだな。ゴリオ爺さんは彼女のために気前よく金を調達してやったのさ。ふたつをわざわざ結んでみなくても、答えは見え見えなんだがね。つまりそこからわかることは、いいかね、学生さん、あんたの大好きな伯爵夫人はにこにこして、ダンスし、猿芝居を繰り広げ、桃の花を振りまわし、ドレスをつまんでいるあいだじゅう、いわば、肩身の狭い思いをしていたんだよ、自分のだか恋人のだかの不渡手形のことを考えてね」

「あなたのおかげで、なんとしても真実が知りたくなりました。明日、レストー夫人の家に行ってみます」

「そうだ、明日、レストー夫人のところへ行くべきだ」ポワレが言った。

「ゴリオに会うかもしれないぜ、やっこさん贈り物のお返しを受け取りにいくだろうから」

38 エキュ銀貨。一エキュは三フラン。

「とにかく」ラスティニャックはうんざりしたように言った。「あなたのパリってのは、つまりは泥沼のようなところですね」

「それも実に滑稽《こっけい》な泥沼なのさ」ヴォートランは言った。「どっちにしろ泥まみれなんだが、馬車に乗っていれば正直者、徒歩だと悪党ということになる。うっかりなにかを盗んじまったら、可哀想《かわいそう》だが首枷《くびかせ》をつけられ裁判所の広場に見世物みたいに晒されちまう。ところが一〇〇万盗んでみろ。サロンでどえらい英雄みたいに注目されるぜ。憲兵隊と司法省に三〇〇〇万払ってみろ。倫理なんてものはどうとでもなっちまうぜ、すばらしいぜ！」

「ちょっと待ってよ」ヴォケール夫人が叫んだ。「ゴリオ爺さんが朝食用の銀食器を溶かしちゃったですって？」

「例のキジバトの茶碗がないでしょう？」ラスティニャックが言った。

「たしかに」

「彼はあれをすごく大事にしてましたよね。カップとソーサーを捏ねるとき、泣いてました。偶然、見てしまったんです」ウジェーヌが言った。

「命のように大事にしてたのに」ヴォケール夫人が言った。

「わかったろう、あの老人が、どれほど情熱家かってことが」ヴォートランが言った。

「あの女は、やつの魂をくすぐるコツを知っているんだな」

ラスティニャックは部屋に戻った。ヴォートランは外出した。数刻後、クチュール夫人とヴィクトリーヌは、シルヴィが見つけてきた辻馬車に乗った。ポワレはミショノー嬢に腕を貸し、ふたりして植物公園《ジャルダン・デ・プラント》に散歩に出かけ、たっぷり二時間帰ってこなかった。

「なんでしょうねえ！　まるで夫婦ですよ」ふとっちょシルヴィが言った。「あのひとたち、今日はじめて一緒に外出するんですよ。ふたりとも、からっからに干からびてるから、ぶつかったら、火打石みたいに火が点くかもしれません」

「ミショノーさんのショールが危ないね」笑いながらヴォケール夫人が言った。「燃えやすいから」

夕方四時に下宿に帰ってきたゴリオは、ふたつの仄暗《ほのぐら》いランプのもとで、ヴィクトリーヌが目を真っ赤にしているのを見た。父親のタイユフェール氏への半日かけての訪問が失敗に終わった話をヴォケール夫人が聴いているところだった。娘とクチュール夫人が訪ねてくるのに、ほとほとうんざりしたタイユフェール氏は、ふたりを自分の前に通させて、じかに彼女らに文句を言ったそうだ。

「ほんとに、どう思われます？」クチュール夫人はヴォケール夫人に言った。「彼はヴィクトリーヌに椅子さえ勧めなかったんですよ。ずっとあの子を立たせておいたんです。わたしにむかっては、声を荒らげるでもなく終始冷淡にこう言うのです、自分のもとに訪ねてきても無駄です、しつこくされても（年に一度ですよ、ひどい言いぐさじゃありませんか！）お嬢さんは――自分の娘だとは言いません――傷つくばかりです、ヴィクトリーヌの母親は財産もなく嫁いできたので、彼女にはなにひとつ要求する権利がありません、とか。ようするに、ひどいことを次々に言って、この可哀想な子の目を涙でいっぱいにしたのです。この子は父親の足元へ身を投げ出しました。そして勇気を振り絞って言ったのです。自分はただ母親の願いのためだけに来ているのですから、お父さんの意向には黙って従うつもりです。でも、どうか、死んでしまった哀れな母の書き残した手紙を読んでやってほしいのです。この子はその手紙を摑み、それを父親に差し出しました。世界一美しい、これ以上ない真摯《しんし》な言葉を添えながらです。この子はどこでそんな言葉を学んだのでしょうね、神さまがお教えになったのですわ。この可哀想な子があまりにも心に沁みることを言うので、わたしは聴いていて馬鹿みたいに泣けてきました。ところがあの破廉恥な男はどうしたと思います？　爪を切りながら、可哀想なタイユフェール夫人の涙が浸みこんだその手紙を摑み、暖炉の上にひょいと投げて言ったのです。『これでよし！』あの男は娘を摑んで立たせようとしました。しかし娘がその手にキスをしようとするので、その手を引っ込めました。どこまで悪辣《あくらつ》なのでしょう？　そこへまた尊大さの塊のような息子が入ってきました。妹に挨拶もしませんでした」

「つまりひとでなし、ということですな！」ゴリオ爺さんが言った。

「それから」クチュール夫人は老人の驚嘆に構うことなく続けた。「父親と息子はわたしに会釈をし、急ぎの用があるので失礼しますと言って出ていきました。どうです、これがわたしたちの訪問の次第です。とにかく彼は娘に会いました。わたしには、彼がどうしてこの子を我が子でないと断言できるのかわかりません。だって、この子は父親に瓜二つなのですよ」

夕食を取ろうと下宿の内から外から、ひとりまたひとりと客が姿を現した。互いに挨拶を交わし、いつものくだらない冗談を言いあう。パリのある種の階級における独特の笑いの精神というのは、そうしたくだらない冗談でできている。そこでは馬鹿げているということが大事な要素のひとつであり、とりわけ身振りや発音に重きが置かれる。こうした一種の俗語《アルゴ》はつねに変化しつづける。たいてい冗談が生まれてもひと月もたない。政治的な事件、訴訟事件、流行歌、役者の浮気話だのは、みな、こうした精神のゲームを維持するための材料だ。まずはアイデアだの言葉だのをバドミントンの羽根のように摑み、それからたがいにラケットでそいつを打ち合って遊ぶのである。近頃ジオラマというパノラマ[39]よりもなお高度な錯視を引き起こす見世物が発明されたが、これの影響を受け、あちこちの画家のアトリエで言葉の語尾に「ラマ」を重りのようにつける悪ふざけが生まれた。それをヴォケール館に出入りする若い画家が持ち込んだのである。

「それでどうです！　ポワレさん」博物館員が言った。「おからだの具合はいかがラマ？」それから返答も待たずに「ご婦人がたには悲しいことがあったようですな」クチュール夫人とヴィクトリーヌに言った。

「さあ、夕食に致そう」ラスティニャックの友人の医学生オラース・ビアンションが言った。「もう腹《ウスクエ》が《アド》ぺこぺこ《タロネス》[40]」

「おお、寒い《フロワト》ラマ」ヴォートランが言った。「少しは遠慮してくれませんか、ゴリオ爺さん！　ひどいな！　あんたの足がストーブ占領してますって」

「ヴォートランせんせ」ビアンションが言った。「なんで寒い《フロワト》ラマ？　綴り的には寒い《フロワド》ラマが正解でしょ」

「いいや」博物館員が言った。「音的には寒い《フロワト》ラマが正しい。足が寒い《ジェ・フロワ・ト・ピエ》がもとですから」

「ほーほー！」

「おや、法学一直線博士こと、ラスティニャック侯爵のおでましだ」ビアンションはそう叫ぶと、戯れにウジェーヌの首を絞めた。「おお、ほかの連中もぞろぞろ！」

ミショノー嬢が静かに入ってきて、テーブルについた人間たちに黙って会釈をし、女性三人組のそばに腰を下ろした。

「いつ見てもぞっとしますね、あの蝙蝠《こうもり》みたいなおばさんは」ビアンションはミショノー嬢を示しながら、小声でヴォートランに言った。「ぼくはガルの骨相学[41]を学んでいますが、彼女の頭蓋にはユダの突起[42]ってやつがあります」

「きみはユダと面識が？」ヴォートランは言った。

「誰だって会ったことがあるんです！」ビアンションは答えた。「まじめな話、ぼく

39　パノラマはイギリス人バーカーが、ジオラマはフランス人ダゲールとブートンが発明したとされる巨大な空間装置。遠近法で描かれた巨大絵画と光とミニチュア模型を使って観客に錯視を引き起こし仮想空間を体験させる。見世物として十八世紀末から十九世紀後半にかけてヨーロッパで大流行した。パノラマ館は明治時代の日本にも輸入され流行を博した。

40　胃がかかとに載る＝腹がぺこぺこというフランス語の慣用句をラテン語で言う学生らしい冗談。

はあの白髪の婆さんを見ると、梁《はり》まで齧《かじ》りつくす細長い白アリを思い出します」

「なるほど、こういう歌があるぜ」揉み上げをさすりながら四十男は言った。

　そしてバラは、バラらしく生きた
　ある朝の短いひとときを[43]

「ややあ！　ラマのスープのおでました」ポワレはクリストフがポタージュを恭しく手にして入ってくるのを見て言った。

「ちがいますよ、旦那」ヴォケール夫人が言った。「キャベツのスープです」

若者たちが一斉に吹きだした。

「一本取られたな、ポワレ！」

「ポワレッッットの負け！」

「ヴォケール夫人に二点追加」ヴォートランが言った。

「どなたか、今朝の霧をよく注意してごらんになったかたいますか？」博物館員が言った。

「あれは」ビアンションが言った。「凄まじい、経験したことのない霧でしたね。不気味な、気の滅入る、緑がかった、もったりとした、いうなればゴリオ的な霧でした」

「なるほど視界も利かないときているから」画家が言った。「ゴリオラマですな」

「オーイ、ガオリオットセンセ、アナタノハナシヲ、シテイマース」

ゴリオ爺さんはテーブルの隅、入口そばの給仕が始まる場所に坐っていたが、顔を上げてナプキンの下にあったパンをひときれ取り、くんくんと匂いを嗅いだ。商売人時代の習慣であり、彼はこれをときどきやった。

「ちょっと、なんのつもりです」スプーンや皿が鳴らす騒音にもしゃべり声にも負け

41　フランツ゠ヨーゼフ・ガルが創始した。脳は精神活動に対応した二十七個の器官の集まりであり、各器官の機能の差が頭蓋骨の形状に現れるという学説。頭蓋骨を外から視診、触診することで、その人間の精神的気質を知ることができると主張した。頭蓋測定学とも呼ばれる。二十世紀以降は否定されている。

42　イスカリオテのユダ。イエスの使徒のひとり。銀貨三十枚でイエスをローマ軍に売り、のちにそれを悔い自殺する。

43　フランソワ・マレルブ作『愛娘を亡くしたデュ・ペリエ氏を慰める歌』の一節。ヴォートランの教養の高さが垣間見える。

ない鋭い声で、ヴォケール夫人が彼にむかって叫んだ。「パンに文句でもあるのかしら？」

「逆ですよ、女将さん」爺さんは答えた。「エタンプ産の小麦粉が使われている。最高級の粉です」

「なんでわかるんです？」ラスティニャックが訊いた。

「白さと味」

「鼻で味までわかるってわけね。だって匂いを嗅いだだけだもの」ヴォケール夫人が言った。「あんまり倹約家だから、しまいには厨房の空気を吸いこむだけで、食事ができるようになるんでしょうねえ」

「それなら特許をお取りなさい」博物館員が言った。「ひと財産つくれますよ」

「もういいじゃないか。彼はああやって自分は製麺業者だったと言いたいのさ」画家が言った。

「つまり、あなたの鼻は蒸留器《コルニュ》なんだな」博物館員がまた言った。

「コルなに？」とビアンション。

「木の実《コルヌイユ》」

「バグパイプ《コルヌミューズ》」

「宝石のカーネリアン《コルナリーヌ》」
「建築のコーニス《コルニッシュ》」
「小きゅうり《コルニション》」
「カラス《コルボー》」
「象使い《コルナック》」
「コルノラマ」

食堂のあちこちから矢継ぎばやに八つの答えがあがった。それからゴリオ爺さんが阿呆のようにみんなの顔を眺めているから、笑ってやりたい気分はますます高まった。爺さんは外国語を理解しようと苦労している男のようだった。

「コルなんです？」彼はすぐそばにいたヴォートランに訊いた。

「うおの目《コロピエ》だってさ！」ヴォートランがゴリオ爺さんの頭をぽんとはたくと、爺さんの帽子がすぽっと目の上まで落ちた。

可哀想な老人は、この突然の攻撃に呆気《あっけ》に取られ、しばらく動けなかった。クリストフは爺さんがスープを飲み終えたのだと思って皿を下げた。帽子を上げたゴリオはスプーンを持って空振りし、テーブルを鳴らすことになった。全員がどっと笑った。

「旦那」爺さんが言った。「冗談が過ぎますよ。もしこれ以上、またこんなひどいことを続けるなら……」

「続けるなら、なんだい、パパさん？」ヴォートランが遮った。

「続けるなら！　あなたは高いツケを払うことになりますよ、いつの日にか……」

「地獄に落ちるとでも？　ほんとに？」画家が言った。「悪い子にお仕置きするあの暗い物置の間違いでしょ！」

「おやおや、お嬢さん！」ヴォートランがヴィクトリーヌに言った。「食べないね。きみのパパはそんなに強情でしたか？」

「ぞっとするほどです」クチュール夫人が言った。

「やつには道理をおしえてやる必要があるな」ヴォートランが言った。

「まあ」ビアンションの近くに坐っていたラスティニャックが言った。「お嬢さんには、訴訟を起こして、食費や生活費を要求する手があるかもな。そうやってちゃんと食べてないわけだから。やれやれ、見ろよ、ゴリオ爺さんのヴィクトリーヌ嬢を眺める様子を」

老人は食べるのも忘れその可哀想な娘の顔を見つめている。そこにある本物の痛み、愛する父親に我が子と認めてもらえない娘の痛みを見つめている。

「おい」ラスティニャックが小声で言った。「おれたちはゴリオ爺さんを誤解している。あれは馬鹿でも、無気力人間でもないぜ。お得意のガルの骨相学に彼をあてはめるとどうなる、見立てをおしえてくれ。おれはゆうべ、やつが銀の皿を蠟でも捏ねるみたいに、捏ねているのを見た。そのとき彼の顔に現れていた感情は到底、尋常なものではなかった。彼の人生はひどく謎めいている、あれを研究しないなんて、もったいないぜ。いいさ、ビアンション、せいぜい笑うんだな、しかしふざけて言ってるんじゃないんだ」

「あの男が医学的対象」ビアンションが言った。「よろしい。やつがいいって言うなら、解剖してみよう」

「いや、頭部を調べるんだ」

「ええええ！　いいけどさ、やつの愚鈍さがうつるかもしれん」

翌朝、ラスティニャックは非常に上品な服を着こみ、午後三時頃、レストー夫人宅へ赴いた。道中、期待で胸が膨らんでおかしくなってしまいそうだった。無闇な期待というものは、こんなふうに若者たちの生活にとてつもない興奮を与えるのである。このとき若者たちの頭の中には障害や危険は存在しない。彼らはとにかく成功することしか考えない。妄想からおのれをいたずらに美化している。そして妄想でしかなかった計画が転覆すると、不幸になり、悲しみを覚えるのだ。もし彼らが無知でも内向的でもなかったら、どうしてひとの社会でなんか生きられるだろう。

ラスティニャックは足元を泥で汚さぬよう細心の注意を払って歩きながら、頭の中ではレストー夫人に話す内容を考えていた。知力を総動員し、仮想の問いかけに当意即妙の答えを出す。気の利いた言葉や、タレーランからの引用を準備する。なにか都合のいいちょっとした出来事が起こり、将来の地盤を固められるような告白に至る展開を想像する。学生は泥を踏んだ。パレ＝ロワイヤルで靴を磨かせ、ズボンにブラシをかけさせるはめになった。「金があったら」彼はなにかあったときのために持っていた三〇スー［一・五フラン］銀貨を崩しながらつぶやいた。「馬車で行ったのにな。そうすれば存分に考えごとができたのに」

ようやく彼はエルデル通りに到着した。そしてレストー伯爵夫人への面会を求めた。門前で馬車の停まる音も聞こえなかったのに、ラスティニャックが中庭を徒歩で横切ってくるので、ひとびとは彼を馬鹿にした目で見た。彼はいつかかならず成功してやるぞと怒りをぐっと押し殺す。中庭に入るとき、すでに劣等感を覚えていただけに、この眼差しはいっそう応えた。中庭には粋なカブリオレ[44]が停まり、それに繋がれた一頭の美しい馬が足踏みをしていた。その馬車は湯水のように金を使う生活をひけらかし、パリの極上の喜びに慣れ親しんでいることを物語っていた。彼はひとりで勝手に不機嫌になりはじめた。当てにしていた頭の中の知性の引き出しがひとりでに閉じ、彼は愚鈍になってしまった。伯爵夫人に訪問者の名を告げにいった下男が戻るのを待ちながら、ラスティニャックは控えの間の窓の前で片足に重心をかけ、イスパニア錠[45]に肘で寄りかかり、それから無意識に中庭を見下ろした。相当時間が経った気がする。普通の人間なら帰ってしまうところだが、彼には、まっすぐ伸びれば驚嘆するような偉業を生むかもしれない南仏人ならではの根気強さが具わっていた。

「お客さま」下男が言った。「奥さまはお部屋で非常にお忙しくしていらっしゃって、返事がございません。とはいえ、なんでしたらサロンのほうへ移られますか、すでにお待ちのかたがいらっしゃいますが」

ラスティニャックは、自分の主人の意向をひと言でまとめ、采配を振る使用人たちの恐ろしい権限に感心しつつ、下男がいま出てきた扉を決然と開けた。おそらくそうした生意気な召使いたちに、自分はこの家の人間と親しいのだと思わせたかったのだ

44　折り畳み式の幌のついた二輪馬車。
45　両開きの窓に用いられる棒掛け金。ハンドル状の取っ手を回してフックをひっかけて施錠する。

ろう。しかしランプや食器棚、バスタオルを温める器具のある部屋に出て、面喰らった。部屋は薄暗い廊下と裏階段に繋がっていた。押し殺された笑いが控えの間から聞こえてきて、ますます狼狽した。

「お客さま、サロンはこちらです」下男が言った。口調は恭しいが、嘲《あざけ》りの度合いが深まった気がする。

ラスティニャックは慌てて引き返そうとして浴槽にぶつかった。あやうく帽子を湯舟のなかに落とすところだった。このとき、小さなランプに照らされた長い廊下の奥の扉が開いた。ラスティニャックはレストー夫人の声とゴリオ爺さんの声、それからキスの音を聞いた。彼は食堂に戻り[46]、それを横切り、下男のあとを追いかけた。それから第一サロンに入り、窓から中庭が見えることに気がつき、立ち止まった。彼はさっきのが本当にゴリオ爺さんだったのかどうかを確かめたいと思った。心臓が奇妙に高鳴った。ヴォートランの恐るべき洞察が甦《よみがえ》る。下男が扉の前でラスティニャックを待っていた。しかし下男の開けた扉から、突然ひとりのエレガントな青年が出てきた。青年はいらいらした調子で言った。「帰るよ、モーリス。伯爵夫人にたっぷり半時間は待ったと伝えてくれ」

おそらくそんなふうに振る舞うことを許されているのだろう、その生意気な青年は、イタリアオペラかなにかのフレーズを口ずさみながら、ラスティニャックの立っている窓のほうに歩いてきた。学生の顔を一目見たかったし、中庭も覗きたかった。

「しかしながら伯爵さま、あと少しお待ちになられてはいかがでしょう。奥さまの用事も済みましたから」下男はそう言って、控えの間へと戻っていった。

このとき、ゴリオ爺さんが裏階段の出口から表門のそばに出てきた。老人は傘を取り出し、それを広げようとした。着飾った若い男の操る二輪馬車《ティルビュリー》のために門が開かれたのには気づかなかった。間一髪、ゴリオ爺さんは後ろに跳びのき、轢《ひ》かれずにすんだ。開いた傘に驚いた馬は軽く後ずさりし、玄関口のステップのほうに走りだす。若い男はむっとしたように振り返ってゴリオ爺さんを見つめ、爺さんが門から出ていく寸前、おざなりに会釈をした。それはひとが金貸しにしかたなくするようなわざとらしい挨拶、あるいは故あって阿呆相手にさせられたが、したあとで恥ずかしくなるような挨拶だった。ゴリオ爺さんは愛想のよい、いかにもひとのよい会釈をぺこりと返した。こうした出来事は一瞬のうちに起こった。すっかり注意を奪われ、自分がひとりでないことを忘れていたラスティニャックは、伯爵夫人の声にはっとした。

46　おそらく作者は控えの間と混同している。

「まあ！　マクシム、行ってしまうの」彼女は相手を非難するような、少し拗《す》ねたような声で言った。

伯爵夫人は二輪馬車が入ってきたのを見ていなかった。すかさず振り向いたラスティニャックの目に、艶《なま》めかしいいでたちをした伯爵夫人の姿が飛び込んできた。ピンクのリボンがついたカシミアのガウンに、軽く結わえた髪。いかにも朝のパリの女らしかった。彼女からはいい匂いがした。湯上りなのだろう。その美しさはいまだ目覚めきっておらず、かえって淫靡《いんび》に思える。目が潤んでいた。若者の眼差しは、すべてをそっくり捉える。植物が大気のうちから自らに適した物質を吸いこむように、若者たちの心は女性の放つ輝きに強く惹きつけられるのである。ラスティニャックはこの女性の手があたりに潤いを与えるのを感じた。触れるまでもなかった。軽く合わされたカシミアのガウンのあいだから、ときどき胸がはだけピンクの柔肌が覗く。その上にラスティニャックの視線が貼りつく。伯爵夫人の体はコルセットで強調する必要がなかった。帯が巻いてあるだけで、彼女のしなやかな肢体は十分に目立った。うなじは欲望をそそり、足はスリッパにかわいらしく収まっていた。マクシムがその手を取ってキスをした。ラスティニャックはこのときマクシムに気がつき、伯爵夫人はラスティニャックに気がついた。

「あら、あなたでしたの。ラスティニャックさん。お会いできてとても嬉しいわ」彼女は、気の利く人間ならその意図を察して従いたくなる口調で言った。マクシムはいかにも邪魔者に出ていけと言うように、ラスティニャックと伯爵夫人を交互に眺める。「なにをやってるんだ、きみは！　すぐさま、この可愛い坊やを追い払ってほしいものだね！」アナスタジー伯爵夫人がマクシムと呼ぶ、非常識なくらい尊大な青年の目つきを明快に翻訳すると、こういうセリフになる。そして夫人はためらいもなくただ従順でありたいというようにマクシムの顔色を窺っている。そこにその女性の内面がすっかり現れていた。ラスティニャックはこの青年に烈《はげ》しい憎しみを覚えた。まず、マクシムのその美しくカールした金色の髪を見て、自分の髪がいかにみっともないか気がついた。さらにマクシムは上等できれいなブーツを履いているのに、自分のブーツはというと、あれほど気をつけて歩いた甲斐《かい》もなく、うっすらと泥のシミがついていた。極めつけに、マクシムはそのウェストに軽やかにフィットするフロックコートを身に着け、まるでかわいらしい小娘のようであるのに、自分はというと昼の二時半に黒い燕尾服を着ているのだった。シャラントの神童ラスティニャックは身なりのせいで、すらりと背が高く透けるような瞳と蒼白い肌をしたそのダンディに優位に立たれたと感じた。それは孤児でも破産させかねない悪党だった。

レストー夫人はラスティニャックの返事も聞かず、すぐさま奥のサロンへと立ち去った。ガウンの裾がひらひら翻《ひるがえ》るさまが蝶《ちょう》のように見えた。これにマクシムが続いた。ラスティニャックはかっとなってマクシムと伯爵夫人を追った。こうして三人は、大きなサロンの中央、暖炉のところで向かい合った。憎たらしいマクシムが気を悪くするのは承知の上だ。レストー夫人の機嫌を損ねる危険もあったが、とにかくこのダンディの邪魔をしたかった。ラスティニャックは突然、目の前の青年をボーセアン夫人の舞踏会で見かけたことを思い出した。マクシムはレストー夫人に会うためにあそこにいたのか、と合点がいった。そして、大きな失態を犯すこともあれば、大金星を摑むこともある若者特有の大胆さから、自分につぶやいた。「こいつがおれのライバルだ。おれはこいつに勝ってやる」なんという向こう見ず！　彼はマクシム・ド・トライユ伯爵が相手に自分を侮辱させておいて、決闘になると先に引き金を引き、相手を殺していることを知らなかった。ラスティニャックは田舎ではよいハンターだったが、射撃場ではまだ二十二発中、二十発を的に命中させたことはなかった。マクシムは暖炉のそばにあった安楽椅子にぽんと腰を下ろし、火鋏を摑み、それをいらいらと乱暴に動かして、炉をつつきまわした。レストー夫人の美しい顔が突然、苦しげにゆがんだ。夫人はラスティニャックを振り返り、冷ややかに彼を見た。その目は当然、どうして帰らないの？　と問うており、育ちのいい人間なら、すぐさま辞去の言葉を口にするはずだった。

ラスティニャックは開き直って言った。「奥さま、一刻も早くあなたにお会いしたく……」

彼は言葉を切った。扉が開いた。さきほど馬車を操っていた紳士が突然現れた。帽子は被っておらず、伯爵夫人に挨拶もせず、怪訝《けげん》そうにラスティニャックを見た。そしてマクシムの手を握りながら「やあ、いらっしゃい」と言った。その親しげな表情にラスティニャックはたいそう驚いた。地方出身の若者にとって、こんなふうに良好な三角関係などはありえなかった。

「こちらはレストー伯爵」伯爵夫人がラスティニャックに夫を示しながら言った。

「そしてこちらは」続けて彼女はレストー伯爵に紹介した。「ド・ラスティニャックさん、ボーセアン子爵夫人のマルシヤック方のご親戚です。先日の夫人の舞踏会で、お友だちになっていただきましたの」

ボーセアン子爵夫人のマルシヤック方のご親戚！　伯爵夫人はこの言葉をちょっと仰々《ぎょうぎょう》しい感じで口にしてみて、うちは名門だから高貴な客しか来ないのだと自慢する女主人の気分をうっとりと味わった。この言葉が不思議な効果を生んだ。伯爵は急にもったいぶった冷淡な態度を改め、学生に挨拶をした。

「はじめまして」彼は言った。「お目にかかれて光栄です」

マクシム・ド・トライユ伯爵はというと煩わしいというようにラスティニャックを睨み、それから突如、不遜《ふそん》な態度を改めた。この魔法の杖のひと振り、名前の強力な関与によって、南仏人の頭のなかで、三十の引き出しがいっぺんに開いた。そしてラスティニャックは準備してきた話を思い出した。突然の光が、彼にとってはいまだ闇に沈むパリの上流社会を明るく照らしだした。このとき、彼の頭の中からヴォケール館や、ゴリオ爺さんはどこか遠くへ行ってしまった。[47]

「マルシヤック家は絶えたものと思っていました」レストー伯爵が言った。

「そうなのです」ラスティニャックは答えた。「わたしの大叔父のラスティニャック騎士が、マルシヤックの血筋の者と結婚したのです。このラスティニャックのひとり娘が、ボーセアン夫人の母方の曽祖父クラランボー元帥と結婚したというわけです。とはいえうちは分家筋、しかも大叔父が海軍司令官補として王にお仕えし、破産してしまっただけに、貧しい分家筋でしてね。といいますのも、革命政府が、東インド会社解散に際してうちの債権を認めようとしなかったのです」

「もしかしてあなたの大叔父さまは、一七八九年以前にヴァンジュール号で指揮をとっておられたのでは？」

「それならば、大叔父上はわたしの祖父と知り合いですな。祖父もワーウィック号で指揮をとっておりましたから」

「いかにも」

マクシムは軽く肩をすくめ、レストー夫人を見た。「ご主人がそいつと海軍の話をするんなら、こっちは手持ち無沙汰《ぶさた》だね」と言っているようだった。レストー夫人はマクシムの眼差しの意味を理解した。女性が持つあの見上げた能力を発揮し、微笑みを浮かべて言った。「マクシム、ちょっと来てくれる、聞きたいことがあるのよ。どうぞあとのおふたりはお気になさらず、ワーウィック号だかヴァンジュール号だかで、仲良く航海なさって」彼女は立ち上がった。そしてからかうようにマクシムに向かって不実な目線《モルガナティック》[48]を送った。マクシムは夫人について彼女専用の居間のほうへと歩きだした。不適切な関係のというドイツ語のしゃれた表現にあてはまるものがフランス語に

47　ガルの骨相学からの発想。

48　本来は王侯と卑賤の女の結婚のような身分不相応の関係を示し、バルザックの使い方はずれている。

はないのだが、まさにモルガナティックなふたりが部屋を出ようとしたとき、伯爵はウジェーヌとの会話を中断した。

「アナスタジー！　いいから、ここにいなさい」彼は不機嫌に叫んだ。「わかるだろう……」

「すぐ戻るわ、すぐだから」彼女は伯爵の言葉を遮った。「マクシムにどうしても言っておくことがあるのよ、すぐに終わることだから」

彼女はすぐに戻ってきた。自分が思うままに振る舞うために夫の性格を観察してこざるをえなかった女性はみな、大切な信頼を失わずにすむぎりぎりの一線がどこにあるかわかっているので、日常の些末《さまつ》な場面において夫を不快にさせるようなことは決してしない。伯爵夫人はそのときの伯爵の声の抑揚から、居間に長居するのは危険だと見てとった。こうした予期せぬ事態を引き起こしたのはラスティニャックだった。それで伯爵夫人はマクシムに向かって、恨みがましい仕草と態度でこの学生がいるせいだと示した。マクシムは伯爵と恋人とラスティニャックに向かって、ひどく刺々《とげとげ》しい口調で言った。

「なるほど、みなさまお忙しいようだ。お邪魔はしたくないし帰ります。では」

「まあ待ちたまえ、マクシム！」伯爵が叫んだ。

「夕食を取りにきて」そう言いながら伯爵夫人はふたたびラスティニャックと伯爵を放って、マクシムを追いかけてもうひとつのサロンのほうへ行ってしまい、なかなか戻ってこなかった。そうしていれば伯爵がラスティニャックに帰るように言うものだと思っていた。

ラスティニャックは夫人とマクシムが笑い声をたてたり、おしゃべりをしたり、黙り込んだりを繰り返すのを聞いた。しかし学生は悪知恵を働かせ、上手にレストー伯爵を持ち上げてうまく会話のなかに引きこんだ。なんとか伯爵夫人にもう一度会って、ゴリオ爺さんとの関係を聞いてみたかったのだ。明らかにマクシムと愛人関係にあり、夫を意のままにし、陰で元製麺業者ともつきあっているその女性が、ラスティニャックにはどこまでも謎めいて見えた。その謎に踏み込んでみたい、きわめてパリ娘らしいその女性を支配できるようになりたいと思った。

「アナスタジー」伯爵がふたたび妻を呼んだ。

「さあ、マクシム」夫人は青年に言った。「しかたがないわ。今夜……」

「ともかく、ナジー[49]」マクシムは夫人の耳元で言った。「この先、あの若造を家に入

49 アナスタジーの愛称。

れないでほしいな。きみのガウンがはだけるたびに、炭火みたいに目をぎらぎらさせてたもの。きっときみに告白してきて、きみを面倒に巻き込むだろう。そうしたら、きみのせいでぼくはあいつを殺すことになるんだぜ」

「わかってないのね、マクシム」彼女は言った。「あの手の若い学生は、かえって、素晴らしい避雷針になってくれるのよ。そうだわ、うまくすれば、あの青年がレストーの嫌われ役になってくれるかも」

マクシムは声をあげて笑った。そして伯爵夫人に送られて帰っていった。夫人は窓辺に立って、マクシムが馬車に乗り、馬を足踏みさせ、鞭を振るのを見ていた。彼女は正面の門の扉が閉まるまで、伯爵のいるサロンへ戻ってこなかった。

「聞いておくれ」伯爵は部屋に入ってきた夫人に叫んだ。「このかたのご家族が住まわれている場所というのが、シャラントのね、ヴェルトゥイユからそう遠くないところなんだ。彼の大叔父上とうちの祖父は知り合いだったんだよ」

「同郷のかたとお会いできるなんて素敵ですこと」夫人は気のない様子で言った。

「それよりもっと驚くことがあるんです」ウジェーヌは小声で囁いた。

「なにかしら？」彼女はすぐに聞き返した。

「それがですね」学生は言った。「ぼくはさっき、こちらのお宅から同じ下宿で隣に住んでいるひとが出ていくのを見かけたんです。老《ペール》ゴリオというのですが」

「父《ペール》」という語を伴ってその名前が出た途端、炉を掻きまわしていた伯爵が、火傷《やけど》でもしたように手から火鋏を落とした。そして立ち上がった。

「どうしてでしょうね、ゴリオさんとも言えたでしょうに！」彼は叫んだ。

夫の苛立ちを見てとった伯爵夫人はまず蒼褪《あおざ》め、それから赤面した。明らかに動揺していた。彼女はいかにも自然に聞こえるように、なんでもないという様子を装って答えた。「わたしたちにとって、これ以上なく大切なひとです……」彼女は言葉を途中でやめ、あたかもなにか素敵なことを思い出すように、ピアノを見つめ、それから言った。「音楽はお好き？」

「大好きです」ラスティニャックは赤面し、なにか重大な失敗を犯したのではないかと頭が混乱し、子供のように言った。

「歌われます？」彼女はピアノに向かいながら大声で訊き、勢いよく指を動かし、鍵盤を叩いて、低いドから高いファまで鳴らした。

「いいえ、歌えません」

レストー伯爵は部屋をぐるぐると歩き回っている。

「それは残念。出世の近道をひとつ逃しましたね……カーロ、カーロ、カーロ、ノン、ドゥビターレ」[50] 伯爵夫人は歌った。

ラスティニャックはゴリオ爺さんの名前を口にすることで、魔法の杖をまた振ったのである。しかし今度のそれは、ボーセアン夫人の親戚というあの言葉とは逆の効果を生んだ。ラスティニャックがいま立っているのは、運よく希少な骨董品の収集家の家に招待されながら、不注意から、彫像のたくさん仕舞われた棚に触れ、しっかりくっついていなかった像の頭を三つ四つ落としてしまった男の立場だった。目の前に淵があったら身を投げてしまいたかった。レストー夫人の表情は冷たくよそよそしかった。目からは輝きが失われ、空気を読み違えた学生とまなざしを合わせようとしなかった。

「奥さま」彼は言った。「レストーさんとお話もあることでしょうから。そろそろ失礼させていただきます。今日はご面会いただき……」

「いつでもお好きなときにおいでください」夫人はすぐさま答えて、ラスティニャックの言葉を手で遮った。「主人にもわたしにも、これ以上嬉しいことはありませんから」

ラスティニャックは深々と頭を下げ、レストー伯爵に送られて外に出た。見送りは結構と遠慮したのに、伯爵は玄関口の控えの間までついてきた。

「今後、いま帰った旦那がいつ訪ねてこようと」伯爵は下男のモーリスに言った。「わたしも、奥さまも留守だからな」

ラスティニャックは玄関先の階段に出たとき、雨が降っていることに気がついた。

「やれやれ」彼は言った。「おれはたったいま原因もそれが及ぼす影響もわからないヘマをやらかした。このうえジャケットも帽子もだめにしてしまうぞ。こうなっては部屋に籠《こも》って法律を猛勉強するしかあるまい。無骨な司法官になるしか道はなかろう。どうしておれが社交界なんかに出入りできるだろう？　あそこで恥をかかずに振る舞うには、カブリオレだの、ぴかぴかのブーツだの、必要不可欠な装備が山ほどいるんだ。金の鎖だって必要だし、朝には六フランのなめし革の白い手袋、夕方には黄色い手袋をつねにはめていなくちゃいけないんだぞ。まったく、ゴリオのごろつきジジイめ！」

通りに出る門の下まで来たところで、貸し馬車の御者から合図を送られた。新婚夫婦を降ろしたところなのだろう。御者にすれば、親方に黙ってもぐりで何人か客を乗せるほどおいしいことはない。彼はラスティニャックが傘を持っておらず、それでも

50　チマローザ作曲『秘密の結婚』の一節のもじり。愛しいあなた、安心してねの意味。

黒い燕尾服に白いベストを着て、黄色い手袋を嵌め、蠟掛けのブーツを履いているのを見て、合図を送ってよこしたのだった。ラスティニャックはいまだ腹の虫が治まらなかった。若者というのはそうした怒りの淵に嵌りこむと、その底に幸せに転じる道があるかもしれないと、もっともっと深みに嵌るのである。彼は御者の申し出に頷いて答えた。ポケットには二十二スーしかないのに、彼は馬車に乗りこんだ。馬車の中にはオレンジの花の花粉や、金や銀のラメが残っており、新郎新婦が乗っていたことを物語っていた。

「どこにやります？」御者が訊いた。白い手袋はもう外している。

「むろん」ラスティニャックは自分に言った。「深追いするからには、せめてなにか得になることでなくてはならない！」彼は大声で言った。「ボーセアンの屋敷にやってくれ」

「どっちの？」御者が訊いた。

鮮やかな返しに虚を突かれた。いまだデビュー前のこのお洒落さんは、ボーセアンの館がふたつあることを知らなかった。彼のことなど気にかけていない親戚が山ほどいることを知らなかった。

「ボーセアン子爵邸だ、通りは……」

「グルネル通りのほうだ」御者は途中で遮り、頷いた。「ご存じでしょうが、ほかにもボーセアン伯爵と侯爵の屋敷が、サン＝ドミニク通りにもありましてね」彼は乗車用の踏み台を仕舞いながら言った。

「知ってる」ラスティニャックはつっけんどんに言った。「今日は誰も彼もがおれを馬鹿にする！」彼は前の座席のクッションに帽子を投げながら言った。「こんなのは予定にない行動だ。しかも馬鹿みたいに金が出ていく。しかし、一応、親戚ということになっているのだから、少なくとも貴族らしい方法で訪問するんだ。くそ、ゴリオ爺さんのおかげで一〇フランの出費だぞ、ちきしょう！　よし、ボーセアン夫人に今日の出来事を話してみよう。たぶん笑われるだろうが。夫人ならおそらく、あの尻尾《しっぽ》のない老いぼれネズミと美女の胡散臭《うさんくさ》い関係の秘密を知っているだろう。とにかく従姉に笑われるほうが、あのふしだらな、ひどく金のかかりそうな女と対決するよりましだ。それに名前だけであれだけの威力があったくらいだもの、ボーセアン子爵夫人そのひとには、どれほどの影響力があるかしれないぞ。こういうときは上にかけあってみるのが正解だ。とにかく天国でなにかでかいことをするつもりなら、神さまを相手にしなければ！」

千々《ちぢ》に乱れる思いに身をまかせた挙句出てきたのは、そうした標語のような言葉だった。彼は落ちてくる雨を眺めるうちに、少し落ち着きを取り戻した。移動のためになけなしの一〇〇スー硬貨のうちから二枚が浪費されることになるけれども、ジャケットとブーツと帽子が維持できるなら上々じゃないか。彼は御者が「開門よろしく！」と叫ぶのを聞いて、思わずはしゃがずにいられなかった。赤と金のスイス風の衣装をつけた守衛が、蝶番をきしませて邸宅の門を開けた。そしてラスティニャックは自分の馬車がその門の下をくぐり、中庭で方向転換し、子爵夫人の玄関先で停車するのを見て快感を覚えた。青地に赤の縁飾りのついた、だぼっとした外套《がいとう》姿の御者が踏み台を降ろしにやってきた。ラスティニャックは馬車から降りながら、柱廊の陰で笑い声があがるのを聞いた。三、四人の召使いが結婚式用に装備された馬車を肴《さかな》に、早くも冗談を言っているのだった。彼らの笑いが起こったのと同時に、学生はいま自分の乗ってきた馬車と、目の前に停まっているパリで一番エレガントな箱馬車《クーペ》と思《おぼ》しき一台を見比べた。颯爽《さっそう》とした、耳に薔薇の花をあしらった馬が二頭繋がれ、くつわを噛んでいる。御者は白粉を塗り、きちんとネクタイを締め、まるでそうしていないと馬が逃げ出しでもするかのように、手綱をぎゅっと握っている。ショセ＝ダンタンのレストー夫人のところには、二十六歳のあの若者の所有する優雅な二輪馬車《カブリオレ》が停まっていた。そしてサン＝ジェルマン街には、大貴族の贅沢を満たすために、三万フランは下らない馬車が出発の準備を整えているのである。

「それで、こちらには誰が来ているのだろう？」ラスティニャックは遅ればせながら、パリでは誰のものでもない女に出会うのは実に至難の業であり、そうした花形を陥落させるのは、血よりも高い代価がいることを理解した。「いやはや！　従姉どのには、従姉どののマクシムがいるのだろう」

彼はがっかりしながら玄関の階段をのぼった。玄関の前まで行くと、ガラス扉が開いた。鹿爪《しかつめ》らしい顔つきの召使いたちを見て、櫛《くし》を当てられたロバのようだと思った。自分も出席した先の舞踏会は、ボーセアン邸の一階の応接専用の続きの間で催された。招待されてから舞踏会まで日がなく、従姉を訪問する機会のなかった彼は、ボーセアン夫人の住居にまだ入ったことがなかった。したがって彼は初めて、まばゆいほどの個人宅の優雅さを目にしたのだった。そこには傑出した女性の精神と習慣がよく表れていた。レストー夫人のサロンという比較対象があるだけに、それはより興味深い観察になった。四時半だから、子爵夫人に面会ができるのだった。五分早ければ夫人はこの従弟を受け入れなかっただろう。ラスティニャックはパリの社交界のさまざまな作法をなにひとつ知らなかった。白を基調とし、花でふんだんに飾られた大階段の金色のスロープと赤い絨毯《じゅうたん》に沿って進み、ボーセアン夫人のいる部屋に着いた。彼はボーセアン夫人にまつわる伝説を知らなかった。つまりパリじゅうのサロンで毎晩、耳から耳へと囁かれるあのさまざまな噂のひとつを知らなかった。

子爵夫人は三年前から、社交界一著名で屈指の財産家でもあるポルトガルの大貴族アジュダ＝ピント侯爵と愛人関係にあった。それは似たような立場にある恋人たちをおおいに魅了するような純粋な恋愛のたぐいであり、夫人はけっして第三者の介在を許さなかった。夫のボーセアン子爵自身もまた、そうした不適切《モルガナティック》な関係の恋人たちに、しぶしぶ目を瞑《つぶ》ることで、理解のある夫はかくあるべしという模範を世に示していた。この恋愛の初期に、二時に子爵夫人を訪ねたひとは、そこでかならずアジュダ＝ピント侯爵と出くわすこととなった。さすがに門前払いはできないが、ボーセアン夫人はそうしたわきまえを知らぬ客を非常に冷淡に迎え、天井の出っ張り部分なんかを熱心に見つめているので、客はいかに彼女を怒らせたかを思い知らされたのだった。二時から四時のあいだにボーセアン夫人を訪ねると夫人の機嫌を損ねるというのがパリの常識になったとき、夫人は完全な孤独を手に入れた。彼女はブッフォン座やオペラ座に赴くときは、ボーセアンとアジュダ＝ピント両氏とともに出かける。しかしボーセアン氏はわきまえを知る大人として、つねにいったん席に着いたあとで、妻とポルトガル人のもとを離れるのだった。

アジュダ氏は結婚することになっていた。相手はロシュフィード家の令嬢だ。貴族社会では有名な話だったが、ただひとりこの結婚話を知らないのが、ボーセアン夫人だった。もちろん友人のなかには、その話を仄《ほの》めかす者もいたのだが、夫人はそれを一笑に付し、友人がそんなことを言うのは、自分の幸せを妬《ねた》んでいるからだと考えるのだった。しかしながら結婚の公示の日が迫っていた。このハンサムなポルトガル人は、自分が結婚することを子爵夫人に通告するためにここにやってきていながら、いまだに裏切りの言葉を告げられずにいた。なぜか？　この世に女性に最後通牒のようなものを突きつけるより困難なことはなかろう。男の何割かは、二時間もめそめそした末に、これみよがしに倒れてみせて気付け薬を求めてくる女を相手にするくらいなら、剣で胸を突かれようとも誰かと決闘したほうが気楽だと感じるだろう。つまり、このときアジュダ＝ピント氏は針のむしろに坐《すわ》っており、逃げ出したいと思っていた。もうすぐ婚姻のニュースはボーセアン夫人にも届くだろう。手紙を書こうかな、と彼は考える。直接話すより、手紙という優雅な殺し屋を利用するほうが楽かもしれないぞ。ちょうどそのとき下男がウジェーヌ・ド・ラスティニャック氏の訪問を告げたので、アジュダ＝ピント氏は悦びに身震いした。ご存じのとおり、情の深い女というのは快楽の味わいかたを心得ている以上に疑いを抱くことに長けている。あと少しで捨てられるという瀬戸際で、相手の身振りひとつが意味するものを、洩らさず読み取れるようになる。かすかな香りを嗅いだだけで愛の訪れを予感し全身を震わせるウェルギリウスの馬[51]よりも、敏感になるのである。つまりボーセアン夫人が見たその身震いは、思わずでた軽いものではあったが、あからさまな凶兆だった。

ラスティニャックは知らなかったが、パリでは誰かを訪れる際には、それが誰の家であれその家の友人たちから、その家の夫や妻、子供の噂を聞かずして、絶対にその家を訪れてはいけなかった。そこで粗相《そそう》をしでかさないためだ。ポーランドではその種の粗相を「荷車に牛を五頭繋げ！」と絵画的に表現する。おそらくはまんまと嵌ってしまった泥のなかからうまく脱出できるようにという意味だろう。フランスにはいまだそうした交際における災いを形容する表現がないが、それはようするに、フランスでは悪口がすぐさま広まるため、そんな粗相は起こりようがないからだろう。ところがラスティニャックにかぎって話は別だ。レストー夫人の家でまず泥に嵌り、荷車に五頭の牛を繋ぐ暇さえ与えられなかった彼は、今度はボーセアン夫人の家に顔を出し、粗野な牛飼いよろしく次の粗相をしでかしかねないのだった。しかしながらラスティニャックはレストー夫人とマクシム・ド・トライユ氏の機嫌を絶望的に損ねはしたものの、ことアジュダ氏に対しては、救い主になったのだった。

「それではまた」ポルトガル人がそう言って、そそくさと戸口に辿《たど》りついたとき、ラスティニャックがその小さなサロンに入ってきた。それはグレーとピンクの色調の、豪華でありながらどこまでも品のいいサロンだった。

「あら今夜は」ボーセアン夫人は振り向き、侯爵に視線を投げながら言った。「ブッフォン座に行くのでしょう?」

「行けません」侯爵は扉のノブを摑みながら言った。

ボーセアン夫人は立ち上がり、侯爵に戻ってくるよう言った。ラスティニャックにはこれっぽっちの注意も払わなかった。ラスティニャックはそこに突っ立って、途方もない富のまばゆさに目を回しながら、アラビアンナイトの世界が現実になったのではないかと思った。そして目の前にいるのに夫人に気づいてもらえず、いたたまれない気分になった。子爵夫人が右手の人差指を挙げ、それをちょこんと動かして、侯爵に自分の目の前にくるように示した。その身振りには抗いがたい激情の力があった。侯爵はノブから手を放し彼女のもとに戻った。ラスティニャックは羨《うらや》ましげに男を見た。

51　『農耕詩』の一節のもじり。

「これがあの箱馬車《クーペ》の男だ！　つまり、パリ女を振り向かせるためには、颯爽《さっそう》とした馬や、召使い、たっぷりの金が必要ということか？」贅沢への嫉妬で胸がちくちくと痛み、めらめらと欲望の炎が燃え上がり、金が欲しくて咽喉がからからになった。彼は一三〇フラン持っていたが、三カ月分の生活費だった。父、母、弟たち、妹たち、伯母は全員合わせても月に二〇〇フランも金を使わなかった。自分の現状と到達すべき目標をすみやかに比較し、彼は愕然《がくぜん》とした。

「なぜ」子爵夫人は笑いながら言った。「イタリア座に来られないのです？」

「仕事です！　イギリス大使館で食事会があるのです」

「抜けてこられるでしょう」

男は女を裏切るとき、どうしようもなく嘘を重ねてしまう。だからアジュダ氏は笑って言った。「それは命令ですか？」

「ええ、まさしく」

「その言葉を聞きたかったのです」きっともう一方の女を安心させるときにも見せているにちがいない、その極上の眼差しで見つめながら、彼は彼女の手を取り、そこに口づけし立ち去った。

ラスティニャックは手櫛で髪を整え、ボーセアン夫人の注意が彼のほうに向くだろうと、腰をひねって挨拶した。彼女は突如、はっと頭をあげ、廊下へ飛びだし窓辺へ走り寄った。そしてアジュダ氏が馬車に乗りこむあいだ、じっと彼を観察した。彼女は氏の指図の声に耳を澄まし、従僕が御者に行先を伝えるのを聞いた。「ロシュフィード家へ」この言葉と、アジュダ氏が座席にゆったりと身を預ける姿が、この女性を雷のように打った。彼女はふたたび耐え難い不安の虜《とりこ》となった。こうしたことこそが上流社会におけるもっとも恐ろしい不幸であった。子爵夫人は寝室に入っていき、テーブルに着き、きれいな便箋《びんせん》を一枚取った。

「あなたはいまロシュフィード家でお食事されているのでしょう」と彼女は書いた。「イギリス大使館ではなくてね。なんとしても説明していただかなくてはなりません。お待ちしております」

手が烈しく震え、何枚か書き損じたのち、彼女はクレール・ド・ブルゴーニュ[52]を意味するCの頭文字を書き添え、呼び鈴を鳴らした。

「ジャック」彼女が呼ぶと下男はすぐに駆けつけた。「七時半に、ロシュフィード家へ行って、そこにアジュダ氏がお見えになっているかどうかを訊いてちょうだい。も

52　ブルゴーニュはボーセアン夫人の旧姓。

しお見えになっていたら、この手紙を彼宛てにと置いてきてちょうだい。返事はいりません。もしお見えでなければこれは持ち帰ってちょうだい」

「奥さま、サロンでどなたかがお待ちですが」

「まあ！　本当？」彼女は扉を開けながら言った。

ラスティニャックは居心地の悪さを感じはじめていた。彼はようやく自分に話しかけてくる子爵夫人の声を聞いた。その声の昂《たかぶ》った調子が彼の心の琴線に触れた。「ごめんなさいね、手紙を書く用があったのです。でもおしまい、さあぞんぶんにお相手いたしますわ」彼女は自分がなにを言っているかわかっていなかった。頭ではこんなことを考えていたからだ。「ああ！　あのひとはロシュフィード嬢と結婚するつもりだ。でもそう思い通りにいくかしら？　今夜、破談になることだってある。さもなければ、わたしが……いいわ、明日になれば、はっきりするでしょう」

「あの……」ラスティニャックが答えた。

「なに？」子爵夫人が自分を見るその眼差しの遠慮のなさに、学生は凍りついた。ラスティニャックはこの「なに？」の意味を理解した。彼はこの三時間のあいだに実にたくさんのことを学び、すっかり警戒態勢にあった。

「お赦しください」彼は顔を赤らめながら口を開いた。少し躊躇《ためら》い、それから言葉を続けた。「無礼を承知で参りました。わたしにはいまなんとしても庇護してくださるかたが必要なのです。はるか遠い親戚の奥さまにさえおすがりするほどです」

ボーセアン夫人は笑みを浮かべたが、悲しげだった。すでに彼女は自分の世界の内で不幸がいまにも暴れだしたそうに不気味なうなり声を上げるのを感じていた。

「わたしの家族の窮状を知っていただけたら」彼は話を続けていた。「名付け子を取り巻く障害を払い除けてやろうとするあのお伽噺《とぎばなし》の妖精のように振るまってやりたくなるのではないでしょうか」

「まあ、どうしたものかしら、あなたのためにわたしにできることなんてあるかしら？」

「そう言われては、なにも言えません。雲か霞のような縁で辛うじてあなたと親戚の関係にあるというそのことだけが、残されたたったひとつの財産なのですから。いまの言葉ですっかり動揺し、なにを申し上げるつもりだったのか忘れてしまいました。奥さまはわたしがパリで知るただひとりのひとです。ああ、どうか相談に乗っていただきたかったのです。どうかわたしを、母親のスカートに纏《まと》わりつく可哀想な子供のように受け入れていただきたいのです。そうすれば、その子はあなたのために命だって捨てるでしょう」

「わたしのためなら、ひとひとり殺せると？」

「ひとりと言わず、ふたりでも」ラスティニャックは言った。

「馬鹿な子ねえ！　いいでしょう、あなたは小さな子供です」彼女は少し涙ぐんでいた。「あなたなら誠実にひとを愛することでしょうね、あなたなら！」

「もちろんです！」彼は頷いた。

子爵夫人はこの学生の野心いっぱいの返事に急に興味が湧いた。ラスティニャックは第一の目標を達成したのである。レストー夫人の青い居間とボーセアン夫人のピンク色のサロンのあいだでパリ人の掟について三年分の学習をした。おおっぴらに語られることはないが、この高度な法学ともいえる上流社会の掟をきちんと習得し、実地の経験を積めば、将来が拓ける。

「ああ、いま用件を思い出しました」ウジェーヌが言った。「わたしは先日の舞踏会で、レストー夫人と知己を得まして。それで今朝、訪ねてみたのです」

「きっと彼女を怒らせたんでしょう」ボーセアン夫人が微笑みながら言った。

「そうなのです！　わたしは右も左もわからぬ田舎者で、あなたに援助を断られたら、みんなを敵に回すことになるでしょう。パリで若くて、きれいで、金持ちで、上品で、誰のものでもない女性に出会うのは本当に難しいことですね。それでもわたしには女性の力が必要なのです。あなたがた女性は実におしえるのが上手ですから。人生というものを。わたしはこのさきどこへ行っても、ド・トライユ氏のような男に会うでしょう。つまりわたしはこちらに、とある謎の言葉の意味をおしえていただきに参ったのです。どうか、わたしにおしえてください。わたしはいかなる粗相をしでかしたのでしょう? わたしはとある爺さんの……」

「ランジェ公爵夫人がお見えになりました」学生の言葉を遮って下男のジャックが言った。学生は思いきり気分を害したような身振りをした。

「もし出世したいのなら」子爵夫人は小声で囁いた。「まず、そんなふうに感情を丸出しにしないことね」

「あらまあ! ごきげんよう」夫人は顔をあげ、公爵夫人の前へ進みでて言った。両手を伸ばし、まるで妹に見せるような優しさを公爵夫人に示した。先方も負けずに優しい愛撫《あいぶ》を彼女に返した。

「おや、実に仲がいい」ラスティニャックは思った。「おれは同時にふたりの庇護者を手に入れることができるかもしれないぞ。このふたりは同じくらい情が深いにちがいない。きっとこちらもおれに興味を持つだろう」

「こんな時間に来てくれるなんて、とても嬉しいわ、アントワネット!」ボーセアン夫人は言った。

「それがね、アジュダ＝ピントさんがロシュフィード家に入っていくのを見かけたの。だからあなたはきっとひとりだろうなと考えたの」

ボーセアン夫人は唇を噛んだりはしなかった。顔を赤らめもしなかった。目を泳がせたりもしなかった。ランジェ公爵夫人が決定的なことを口にしたときにも、その表情が曇る様子はなかった。

「お客さまだと知っていたら……」公爵夫人はラスティニャックを振り返りながら言った。

「こちらはウジェーヌ・ド・ラスティニャックさん。親戚なの」子爵夫人は言った。「モンリヴォー将軍からお便りはある？　昨日セリジーが、このごろお宅でお見かけしないと言っていたけど。今日はお見えになった？」

公爵夫人がモンリヴォー氏に捨てられたことは有名だった。公爵夫人は氏に猛烈に執着しており、この質問に心を突き刺されたように感じ、赤くなって言った。「あのひとは昨日、エリゼ宮でした」

「仕事ね」ボーセアン夫人が言った。

「クララ、きっとご存じでしょうけど」公爵夫人はふたたび毒を含む眼差しを送ってきた。「アジュダ＝ピント氏とロシュフィード嬢の婚姻が明日、公示されるとか」

この一撃はあまりにも強烈だった。子爵夫人は蒼褪め、それから笑って答えた。

「お馬鹿さんたちが喜んでいる噂でしょ。ポルトガル屈指の名門貴族のアジュダ氏がどうしてロシュフィード家なんかと縁を組むかしら？　ロシュフィードなんて昨日貴族になったようなひとたちじゃないの」

「でも令嬢のベルトさんには二〇万リーヴル[53]の金利収入があるそうよ」

「アジュダ氏はそんな計算をするほど、お金に困ってはいません」

「でもね、ロシュフィード嬢は魅力的なかたよ」

「まあ！」

「いずれにせよ彼は今日あそこで夕食を取るのだから、条件は固まったのだわ。あなたがそこまでなにもご存じないとは、いささか驚きだけれど」

「それで、あなたはどんな粗相をしでかしたの、ラスティニャックさん？」ボーセアン夫人が言った。「ねえアントワネット、この可哀想な坊やはこの世界に飛び込んであまりにも日が浅いために、わたしたちの話していることがまるで理解できないのよ。

53　リーヴル紙幣。一リーヴルは一フラン。

ねえ、彼に優しくしてあげて。この話の続きは明日にしましょう。明日になれば、すべてがはっきりするのですもの。きっとあなたのご親切もみな取り越し苦労ということになるでしょう」

公爵夫人はラスティニャックのほうを向いて、つま先から頭のてっぺんまでさっと眺めた。ひとりの人間を容赦なくぺしゃんこにし、無の状態に戻してしまうあの無礼な一瞥だった。

「奥さま、わたしは知らぬうちにレストー夫人の心臓に短刀を突き刺してしまったようなのです。知らないうちに。それがわたしの過ちです」学生は言った。彼の頭は適切に働き、このふたりの女性の温かい言葉の裏に隠された猛烈な毒を見いだした。「あなたがたは、こちらが傷つくと知っていて傷つけてくる連中とつきあい続けるのです。そしてそうした相手に畏敬の念を抱くのです。それとは逆に、自分が相手をどれほど深く傷つけているかも知らずに他人を傷つける人間は、愚か者、立ち回りの下手な粗忽者《そこつもの》と見なされ、誰からも馬鹿にされるのです」

ボーセアン夫人はこの学生に、とろけるような柔らかな眼差しを投げかけた。高邁《こうまい》な精神というのは、感謝と威厳を同時に示す技を持っているのである。その眼差しは、ラスティニャックがついさっきランジェ公爵夫人の鑑定士のような一瞥で心に受けたダメージを、鎮痛剤のように和らげた。

「実はさきほど」ラスティニャックは続けて言った。「まさにわたしはレストー伯爵の好意を得たところだったと言ったら驚かれますか。なにしろ」彼はランジェ公爵夫人のほうを振り返り、ずる賢いへりくだった態度を示しながら言った。「あらかじめ言っておかなくてはならないのですが、わたしはいまだ憐れなひよっこ学生です。それも孤独で、貧しい……」

「それを言ってはだめよ、ラスティニャックさん。わたしたち女はね、ひとが欲しがらないものは、絶対に欲しがらないのです」

「なるほど！」ラスティニャックは言った。「わたしはまだ二十二[54]です。自分の年齢が招いた災いに耐えることを学ばなくてはなりません。そもそも、わたしがここにいるのは告解するためです。そしてこれ以上美しい告解室で跪《ひざまず》くことはできません。しかしこんな場所だと、さらに罪を犯して教会で告解することになりそうです」

ランジェ公爵夫人はこうした罰当たりな発言に対して冷淡な態度を取り、子爵夫人にこうした悪趣味を排除しろというように言った。「このかたはなにしにここへ……」

54　ラスティニャックはわざと年上に言った。

ボーセアン夫人は従弟と公爵夫人を見て素直に笑いはじめた。

「彼はここにね、良い趣味をおしえてくれる教師を探しにきたのよ」

「公爵夫人」ウジェーヌは言った。「なにが我々の心を魅了するのか、その秘密を習得したいと思うことはまちがいなのでしょうか？」（やれやれ、と彼は思った。理髪師が言いそうなセリフだな）

「でもレストー夫人って、たしかトライユさんのところの生徒さんじゃなかったかしらね」公爵夫人が言った。

「それをまったく知らなかったのです、わたしは」学生は言った。「うかつにもふたりの逢瀬《おうせ》に割り込んでしまったのです。結局、ご主人のほうとはそこそこ仲良くなれたのですが、奥方からはいささか虐《いじ》められました。わたしがある男を知っていると言ったのが原因じゃないかと思うのですが。わたしはその少し前にその男が裏階段から出ていくのを見たんです。その男は、廊下の奥でレストー伯爵夫人とキスを交わしていました」

「誰なの？」ふたりの夫人は言った。

「老人です。サン＝マルソー界隈の片隅で、月二ルイ［＝四〇フラン］で生活しています。貧乏学生のわたしと同じようにね。世間の誰もが蔑《さげす》むような正真正銘不幸な男です。みんなからゴリオ爺さんと呼ばれています」

「まあ、お馬鹿さんねえ」ボーセアン夫人が叫んだ。「レストー夫人はゴリオの娘です」

「あの製麺業者の娘ね」ランジェ夫人が言い直した。「菓子職人の娘と同じ日にデビューしたお嬢さんでしょう。ほら、クララ、憶えてる？ 陛下が吹きだして、それでラテン語で小麦粉に絡めて、気の利いたことを仰《おっしゃ》ったのよ。ええと、なんだったかしら？」

「どちらも小麦粉でできている《エユスデム、ファリーナエ》」[55]ウジェーヌが言った。

「それそれ」ランジェ夫人が言った。

「まさか！ あれが父親」そう言いながら、学生は嫌悪を示す身振りを示した。

「ところが、そうなのです。あの老人はふたりの娘を死ぬほど愛しているのです。どちらの娘も父親を父親と認めていないみたいですけど」

「下の娘はたしか」ボーセアン夫人がランジェ夫人を見ながら言った。「ドイツ名の銀行家、ニュッシンゲンとかいう男爵と結婚したんじゃなかったかしら？ デル

55 似たりよったり、という意味のことわざ。

フィーヌとかいうのよね？　オペラ座で隣の桟敷にやってくるのよ。ブッフォン座にもやってきて、目立とうとして、やけに高い声で笑う金髪の娘さんじゃないかしら？」

ランジェ公爵夫人はにっこり笑って言った。「それにしても、あなたには頭が下がるわ。そんなひとたちのことなんて、どうでもいいじゃありませんか。このひとはきっとレストーみたいにアナスタジーさんに粉をかけられて夢中になってしまったのでしょう。放っておきなさいよ。見る目がないから、そういう不良品に手を出すのです。アナスタジーさんはトライユ氏の手中にあります。トライユは彼女を破滅させるでしょうね」

「娘たちは父親と認めていない」ラスティニャックが繰り返した。

「そういうことです！　実の父親を、ただひとりの父親を、れっきとした父親をです」ボーセアン子爵夫人は言った。「よい父親なのです。聞いた話では娘たちが幸せな結婚生活を送れるように、それぞれに五、六〇万フラン持たせてやり、自分には、わずか八〇〇〇かせいぜい一万リーヴル［＝フラン］の年金しか残さなかったのだそうです。というのは娘たちがこのさきも自分の娘でありつづけると信じていたからです。彼は娘たちの二軒の家それぞれの世話を焼いてやりましたから、そこでちやほやされる、大事にされるものと思っていました。ところが二年のあいだに婿《むこ》たちは彼を、自分たちの社会からまるで虫けらかなにかのように追い払ってしまったのです……」

ラスティニャックの目からぽろぽろと涙がこぼれた。最近も家族の純粋で尊い愛情に元気づけられたばかりの彼は、いまだ青臭い信念の虜だった。また彼はパリの文明社会という戦場にその日、到着したばかりだった。本物の感動はあまりに感染力が強いので、ひととき三人は黙って互いを見つめあった。

「やれやれ！　だからなんです」ランジェ夫人が言った。「なるほど、たしかにひどい話かもしれません。とはいえ、そんなことは日常茶飯事でしょう。そうなるには、それなりの原因があったんじゃないかしら。なんです、ひどい婿だとおっしゃるの？　どこにでもいる婿にすぎません。そういう男に嫁がせるために、あなたなり、わたしなりが、かわいらしい娘を育てるのです。わたしたちは娘のために、たくさんの絆を結んでやります。その子は十七年のあいだは家族の悦びになるでしょう。しかし無垢《むく》な魂なんか持っているからペストに罹《かか》るのだ、とラマルティーヌ[56]も言ってなかったかしら。くだんの男が現れ、わたしたちから娘を奪うのです。男は愛情を斧《おの》のように振

56　ロマン派を代表する詩人、政治家でもある。恋愛体験を基にした抒情詩を書いた。

りかざし、天使の心臓にぐさりと刃を入れて、その子と家族を結んでいたあらゆる愛情を切断してしまうのです。昨日まで娘はわたしたちのすべてでした、わたしたちはその子のすべてでした。しかし明日には、その娘が敵に早変わりしてしまうのです。こんな悲劇は日々そこらじゅうで繰り返されていることじゃありませんか。たとえば、嫁が舅《しゅうと》にどこまでも無礼で、舅はそれでも息子のためにすべてを手放したという話もあります。もっと極端な話では、婿が姑《しゅうとめ》を追い出す話もあります。わたしが言いたいのは、いったいこのご時世に感興の湧く劇的なものなんて存在しうるのか？ということなのです。婿が絡む悲劇はおぞましいものです。結婚というもののきわめて愚かな顛末《てんまつ》についてなど、検討するまでもありません。手に取るようにわかるわ、その年老いた製麺業者にどんなことが起こったのか、その、フォリオさんでしたかしら……」

「ゴリオです」

「そうそう、そのモリオさんは革命政権の頃、彼の住む自治区《セクション》の区長だったのです。彼はあの恐ろしい食糧危機[57]をどういう秘密に通じてか予見していて、その時期に価格が十倍にも跳ね上がった小麦を売りさばいて、財を築いていきました。彼は小麦を好きなだけ手に入れました。うちの祖母の執事は、彼に相当な額の小麦を売ったそうです。ゴリオは、おそらくそういうたぐいの連中はみなそうでしょうが、公安委員会[58]と儲《もう》けを分け合ったのです！　祖母の執事がよく話していましたが、祖母がグランヴィリエで安全な生活を送ることができたのは、祖母の持っていた麦が、立派な民であるという良民証代わりになったからです。

まあ、それはそれとして、つまり、麦を首切り役人たちに売って財をなしたロリオという男の胸にはひとつの情熱しかなかったのです。娘たちを溺愛していたと聞いています。そして上の娘をレストーの家の枝に、下の娘を大銀行家で王党派のニュッシンゲン男爵の枝に載せてやったのです。きっとおわかりになると思うけれど、帝政のあいだはさすがにふたりの婿も、その『九三年組[59]』のご隠居に我が家に居候されても、露骨に嫌な顔はできなかったのです。皇帝さまと仲良くするのにまだ役に立つかもし

57　一七九三年七月下旬から八月上旬にかけパリを中心とした都市部で食糧危機が起こった。原因は急激なインフレにより貨幣への警戒が高まり流通が滞ったためと見られる。

58　革命期のフランスに一七九三年から九五年まで存在した統治機構。九四年ロベスピエールが失脚するまでは事実上の革命政府として独裁政治を実現した。

59　一七九三年のロベスピエールを中心としたジャコバン派による恐怖政治に関わった人間を呼ぶ蔑称。

れませんしね。ところがブルボン王家が復権すると老人はレストー氏にとって目障りになりました。銀行家にとってはなおのことです。娘たちはおそらくまだ父親を愛していたのでしょう。山羊《やぎ》とキャベツならぬ、父親と夫の両方とうまくつきあおうとしたのです。娘たちは誰も客のいないときにゴリオを家に入れました。彼女らは優しさという口実を思いつきました。『パパ、来るならふたりきりのときのほうがいいわ、落ち着けるもの』とかなんとか言ったのでしょう。わたしはね、本物の愛情というのは判断力と知性を具えているものだと思います。したがってその憐れな『九三年組』のご隠居はひどく心を痛めたことでしょう。彼には娘が自分を恥じていることがわかりました。つまり娘たちは夫を愛しており、自分はその夫の邪魔になっているのだと知ったのです。つまり自分を犠牲にしなければなりません。彼はそうしました。なぜなら父親だったからです。彼は自分から身を引いたのです。娘たちが満足そうなのを見て、彼はよいことをしたと思いました。父と子はこうして手に手を取って小さな罪を犯したのです。

こんな話はどこにでも転がっています。ドリオ爺さんが、娘たちのサロンの汚点にならないわけがあるでしょうか？　彼はそこできっと邪魔者になったでしょうし、彼だって退屈したはずです。この父親の身に起こったことは、どれほどきれいな女性の身にだって、最愛の恋人相手に起こりうることです。彼女に飽きれば、男は去っていくのです。男は彼女から逃げだすために卑劣な手段を使います。あらゆる愛情が結局はそこへ行きつくのです。わたしたちの心は財産と同じです。いっぺんに使い果たせば破滅します。つまり、ひとかけらの愛情も持たなかったその男もひどいけれど、自分をそっくり曝《さら》けだしてしまった愛情のほうが罪が重いのです。その父親はすべてを与えました。彼は二十年かけて自分の内臓を、愛を与え、たった一日で財産をすべて与えました。すっかり搾りかすになったそのレモンを、娘たちは道端に捨てたというわけです」

「社交界は腐っています」ボーセアン子爵夫人がショールをいじりながら、目も上げずに言った。ランジェ公爵夫人は物語の途中で放った言葉にひどく傷ついていた。

「腐っているですって！」ランジェ夫人は言った。「とんでもない、社交界はまさにそういうところなのです。こんな話をするのは、自分が社交界などに騙《だま》されていないと証明したかったからです。あなただってそうでしょう」彼女は子爵夫人の手をぎゅっと握って言った。「社交界はぬかるみのようなところです。泥に汚れぬようになるべく高いところにいるように努めましょう」彼女は立ち上がり、ボーセアン夫人の額に別れのキスをしながら言った。「あなた、いまとてもきれいよ。これまで見たこともないくらいきれい」そして部屋を出ていく際、ラスティニャックにむかって軽く頭を下げた。

「すごいひとだ、ゴリオ爺さんは！」ラスティニャックは、爺さんが夜中に銀食器を捏ねていたことを思い出して言った。

ボーセアン夫人はなにも聞いていなかった。彼女は考えごとをしていた。数刻のあいだ、沈黙が流れた。間の抜けた状態に陥った学生は可哀想に立ち去ることも、居残ることも、話しかけることも憚《はばか》られて困っていた。

「社交界は腐っているし、意地悪です」ようやく子爵夫人が言った。「不幸がこちらにやってくるとなると、必ず待ってましたと友人が現れて、伝えにやってきて、短刀の柄を見せびらかしながら、その刃でこちらの心臓を抉《えぐ》ろうとするのです。あざけりや愚弄はもう始まっているのです。ああ！　自分を守らなくては」彼女は大貴族の夫人はかくあるべしという体《てい》で顔を上げた。誇り高い目が輝きを放った。「あら！」彼女はラスティニャックを見て言った。「いらしたのね！」

「まだ」彼は惨《みじ》めな調子で言った。

「いいでしょう！　ラスティニャックさん。社交界を相手にするなら、そういうものだと覚悟してかかることです。出世なさりたいのならお手伝いいたします。女の腐敗がどれほど根深いか、男のくだらない虚栄心がどれほど蔓延《はびこ》っているか、その目でとっくりと測量するといいのです。わたしは社交界という名の本をどれだけ読んだかしれません。それでも知らないページに出くわすのです。いま、わたしはすべてを知り尽くしました。計算高く冷徹になればなるほど、あなたは出世するでしょう。相手を殴るときは情け容赦なくやりなさい。そうすればひとから怖がられます。相手が男だろうが女だろうが、郵便馬車の馬のように扱えばいいのです。使えなくなったら次の中継所で交換すればいいのです。そうすればあなたが望む最高の場所に到達できるでしょう。よくお聞きなさい。あなたに興味を持つ女性を手に入れられないかぎり、ここでは何者にもなれません。あなたには若くて金持ちで上等な女性が必要です。でもいいですか、もし相手に本物の感情を抱いてしまったときは、それを財宝のように隠すことです。けっして相手に悟られてはいけません。すべてを失ってしまいます。死刑執行人でなくなった途端、あなたは被害者になるのです。もし万一、愛してしまったら、秘密を守りとおすことです！　相手のことをよく知る前から、心を開いてはいけません。いまはまだ存在していないその愛を守りたければ、この世の中を疑うことを学ばなくてはいけません。

　いいこと、ミゲル[60]（彼女は無自覚に、単純に名前を呼び間違えた）、実の娘たちが父親を棄て、そしてその死を望んでいるそのことより、もっとおぞましいことがあるのです。それは姉妹のあいだの競争です。レストーは貴族です。その妻も貴族ということになり、そのように紹介されます。しかし妹のほう、こちらは金持ちで美人で名をデルフィーヌ・ド・ニュッシンゲンといい、銀行家の妻ですが、彼女にしてみれば、それが悔しくてしかたないのです。つまり嫉妬に呑みこまれているのです。彼女は姉に寄りつきもしません。姉はもはや姉ではないのです。ふたりは父を父と認めないのと同様に、互いを姉、妹と認めません。そんなわけでニュッシンゲン夫人はわたしのサロンに入りたがっていて、そのためならサン゠ラザール街とグルネル街のあいだの泥だって飲み干してしまうかもしれません。彼女はド・マルセーならその夢を叶えてくれるのではないかと考えました。それでド・マルセーの言いなりになっていましたが、ド・マルセーのほうは彼女にうんざりしています。ほとんどどうでもいいという状態です。もしあなたがわたしを紹介してやると言えば、あなたは彼女の一番のお気に入りになれるでしょう。彼女はあなたを大好きになるでしょう。好きになれそうなら、あとから愛してやりなさい。好きになれないときは、ただ利用なさい。わたしは彼女に一度か二度は会ってあげましょう。客のたくさんいる大きなパーティでです。日の高いうちは絶対家に上げませんからね。とにかくわたしは彼女に挨拶をしてあげます。それで十分でしょう。

あなたがゴリオの名前を口にしたために、伯爵夫人は門を閉ざしてしまいました。そうなのです、あなたが何回レストー夫人を訪ねようと、彼女は留守です。あなたは出入りを禁じられたのです。まあ、いいじゃありませんか。ゴリオ爺さんは、あなたをデルフィーヌ・ド・ニュッシンゲンのもとに導いたのです。あの美人のデルフィーヌ・ド・ニュッシンゲンはあなたのよい看板になるでしょう。看板を利用して目立つ男になることです。女たちはあなたに夢中になるでしょう。彼女と張りあいたいひとたち、つまり彼女の女友だち、一番の親友たちが、彼女からあなたを奪おうと躍起になるでしょう。すでに誰かに選ばれた男を好きになる女性はけっこういます。貴族と同じ帽子を被り、同じようなしぐさをしたがる憐れなブルジョワ女がいるのと同じことです。あなたはもてますよ。パリでは女性にもてることがすべてなのです。それは力への鍵なのです。女たちがあなたのうちに知性や才能を見つければ、男たちもそれを信じるようになるのです。あなたがドジを踏まなければですが。そうすれば、あなたはなんでも望めるようになります。どこへでも足を踏み入れることができるように

60　ミゲルは恋人アジュダ＝ピントのファーストネーム。

なります。そうすれば、あなたは社交界がどういうものか、それが詐欺師やペテン師の集まりだということがわかるでしょう。そんな有象《うぞう》無象《むぞう》の仲間に入ってはいけませんよ。あなたがこの迷宮へ入っていけるよう、アリアドネがテセウスに糸を貸したように、[61]わたしはわたしの名前をあなたにお貸ししましょう。どうか傷をつけないで」彼女は首を傾《かし》げ、学生に女王のような眼差しを投げた。「まっさらな状態で返してくださいね。さあ、そろそろ行ってください。わたしたち女には、女の闘いがあるのです」

「万一、あなたのために危険な任務を遂行する勇敢な男が必要なときには」ラスティニャックが遮るように言った。

「まあ、なんですって？」彼女は言った。

彼は自分の胸を叩《たた》いた。従姉が浮かべた微笑みに、微笑みを返し、その家を出た。五時だった。ラスティニャックは空腹を覚え、夕食までに帰れないのではないかと思った。すると自分は馬車でパリを大急ぎで移動しているのだという実感が胸に湧いた。まったく無自覚のうちに快感が彼の頭をいっぱいにし、彼を呑み込んだ。彼くらいの年頃の若者というのは侮辱に傷ついたときは、かっとなり逆上し、社会全体に対して拳を振りあげて見返してやりたいと思うと同時に、自分のことも信じられなくなる。ラスティニャックはこのとき「伯爵夫人は門を閉ざしてしまいました」という言葉に打ちひしがれていた。「行ってみようじゃないか！」彼はつぶやいた。「もしボーセアン夫人の言うとおり、出入り禁止になっているなら……くそ……レストー夫人は行く先々のサロンでおれを見つけることになるだろう。武器の使いかたを、ピストルの撃ちかたを身につけてやる。彼女の大事なマクシムを撃ってやるぞ！　それにしても、金をなんとかしなくては！」心の呼びかけに彼ははっとする。「いったいぜんたい、どこで手に入れるつもりだ？」突然、レストー伯爵夫人の家でこれみよがしにひけらかされている富が目の前に浮かんできて、きらきらと輝きを放った。彼はそこでゴリオの娘がきっと愛しているにちがいない贅沢、金箔張りの、見るからに高価な品々、成金の頭の悪そうな贅沢、囲われた女の浪費を目にした。こうしたきらびやかな光景は、突如、ボーセアンの威厳のある邸宅によって打ち破られた。パリの上流社会へと舞い上がった妄想が、心のうちに次々に悪い考えを吹き込む。彼は社交界のありようを目撃した。金持ちのあいだでは、法律も道徳も無力なのだ。そして富のなか

61　ギリシャ神話。クレタ島のミノス王の娘アリアドネは、怪物を退治するために迷宮に入ろうとするテセウスに、そこで迷わぬように糸玉を渡す。

に、世界の最終的論拠《ウルティマ・ラティオ・ムンディ》を見いだした。「ヴォートランは正しい。富こそが美徳だ！」彼は思った。

馬車がヌーヴ＝サント＝ジュヌヴィエーヴ通りに着くと、彼は急いで自分の部屋に駆けのぼり、降りてきて御者に一〇フランを払った。そして悪臭を放つあの食堂に入った。まるで家畜がまぐさを食《は》むように、十八人の食事客がテーブルに着いてエサを食んでいた。こうした貧乏人の姿とこの食堂のありさまにぞっとした。唐突な場面転換と極端すぎるコントラストのために、彼の内面に異様なくらい野心が育ってしまった。あちら側にはもっとも上品な貴族社会のさわやかで魅力的な光景があった。素晴らしい芸術品や贅沢品に囲まれたひとびとの様子は若々しく、いきいきとしており、顔は詩情を湛《たた》え輝いていた。こちら側にあるのは泥に縁取られた陰鬱《いんうつ》な光景だ。ひとびとの顔に覇気はなく、役者がはけ、滑車やロープだけが残された舞台のようにさびしい。捨てられた女の怒りがボーセアン夫人に吐き出させた教訓や言葉巧みな提案が甦ってくると、今度は貧困がそれに説得力を与える。ラスティニャックは成功を手に入れるために、学問と恋愛という平行に走るふたつの塹壕《ざんごう》を掘り進んでやろう、そのふたつを拠《よ》り所《どころ》にして博識な博士かつ社交界の寵児《ちょうじ》になってやろうと決めた。まだまだ子供なのだ！　その二本の線は、限りなく近づくことはあっても、けっして交わることはないのに。

「えらく暗いじゃないか。侯爵どの」ヴォートランはそう言って、ラスティニャックをじっと見た。この男に見つめられると、心の奥底に隠した秘密まで見透かされそうだ。

「ぼくのことを『侯爵どの』なんて呼ぶ人間の冷やかしをいちいち気にするつもりはありません」彼は答えた。「ここでは本物の侯爵であろうとすれば、一〇万リーヴル［＝一〇万フラン］の所得が必要です。ヴォケール館に住んでいるかぎり金持ちの寵児になんかなれるわけがありません」

ヴォートランはラスティニャックを父親のような、蔑むような目で見た。その目はまるでこう言っているようだった。「ガキめ！　ぱくりと食ってやろうか！」それから彼は言った。「不機嫌だね。おおかた麗しのレストー伯爵夫人のところでうまくやれなかったんだろう」

「彼女は門を閉ざしました。ぼくがあのひとの父親と同じテーブルで食事をしていると言ったためにね」ラスティニャックは叫んだ。

テーブルにいた会食者はみな目を見合わせた。ゴリオ爺さんは目を伏せ、うしろを向いて涙を拭《ぬぐ》った。

「あなたの煙草の煙が目に入りました」爺さんが隣の席の人間に言った。

「今後、ゴリオ爺さんをいじめる人間は、ぼくの敵だ」ウジェーヌはゴリオの隣の席の人間を睨《にら》みつけながら言った。「彼は我々の誰よりもましな人間です。ご婦人がたは別として」彼はタイユフェール嬢を振り返りながら言った。

この言葉で場は静まった。ただヴォートランだけが冷やかすように言った。テーブルに着いている人間全員を黙らせるような口調だったからだ。

「ゴリオ爺さんを抱えこんで、やつの伝記でも発行してやるつもりなら、剣やピストルの使いかたもしっかり学ばなくてはいけない」

「そうするつもりですよ」ラスティニャックは言った。

「つまりきみは今日、事業に乗り出したってことだな」

「おそらく」ラスティニャックは答えた。「ただ事業の性格上、誰も信用できないのです。他人が夜中にやっている事業を詮索するつもりもありませんしね」

ヴォートランはラスティニャックを斜《はす》から睨んだ。

「いいかね、坊や。人形芝居に騙されたくないなら、一度はすっかり芝居小屋の中に入ってみないといけない。カーテンの隙間《すきま》から覗いたくらいで満足していてはだめだ。もうおしゃべりは十分だろう」彼はいまにも声を荒らげそうなラスティニャックに言った。「なんなら、ふたりで話の決着をつけてもいいんだぜ」

　食卓が暗く寒々しくなった。ゴリオ爺さんは学生の言葉がもたらした深い悲しみにすっかり捉われていて、自分をめぐってひとびとの心境になにかしら変化があったことも、彼を迫害しようとするひとびとをひとりの若者が黙らせ、彼を守ったことも理解できなかった。

「ゴリオさんはつまり」ヴォケール夫人が低い声で言った。「いまは伯爵夫人の父親をやってるってことかしら」

「それから男爵夫人のね」ラスティニャックは言った。

「彼に取り柄があるとすればそれだけだ」ビアンションがラスティニャックに言った。「爺さんの頭を見てわかったが、彼の頭蓋にはひとつしか突起がない。父性を示す突起だ。いわゆる永遠の父親ってやつだろうなあ」

　ラスティニャックは真面目だったので、ビアンションが笑わせるつもりで言った冗談を真に受けた。彼はボーセアン夫人がくれた忠告を活用したいと思った。そしてどこからいかにして金づるを掴もうかしらと考えた。目の前に広がる社交界というサバンナは、中身が詰まっているようにも、空っぽにも見え、不安になった。食事が終わり、ラスティニャック以外、めいめいが食堂から引き揚げていった。

「つまり、あなたはわたしの娘に会ったのですね？」ゴリオがうわずった声で言った。ラスティニャックははっと我に返り、彼の手を取った。そして憐れみのようなものを浮かべて彼を見つめた。「あなたは正直で立派なひとです」ラスティニャックは言った。「今度、お嬢さんがたの話をしようじゃありませんか」彼はゴリオ爺さんの答えも聞かずに立ち上がり、自分の部屋に戻り、母親に宛て手紙を書いた。

親愛なるお母さん、どうか、ぼくのためにもうひと肌脱いではいただけないでしょうか。手際よく出世できる状況にあります。一二〇〇フラン必要です。なんとしても必要なのです。ぼくからこうした要求があったことは、お父さんには内緒にしてください。おそらく反対するでしょうから。そしてその金がないと、ぼくは絶望して自分の頭を銃でぶち抜くことになるかもしれません。ぼくの目的がなにかについては、会ったときに説明します。というのも、ぼくの置かれた状況を理解してもらうには、それこそ分厚い手紙を書かなければならないでしょうから。博打《ばくち》などやっていません。本当です、借金なんてありません。ただ、ぼくに授けた命をながらえさせてやりたいと思うなら、ぼくにその額を工面してやる必要があるのです。ぼくはようやくボーセアン子爵夫人を訪ね、その庇護のもとに入ることができました。社交界へ出なくてはいけません。しかしぼくはきちんとした手袋を買うために一スーも持っていないのです。パンと水だけの生活は慣れていますし、必要とあらば絶食もします。しかしこの国ではブドウ畑を耕す道具なしでは生きることはできません。ぼくにとって肝心なことは、道をつくることなのです。さもなければ泥沼に留まることになります。自分がみなさんからどんな期待を掛けられているかはよくわかっています。だからそれをすべていっぺんに叶《かな》えたいのです。お母さん、どうか昔からお持ちの宝石のいくつかを売ってください。すぐに代わりのものをお返ししますから。うちの家族の置かれた状況は十分に承知していますし、そうした犠牲に感謝する心も持っています。ですから、無闇にこんなお願いをしているわけではないと信じていただかないといけません。でなければ、ぼくはとんでもない悪党ということになります。どうか、ぼくの願いのうちに、切迫した叫び以外のものを見ないでください。ぼくたちの未来はこの金にすべてかかっているのです。ぼくはその金で戦闘を開始します。というのは、パリでの生活は、終わりのない闘いなのです。もしこの額が集められないときは、伯母さんのレースを売ってもらうほかありません。伯母さんには、もっと美しいレースを買ってお返ししますと伝えてください……。

彼はふたりの妹めいめいに宛て、貯めている金を出してくれるようにと手紙を書いた。妹たちは彼のためなら喜んで犠牲を払うにきまっているが、それをほかの家族に知られずに払わせるためにラスティニャックは、妹たちの思いやりに訴えかけ、若いほどに強くて感じやすい彼女らの道義心をくすぐった。それでも彼はこうした手紙を書きあげたあと、我知らず動揺を覚えた。動悸がし、全身に震えを覚える。この若い野心家は妹たちがおのれのうちに隠している魂がいかに無垢で気高いかを知っている。自分のせいでふたりの妹がどれほど苦しい思いをし、それでいてどれほど強い悦びを感じるかもわかっている。ふたりがこっそりとブドウ畑の片隅で、どれほど興奮しながら大好きな兄について語りあうかもわかっている。頭が次第に冴《さ》えてきて、自分たちのささやかな宝物がいったいいくらになるか、こっそりと計算している妹たちの姿が浮かんでくる。妹たちはその金を誰にも知られぬように送ろうと知恵を絞り、最高の妹であろうと初めて秘密の工作を行おうとするだろう。「妹の心はダイヤモンドのように純粋で、限りなく優しいのだ！」彼はつぶやいた。そんな手紙を書いた自分が恥ずかしかった。妹たちの希望のなんと強力なことだろう。天翔《あまがけ》る彼らの魂のなんと純粋なことだろう。妹たちはさぞやうっとりしながら自らを犠牲にするにちがいない。

頼まれた額を送金できないとき、母親はさぞや苦しみを感じることだろう。そうした美しい感情、そうした恐ろしい犠牲が、自分がデルフィーヌ・ド・ニュッシンゲンに到達するための梯子《はしご》の役割を果たすことになるのだ。涙が数滴、彼の目からこぼれ落ちた。家族という祭壇に捧げられた最後の香《こう》のようだった。絶望で心が揺れ、そこらじゅうを歩きまわった。少し開いた扉から彼の様子を見ていたゴリオ爺さんが、部屋に入ってきて言った。

「なにかあったのですか？」

「ああ、あなたでしたか。わたしはあなたが父親であるように、まだ息子であり、兄なのです。あなたがレストー伯爵夫人を心配するのは当然です。彼女はマクシム・ド・トライユに破滅させられるでしょう」

ゴリオ爺さんは出ていった。なにかをぶつぶつ言っていたが、ラスティニャックには聞き取れなかった。翌朝、ラスティニャックは手紙を出しに郵便局に赴いた。ぎりぎりまで迷ったが、それを投函するときには、こうつぶやいた。「きっとうまくいく！」まるでギャンブラーか、偉大な指揮官の言葉、それで救われるより破滅するひとのほうが多い諦めの言葉である。

数日後、ラスティニャックはレストー夫人を訪問したが、家に入れてはもらえなかった。三度訪ねたが、三度とも扉は開かなかった。マクシム・ド・トライユが来ていない時間にもかかわらずだめだった。ボーセアン子爵夫人の言ったとおりだった。学生はもはや学問を放棄していた。彼は出欠の点呼に答えるために授業にいき、点呼が終わると、教室を去った。彼は、ほとんどの学生と同じように自分に言い訳をした。本格的な試験期間が始まるまでは、勉強はあとに回していい。彼は二年次と三年次の授業の登録をごっそりあとに回し、法律の勉強はぎりぎりになって、一気にやろうと決めた。こうして彼はパリという大海原を航海し、女性との駆け引きに本腰を入れる、というか金づるを見つけるために十五カ月の猶予を手に入れた。

今週は二度、ボーセアン夫人に会った。彼はかならず夫人の家からアジュダ侯爵の馬車が出たあとに訪れた。数日来、この名高い女性、サン＝ジェルマン街でもっとも詩情豊かな人物は、いまだ輝かしい地位を失っておらず、アジュダ＝ピント侯爵とロシュフィード嬢の結婚話に待ったをかけていた。しかし恋愛の終末期というのは、幸せを失うかもしれないという不安からもっとも情熱的な日々になるため、かえって破滅が早まるのである。アジュダ＝ピント侯爵とロシュフィード嬢はふたりとも、ボーセアン夫人とのこうした諍《いさか》いと仲直りを、望ましい展開のように見なした。彼らは夫人がこの結婚を当たり前のことと思えるようになり、最終的には、それは男たちの人生にいずれ訪れることなのだと納得し、昼間の逢瀬を諦めてくれればいいと思っていた。日々、厳かな約束が繰り返され、ようするにアジュダ氏は芝居を続け、子爵夫人は騙されることを望んだのだった。「あのひとは窓から誇り高く身を投げるかわりに、階段を転げ落ちていったのです」とは彼女の一番の親友であるランジェ公爵夫人の言である。しかしながら、こうした最後の輝きはそれなりに長持ちした。おかげで子爵夫人はパリに残っていられたし、若い従弟の役に立ってやることもできたのだった。彼女はこの従弟に、意地になって愛情を注いでやった。ラスティニャックはというと、どちらを見まわしても同情も本物の慰めも見いだせない窮地にある女に、思いやりたっぷりに尽くしてみせた。男がそうした女に優しい声で話しかけるとき、そこには思惑があるものだ。

ニュッシンゲンの家に乗り込む前に、自分の勝負の舞台がいかなるものかを完全に把握しておきたいという頭から、ラスティニャックはゴリオ爺さんの過去を知ろうとし、いくつか情報を集め、だいたい以下のことがわかった。

ジャン＝ジョアシャン・ゴリオは、革命前は、一介の麺打ち職人にすぎなかった。腕のよい、つましい職人であったが、一七八九年の最初の蜂起でたまたま命を落とした親方の営業権を買い取るだけの大胆さは持っていた。彼は小麦市場の近く、ジュシエンヌ通りに店を構えた。そして至極常識的であったので、革命政府が区分けした[62]自分の住む自治区《セクション》の長の役を引き受けた。おかげで、あの恐るべき時代にもっとも影響力のあった人物の力を借りて、自分の商売を守ることができた。こうした賢明さが彼の財産の礎《いしずえ》となった。彼が財を成しはじめたのは飢饉《ききん》[63]の際、本当に飢饉だったかどうかはさておき、パリで穀物の価格が急騰した際だ。ひとびとがパン屋の前に殺到する横で、騒ぐことなく惣菜屋にイタリア式パスタを買いにいく人間もいたのである。市民ゴリオはこの年のあいだに資金を貯え、のちにそれを元手に、莫大な資金にものを言わせ優位な立場で商売をした。つまりほどほどに能力がありさえすれば、ゴリオでなくても成功できたということだ。すなわち凡庸さが彼を救ったのだった。また、彼の財産は押しも押されもせぬ大金持ちになるまで、ひとに知られることがなかったため、誰の妬《ねた》みも掻き立てなかった。

ゴリオの持てる知性はすべて、穀物の商いに注《つ》ぎ込まれてしまったかのようだった。小麦、小麦粉、飼料用穀物に関して、つまりそれらの品質、産地を知り尽くし、保存に気を配り、相場を読み、豊作不作を予見し、廉価の穀物を入手する、つまりシチリアやウクライナでそれを買い付けてくることにかけて、ゴリオと肩を並べるものはいなかった。取引を優位に運び、小麦の輸出入に絡んだ法律を説明し、それらの法の持つ性格を検討し、そこにある穴を見つけだすゴリオを見れば、彼には大臣の資質があると評価する人間だって出てくるだろう。打たれ強く積極的かつ精力的で、不屈で、仕事が迅速であった彼は、鋭い洞察力を持ち、誰より先んじてすべてを予見し、すべてに通じ、すべてを隠していた。構想を練るときは外交官のようで、歩みを進めるときは兵士のようだった。しかし一歩仕事を離れると、つまりその質素で薄暗い店から一歩外へ出てしまうと、彼は粗野で愚鈍な職人、話の通じない、知的な悦びなどまったく知らない、劇場で熟睡するような、ただ愚かなことだけに長《た》けているパリのドリバン[64]のたぐいに戻ってしまうのだった。そもそも仕事の休み時間からして店先の柱に寄りかかり無為にやりすごしているような人間だった。

こうした性質の人間にはよく似たところがある。つまりそうしたひとびとは大抵その胸に崇高な愛情を抱えている。穀物の商いが彼の知的部分をすべて占有していたよ

62　一七九〇年五月に行政府がパリを有権者の数に応じて四十八に分割した選挙区。
63　139頁の注57を参照のこと。
64　デフォルジュの戯曲『聞こえない客、あるいは、満室の旅籠』娘の縁談をめぐって父娘、許嫁、娘の恋人、宿の女たちが織りなす喜劇に登場する愚鈍な父親。

うに、ふたつの非常に偏った愛情が、この麺打ち職人の心を占め、そこにある潤いをすっかり吸いあげてしまっていた。彼の妻はブリーの裕福な農家の一人娘で、彼にとって崇拝の対象、無限の愛を捧げる対象だった。ゴリオは彼女のうちにある脆《もろ》さと強さ、傷つきやすさと陽気さを愛した。それは自分の性質と天と地ほども異なるものだった。もしこの男の心になにか生まれ持った感性があるとすれば、それはか弱い者を絶えず過度に保護しようとする傲慢さではなかろうか？　この感性に、自分を気持ちよくしてくれるものに対して正直な人間が強烈に覚えるあの感謝の念、つまり愛情が合わさったと考えれば、彼のうちに山とある性格的に不可思議な側面も理解できるかもしれない。

雲ひとつない青空のような幸福が七年続いたのち、ゴリオは妻に先立たれた。彼女は愛情以外の側面でも、ゴリオの内面に強大な影響を与えつつあった。ひょっとして彼女なら、ゴリオの不毛な精神の土壌を耕すこともできたかもしれない。彼女なら夫に、ひとづきあいや生活についてのこまごましたことを理解するセンスをおしえられたかもしれないのに、残念なことだ。こうした経緯からゴリオの中で父性愛だけが常軌を逸するまでに肥大することになった。彼は妻の死でやり場を失った愛情をふたりの娘の上に注ぎ、娘たちも昔は父親を存分に喜ばせてくれた。やもめのゴリオのところには仲買人や農民から、ぜひ自分の娘を後添えに貰ってくれという申し出がいくつかあったが、それがいかに旨みのある縁談であっても、彼は再婚しようとしなかった。ゴリオの舅というのは唯一彼が慕う人物だったが、これが娘婿の気持ちを汲み取って、ゴリオはたとえ死に分かたれようと妻を裏切らないと心に決めているのだとひとに説明してやった。

市場のひとびとは、この恐ろしく気高い心を理解できなかった。そしてゴリオにグロテスクなあだ名をつけたりした。そうした連中のひとりが、市場のワインを飲んでいるときに最初にそのあだ名を口にした。ゴリオはその男の肩に拳骨《げんこつ》をお見舞いし、拳骨を喰らったほうは、オブラン通りの縁石の上に頭から転倒した。ゴリオの娘に対する本能的な献身、過保護、心配性は非常に有名だったため、ある日、とある商売敵などは相場を自分のものにしておきたいがために、彼を市場から出ていかせようと、いましがたデルフィーヌが馬車に撥《は》ねられたと彼に嘘を言った。ゴリオは色を失い、すぐさま市場をあとにした。事故は嘘だったにもかかわらず精神的なダメージを受けた彼は、その後数日間寝込んでしまった。彼はこの商売敵の肩を拳骨で突きはしなかったが、かわりに相場で徹底的に追い詰めて、市場から追放した。

ふたりの娘の教育は、当然ながら常軌を逸したものとなった。年に六万リーヴル

〔＝六万フラン〕を超す金利収入を得ながら、自分のことには一二〇〇フランも使わないゴリオにとっての幸せは、娘の夢を叶えてやることだった。娘たちの教育には選りすぐりの家庭教師があたり、いかにも育ちの良さが際立つように才能を伸ばした。娘たちには侍女もひとりいた。これがふたりにとって幸いなことに頭も趣味もよい女性だった。娘たちは乗馬をした。馬車も持った。その暮らしぶりはまるで年老いた男の愛人のようだった。父親が自分たちの望みをいかに熱心に叶えようとするかを見たければ、もっとも値の張るものを要求してやればいいのだ。父親はそうした贈り物に対する見返りに愛撫しか求めなかった。ゴリオは娘たちを天使のように崇《あが》め奉り、かならず自分よりも上に置いた。なんと哀れな男だろう！　彼は娘たちから与えられる痛みすら愛したのだ。

娘たちが結婚を考える年頃になったとき、彼女らは自分の好みに合う相手を選ぶことができた。それぞれが持参金として父親の資産を半分受け取ることになっていた。その美しさでレストー伯爵にくどかれたアナスタジーのほうは貴族への憧れが強く、その社会に飛びこむために父親の家を棄てるに至った。デルフィーヌは金が好きだった。彼女はドイツ出身の銀行家で、神聖ローマ帝国[65]で男爵になったニュッシンゲンと結婚した。ゴリオは仕事を辞めなかった。娘たちも婿たちも、たとえそれが父親の天職だとしても、彼が商売を続けるのを見て気分を害した。五年にわたって頼まれ、ゴリオはようやく看板を下ろした。それでもなお営業権を売って得た金と最後の数年でたっぷりと儲けた金があった。彼がヴォケール館に引っ越してきたときに、ヴォケール夫人が見積もった八〇〇から一万リーヴル［＝フラン］の金利所得というのがそれである。婿たちは、ゴリオのふたりの娘たちに、父親を家に引き取ることを拒ませただけでなく、大っぴらに客として受け入れるのさえ拒ませた。それを知ったゴリオはすっかり気落ちして、この下宿屋に身を投じたのだった。

こうした情報は、ゴリオ爺さんから営業権を買ったミュレなる人物が語ったすべてである。こうしてラスティニャックがランジェ公爵夫人から聞かされた推測は正しいことが証明された。これにて、この謎に満ちた、しかしながら凄まじいパリの悲劇の導入部を閉じよう。

65　神聖ローマ帝国は一八〇六年ナポレオンによって解体される。

第2章　社交界デビュー

十二月の第一週の終わり頃、ラスティニャックは二通の手紙を受け取った。一通は母から、もう一通は上の妹からだった。それら見覚えのある文字を認めるなり、彼は喜びにうち震え、同時に恐怖にもうち震えた。この二通の華奢《きゃしゃ》な紙切れに、自分の望みを生かすか殺すかの判決が書かれている。家族の困窮が思い出され怖くなる。自分がどれほど愛されているかわかっているだけに、彼らの血を最後の一滴まで吸い尽くしてしまったのではないかと不安にならずにはいられないのだった。母の手紙にはこう書いてあった。

愛する息子へ。頼まれたものを送ります。どうか大事に使ってください。あなたの命を助けるためだとしても、これほどの大金を、お父さまに知らせることなく用意することは二度とできないでしょう。家庭を壊しかねない額ですから。今度同じ額を手に入れようとすれば、土地を抵当に入れなければならないでしょう。わたしはあなたの計画について詳しいことは知りませんから、それが利益になることかどうか判断することはできません。そもそも、わたしたちに打ち明けるのが憚《はばか》られるとは、どういった性質の計画なのでしょう？　長々と説明してほしかったわけではないのです。母親にはひと言で十分です。そのひと言があれば、よくわからなくて不安な気持ちを抱かずにすんだのです。正直に言いますが、わたしはあなたの手紙を読んで胸が痛くなりました。いったいどんな理由があって母の心をこれほど不安にさせるのですか？　わたしに手紙を書くのは、本当につらかったはずです。だって、手紙を読みながら、こちらもつらくなりましたもの。いったいどんな苦難と闘っているのですか？　あなたの人生や、あなたの幸せは、本当に、そんなあなたらしくもない格好をすることにあるのでしょうか？　続けられるはずもない金の浪費をし、勉学のための貴重な時間を棄てなければ通えないような社交界を知ることにあるのでしょうか？　いい子だから、ウジェーヌ、母の心を信じてください。曲がりくねった道を進んでも、大きなものはなにひとつ得られません。あなたのような境遇にある若者の美徳は、我慢と忍耐であるべきです。叱っているのではありませんよ。送ったお金にいかなる苦言を付け加えるつもりもないのです。わたしの言葉は、我が子を信じながらも、その将来を案じる母親の言葉なのです。どうか自分の本分がいかなるものかを思い出してください。もちろんこの母は、あなたの心がいかに純粋かあなたの意志がいかに立派なものかを知っています。だからこそ、恐れずに言えるのです。さあ、進みなさい！　わたしが震えているのは母親だからなのです。でもね、あなたの踏み出す一歩一歩には、わたしたちの願いと祝福がそっと寄り添っているのですよ。どうか慎重にね。あなたは一人前の大人として賢くあらねばなりません。あなたの頭上には、あなたにとって大切な五人の運命が載っているのです。そうです。わたしたちの財産がどうなるかはあなたに掛かっているのです。同様にあなたの幸せがわたしたちの幸せです。神さまがあなたの取り組みを応援してくださるよう、お祈りしています。マルシヤックの伯母さまがこの事態に、ありえないほどの優しさを見せてくださいました。伯母さまはあなたが書いていた手袋の話まで真に受けています。だってわたしはこの家の長男に弱いから、とあのかたは楽しげに言っていました。ウジェーヌ、伯母さまに本当に感謝なさい。あのかたがあなたのためになにをしてくれたかは、あなたの計画がうまくいったときに話しましょう。でなければ、あのかたのお金であなたは指を火傷《やけど》することでしょう。いいですか、あなたがた子供には思い出を犠牲にするということの意味がわからないのです！　でも、子供たちのために犠牲にできないものなんてあるでしょうか？　伯母さまから伝言をあずかりました。あなたのおでこにキスを送ります、ときどきこのキスを思い出して元気になれるといいのだけれど、とのことです。あの善良な素晴らしいかたは、もし痛風で指が痛まなければ、自分で手紙を書いたはずです。お父さまは元気です。一八一九年の収穫は期待以上でした。それでは元気でね。妹たちのことは話さなくてもいいでしょう。ロールが自分で書きますから。ラスティニャック家のささやかな出来事についての楽しい報告はあの子に譲ることにしましょう。あなたの計画がうまくいくといいのですが。そうよ、ウジェーヌ、うまくやってください。こんな烈《はげ》しい痛みにもう一度耐えろと言われても、とても無理でしょう。そう、それが貧しいということなのです。恵まれた環境を我が子に与えてやりたくてたまらないというのに。もうやめましょう。元気でね。とにかく手紙をくれなくてはいけませんよ。母からキスを送ります。

この手紙を読み終えたとき、ウジェーヌは泣いていた。娘の手形の金を払うために、銀食器を捏《こ》ねて売ったゴリオ爺さんを思い出す。「おまえの母親は宝石を捏ねたのだ！」彼は自分に言った。「おまえの伯母は泣きながら思い出の品々を売ったのだろう！　おまえにアナスタジーを悪く言う資格があるのか？　彼女が恋人のためにやったこととそっくり同じことを、おまえはまさに自分のため、自分の将来のためにやったのだ！　おまえと彼女のどちらがましだろう？」ウジェーヌは耐え難いほど熱い感情の炎に焙《あぶ》られ、はらわたがちりちりした。社交界は諦めよう、この金には手をつけないぞ、と思う。彼は高潔で美しい秘かな後悔を感じた。こうしたたぐいの後悔は、似たり寄ったりの境遇にある人間にはほとんど評価されないのに、しばしば天上の天使の耳に届き、下界の法律家なら有罪とする犯罪が大目に見られたりするのである。ラスティニャックは妹の手紙を開けた。無邪気なかわいらしい手紙に、心が洗われるような気がした。

　お兄さま、あなたの手紙はちょうどいいところに届きました。アガトとわたしは、自分たちのお金の使い道にあれこれ迷っていて、結局なにを買えばよいやらわからなくなっていたのです。あなたは、自分のあるじであるスペイン王の時計をみんな逆回転させたあの召使い[1]のように、わたしたちを仲直りさせたのです。

本当にわたしたちときたら、どちらの欲しいものを買うかでずっと喧嘩していたのです。だからね、大好きなウジェーヌ、わたしたちふたりとも納得のいくそんな使いかたがあったなんて考えてもみなかったのです。アガトは飛び上がって喜びました。ふたりとも一日じゅう大はしゃぎでした。しまいには、お母さまに厳しい調子で『いいかげんになさい、何事ですか』と叱られる始末です。始末です、ってちょっと伯母さまっぽい言い方でしょう。でもちょっとくらい叱られたっていいの。かえって幸せな気分になったくらいなんだから。女たるもの、愛するひとのために苦しむことができる喜びを感じなければいけません！　でもね、わたしははしゃぎながらも悲しくなっていたの。わたしは悪い女になるにちがいありません。無駄遣いが過ぎるのです。ベルトをふたつ、コルセットの合わせに刺す可愛い飾りピン、くだらない小物なんかを買ってしまったせいでアガトほどお金を持っていなかったの。アガトはしまり屋で、カササギみたいにお金をこつこつ貯めているの。彼女は二〇〇フラン持っていました！　それなのにわたしには、五〇エキュ［＝一五〇フラン］しかありませんでした。わたしはたしかに罰を受けました。ベルトを井戸に捨てたくなりました。着けるたび、つらくなるでしょう。あなたから奪ったようなものですから。アガトったら素敵でした。『ふたり合わせて三五〇フランを送りましょうよ！』って言ってくれたのです。ああ、なにからなにまであったことを話してしまいたい。ねえお兄さま、あなたからの要請に応えるために、わたしたち、どんなことをしたと思う？ わたしたちはまず自分たちの尊いお金を摑みました。そしてふたりして散歩に出たのです。街道に出るとわたしたちはリュフェクの町に走りました。そこで、グランベール氏にこのお金をそっくり渡しました。彼は郵便馬車の駅を経営しているのです！ 帰り道のわたしたちはツバメのように身軽でした。『幸せになると体が軽くなるってこういうことなのね？』アガトが言いました。わたしたち本当にいろんなことを話しました。いちいち繰り返しませんが、あなたのことについてに決まっていますす。ああ、お兄さま、わたしたちはあなたが大好き、言ってしまえばそういうことです。ここからは秘密のお話。伯母さま風にいえば、小さな秘めごとだわね。わたしたちはその気になればなんでもできるのです。秘密をつくることだってね。お母さまは伯母さまとふたりでこっそりアングレームにお出かけになりました。ふたりとも遠出の理由である重要な案件については、なにも語らないの。もちろ

1　出典不明。

ん、わたしたちやお父さまを遠ざけて、たっぷりと話し込まれてから出発されました。ラスティニャック王国では、みな憶測を働かせるのに大忙しです。もうひとつ秘密の話をすると、王女たちは母后のためにモスリン地の花柄のドレスを刺繍しているの。それももうあと襞《ひだ》ふたつ分でできあがります。ヴェルトゥイユの側に塀はつくらないことになったみたいです。簡単な柵になるでしょう。わたしたち下々の者からすると、果樹を這《は》わせたり果実をならせたりを諦めることになりますが、外のひとにすれば、景色がよくなるでしょう。ひょっとしたらお世継ぎの殿さまにはハンカチが必要かもしれないと、先見の明があるのかしら、マルシヤックの伯母さまがポンペイとヘルクラネウム[2]などと呼んでいるご自分の宝箱やケースをごそごそと探って、たぶんオランダのものだろうという上等な生地を見つけてくださいましたから、ご用命あればアガト王女とロール王女がじきじきに針と糸を持って裁縫いたします。手を傷だらけにしてですけど。アンリとガブリエルの小さな王子さまおふたりはうんざりするくらい相変らずです。ブドウのジャムをたらふく食べ、お姉ちゃまたちに怒られ、お勉強は全部嫌い、鳥を巣から出して喜び、大騒ぎし、王国の掟《おきて》を破って柳の木を折ってばかりいます、鞭をつくるんですって。教皇大使こと司祭さまは、彼らがニワトコの枝で銃《キャノン》をつくったりするために、文法の聖なる教科書《キャノン》を放棄しつづけるなら破門にするぞと脅していています。ではさようなら、大好きなお兄さま。いつにもましてあなたの幸せを願っています。愛を込めて。今度帰ってくるときに、たくさん土産《みやげ》話を聞かせてください！　わたしには全部話してね。わたしは長女ですもの。伯母さまの口ぶりからすると、あなたは社交界で成功なさっているみたい。

話すといえばとある婦人のことばかり、あとのことはだんまり。[3]

わたしたちには秘密ってわけ！　だからウジェーヌ、ハンカチが必要なら言ってね。わたしたちは無くても平気だから。それから、シャツだって縫えますから、急遽、仕立てのよい綺麗なシャツが何枚か必要になったときは言ってください。すぐに取りかかれるように。それではね、パリにはわたしたちの知らない流行《はや》りが

2　イタリア南部ヴェスヴィオ火山の麓にありその噴火で埋没した古代ローマの都市。

3　「話すといえばティベレ川のことばかり、あとのことはだんまり」コルネイユの『シンナ』のもじり。

あるでしょうから、どういうものが流行っているのか、ひとつ見本を送ってください。とくに袖口のところが知りたいのです。それでは、またね！　おでこの左側のこめかみの上にキスを送ります。そこはわたしに、わたしだけの場所なの。便箋《びんせん》の半分はアガトに残しておきます。あの子はわたしの手紙を読まないと約束しました。ちゃんと約束を守るか、あの子が手紙を書くときは、そばで見張っているつもりです。あなたのことが大好きな妹より。

ロール・ド・ラスティニャック

「ああ！　そうだ」ウジェーヌは自分に言った。「そうだぞ、是が非でも成功しなくては！　こうした献身は金では買えない。おれは彼女たちみんなを幸せにしてやりたい。一五五〇フラン！」彼は一呼吸置いて言った。「一フランたりとも無駄にはできないぞ！　ロールの言うとおりだ。まったく！　おれは厚手のシャツしか持っていない。兄の幸せのためなら、妹というのは泥棒並みにずる賢くなるんだ。自分のことには無頓着なのに、兄のこととなると目先が利く。まるで天使だな。下界の罪をそれと知らずに赦《ゆる》している」

世界は彼の思うままにあった！　彼はすでに下宿に仕立て屋を呼び、うまく人間に取り入って味方につけていた。ラスティニャックはトライユ氏と出会って、仕立て屋が若い男たちの人生に与える影響を理解した。ざっくりと言ってしまえば、仕立て屋というのは請求書を挟んで致命的な敵になるか、友になるかのどちらかだ。ラスティニャックは運よく、自らの商いが持つ父親的側面をよくわかったうえで若者の現在と未来を結ぶ橋渡し役と自らを見なしている仕立て屋に出会った。そんなわけでラスティニャックはのちに恩返しに、こんな言葉を広めてその仕立て屋をおおいに稼がせてやるのである。「彼の仕立てた二本のズボンが、金利収入二万リーヴル［＝二万フラン］の持参金娘との結婚をいくつも導いたのを知っています」

一五〇〇フランと、好きなだけの衣服！　この瞬間を境に、この貧しい南仏出身の若者はいっさいの迷いを棄てた。そして、まとまった金を手に入れた若者が醸しだす、あのなんとも形容しがたい空気をまとって朝の食堂へ降りていった。学生というのはポケットに金が入った瞬間、すっかり妄想に身を預け、ふんぞり返るものだ。そして以前よりしっかり歩けるようになる。おのれの内にてこを動かす支点が見つかり、まっすぐ前方に視界が開け、動きが軽快になる。昨日は、うじうじ、びくびくして、いまにも打ちひしがれてしまいそうだったのに、今日は大臣相手でも負けない気がする。彼の内部では途方もない変化が起こっている。望むものはなんでも手に入る。手あたり次第なんでも欲しい。陽気になり、優しくなり、太っ腹になる。ようするに飛べなかった鳥が立派な翼を見つけたというわけだ。金のない学生というのは、悦《よろこ》びの切れ端にも食らいつくのである。ちょうど幾多の危険を潜り抜けようやく一本の骨にありついた犬のようなものだ。ただし犬はそれを噛《か》み砕き髄《ずい》までしゃぶり尽くせば、ふたたび駆けだすが、若者はというと財布のなかに長居しない金貨をじゃらじゃらさせて悦びを噛みしめ、ちびちびと快楽を味わい、心を満たし、ふわふわと宙を漂うのである。彼にはもはや「惨めさ」という言葉の意味が理解できない。パリは隅々まで彼のものだ。すべてが光に溢《あふ》れ、輝き、燃えさかっている年頃なのだ！　陽気な活力に満たされているのに、それを誰も、男も女もうまく活用できない年頃！　負債や烈しい不安があるぶん、あらゆる悦びが十倍にも感じられる年頃なのである！　セーヌ左岸に出入りしたこともない、サン＝ジャック通りとサン＝ペール通りのあいだに足を踏み入れたこともない人間は、人生のことなどなにもわかっちゃいないのだ！

「ああ！　パリの女たちがそれを知ってさえいればなあ！」ラスティニャックは、ヴォケール夫人から出されたひと切れ一リヤールの焼き梨を頬《ほお》ばりながら思う。「ここに恋愛しにやってくるだろうになあ」そのとき格子戸のベルが鳴り、食堂に王立郵便の配達人が現れた。配達人はウジェーヌ・ド・ラスティニャックの名を呼び、ふたつの袋と署名用の台帳を差しだした。ラスティニャックはそのとき、ヴォートランの見透かしたような眼差《まなざ》しに鞭打たれた。

「剣のレッスンと、射撃場の代金が払えるな」ヴォートランが言った。

「ガレオン船が金銀を運んできた」ヴォケール夫人が包みを見ながら言った。

ミショノー嬢は金のほうに目をやるのが怖かった。羨《うらや》ましそうにしていると思われたくなかった。

「いいお母さまをお持ちね」クチュール夫人が言った。

「旦那はいいお母さまをお持ちだ」ポワレが繰り返した。

「そう、お母さんは無理をしたのさ」ヴォートランは言った。「これできみは放蕩三昧《ほうとうざんまい》の生活が送れるな。社交界へ乗りこみ、持参金つきの娘を漁《あさ》り、頭に桃の花を挿した伯爵夫人たちとダンスが踊れるというわけだ。しかしいいかね、若者よ、真面目な話、射撃場に通っておけよ」

ヴォートランは銃で的に狙《ねら》いをつける格好をした。ラスティニャックは配達人にチップをやろうとしたがポケットは空っぽだった。ヴォートランがポケットを探り、二〇スー［＝一フラン］を投げて寄越した。

「つけにしとくよ」彼は学生から視線を外さずに言った。

ラスティニャックはボーセアン夫人の家から帰ってきた日の刺々《とげとげ》しいやりとり以来、この男に我慢ができなくなっていたが、それでもしぶしぶ礼を言った。一週間、ラスティニャックとヴォートランは顔を合わせても黙ったまま口も開かずに相手の様子を窺っていた。学生はその理由を考えたがわからずじまいだった。きっと意見というのは生み出されたときの勢いそのままに飛んでいくものなのだ。それはある種の数学的法則、迫撃砲の弾道を決める法則のようなものに沿って、脳が送り届けようとした先に着弾する。着弾した先の反応のタイプはさまざまだ。ぐずぐず悩み、ぐったりしてしまうようなやわなタイプもいるだろうし、堅固な要塞のごとき石頭でもって、飛んできた他人の意志を受け止め、ぺしゃんこにして叩き落としてしまうようなタイプもいるだろう。他にもやけに無気力で反応が鈍く、柔らかい地面が飛んできた砲弾の威力を奪うように他人の意見から勢いを殺《そ》いでしまうようなタイプだっている。ラスティニャックの頭の中には、ほんのわずかな衝撃にでも爆発する火薬がたっぷりと詰まっていた。彼はまだまだ若すぎるために、そうやって飛んでくる意志の砲弾を避《よ》けきれずどうしても感化されてしまうのだった。人間というのは知らず知らずのうちにそうした奇妙な感化をたくさん受けているものだ。それでいて彼は山猫のような眼光で明晰《めいせき》に世界を捉える心の目を持っていた。あらゆる鎧《よろい》の弱点を見抜くことに長《た》けた剣闘士が柔軟に攻守を切り替えて観客をあっと驚かせるように、彼は精神面においても物理面においても相手と間合いを取るのが妙にうまかった。

この一カ月のあいだに、ラスティニャックの内部では長所も短所も大いに育った。短所が育ったのは社交界やむくむくと大きくなる欲望の実現に必要なものだからだ。彼の数ある長所のうちには、南仏人ならではのあの短気も含まれる。困難にぶつかったとき、まっすぐに進んでいって解決しようとするのは短気ゆえだ。つまりロワール川以南の人間が不確実な状況でじっとしていることができないのは短気のせいだ。ようするに長所といっても、北の人間が短所と呼ぶような性質なのだ。ミュラ[4]を出世に導いたのもその性質なら、死に導いたのもその性質だ。そこから結論を出すならば、もしロワール川以南出身者ならではの大胆さに、北の腹黒さを併せ持つことができれば、その南仏人は完璧となり、スウェーデン王にだってなれるということだ[5]。したがってラスティニャックは、敵か味方かわからぬヴォートランの砲弾の雨の下に長く

4　フランス南部ロット県の平民階級出身。優れた軍人で、ナポレオンの側近として戦地で数々の手柄を立て、その妹と結婚、のちにナポリ王国の国王にまで出世するが、政治面の適性は乏しかったとされる。

留まってはいられなかった。時折、その風変わりな人物がこちらの燃えさかる情熱を見抜き、心を読んでいるのを感じる。それでいてこちらから向こうの心はいっさい見えない。すべてを把握していながらなにも語らないスフィンクスのようにどっしり構えて動きだす様子がないのだった。自分には金があるのを思い出し、ラスティニャックは反乱を起こした。

「ちょっと待っていてくださいませんか」彼はヴォートランに言った。相手はコーヒーの最後のひと口を飲み干し、退席しようと立ち上がったところだった。

「なぜ?」四十男はそう答えながらつば広の帽子を被《かぶ》り、鉄のステッキを摑《つか》んだ。彼はしばしばそのステッキを、盗賊に四方から飛びかかられてもへっちゃらといった風《ふ》情《ぜい》で振り回した。

「すぐにお返ししますから」ラスティニャックはそう言って、すぐさま袋をひとつ解き、一四〇フランをヴォーケール夫人に払った。「払いが良ければ仲良くなれるって言いますしね」彼は未亡人に言った。「これで正月までの支払いは終わりです。釣りは細かいのでください」

「仲が良ければ払いも良くなる」ポワレはヴォートランを見ながら言った。

「ほら二〇スーです」ラスティニャックはコインを一枚、かつらのスフィンクスに突きだした。

「どうやら、おれには借りをつくりたくないみたいだな」ヴォートランが大声で言った。じっと若者の心を読むような目で見つめ、嘲《あざけ》るようなディオゲネス[6]的冷笑を浮かべた。ウジェーヌは何度この冷笑に爆発しそうになったかしれない。

「まあ……そういうことです」学生はふたつの袋をぎゅっと握り、部屋に帰ろうと立ちあがった。

ヴォートランはサロンに通じるドアから、学生は階段へ通じるドアから出ていこうとしていた。

「ご存じですかな、ラスティニャコラマ侯爵どの、あなたの口の利きかたはとてもお行儀いいとは言えませんな」そう言って、ヴォートランはサロンのドアをステッキで叩きつけ、学生のほうへやってきた。学生は冷たい目でヴォートランを見た。

5　平民階級出身で帝政期には元帥になり、ついにはスウェーデン王になったジャン゠バチスト・ジュール・ベルナドットを暗示。

6　古代ギリシャの哲学者。冷笑的、嘲笑的という意味の形容詞の語源となったキニク学派のひとり。

ラスティニャックは食堂のドアを閉めた。ヴォートランは階段の下まで付いてきた。食堂と台所を隔てる階段ホールには、庭に通じる扉があり、桟の上の明かり取りの窓には鉄格子がはまっている。ちょうど台所から出てきたシルヴィの目の前で学生は言った。「ヴォートランさん、ぼくは侯爵ではありませんし、ラスティニャコラマなんて名前でもありません」

「決闘になるわね」ミショノー嬢が我関せずという調子で言った。

「決闘ですと！」ポワレが繰り返した。

「なるわけありません」ヴォケール夫人はお金の山をなでながら言った。

「でもほら、ふたりして菩提樹《ぼだいじゅ》の下に向かっているじゃありませんか」ヴィクトリーヌ嬢は叫び、庭を見ようと立ち上がる。「でも可哀想《かわいそう》だわ、あのひとなにも悪くないのに」

「さあ部屋に戻りますよ」クチュール夫人が言った。「あんな揉《も》めごと、わたしたちには関係ありません」

クチュール夫人とヴィクトリーヌが立ちあがりドアを出ようとして、ふとっちょシルヴィと鉢合わせになった。

「えらいことです！」シルヴィは言った。「ヴォートランさんがウジェーヌさんに言ったんですよ。じっくり話そうじゃないか！ それから学生さんの腕を摑んで、あ あしてアーティチョークの畑の上をずんずん歩いてったんです」ちょうどそこへヴォートランが現れた。「ヴォケールのママさん」彼は微笑《ほほえ》みながら言った。「なにも怖がることはありません。これから菩提樹の下でピストルを試し撃ちしてみようってだけで」

「まあ！　そんな」ヴィクトリーヌが手を合わせて言った。「どうしてウジェーヌさんを殺そうとなさるのですか？」

ヴォートランは後ろに二歩退がってヴィクトリーヌをじっと見つめた。「ははあ、これはこれで面白い」彼がからかうように叫んだため、可哀想な娘は真っ赤になった。「彼はとても優しいですよね、あの青年は？」彼はふたたび言った。「お嬢さんのおかげでいいことを思いつきました。おれならあなたがたふたりともを幸せにしてあげられますよ」

クチュール夫人が娘の腕を取り、引っ張っていきながら耳元で囁《ささや》いた。「どうしたのです、ヴィクトリーヌ、今朝はちょっと変ですよ」

「うちでドンパチされるのは、ごめんですからね」ヴォケール夫人が言った。「ご近所さんを怖がらせないでください、警察沙汰になるじゃありませんか、こんな朝っぱらから！」

「まあまあ、落ち着いてください、ママさん」ヴォートランが返した。「わかりましたよ、それなら射撃場に行きます」彼はラスティニャックのところへ行き、親しげに腕を組んだ。「おれが三十五歩の距離から五度、スペードのエースを撃ち抜くところを見せてやっても」とラスティニャックに言った。「きみの勇気はくじけないんだろう。きみにはどうも短気なところがあるから、そのうちどこぞの阿呆みたいに殺されてしまうぞ」

「逃げるんですね」ウジェーヌは言った。

「おれを怒らせるんじゃないよ」ヴォートランは返した。「今朝は温かいね、おいで、ここに坐ろう」緑に塗られた椅子を示しながら言った。「ここなら誰も聞いちゃいないから。きみに話があるんだ。きみはとてもいい子だから、ひどいことをしたくないんだ。おれはきみが好きなんだぜ、このトロンプ……（おっとっと）ヴォートランさまはね。なぜ、きみが好きかはこれから話す。その前に言っとくが、おれはきみのことをよく知っている。まるで自分の作品みたいにね。そしてそれをこれから証明してみせよう。まあ、その袋をそこへ置けよ」彼は丸テーブルを指さして言った。

ラスティニャックはテーブルに袋を置き、椅子に腰を下ろした。おまえを殺すと言った直後にいきなり保護者面するこの男の豹変ぶりに興味が湧いてしかたがなかった。

「きみはきっとおれが何者で、なにをしてきたか、なにをしているのか知りたいんだろう」ヴォートランは言った。「好奇心旺盛すぎるなあ、坊や。まあ落ち着こうぜ。ほかにもいろいろと話してやるからさ！　おれはね、不幸だったのさ。まずはおれの話からだ。きみの答えはあとで聞こう。おれの過去を簡単に説明しよう。おれは何者か？　おれはヴォートランだ。なにをやっているか？　自分のやりたいことをやっている。続けよう。きみはおれがどういう人間か知りたいんだね？　おれは、おれにいい思いを味わわせてくれる相手だとか、心と心で話のできる相手に対しては、いいやつさ。そういう連中にはすべてを許してやる。脚を思いっきり蹴られたって『気をつけろ！』なんて言わない。しかし舐《な》めてもらっては困る！　こちらをやきもきさせるやつ、気に食わないやつに対してだと、おれは鬼のように意地悪になるんだ。だからきみもよく理解することだ。おれが平気でひとを殺せる人間だということをね！」彼はそう言って唾《つば》を吐いた。

「ただし、ひとを殺すのはどうしても必要というときだけ、手際よくやるように心がけている。おれはつまり、きみらが芸術家なんて呼ぶたぐいのものなのさ。ベンヴェヌート・チェッリーニ[7]の自伝を読んでごらん。まだイタリア語版しかないんだがね、まさにおれのようだと思うだろうな。おれはこの男に学んだんだ。相当に厚かましい男でね、神さまの真似をして行き当たりばったりにひとを殺し、行く先々で美しいものを愛する。そもそも、ひとりですべての人間を向こうに回し、チャンスを摑もうとする、これ以上にかっこいい勝負があるかい？　おれはきみらの乱れきった社会の現行の仕組みについてよくよく検討してみたんだ。いいかね坊や、決闘なんて子供の遊びさ。馬鹿のやることだ。ふたりとも元気に生きてるってのに、片方が死ななきゃならないなんて、馬鹿でもなきゃ、そんな偶然に身を委ねられるものか。決闘？　裏か表か！　馬鹿馬鹿しい。おれは五発続けて、スペードのエースを射貫けるぜ。きっちり前の弾に次の弾をめり込ませることができる。三十五歩の距離からだって命中させる！　こういう小さな才能に恵まれてはじめて、敵を倒せるという自信が持てるのさ。ところがだ！　おれは二十歩の距離から男に向かって引き金を引き、外したことがある。相手は人生で一度もピストルなんていじったこともないガキだったよ。見てみろ！」この並外れた男はそう言ってベストを脱ぎ、クマの背中のように毛むくじゃらの胸をはだけて見せた。胸毛のひと房が鹿毛色に変色している。ラスティニャックは怖気《おぞけ》をふるった。「その青二才が、ここの毛を焼いたのさ」ヴォートランはそう言って、ラスティニャックの指を胸に残るくぼみに持っていった。「ただし当時おれはガキだった。いまのきみと同じ二十一歳だった。おれはまだなにかを信じてたんだな。ある女の愛とか。きみがこれから散々に振り回されるだろう馬鹿げたことの数々をね。おれたちは決闘していたかもしれないな、そうだろう？　きみはおれを殺していたかもしれない。よかろう、おれが地面に倒れたと仮定して、きみはどこに行くんだ？　ズラからなければならないよ。スイスに逃げて、パパのお金を使わなきゃならない。パパにはお金がほとんどないのにね。おれさまが、きみの現状をはっきり分析してやろうか？　ただし、おれは上からものを言うぜ。この世の事象をよくよく検討した結果、この世で取るべき立場はふたつ、馬鹿になって服従するか、反抗するかのふたつしかないと知っている人間だからね。おれはなににも服従しない、わかるだろう？　この調子で進んでいくとして、きみは自分になにが欠けているか知っているのか？　一〇〇万フランの金、それも大至急にだ。さもなきゃ、きみはおバカさんだから神さ

7　イタリア、ルネサンス期の有名な芸術家。金物細工師、彫刻家、画家であり音楽家（一五〇〇—一五七一）。奔放な生き方で知られ、その自伝では芸術家としての人生のみならず、旅や恋愛や殺人までも語られる。

まがいるかいないか確かめようとセーヌに身投げしてサン＝クルーの網に引っかかることにもなりかねない。その一〇〇万の金をさ、おれがきみにプレゼントしてやろうか、という話さ」

　ヴォートランはここで一拍置いて、ウジェーヌを見つめた。

「ほほお！　ヴォートランおじちゃんの話に機嫌が直ったな。『今夜よろしく』[8]って声かけられて、わくわくしながら化粧を始める小娘みたいな顔をしてるぞ。まるでミルクを前に舌なめずりする猫だ。そろそろ頃合いだな。勝負といこう！　材料を整理しようぜ。おれたちにはいま、パパ、ママ、伯母さま、ふたりの妹（十八歳と十七歳）、ふたりの弟（十五歳と十歳）がいる。これが乗組員の名簿だ。伯母さまが妹たちの教育係だ。坊さんが来てふたりの弟にラテン語を教えている。家族は白いパンよりも、栗《くり》の粥《かゆ》を食べることのほうが多い。パパは手持ちのズボンを大事に穿《は》いている。ママは冬に一着、夏に一着きりのドレスで我慢している。可愛い妹たちはつくれるものは自分でつくる。おれはなんでも知っている。おれは南にいたからな。きみの家だと、だいたいそんなところだろう。きみのもとに年に一二〇〇フランの仕送りがあり、きみらのちっちゃな地所から上がる収入がせいぜい三〇〇〇フランだとすればね。調理場に女がひとりと召使いがひとり。パパは男爵だから、あまりみすぼらしくてもいけない。さて自らを振り返るとどうなる。野心がある。味方にはボーセアン夫人がいるが、きみ自身には目下のところ馬車もない。大金持ちにはなりたいが、小金もない。ヴォケール母さん特製のごった煮を食べながら、サン＝ジェルマン街の立派な晩餐会に憧れている。粗末なベッドに寝ていながら、お屋敷を持ちたいと思っている！　野心を非難してるんじゃないんだ。いいかね、坊や、野心なんて、誰でも彼でも持てるもんじゃない。女たちに、いったいどんな男が好みか訊いてみろ、野心のある男だと言うさ。野心家というのは、そのほかの男たちに比べて、どっしりと構え、意志が強く、勇ましく、熱い心を持っている。そして女というのは、自分に力があるときにこそ、自分はなんて幸せで美しいんだろうと感じる。だから女たちは、力が並外れて大きい男たちを好むのさ。

おれがきみの欲望を列挙してみせたのは、質問したいからさ。その質問というのがこれだ。おれたちはオオカミみたいに腹ペコだ。おれたちの歯は鋭い。さて、どうやって鍋の中身を調達しようか、ということなんだ。最初に用意するのは民法典だ。

8　パリの西、オ＝ド＝セーヌ県の町。当時この町を流れるセーヌ川に溺死体を回収するための網がしかけてあった。

これは愉快なもんじゃない。なんの得にもならない。しかし無視することはできない。いいだろう。弁護士の勉強をして重罪院の裁判官になるかな。つまり金持ちどもに枕を高くして眠れますよと言ってやるために、可哀想におれたちほど悪人でもない兄ちゃんたちの肩にT・F，って焼き印を押して徒刑場に送るのさ。愉快な仕事じゃないな。それに時間がかかる。まず、パリで二年は辛抱だ。大好きなお菓子も食べられない。けっして満たされることなく、望んでばかりのうんざりするような毎日だ。もしきみが蒼《あお》い顔した無気力なたちなら、ちっとも心配する必要はないんだ。しかしおれたちはライオンみたいに血気盛んだし、一日に二十も馬鹿をやらかすようなたちだからな。ようするに、きみはそうした拷問にもだえ苦しむだろう。なにしろ地獄でも味わえないほどの苦しみだ。

まあいいさ、仮にきみがミルクを飲んで愚痴をこぼしながらも、いい子にしていられたとしよう。きみみたいに高潔な子は山ほどの退屈に耐え、狂犬にならぬようさんざん自分を抑えたあとに、まずは辺鄙な町でゴロツキのために働く下っ端の検事からキャリアをスタートすることになるだろう。その仕事で政府はきみに一〇〇〇フランの給与をくれる。肉屋が番犬にエサを投げてやるのと同じさ。泥棒には吠えかかり、金持ちは弁護してやれ。おひとよしはギロチン送りだ。そいつはやむを得ない！　後ろ盾がなければ、地方の裁判所勤めが関の山だなあ。三十歳頃、きみは年収一二〇〇フラン程度の判事になる。まだ法律家のマントを棄てなければの話だがね。そして四十になる頃には、どこぞの粉屋の娘、だいたい金利収入六〇〇〇リーヴル［＝六〇〇〇フラン］の持参金のある金持ち娘と結婚しているかもしれない。まずまずだねえ。後ろ盾があれば、三十歳で王室検事になれるかもしれないな。給料は一〇〇〇エキュ［＝三〇〇〇フラン］、嫁さんは市長の娘だ。もしきみが政界のちょっとした不正に、たとえば投票用紙に書かれたマヌエルのかわりにヴィレール伯爵の名前を読みあげるといった（マヌエルとヴィレールで語呂もいい。おきれいな良心なんて売ってしまおう）不正に手を貸せるのなら、きみは四十歳で検事長になれるだろうな。そして議員になれるかもしれない。わかるだろう、坊や、おれたちはちっぽけな良心に汚点や疵《きず》をつけて生きていくのさ。この先二十年、うんざりすること、誰にも言えぬ惨めなことが待っている。そして妹たちは聖カトリーヌの被りもののお世話をすることになる。[10]
ちなみにフランスには二十人しか検事長がいない。そしてきみのような学位を持った志願者が二万人。なかには一階級上るために自分の家族を売るようなクズもいる。

9　強制労働者《トラヴォー・フォルセ》の頭文字。当時は徒刑囚の肩に焼きごてで印をつけた。

そんな仕事はうんざりだと言うなら、ほかの可能性も探ってみよう。たとえばラスティニャック男爵は弁護士になることにこだわるのかな？　おお、そいつはすてきだ。十年は苦しみに耐えねばならん。月に一〇〇〇フランをはたき書庫と事務所を持たねばならん。社交界に顔を出し、訴訟を回してもらうために代訴人のマントに接吻し、舌で裁判所を掃除しないといけない。まあこういう仕事できみが満足できるのなら、おれも反対はしない。しかし言わせてもらえば、パリに五十代で年に五万フラン以上稼げる弁護士が五人でもいるだろうか？　やれやれ！　そんなふうに魂をすり減らすくらいなら、おれなら海賊になるね。そもそもどこで金を手に入れるかという話さ。これがまた徹底してつまらない。女の持参金という手段がある。きみは結婚したいかな？　首に重い石を括《くく》りつけることになるぞ。それに金のために結婚するとして、誇りや威厳はどうなる？　いっそ今日から人間社会の掟に反旗を翻《ひるがえ》すほうがましだ。女の前にくねくねと蛇みたいに横たわるとか、ママの足を舐めるとか、豚もうんざりするような下劣なことをするとか、吐き気がするぜ！　それでほんのわずかにでも幸せになれるんなら、それもいい。しかしきみってやつは、そんなふうにして結婚した女といてもドブ川の石ころのように不幸だろうな。女とやいやい争うくらいなら野郎どもと闘うほうがずっとましだ。

わかったかい坊や、ここが人生の分かれ道だ。さあどうする。ああ、きみはもう選んだんだな。従姉《いとこ》のボーセアンの家へ行った。そしてそこで贅沢の匂いを嗅《か》いだ。ゴリオ爺さんの娘のレストー夫人の家にも行った。きみはそこでパリ娘の匂いを嗅いだ。その日、きみは額の上にひとつの言葉を書きつけて帰ってきた。そいつはおれにもしっかりと読めたぜ。「出世する！」だ。なんとしても出世するぞ、ときた。万歳！　おれは言ったね、こいつはおれにぴったりの活きのいい兄ちゃんだってね。きみはどうしても金が必要になった。どこで調達する？　きみは妹たちから搾《しぼ》り取った。男兄弟ってのはいつだって、多かれ少なかれ姉や妹から金をだまし取るものだ。きみのその一五〇〇フラン、よくまあむしり取れたものさ！　一〇〇スー［＝五フラン］硬貨より栗の実を見つけるほうが楽な土地だってのに。その金だって、畑を荒らす兵士みたいにあっという間に逃げてっちまう。そしたら、きみはどうするんだ？　働くのか？　働いて得られるものなんて、たかが知れてるぞ。ポワレ程度の実力しかなけれ

10　このさき結婚する望みのない老嬢になることを意味する。聖カトリーヌは処女の守護聖人であり、当時はこの聖人の祝日である十一月二十五日に二十五歳を過ぎた独身女性が聖女像の被りものを取り替えたことから。

ば、一生働いたって晩年にヴォケールママさんの下宿に住居がひとつ手に入れられるだけだ。スピード出世を狙おうったって、きみのような若者が五万人はいるんだから大変だ。きみはそういう有象無象《うぞうむぞう》のひとりにすぎない。きみがなすべき努力について、そして闘いの苛烈さについて、よく考えてみるんだ。きみは五万もない良い地位を巡って、壺《つぼ》のなかの蜘蛛《くも》みたいに、ひとりまたひとりほかの同類を食べていかなきゃいけない。

きみはひとがどうやって出世の道を切り開くか知っているか？ 才能を閃《ひらめ》かせるか、さもなければ汚い手を使うのさ。大砲の弾のようにこうしたひと混みの中に飛びこんでいくか、さもなければペストのようにそっと忍びこむ必要があるんだ。正直さなんてなんの役にも立たない。ひとは才能ある人間の力の前に平伏《ひれふ》すが、一方でそいつを憎み、必死になって中傷する。なぜならそいつがすべてを独り占めにするからだ。しかしそいつが健在のかぎり服従する。ようするに、そいつを泥沼に沈めることができない限りは、跪《ひざまず》いて崇《あが》める。自《おの》ずと不正が横行する。才能にはそうそう恵まれるものではない。だからそのへんにごろごろいる凡人にとっては不正が武器になるのさ。きみはそこらじゅうにそういう連中の台頭を感じるだろう。夫の年収はせいぜいが六〇〇〇フランなのに、身繕いに一万フラン以上の金を使う妻がいる。賃金一二〇〇フランのくせに土地を買う役人がいる。娼婦になってフランスきっての大貴族の子息の馬車に乗っちまう女がいる。ロンシャン詣で[11]に貴族の表参道を走っていける馬車にね。きみはあの頓馬《とんま》のゴリオの爺さんが可哀想に娘の出した手形を肩代わりして払うはめになったのを見たろう。娘の旦那には五万リーヴル［＝五万フラン］の金利収入があるってのに。

言っておくが、パリじゃ、二歩も歩けばそこらじゅうに恐ろしい罠《わな》が転がってる。これから話すことが外れたらこの頭をそこの菜っ葉と挿《す》げ替えてもいいがね、きみは最初に好きになった女、その若くてきれいで金持ちの女の家で、とんでもない窮地に陥るだろう。すべての女があらゆることで旦那と反目しながらも、法というくつわで繋《つな》がれているんだ。説明しはじめるときりがないが、やれ恋人だの、服飾品だの、こどもだの、家事だの、見栄だののためにこそこそと取引が行われている。美徳のためってのはほとんどない、これはたしかだ。そんな場所じゃ誠実な人間というのは、共通の敵になる。しかしね、誠実な人間ってどんな人間さ？　パリで誠実な人間って

11　当時、天気の良い日にはシャンゼリゼ通りからブーローニュの森の端ロンシャン平原までの道には、着飾った貴族、富裕層の高級馬車が行列し、その富をひけらかしあった。

のは、口を閉ざし、他人となにかを共有することを拒む人間のことだ。おれはいまそういう憐れな下々の連中の話がしたいんじゃないんだ。そういう連中はそこらじゅうで、けっして報われることのないつらい労働をしている。おれはそういう連中のことを、神さまのボロ靴団なんて呼んでいるがね。たしかに、そいつらの愚かさが極まったところにはいつも美徳がある。しかしそこには悲惨もある。いまから、そういう誠実な連中のしかめ面が見えるようだ。神が最後の審判に欠席するなんて悪ふざけをかましたときのね。

つまりね、きみがいますぐ出世するつもりなら、すでに金持ちであるか、あるいはそんななりをしてないといけない。金持ちになるには、ここじゃ思いきった博打を打つ必要がある。別の言いかたをすれば、ちびちび賭けてるやつはカモにしていい！　百の職業があったとして、そこに出世の早いやつが十人いるとする。世間はそいつらを泥棒と呼ぶ。そこから結論を出してごらん。わかるだろう、人生ってのはそういうもんなんだ。厨房みたいなものなんだ、けっしてお綺麗なものでなく、饐《す》えた匂いもする。そして料理をしようと思えば、どうしても手を汚さなければならない。ただし後始末だけはきちんとすること。それが、我々のいまいる時代のモラルのすべてだ。

おれがこんなふうに世の中のことを話すのは、おれにその権利があるからさ、おれは世の中に詳しいからな。けしからんと思うかって？　ぜんぜん。世界は昔からずうっとこうなのさ。モラリスト連中はいっこうに世界を変えられない。人間ってのは不完全だ。そのときどきでより偽善的だったりそうでもなかったりする。すると間抜けなモラリストどもは、そのときどきで人間は素行が良いとか悪いとか言う。おれは民衆の味方をして金持ちを非難してるんじゃない。人間なんて身分が高かろうが低かろうが真ん中だろうが同じさ。この高等な家畜百万頭につき十頭の割合で厚かましいのがいて、すべての上に立つ。法律の上にさえ立つ。おれがそうさ。きみがひとより優れた人間なら、顔を上げてまっすぐ進んでいけ。しかし妬《ねた》みや中傷や無能と闘わなくてはならない。すべての連中を敵に回すことになる。ナポレオンはオブリー[12]って戦争大臣に巡りあったが、こいつに危うく植民地送りにされるところだった。よく考えてみろ！　きみは毎朝、前の晩よりもやる気いっぱいになって起きあがれるのか。以上を踏まえたうえで、これからおれがきみにひとつの提案しよう。断るようなや

12　フランソワ・オブリー。一七九四年、テルミドールのクーデターでロベスピエールが処刑されたのちに公安委員会（統治機構）に入る。戦争担当官ではあったが大臣という役職名ではなかった。イタリア戦線をめぐってナポレオンと対立し、その転属を目論む。

つはいないだろう。よく聴いてくれ。おれにはアイデアがあるんだ。おれが考えているのは、アメリカの南部に行って、広大な土地、一〇万アルパン[13]くらいの領地でそこの長として人生を送ることさ。おれはそこを開拓して、奴隷を所有し、牛やらタバコやら木材やらを売ってたっぷり数百万フラン稼いで、王様みたいに暮らす。やりたい放題やる。ここじゃあ味わえないような、つまり、みんなが漆喰《しっくい》の巣穴に身を潜めているような場所じゃ味わえないような生活を送るのさ。おれは偉大な詩人なんだ。とはいえ文字で詩を書くんじゃない。おれの詩ってのは、行動と感情でできているんだ。おれはいま五万フラン持っている。それだけでも四十人くらい黒人が買えるかもしれないが。おれに必要なのは二〇〇万フランだ。長としての人生を満足できるものにするには二百人は黒人がいるからな。黒人だよ、わかるかね、きみ？　連中はこっちが望むことをちゃんとやってくれる出来のいい子供だよ。連中については王室からおせっかいな検事がやってきて釈明を求められることもないのさ。この黒いのを元手におれは十年で三〇〇万から四〇〇万フラン稼ぐ。成功すれば、誰もおれに『おまえは誰だ』なんて訊かなくなるさ。おれは合衆国市民、四〇〇〇万フランを稼いだ大旦那になる。齢《よわい》五十を迎える頃さ。枯れるにゃ早いぜ。おれはおれ流に楽しむのさ。

端的に言おう、もしおれがきみに一〇〇万フランの持参金つきの娘を見つけてやったら、おれに二〇万フランをくれるかい？　二〇パーセントの手数料だ、どうだい、ちょっと高いかな？　きみは先方のお嬢さんから好かれるように努力するんだ。ひとたび結婚したら、不安やら後悔やらをこれみよがしに顔に出すんだ。二週間のあいだ憂鬱を装うんだ。様子のおかしい日が数日続いたある夜、愛撫と愛撫の合間にきみは嫁さんに、二〇万フランの借金があることを告白するんだ。『ああ愛するきみ！』とか言いながらね。こういう愉快な茶番劇が毎日お上品な若者によって演じられている。若い娘ってのは好きになった男相手だと財布の紐が緩いんだ。損な話だと思うかい？　いいや、きみならなにか事業でもやればすぐに取り戻せるさ。きみはその金と頭脳で、望めるだけの莫大な財を積み上げることができるだろう。きみはたった六カ月で幸せになる。可愛い女も幸せにできる。ヴォートランおじちゃんも幸せにできる。きみのご家族については言わずもがな。冬だというのに薪《たきぎ》もなく吐息で指を温めているご家族も幸せにできる。おれがこんな提案をしたり、頼み事をしたからって驚くことはないんだ！　パリで挙げられる六十のお美しい婚礼のうち、四十七が似たような段取

13　面積の単位アルパンは地方によって異なるが、パリ式で計算すると二〇万アルパンは約一万九〇〇〇ヘクタール。

りを踏んでいる。王立公証人の事務所じゃむりやり……」

「ぼくになにをしろと言うんです？」ラスティニャックは待ちきれぬというように、ヴォートランの言葉を遮った。

「ほとんどなにもしなくていい」糸の先にうまく魚がかかったのを感じた釣り人のように、その男の顔に微《かす》かに喜びの色が浮かんだ。「いいか、よく聴けよ！　幸薄い憐れな貧乏娘の心というのは、愛に満たされたいと渇望するスポンジみたいなもんさ。からからに乾いたスポンジは、同情のひとしずくでもそこにおちれば、すぐさま膨張する。孤独で悲しみのどん底にあり、貧しくて、将来自分に財産が転がりこんでくるなんて思ってもいない、そういう条件の娘に言い寄るんだ。そしたらぽんっ！　ストレートと4《フォー》カード合わせたくらい強い。買う前から当たりの数字を知ってる宝くじみたいなもんだ。情報を摑んだうえで、これという枠に賭け金を張る。きみは基礎のしっかりした杭の上に不滅の結婚を築くんだ。その若い娘に何百万もの金が入ってくる。彼女はきみの足元に小石かなにかのように、それを投げだすだろう。『受けとって、愛するあなた！　どうぞ、アドルフ！　アルフレッド！　受けとってちょうだい、ウジェーヌ！』もしアドルフやアルフレッドやウジェーヌが真心をもって彼女のために尽くしてやれば、彼女はそう言うだろう。

おれの理解する『尽くす』ってのは、たとえば古いスーツを売った金で、流行りのレストラン〈カドラン＝ブルー〉に行って、そこでマッシュルームのクリームあえのパイ包みをいっしょに食べ、そして夜はアンビギュ＝コミック座に連れていくとか、懐中時計を質に入れて彼女にショールをプレゼントするとか、そういうのだ。あとは好きだの愛してるだの書き散らかしたり、彼女が遠くにいるときに、便箋に涙の湖をつくったりするあれとかね、ああいうくだらないことが女は大好きだからな。しかし言うだけ野暮だな。きみは恋愛用語に精通しているようだから。

パリってのはね、きみ、新大陸の森と同じさ。イリノイ族だのヒューロン族だのが二十種もいる。そういう連中は社会でさまざまな狩りをして生きている。きみは億万長者を狙う狩人だ。獲物を捕まえるために、罠だの呼び笛だのおとりだのを使う。狩りのしかたはさまざまある。ある者は持参金を狙う。ある者は投機で儲けを狙う。道義心を金で釣ろうとするやつがいるかと思えば、定期購読者ごと自分の新聞社を売り渡すやつもいる。財布をたんまり膨らませて帰ってきた者は褒め称えられ、上等な社会に受け入れられる。そうさ、この国はほんとにもてなし上手なんだ。きみが相手にするのは世界でもっとも寛大なこの都市だ。たとえヨーロッパのあらゆる首都のお堅い貴族社会が、破廉恥な億万長者を仲間に入れるのを拒んだとしても、パリはちがう。

パリはそいつを歓迎し、そいつの開くパーティに通い、ディナーをともにし、その破廉恥な行いに祝杯を上げるのさ」

「しかし、どこで娘を見つけるんです」ウジェーヌが言った。

「彼女はきみのものさ、目の前にいるよ！」

「ヴィクトリーヌ嬢？」

「いかにも！」

「まさか！　嘘でしょ？」

「彼女はすでにきみを愛している。未来のラスティニャック男爵夫人さ！」

「彼女は一文無しですよ」ウジェーヌは驚いて反論した。

「おお！　いよいよ本題だ。かいつまんで説明する」ヴォートランが言った。「ここからが種明かしだ。ヴィクトリーヌの親父であるタイユフェール老というのは、革命のときに自分の友人を殺したとか言われている薄汚いジジイでね。世間でなにを言われようが気にしないという見上げた男のひとりだ。やつは銀行家で、フレデリック・タイユフェール商社の筆頭の出資者でもある。やつにはひとり息子がいて、これに財産を残すつもりだ。ヴィクトリーヌを犠牲にしてね。おれはね、こういう不公平が大嫌いなのさ。ドン・キホーテよろしく、弱いものを助けて強いやつと闘いたい。もし神のご加護で、やつの息子が早死にでもしたら、タイユフェールは娘にふたたび目を向けるだろうぜ。やつはとにかく跡継ぎが欲しい。愚かなことだが本能なのさ。しかしやつにはもうガキがつくれないんだよ。ヴィクトリーヌは優しくて寛大だ。彼女はすぐさま父親を取り込んで意のままにしちまうだろう。娘の愛情に鼓舞されて親父はドイツ独楽[14]みたいにくるくる回るだろうな！　あれはものすごく情にもろい娘だから、愛してやれば、きみのことをないがしろにはできなくなる。きみは彼女と結婚するんだ。おれが神さまの役を引き受ける。ご加護を授けるぜ。昔よくしてやったおれのダチがいる。ロワール部隊[15]の大佐だったが最近、近衛隊に配属になった。ものわかりがいいから、おれの言うことを聞いて過激王党派[16]に鞍替えしたが、あの頭でっかち連中とは一味ちがうやつさ。

14　内部が空洞になっていて唸りながら回る。
15　一八一五年、帝位に復帰したナポレオンに変わらぬ忠誠を誓う将校が隊を編制。ナポレオンを打倒せんとする対仏同盟国軍に最後の抵抗を試みた。王党派とは対立関係にある。
16　失脚後もナポレオンとその一族を支持し続けその復帰を目論むボナパルティストと烈しく対立し、それを迫害しようとする極右の運動グループ。

いまひとつきみにアドバイスするならね、坊や、口で言うぶんはいいが、それ以上に自分の考えに固執しないことだ。そんなもんは求められたら、売っちまえばいい。けっして自説を曲げないと自慢しているようなやつは、つねにまっすぐ進むことにこだわる、自分は過ちを犯さないと信じている間抜けさ。原理なんてない。あるのは事態だけだ。法則なんてない。あるのは状況だけなんだ。優れた人間ってのは事態と状況に適応する。そいつを操作するためにね。もし確固とした原理や法則なんてものがあったら、国民だってシャツでも着替えるみたいに気軽にそれを取り替えたりはしないだろう。人間ってのは国家以上に賢くなる必要はない。たとえばフランスじゃ、国にほんのちょっと貢献した程度の人間が、終生、共和主義を貫いたように見えたって理由で英雄扱いされているが、あんなのはまあ国立工芸院の機械のあいだに展示してやるくらいでいいんだ。ラファイエット[17]って名札を貼ってやってさ。その一方であのタレーラン大公[18]には誰もが石をぶつけているわけさ。大公は人間なんてものを軽蔑していたから、請われるたびにいくらでも誓いの言葉を吐いてやったものだ。彼こそはウィーン会議でフランス分割を防いだひとだぞ。ひとは彼をこそ讃えるべきなのに、泥をぶつけるのさ。ああ！　おれは物事に通じているんだ、おれさまはね！　たくさんの人間の秘密を握っている！　うんざりするほどね。おれだっていつの日か揺るぎのない意見を持つかもしれないぞ。三人の人間が三人とも、これが世界の正しい原則だと意見が一致する日が来たらばね。まあだいぶ先になろうがね！　法律の条文ひとつ取ったって、裁判のたびに三人の判事が同じ解釈を持つことなんてありゃあしないんだから。

さておれのダチの話に戻ろう。もしおれがひとこと言えば、こいつはイエス・キリストだってもう一度十字架に掛けちまうだろう。ヴォートランおじちゃんがただひと声掛ければ、やつは可哀想な妹にたったの一〇〇スー［五フラン］も送ってやらない恥知らずな例の兄貴と決闘するだろう、そして……」ここでヴォートランは立ち上がった。そして剣を構えるポーズを取り、名人よろしくそれを突いた。「そして殺

17　フランスの政治家。義勇兵としてアメリカ独立革命で活躍し、英雄として帰国、フランスでは立憲君主制の実現を目指し革命に参加し、人権宣言を起草するも、政治的には派閥間の立ち回りに失敗し失脚。

18　フランスの政治家で外交の天才と謳われる。革命期には三部会議員となり、また総裁政府、統領政府、ナポレオン帝政下のそれぞれで外相を務めた。ナポレオン没落後、王政復古に協力し、第一、第二復古王政で外相を務める。ウィーン会議で自国領土の保全に成功したのは有名。変節の政治家として嫌われた側面もある。

す！」

「恐ろしいことを言う！」ウジェーヌが言った。「ふざけてるんですか、ヴォートランさん！」

「やれやれ、落ち着こうぜ」その男は言った。「坊やぶるなよ。まあいいさ、好きなだけ怒ればいいし、腹を立てればいい。おれのことは破廉恥、極悪人、ろくでなし、悪党、なんとでも呼べばいい。ただし詐欺師だの、スパイだのはごめんだぜ。さあ、罵《ののし》ってくれよ。怒らないからさ。きみの年齢じゃしかたないさ。おれもそうだったよ。ただ、よく考えてみてほしい、それだけだ。そのうち、きみはどんどん悪いやつになるぜ。どこかのきれいな女に媚《こび》を売って、金を受け取るようになる。もうすでにそういうことを考えてたじゃないか！」ヴォートランは言った。「だって恋人を当てにしないで、きみはどうやって出世するんだ？　いいかね、学生さん、美徳ってのは小分けにできないんだ。完全でないと意味がない。過ちを悔い改めなさいとか言うがね。後悔のお祈りをすれば赦《ゆる》されるなんてな、世の中にはステキなシステムがあったもんだ！　社交界の止まり木に摑まるために女を誘惑するとか、良家の跡取りたちのあいだに不和の種を投げこむとか、要するに陰でこそこそ、そして個人の利益だの悦びだののためにやってのけるあらゆる卑劣な行為のどこが、信徳、望徳、愛徳といっった行為に適っているだろう？　一夜のうちに跡取りのボンボンから財産の半分を奪ったダンディはたったの二カ月の投獄で済むのに、たかだか一〇〇フランを盗んだ可哀想な小僧が加重情状の末、徒刑場送りにされるのはなぜだ？　わかるか、それがきみらの法律なんだ。不条理にたどり着かない条項はない。きれいな手袋をはめ、きれいごとを言いながら何人も殺したやつがいる。こいつは血も流さずに殺人を行う。かと思えば金てこで玄関をこじ開けるひと殺しがいる。どちらも闇の世界の出来事さ！　おれがきみに提案することと、きみが将来やることのちがいは、流血の有無だけだ。きみはこの世界には揺るぎないなにかがあると信じている！　人間を買いかぶらないことだ。法の網の目をよく観察してその隙間を潜り抜ければいいのさ。莫大な財産はあるが、それがどうやって築かれたものかわからないとすれば、そこには手際よく行なわれたがために、きれいさっぱり忘れられた犯罪があるのさ」

「やめてください。もううんざりです。これ以上あなたの話を聞いていると自分に自信がなくなりそうだ。いまは直感だけがぼくの頼れるものなんです」

「落ち着いてよく考えればいいさ。きみはもっとしたたかなやつだと思うぜ。もうこれで終わりにしよう。ただ最後にひと言」彼は学生をじっと見つめ言った。「きみはおれの秘密を握った」

「その申し出を断るような若者なら、きっと忘れかたも知っていますよ」

「言うじゃないか、気に入ったぜ。ほかの誰かさんは、きみほど善人じゃないかもな[19]あ。おれがきみのためにしてやりたいことについてよく考えてみてくれ。二週間やろう。乗るもよし、受け流すもよし」

「なんて頑固なんだろう、あの男は！」ステッキを片手に静かに去っていくヴォートランを眺めながらラスティニャックはつぶやいた。「露骨ではあるが、やつの言ったことはボーセアン夫人がほかの表現で語ったことと同じだ。やつは鋼《はがね》の爪でおれの心をひっかきまわしてくれた。おれはなぜニュッシンゲン夫人のところへ通おうとするのか？　やつはおれがそれを思いついた途端に見抜いてしまった。ようするにあの悪党は、美徳についてこれまで本やひとが語ってきたよりも多くのことを語った。美徳というものが妥協を許さないものだとすると、おれは妹たちから金を盗んだことになるのか？」テーブルの上に袋を投げながら、ラスティニャックは言った。

彼は腰を下ろし、それから深い物思いに沈んでいった。「美徳をつらぬけるのは、気高い殉教者だけだ！　くそ！　美徳を信じているからといって、みんながみんな高潔だろうか？　人間は自由を憧れの対象にしている。しかしこの地上のどこに自由な人間がいるだろう？　おれの青春はまだ、雲ひとつない空のように澄み渡っている。

偉大になりたい、あるいは金持ちになりたいと望むことは、突き詰めれば、嘘をつき、服従し、へつらい、自分を殺し、おもねり、自分を偽ることにならないか？　嘘をつき、服従し、へつらった人間たちの召使いになることに同意することにならないか？　まず奉仕しなければ、仲間にはなれまい。いいや、やはりだめだ！　おれは堂々と誠実に努力がしたい。昼も夜も精進して、ただ自らの労苦だけで出世したい。それには時間がかかるかもしれない。しかしそうすれば毎晩、邪念に煩《わずら》わされることもなく、安眠できるだろう。自分の人生を見つめ、それが白百合《しらゆり》のごとく純粋であるのを見いだす以上にすばらしいことがあるだろうか？　おれとおれの人生は、若い男とその許嫁《いいなずけ》のようなものだ。ヴォートランが話したことってのは、その結婚の十年後の姿だ。やれやれ！　訳がわからなくなる。なにも考えたくない。自分の心だけが頼りだ」

19　人間喜劇の時系列では『ゴリオ爺さん』の後日譚にあたる『幻滅』『浮かれ女盛衰記』においてヴォートランはふたたび美貌と野心を併せ持つ別の青年、リュシアン・ド・リュバンプレとめぐりあい、これをこよなく愛し、彼と二人三脚で新たな野望を展開することになる。バルザックはこのとき既にリュシアンのことを念頭に置いていたのかもしれない。

ウジェーヌはふとっちょシルヴィの声で現実に引き戻された。仕立て屋が来たのだ。ウジェーヌは金の入ったふたつの袋を手に仕立て屋の前に立った。行きがかり上、そうなったことに腹は立たなかった。夜会用の礼服を試着したあと、新しい昼のスーツも着てみた。服は彼を完全に変貌させた。「これならトライユ氏に負けてない」ウジェーヌはひとりごちた。「ようやく紳士らしくなったぞ！」

「すみませんが」ゴリオ爺さんがウジェーヌの部屋に入ってきた。「あなたは以前わたしに、ニュッシンゲン夫人が訪れる家はどこかと訊かれましたかな？」

「訊きました！」

「そうですな、あの子は次の月曜に、カリリャーノ元帥の館の舞踏会に行きますよ。あなたがそこに行かれるようなら、わたしの娘ふたりがちゃんと楽しんでいたか、どんな格好をしていたか、あとでわたしにおしえてください。どんなことでも構いませんから」

「どうやってそれを知ったのです、ゴリオ爺さん」ウジェーヌは爺さんを暖炉のそばに坐らせながら訊いた。

「あの子のところの小間使いから聞いたんです。わたしはあの子らがすることについて小間使いのテレーズやコンスタンスから聞いて全部知ってるんです」彼は嬉しそうに言った。老人は、恋人に気づかれぬように、こっそり相手を偵察してわくわくしている初心《うぶ》な若者のようだった。「あの子らに会うのですなあ、あなたは！」彼は悪びれもせず羨《うらや》ましくてしかたがない顔をした。

「どうでしょうか」ウジェーヌは答えた。「ボーセアン夫人の家へ行って、元帥夫人に紹介してもらえるかどうか訊いてみます」

ウジェーヌはボーセアン子爵夫人の家を正装して訪問できると思うと、心が躍りだしそうになった。モラリストが心の闇なんて呼んでいるものは、もっぱら、ひとの期待を裏切る考えだとか、個人の利害に左右される心の動きにすぎない。なにかと非難の対象になるこうした波乱、突然の心変わりは、快感を得ようとどこかで打算が働いたときに生じる。立派な衣装を身に着け、手袋を嵌《は》め、ブーツを履いた自分を眺めているうちに、ラスティニャックは気高い決心を忘れた。不正の側に傾いている自分を良心の鏡に照らしてみるという、大人になればできることが若者にはできない。そのふたつの年代のあいだに横たわっている違いは、ひとえにそればかりだ。

数日来、隣りあわせに暮らすウジェーヌとゴリオ爺さんは良い友人になっていた。彼らのあいだに秘密の友情を生みだしたのは、ヴォートランとウジェーヌのあいだに逆の感情を生みだしたのと同じ心理的な要因だった。思いきった物言いをするならば、我々の感情は物質界にたしかになんらかの影響を及ぼしているのである。ひとと動物のあいだに築かれる関係に注目すれば、いくつかの具体例を見つけることができるだろう。たとえば、いかに優れた人相見であろうと、初めて会う相手が自分を好きか嫌いかを瞬時に見抜く犬より早く、相手の性格を見抜くことはできない。昔からよく言う「鉤のついた原子どうし」[20]という表現などは、それがいまだに事実であることをよく示している。そしていったんこんなわかりやすい言葉で納得してしまうと、素朴な言葉をわざわざ小難しくするのが好きな連中の学者ぶった言説なんてどうでもよくなってしまう。とにかく、ひとは愛されれば、そうとわかるのだ。感情は万事に表れ、距離や時間を飛び越える。一通の手紙はまさにひとの心なのだ。手紙は実にまっすぐ心の声を伝えるので、心の繊細なひとびとは、それを愛がもたらすもっとも貴重なものと見なす。

そのがむしゃらな愛情によって犬的な本能が驚嘆の域にまで発達しているゴリオ爺さんは、学生の心のうちに自分に対する同情や感慨、若者らしい思いやりが動いたのを嗅ぎわけたのだった。しかしながらこの生まれたての同盟は、まだいっさいの信頼を伴ってはいなかった。ラスティニャックがニュッシンゲン夫人に会いたいと言ってみせたのは、老人が夫人の家への導き役になってくれるのではと期待したわけではなく、ただ役に立ちそうなこぼれ話がひとつでも聞ければいいくらいに思っていたからだ。ゴリオ爺さんは娘たちについて、ラスティニャックがふたつの家を訪ねてかえった日に、みなの前で口にした以上のことは話さなかった。

「それにしても」翌日、ゴリオ爺さんは彼に言った。「どうしてあなたは、わたしの名前を口にしたことでレストー夫人が怒ったなんて思われたのでしょうなあ？　娘たちはふたりとも、わたしのことをとても愛しているのですよ。わたしは幸せな父親ですよ。ただね、婿たちのわたしに対する態度はひどかった。わたしは可愛《かわい》い娘たちを父親と夫の不仲で苦しませたくありませんでした。それにわたしはあの子らにこっそりと会うほうが好きだったのです。そうした秘密が、わたしをわくわくさせるんです。これは娘に好きなときに会えるほかの父親にはわからん悦びです。わたしはというと、いいですかな、娘に好きに会えないわけですから。

だからわたしは晴れた日には、小間使いに娘たちが外出するかどうかを聞いて、シャン＝ゼリゼに向かいます。娘たちが通りかかるのを待つのです。馬車が来ると心臓がどきどきします。わたしは着飾ったあの子らをうっとりと眺めます。あの子らは

20　理屈抜きで馬が合うことを示す古い表現。

すれ違うとき、わたしにちょっと微笑みかけてくれます。まるでお日さまの光が差し込んだみたいにあたりがぱあっと明るくなります。わたしはその場に留まります。あの子らはかならず戻ってきますからね。あの子らをもう一度拝むのです！　外の空気があの子らを元気にしたんですな。あの子らはバラ色に上気しています。周囲の声が聞こえます。『ごらん、きれいなひとだ！』その声にわたしの心はいっぱいになるのです。そこにいるのはわたしの娘じゃありませんか。あの子らの馬車を牽《ひ》く馬たちが愛おしい。あの子らの膝《ひざ》に載せてもらえる子犬が羨ましい。

あの子らが喜ぶ姿を糧《かて》にわたしは生きているのです。愛しかたはひとそれぞれ、わたしのそれは誰の迷惑にもなっていないのですから、どうして世間がわたしを気にすることがあります？　わたしはわたしで幸せです。夜、あの子らが舞踏会に出かけるところに、娘たちに会いにいくことが法律違反ですか？　遅く着いてしまって『奥さまはお出かけになりました』と聞かされるのは、どれほどつらいことでしょう。いつぞやは午前三時まで上の子のナジーの帰りを待ちました。二日ぶりにようやくあの子の姿を見たときは、幸せすぎて死にそうでした！

お願いですから、わたしの話をするのでしたら、娘たちがどれほどいい子たちかという話だけにしてください。あの子らはわたしにあらゆる種類の贈り物をしたいのです。ただわたしがそれをさせないのです。あの子らには『お金は自分にとっておきなさい！　もらってどうするね？　わたしはなんにも要らないんだから』と言っています。そうですとも、わたしをごらんなさい。たしかに体はくたびれたポンコツですがね、魂はいつも娘といっしょです」

老人は出かけようとしているウジェーヌを黙って見つめたあとで言った。「ニュッシンゲン夫人に会ったなら、あとでどちらの娘が気に入ったかおしえてください」ウジェーヌはボーセアン夫人の家を訪問する時間が来るまで、チュイルリー公園を散歩しようと思っていた。

この散歩は学生にとって運命的なものになった。数人の女性が彼に目を留めた。彼はそれほど立派で若々しく優雅で品がよかった。周りからうっとりするような目で眺められるうちに、彼の頭からはもう自分が身ぐるみ剝《は》いでしまった妹や伯母のことも、気高さからくる自己嫌悪も消えてしまった。彼は自分の頭上を、天使と見まがう悪魔が通りすぎるのを見た。色とりどりの翼を持ち、ルビーをばら撒《ま》き、宮殿の正面に何本もの金の矢を放つサタンは、女たちを赤く染め、そもそもは素朴なはずの王座に煌々《こうこう》と光を当て、飾りたてる。ウジェーヌはすでに、権力の象徴のごときそうしたけばけばしい虚栄の神から誘惑を受けていた。ヴォートランの話は破廉恥なものであったが、ウジェーヌの心にどっしりと根を下ろしてしまっていた。古着屋の婆さんに「金も愛もしこたま手に入る！」と声を掛けられた乙女の心にその老婆のいやらしい横顔が刻み込まれるのと同じだ。ぶらぶらと歩きまわったあと、五時ごろウジェーヌはボーセアン夫人の家を訪ねた。そしてそこで恐ろしい打撃を喰らった。若者の心はそういった打撃に対して無防備なのだ。彼はこのときまで子爵夫人は洗練された愛想のよさ、貴族社会での経験と生来の真心があわさってはじめて完成される、あの甘い蜜のような優しさに溢《あふ》れていると思っていた。[21]

部屋に入ってきた彼にボーセアン夫人はあからさまに冷淡な態度を示し、そっけなく言った。「ラスティニャックさん、いまはあなたのお相手をしている余裕がありません！　取り込み中です……」

それでラスティニャックはすぐに観察者になって、その言葉、態度、眼差し、声の抑揚が階級社会の特性や習慣に由来するものであると見てとった。彼は柔らかいビロード地の手袋のうちにある鋼鉄の手に気がついた。それはやわらかい物腰の下に隠された人格、エゴイズムであり、滑らかなニスの下のざらりとした地の肌だった。彼はついに、頭に羽根飾りのついた冠を戴《いただ》く王族から紋つき兜《かぶと》を被った末席の貴族に至るまでの「我は王なるぞ」という態度を理解した。ウジェーヌはあまりにも迂闊《うかつ》にその女性の話を鵜呑《うの》みにし、そのひとの心が気高いと信じてしまった。不幸な人間がみなそうであるように彼もまた、これは好条件と信じて契約にサインをしたのだった。それは自分に不可欠な後援者と関係を結ぶ契約であり、最初の条文には気高い心を持つもの同士、双方は完全に平等であると書いてあった。慈愛というものは、ふたりの人間をひとつに結びつける高尚な情熱でありながら、本物の愛がそうであるのと同様にわかりにくく、稀少なものだ。いずれにせよ気高い魂がふんだんになくてはならない。ラスティニャックはカリリャーノ公爵夫人の舞踏会に行きたかったので、その突風に耐えた。

「奥さま」彼は取り乱した声で言った。「これが一大事でなければ、わざわざあなたを煩わせにきたりはしなかったでしょう。どうか、あとでお目通りいただけないでしょうか？　待っていますから」

「そう、いいでしょう！　夕食にいらして、ご一緒しましょう」彼女は自分が取った厳しい態度を少し詫《わ》びるような調子で言った。本当は優しくて気高い女性だからだ。

こうした事態の急変に打ちひしがれ、ラスティニャックは立ち去りながら自分に

21　25頁の注14参照のこと。

言った。「惨めだろうが耐えるんだ。最良の女友だちでさえ友情の誓いを反故《ほご》にし、こちらをボロ靴のように放置してしまうことがあるんだ。ほかの人間だってみんなそうさ！　ようするに誰だって自分が第一ということじゃないか。たしかに彼女の家は便利屋ではないし、彼女の力をあてにするのは間違っている。ヴォートランの言うように自らが大砲の弾になって飛び込んでいく必要があるんだ」学生の苦々しい反省はそのうちに子爵夫人の家で夕食をともにする約束を取りつけた悦びによって霧散した。こんなふうにある種の運命から、ヴォケール館の恐るべきスフィンクスが考察したとおり、学生は人生のうちでもきわめて小さな出来事をきっかけに、殺されたくなければ殺さなくてはならない、裏切られたくなければ裏切らなくてはならない、まさに戦場のような道へと入っていくのだった。そこでは良心や真心を捨てて仮面を被り、容赦のない人間を演じなくてはならない。まさにそこはスパルタ[22]である。そして王座にふさわしくあるために、ひと知れず富を得なくてはならない。

次に子爵夫人の家へ戻ったとき、ウジェーヌは夫人がいつものように愛想たっぷりであることに気がついた。ふたりで食堂へ向かうと、子爵が妻を待っていた。そこには、王政復古で極みにまで押しあげられた例の煌《きら》びやかな食卓が広がっていた。ボーセアン氏は贅沢することに飽きてしまった多くの人間と同様、もはや美食のほかにほとんど愉《たの》しみを持たなかった。実際、彼はルイ十八世[23]とデスカール公爵[24]の流れを汲む美食家だった。すなわち彼の食卓には、質および量という二重の贅沢があった。見たこともないような光景にウジェーヌは衝撃を覚えた。彼は生まれてはじめて先祖代々大貴族でありつづけた名門の家で夕食を取ったのだった。このごろは省かれるようになったが、かつて帝政期には舞踏会の締めには食事が出されたものだった。軍人たちには内外で彼らを待ち受けているあらゆる戦闘に備えて、英気を養う必要があったからだ。

ウジェーヌは舞踏会にまだ数える程度しか出たことがなかった。のちに彼のトレードマークになり、いまその片鱗を示しはじめたその厚かましさのおかげで、彼は仰天して阿呆面を晒さなくてすんだ。しかし彫刻の施された銀食器や数え上げればきりの

22　古代ギリシャの都市国家スパルタでは子供はみな国家のものとされ、男児は七歳になると家庭から離され、駐屯地で厳格な軍事訓練を受け、質実剛健、忍耐および服従を徹底して叩き込まれたとされる。

23　革命で処刑されたブルボン朝国王ルイ十六世の弟。王政復古で国王に即位した。

24　ルイ十八世の侍従長。

ない贅沢品を眺め、また、音も立てずに進められる給仕に初めて感心するうちに、夢見がちな青年はどうしても、その朝、敢えて選ぼうと思った慎ましい生活よりも、こうしたなに不自由ない優雅な生活のほうを好まずにはいられないのだった。彼の脳裏に一瞬、自分の安下宿の様子がありありと甦《よみがえ》ってきた。心底おぞましさを覚え、年明けにはそこを出ようと決心した。清潔な住まいに暮らしたかったし、ヴォートランからも逃げたかった。ウジェーヌは自分の肩に置かれたヴォートランの大きな手を感じていた。

　パリでは堕落が実にさまざまな形で、ときにかしましくときに音も無く訪れるのだということを考えると、分別のある人間なら、いったい国はなにをとち狂ってパリのような場所に学校をつくって若者を集めるのか、どうしてそこでは美しい娘たちがちやほやされるのか、どうして両替屋の店先にこれみよがしに置かれた黄金がいつまでたっても消えてしまわないのか、と首を傾げるだろう。ところが実際には若者の犯罪は少ないし、軽犯罪さえほとんどないことを考えると、自らと闘い、大抵の場合それに打ち勝つそうした辛抱強いタンタロス[25]たちにどうしたって敬意を払わずにはおれまい！もしパリと闘うこの貧しい青年の姿をしっかり描写することができたなら、現代社会におけるとりわけドラマチックなテーマのひとつが浮彫りになるだろう。ボーセアン夫人はウジェーヌを見つめ話をさせようとするが、ウジェーヌは子爵のいるところでは、なにも話したくなかった。

「今晩、イタリア座に連れていってくださらない?」子爵夫人が夫に訊ねた。

「わたしは本当に、いつだってきみの言いなりになりたいのだけどね」彼はふざけ半分にへつらうように言った。それをウジェーヌは真に受けた。「でもヴァリエテ座でひとに会わなくてはいけなくてね」

逢引ね、と彼女は思った。

「それじゃきみは今晩アジュダ氏といっしょじゃないのかな?」子爵が訊いた。

「ええ」彼女はむっとして言った。

「なるほど! どうしても誰かのエスコートが必要なら、ラスティニャックさんに連れていってもらえばいい」

25　ギリシャ神話で、不死の人間タンタロスはその所業で神々の怒りを買い、地獄に落とされ、目の前に食べ物も飲み物もありながら手が届かないという、永久の飢渇に苦しむことになった。このことからタンタロスは欲しいものが目の前にあるのに手が届かないじれったい苦しみの代名詞となった。

子爵夫人はウジェーヌを見て微笑んだ。

「評判を傷つけてしまうかもしれません」彼女が言った。

「フランス人は危険が好き、そこで栄光を見つけられるから、とシャトーブリアン氏[26]も申しました」ラスティニャックは頷きながら答えた。

数刻後、彼は早駆けの四輪馬車でボーセアン夫人のそばに腰掛け、いまをときめく劇場へと運ばれた。正面のボックス席に入り、そこらじゅうのオペラグラスが競うように自分と美しく着飾った子爵夫人に向けられるのがわかったとき、彼はなにか魔法のような出来事が起こったと思った。彼はふわふわと夢の中を歩いていた。

「なにかわたしに相談があるのよね」ボーセアン夫人が彼に言った。「あらまあ！ごらんなさい、ニュッシンゲン夫人がわたしたちの三つ隣のボックスにいます。お姉さまとトライユ氏は反対側にいらっしゃる」

子爵夫人はこうしたことを言いながら、ロシュフィード嬢がいるはずのボックスを見る。そしてそこにアジュダ氏の姿がないのを見てとると、彼女の顔はとてつもなく輝いた。

「魅力的だ」ウジェーヌはニュッシンゲン夫人をひとしきり見つめたあとで言った。

「まつ毛の色が薄すぎるわ」

「ですね。でも、実にほっそりしている！」

「手が大きすぎる」

「目がきれいだ！」

「長い顔」

「しかし面長というのは品がありますよ」

「あのひとにそんなものがあれば幸いですよ。ごらんなさいな、彼女がどんなふうにオペラグラスを持ったり放したりするか！　動作ひとつとってもお里が知れます」子爵夫人がそう言ったので、ウジェーヌはえらく驚いてしまった。

実際、ボーセアン夫人はオペラグラスで観客席を見まわし、ニュッシンゲン夫人のほうに注意を向けるふうでもないのに、その動作をひとつも見逃さないのだった。そこに集まった女性たちは得も言われぬほど美しかった。ボーセアン夫人の若くハンサムで品のよい従弟《いとこ》にしげしげと見つめられ、デルフィーヌ・ド・ニュッシンゲンはま

26　フランソワ・ルネ・ド・シャトーブリアン（一七六八―一八四八）。フランスの小説家、政治家。著書に『キリスト教精髄』、小説『アタラ』などある。ラスティニャックが引用した文句の出典は不明。

んざら悪い気はしなかった。ウジェーヌは彼女しか見ていなかった。

「それ以上彼女を見つめていると、スキャンダルになりますよ、ラスティニャックさん。そんなふうに誰彼かまわずお熱を上げていては、何事もうまくいきません」

「優しいお従姉《ねえ》さま」ウジェーヌが言った。「あなたはすでにわたしを十分に庇護してくださいました。これを最後にわがままは申しませんから、どうかその仕上げとして、あと少しだけお力添えいただけませんか。それだけでわたしは幸せになれます。おっしゃるとおり、熱を上げているのです」

「もう？」

「ええ」

「それは、あの女性に？」

「こんなお願いをほかの誰に聴いていただけるでしょう？」彼はそう言いながら、従姉の本心を探るように見つめた。「カリリャーノ公爵夫人はベリー公爵夫人のお友だちですから」彼は少し休みを置いてから再び口を開いた。「あなたはカリリャーノ公爵夫人とつきあいがあるにちがいありません。どうか夫人の家にわたしをお連れいただきたいのです。月曜に彼女が開く舞踏会へわたしを連れていってくださいませんか。わたしはそこでニュッシンゲン夫人に会えるでしょう。そうしたら、わたしは初陣に身を投じます」

「いいでしょう」彼女は言った。「もう彼女が気に入ったというのなら、あなたの恋愛はきっとうまくいくでしょうね。ごらんなさい、ド・マルセーがガラティオン大公妃のボックスにいます。ニュッシンゲン夫人には酷だわね。屈辱ですよ。女性に近づくのに、これほど絶好のタイミングはありません。とりわけ銀行家の妻にはね。ショセ゠ダンタン[27]のご婦人がたは復讐が大好きだから」

「では、あなたならどうなさいます？　そういう場合」

「わたしなら黙って耐えます」

ちょうどそのとき、アジュダ侯爵がボーセアン夫人のボックスに現れた。

「あなたに会いたくて仕事を放りだしてきました」彼は言った。「こんな話をするのは、それが犠牲でもなんでもないからですよ」

子爵夫人の顔がぱあっと輝くのを見て、ウジェーヌはこれが本当に恋する者の顔な

27　パリのセーヌ川右岸、現在の九区に現存する通りの名であり、界隈の通称でもある。十八世紀後半までは貴族の大邸宅が並び建つ界隈だったが、十九世紀になると新興ブルジョワの活躍の場となり、その店舗や邸宅が軒を連ねるようになった。

のだと知り、パリでまかり通っている見せかけの嬌態との区別を学んだ。彼は従姉にほれぼれし、言葉を失くし、ため息をつきながらアジュダ氏に席を譲った。「なんて高貴で気高いひとなのだろう、こんなふうにひとを愛するとは！」彼は思った。「そしてそんなひとをこの男は人形みたいな小娘のために裏切るのだ！　どうしてそんなことができるのだろう？」ウジェーヌは青臭い憤りを覚えた。ボーセアン夫人の足元に身を投げだしてしまいたくなった。悪魔的な力があればいいのに、そうすれば、牧場で母親の乳を吸っている仔山羊を鷲《わし》が自分の巣へと攫《さら》っていくように、夫人を自分の懐《ふところ》に攫ってしまえるのにと思った。悔しかった。社交界という立派な美術館にいながらそこに自分の絵画がない、自分の恋人がいないということが、悔しかったのだ。「恋人を持ち、王にも負けないような地位を得る」彼はつぶやく。「これこそ権力の象徴なのだ！」そして彼は、侮辱された男が敵を睨《にら》むように、ニュッシンゲン夫人を見た。子爵夫人はラスティニャックのほうを振り返り、彼に向かって心からの感謝を込めて目配せを送った。第一幕が終わった。

「あなたはニュッシンゲン夫人と親しいのでしょう、ラスティニャックさんに紹介できないかしら？」ボーセアン夫人はアジュダ侯爵に言った。

「いやいや、先方もこのかたと知り合いになれるなら喜ばれるでしょう」侯爵は言った。

ハンサムなポルトガル人は立ち上がり、ラスティニャックの腕を取った。ラスティニャックは瞬く間にニュッシンゲン夫人のそばに運ばれた。

「男爵夫人」侯爵は言った。「どうかあなたに紹介させてください。こちらはウジェーヌ・ド・ラスティニャック騎士[28]、ボーセアン子爵夫人のご親戚です。あなたが彼にあんまり強い印象をお与えになるものだから、わたしとしても、当の女神に引き合わせて、このひとの幸せを完全なものにしてやりたくなったのです」

　こうした言葉は冷やかしを含んだ口調で語られた。聞き手に少々はしたないことを想像させるが、体裁は保たれているし、それで嫌な顔をする女性は絶対にいない。ニュッシンゲン夫人はにっこり微笑み、それからウジェーヌに先程席を立った夫の座席を勧めた。

「差し支えなければ、こちらの席でゆっくりしていかれませんか?」夫人が言った。「ボーセアン夫人のおそばで楽しんでいるかたに無理は申しませんが」

「いいえ」ウジェーヌは小声で言った。「どうやら従姉《いとこ》どのを喜ばせるには、こちらに残ったほうがよさそうです」そして大声で言った。「アジュダ侯爵が到着されるま

28　男爵の下の位。

で、あちらではあなたの優雅さ、お人柄についてお噂していたのですよ」

アジュダ氏は引き揚げた。

「本当によかったのですか、こちらに残ってしまわれて？」男爵夫人が言った。「それならわたしたちお友だちになりましょう。レストー夫人からお話をうかがって、もう本当にお会いしたいと思っていましたのよ」

「だとすると、あのかたはずいぶん不思議なかただ。わたしを出入り禁止にしておきながら」

「なんですって？」

「聴いてください、その理由をお話ししてもいいのですが、この秘密を打ち明けるにあたって、あなたにはどうしても寛容であっていただきたいのです。わたしはあなたのお父上の隣人なのです。わたしはレストー夫人があのひとと親子だとは知りませんでした。それできわめて無邪気にその話をしてしまうという馬鹿をやったのです。そしてお姉さんとそのご主人を怒らせてしまいました。ランジェ公爵夫人とわたしの従姉などは、そうした親を親とも思わぬ態度をよほど品が無いと感じたのでしょうね。わたしがそのときの話をしたら、ふたりは馬鹿みたいに笑っていました。そのときボーセアン夫人はあなたをお姉さんと比較して、しきりと褒《ほ》め、あなたがわたしの隣人ゴリオさんにとっていかに素晴らしい娘であったかを話してくれました。もちろん、あなたが彼を愛さなかったわけがありません！　お父さんはあなたのことを猛烈に愛しています。聞いているこちらが嫉妬を覚えるほどです。わたしとお父さんは今朝、二時間もあなたのことを話しました。その話にすっかり魅了されたわたしは、先ほど従姉との夕食の席で、ニュッシンゲン夫人は見た目はもちろん美しいけれど、それ以上に情愛に溢れたひとにちがいないと話しました。おそらくわたしがあまり熱を上げているものだから、ボーセアン夫人も手を貸してやりたくなったのでしょうね、いつもの気前の良さを発揮して、ここへ連れてきてくれました。きっとここでならあなたに会えるだろうと」

「なんてことでしょう」銀行家の妻は言った。「それじゃあ、わたしはすでにあなたに借りがあるということじゃありませんか？　もう少ししたら、昔からのお友だちのようになれそうですわね」

「お友だちになっていただけるなんて、きっとものすごく幸運なことなのでしょうが」ラスティニャックは言った。「ただのお友だちではいやなんです」

初心《うぶ》な若者が用いるこうした馬鹿げた常套句《じょうとうく》はどんな女性にも心地よく響く。書かれた文字を冷静になって読むのでなければ、さほど貧相には感じない。若者の仕草や言葉の抑揚や眼差しが、そうした常套句に計り知れない価値を与えるのだった。ニュッシンゲン夫人はラスティニャックを魅力的だと思った。それでいて、あらゆる女性がそうであるように、いま学生が始めたようなあけすけな問いかけにはなにひとつ答えるわけにはいかず、別の話で切り返した。

「そうです、あの可哀想な父に対する姉の態度は間違っています。父は本当に、わたしたちにとっては神さまみたいなひとだったのに。ニュッシンゲンはわたしに父に会うなとはっきりと命じましたが、昼間の面会までは禁じることができませんでした。そうでなければわたしが言うことを聞かないからです。でもそのせいでわたしは長らく本当につらい思いをしました。わたしは泣いて暮らしました。結婚という蛮行によってもたらされたこの暴力こそ、わたしの家庭生活をもっともかき乱したもののひとつでした。他人から見れば、わたしはたしかにパリでもっとも幸せな女性でしょう。だけど実際はもっとも不幸な女なのです。こんな話をしていると頭がおかしいと思われそう。でも、あなたは父をよくご存じですもの。そういう意味で、まったくの他人とは思えないのです」

「つまり、あなたはこれまで一度も出会ったことがないんですね、あなたのものになりたいと胸が張り裂けそうなくらい願っている人間に」ウジェーヌが言った。「あなたがた女性が求めているもの、それは幸せではありませんか?」彼は心に響くような声で言った。「たとえば、とある女性の幸せが、愛されること、情熱的に愛されることであるのなら、望みや夢、心の痛みや喜びを打ち明けられる恋人を持つことであるのなら、つまり裏切られやしないかなどと心配することもなく、その本心を、かわいらしい短所や美しい長所とともに曝け出すことにあるのなら……いいですか、わたしの話をよく聞いてください、献身的で、いつだって情熱に溢れた愛情は、ただひとりの若者にしか見いだせませんよ。その男はたくさんの夢を抱え、あなたの合図ひとつで命を捨てることのできる男です。彼はまだ世界についてなにも知りませんし、知りたいとも思っていません。なぜなら、あなたが彼の世界になるからなのです。あなたはきっと、わたしを子供だと言って笑うでしょうね。わたしは本物の田舎から出てきたばかりの新参者で、いまだに気高い魂を持ったひとびとしか知りません。このまま愛を知らずに生きるのだろうと思っていました。運よく従姉に会うことができ、しごく近しい距離に置いてもらえました。それであのひとのうちに情熱というたくさんの財宝があることがわかったのです。わたしは、ケルビーノ[29]のように、すべての女性に恋するのです。そのうちの誰かひとりに、自分を捧げる日が来るまでは。ここへ入ってきたとき、お姿を拝見しながら、自分が潮の流れのようなものによって運ばれてきた気がしました。わたしはすでにあなたのことをあれこれ夢見てきました！　しかし現実のあなたは夢もかなわぬほどに美しかった。ボーセアン夫人は、そんなに見つめるなとわたしに命じました。あのひとは知らないのです。あなたのかわいらしい赤い唇やなんとも優しげな瞳に見つめずにおれない引力があることを。わたしもまた常軌を逸したことを話しています。しかし、どうか話させてください」

女性はこうした甘い言葉をとめどなく聞かされるのがなによりも好きだ。お堅い信心家で、それに応《こた》えることができない場合にあってさえ、そうした言葉にじっと耳を傾けるのである。そんなわけで、ひとたびおべんちゃらを開始したラスティニャックは、色っぽく声を潜めて、延々と賛辞を並べつづけた。ニュッシンゲン夫人はというと微笑みを浮かべてウジェーヌを励ましながら、ときどきガラティオン大公妃のボックスに陣取っているド・マルセーのほうに目をやった。ラスティニャックはニュッシンゲン氏が妻を迎えにくるまで、そのそばに居座った。

「ところで」ウジェーヌが言った。「カリリャーノ公爵夫人の舞踏会の前に、お宅にお邪魔できればこんな幸せなことはないのですが」

「妻ガ、招待シタノデスカラ、イツデモ、大歓迎、デスヨ」男爵はドイツ語なまりのフランス語でこう言った。それは恰幅のいいアルザス出身の男で、その丸顔にはどこか侮《あなど》れないずる賢さが表れていた。

「ことは順調に進んでいる。だって『ぼくを恋人にしませんか?』なんてことを匂わせても逃げ腰にはならなかったもの。狙《ねら》った馬にくつわはうまく掛かった。さあ飛び乗って、飼い馴らそうじゃないか」ウジェーヌはひとりつぶやきながら、ボーセアン夫人に礼を言いに戻った。彼女は腰を上げ、アジュダ氏とともに引き揚げようとするところだった。哀れなことに学生は、ニュッシンゲン男爵夫人がうわの空であったことを知らなかった。目下、彼女はド・マルセーから、心をずたずたにされる別れの手紙を受け取らんとするところだった。ウジェーヌは偽りの成功に得々としながら、迎えの馬車が来る柱廊玄関まで子爵夫人を送っていった。

「従弟どのは前とは見違えるようだね」ウジェーヌと別れると、ポルトガル人は笑いながら子爵夫人に言った。「きっとあの銀行家夫人をものにするね。ウナギのように敏捷じゃないか。彼は出世しそうだな。きみにしかできないね、彼のためにちょうど慰めを必要としている女をひとり選り分けてやるなんて」

29　ボーマルシェのオペラ『フィガロの結婚』の登場人物。どんな女性にも惚れてしまう思春期の少年。

「さあ、どうかしらね」ボーセアン夫人は言った。「夫人が自分を捨てた男にまだ未練があるのかどうか、そこが肝心です」

学生はきわめて見通しの甘い計画をあれやこれや立てながら、イタリア座からヌーヴ＝サント＝ジュヌヴィエーヴ通りまで歩いて帰った。レストー夫人が自分を熱心に観察していたことは、しっかり気づいていた。ボーセアン夫人のボックス席にいるときにも、ニュッシンゲン夫人のところにいるときにもそうだった。だから自分はもう伯爵家に門前払いされることはないだろうと思った。こうして早くも手に入れた四本の強靭なパイプによって——彼はカリリャーノ公爵夫人にも当然気に入られるものだと思っていた——自分はパリの上流社会の中心に受け入れられるだろう。彼は漠然とではあるが、この社会で利益をめぐる複雑なゲームに勝ち、からくりのトップに立つためには、自分をなにかしらの歯車に引っ掛ける必要があると感じていた。とはいえ具体的にどうするという算段がついていたわけではなく、ただ自分には歯車を制御する能力があると思っていた。

「ニュッシンゲン夫人がおれに熱を上げるようなら、彼女に旦那の操りかたをおしえてやろう。あの旦那は金を扱う仕事をしている。彼はきっとおれが一足飛びに財産をつくろうというときに役に立ってくれるだろう」実際には、ここまで露骨につぶやいたわけではない。彼はまだ、状況を正確に読み取り、見極め、判断が下せるほど政治的ではなかった。こうした考えは軽い雲のようにふわふわと遠くの地平に浮かんでいるだけだった。しかしヴォートランの考えほどえげつなくないにしろ、一度、良心を溶かす炉を経てしまった思考が、混じりけのない善を生みだすわけもなかった。人間はこのような道筋を経て、現代がこれでよしと見なしている緩んだモラルに辿《たど》りつくのである。ほかのどの時代を探しても、現代ほど四角四面な人間、けっして悪に屈せず、まっすぐな道からほんのわずか外れただけでも罪だと感じるような清廉潔白な人間の少ない時代はない。現代であれば、ふたつの傑作が謹厳実直な人間の姿を見事に描いている。まずモリエールの『人間嫌い』のアルセスト、そしてウォルター・スコットの最近作『ミドロジアンの心臓』のジイニー・ディーンズとその父親がそれだ。ならばその対極として、社交界に生きるある男、ある野心家がその良心を抑え込みながら悪すれすれの道を進み、体面を汚すことなくおのれの目標に到達する姿を描く作品があってもいいだろう。そうした作品だって、美しさにおいても悲劇性においても、けっして前者に引けを取らないのではないだろうか。

下宿の入口に辿りつく頃、ラスティニャックの心にニュッシンゲン夫人への情熱が燃えあがった。彼女はまるでツバメのようにしなやかで優美だった。こちらを酔わせるような甘い瞳、下に流れる血潮が透けて見えそうなほどきめの細かい肌、こちらを幻惑する音色を持った声、そのブロンドの髪、すべてが甦ってきた。おそらくは階段をのぼり血の巡りがよくなったせいで、余計に陶然となったのだろう。学生はゴリオ爺さんの扉を乱暴にノックした。「こんばんは」彼は言った。「デルフィーヌさんに会いました」

「どこで？」

「イタリア座です」

「あの子は楽しんでおりましたかな？　さあどうぞ、どうぞ」老人はシャツ一枚でベッドから起き上り、扉を開け、そしてすぐにまた横になった。「さあさあ、あの子のことを話してください」彼は言った。

ゴリオ爺さんの部屋に初めて入り、爺さんのむさ苦しい住まいを目の当《ま》たりにしたウジェーヌは、その娘の衣装にうっとりしたあとだけに、思わずぎょっとしてしまった。窓にカーテンは無く、壁紙は湿気であちこち剝がれ、タバコの煙に燻《いぶ》されて黄ばんだ漆喰が露《あら》わになっていた。爺さんは粗末なベッドに横たわり、薄い毛布とヴォケール夫人の着古したドレスの端切れをあわせて作ったキルティングの膝掛けだけを掛けていた。タイル貼りの床は湿り、埃《ほこり》だらけだ。格子窓の向かいに紫檀のずんぐりとした古い整理だんすが見える。脚は銅製で、ブドウの若枝を模して曲がりくねり花や葉があしらわれている。木の天板の上には水差しの入った洗面器と髭剃り道具が一式置かれている。片隅に靴が数足。枕元の小さなナイトテーブルの棚の戸はなく、天板についていたはずの大理石もない。焚かれた形跡のない暖炉の横にクルミ材の角テーブルがある。ゴリオ爺さんはいつかその横木を使って銀食器を捻《ね》じ曲げたのだった。みすぼらしい書き物机の上に、爺さんの帽子が載っている。藁《わら》の詰まった肘掛け椅子が一脚とただの椅子が二脚。それがこの部屋の貧相な家具のすべてだった。ベッドの天蓋は天井に届き、赤と白のチェックの汚らしいボロ布をぶらさげている。屋根裏に暮らすもっとも貧しい使い走りの小僧でも、ヴォケール館のゴリオ爺さんに比べたら、幾分ましな家具を使っているだろう。部屋の様相に怖気を覚え、胸が締めつけられる。牢獄のごときもっとも陰鬱な住まいに思われた。幸いにもゴリオは、ナイトテーブルに燭台《しょくだい》を置いたときにウジェーヌの顔に浮かんだ表情を見なかった。爺さんは顎《あご》まで毛布にくるまったまま横向きになった。

「さあ、それで！　レストー夫人とニュッシンゲン夫人、どちらがよいと思いましたか？」

「デルフィーヌさんのほうです」学生は答えた。「なぜなら彼女のほうがあなたを愛しているからです」

熱っぽく語られたその言葉に老人はベッドから腕を伸ばしウジェーヌの手を握った。「ありがとう、ありがとう」老人は感動して答えた。「それであの子はわたしについてなんと言いましたか？」

学生は男爵夫人の言葉を誇張して繰り返した。すると老人はまるで神の言葉を聞くかのようにそれに耳を傾けた。

「可愛い子だ！　そうです、そうなのです、あの子はわたしを本当に愛しているのです。しかしあの子が姉のアナスタジーについて言ったことは真に受けないでください。あれは姉と妹で妬《ねた》み合っているのです。おわかりでしょう？　それはあの子らの愛情の証しですらあります。レストー夫人もやはりわたしを愛しているのです。わたしにはわかっています。父親というものは、神が我々とともにあるように、その子供たちとともにあるのです。父親は子供たちの心の奥底にまで入っていき、なにを考えているか知ることができるのです。ふたりとも情の深い娘たちです。ああ！　このうえ婿がよい人間だったら、幸せすぎたことでしょう。おそらくこの世には完璧な幸せなど存在しないのです。あの子らの家でいっしょに暮らせていたらよかったのですが。せめていっしょに暮らしていたときのように、あの子らの声を聞くことができたら、その声の様子からあの子らの様子を知り、どこかへ出かけていくあの子らを見送ることができさえしたら、この心は天を駆けまわるでしょうがねえ。あの子らは上等な身なりをしておりましたか？」

「ええ」ウジェーヌは言った。「しかしゴリオさん、お嬢さんがたはあんなに豪勢に暮らしているのに、どうしてこんなみすぼらしい部屋に暮らしているのですか？」

「実のところ」彼はまるで気にしてはいないという様子で言った。「もっとましに暮らしたところで、わたしには意味がないのです。そうしたことをうまく説明できる気がしませんし、手短に筋道を立てて申し上げることはできそうにもありませんが。すべてはここにあります」彼はそう言って胸を叩いた。「あのふたりの娘たちこそが、わたしの生きがいなのです。あの子らが楽しんでいるなら、幸せにやっているなら、上等なものを着ているなら、絨毯《じゅうたん》の上を歩いているなら、わたしがどんなみすぼらしい格好をしてようが、どんな場所で寝ていようが、どうでもよくありませんか？あの子らが暖かくしているなら、わたしはちっとも寒くないのです。あの子らが笑っているなら、わたしはけっしてつらくないのです。あの子らが悲しまないかぎり、わたしに悲しみはないのです。あなたも父となり、子供たちが片言を話すのを聞いて『これはおれから出てきたのだ！』と呟くときが来ます。体じゅうの血が、その小さな子供たちに繋《つな》がっている気がします。その子らはかつてその極上の一滴だったのです。そういうものなのです！　あなたは子供たちと肌で繋がっているのを感じます。子供たちが歩くと自分の体が揺れるのを感じます。その声がそこらじゅうでこだまします。娘たちの眼差しが悲しげだと、わたしの血も凍りそうになるのです。ある日、あなたも自身の幸せよりも、子供たちの幸せのほうが嬉しいという気持ちがわかるようになるでしょう。うまく説明できませんが、心の内が元気になるとそこらじゅうに心地よさが広がるのです。つまり、わたしはひとの三倍生きているに等しいのです。

おかしなことを言っていると思われますか？　そうでしょうか！　わたしは父になったとき、神さまというものがわかったんです。神はそこらじゅうにいます。なにしろ、生きものはみな神から生まれたのですから。つまり神さまと同じように、わたしも娘たちとともにあるのです。ただね、わたしは神が世界を愛するよりももっと娘たちを愛しています。なぜなら世界は神さまより美しくないが、うちの娘たちはわたしより美しいのですから。あの子らとわたしは本当に心で結びついているのです。だからこそ今晩、わたしはあなたがあの子らに会うだろうとわかったのです。やれやれ！　女性はちゃんと愛されれば幸せになるのです。わたしの可愛いデルフィーヌを、そんなふうに幸せにしてくれる男はいるはずなのです。そんな男のためなら、わたしは靴も磨いてやりますし、使い走りだってしてやります。小間使いから聞きましたが、あのド・マルセーとかいう男は性根の腐ったやつです。首をへし折ってやりたくなりました。女性という宝石を、ナイチンゲールのような歌声を、お手本のように完璧な娘を愛さないとは！ あんなアルザスのろまと結婚するだなんて、あの子はいったいどこに目をつけていたのでしょうな？ あの子たちふたりには、心の優しい美しい青年こそが必要だったのです。しかし結局あの子らは自分の好きなようにしてしまいました」

ゴリオ爺さんは神々しかった。ウジェーヌはこの男が、燃えさかる親の情念によって、かつてなくきらきらと輝くのを見た。感情というものにひとを生き生きさせる力があるのは、注目に値する事象である。いかに愚鈍な人間であっても、烈しい本物の愛情を語りはじめた途端に、独特の雰囲気を放つようになる。顔つきが変わり、身振りに魂が宿り、声に張りが出る。情熱の作用を受け、もっとも愚かな人間がもっとも雄弁になることはよくある。言葉は稚拙《ちせつ》でも、精神が雄弁になるのだ。だから彼はまるで輝かしい世界で生きているように見える。このとき老人の声や身振りのうちには、とりわけ名優に見られるような伝達力があった。まったくもって、われわれの持つ美しい愛情というものは、意志の生みだす詩ではなかろうか。

「さて、それなら！」ウジェーヌは言った。「娘さんがあのド・マルセーと別れそうだと聞いても、怒ったりなさいませんよね。あの色男はガラティオン大公妃に取り入るために娘さんを捨てました。そしてぼくは、今夜、デルフィーヌさんに恋をしました」

「なんと！」ゴリオ爺さんは言った。

「そうです。あのひともまんざらぼくを嫌いではなさそうでした。ぼくらは一時間、愛について語りあいました。そしてあさっての土曜日、会いにいくことになりました」

「おお！　わたしはあなたを愛さなければなりませんなあ、あの子があなたを好きだと言うのなら。あなたは善いひとだから、あの子を苦しめたりなさるまい。もしあの子を裏切ったら、わたしがあなたの首を切りますよ、まっさきにね。女性はふたまたを掛けたりしませんよ、でしょう？　やれやれ！　ウジェーヌさん、馬鹿を申しました。ここは寒くはありませんか。やれやれ！　あなたはあの子と話をしたのでした。あの子からわたし宛てに伝言はありませんか？」

「いっさいなし」ウジェーヌは心の中でつぶやいてから、大きな声で言った。「あのひとはわたしに、お父さんにキスを送るとおっしゃいました」

「ありがとう、お隣さん、ぐっすりおやすみなさい。わたしもその言葉でいい夢が見られるでしょう。あなたに神のご加護があらんことを。望みがすべて叶うといいですなあ！ あなたは今夜、わたしにとって天使のようでした。あなたは娘の香りを運んできてくれました」

「不憫な男だ」ウジェーヌは床につきながら思った。「よほど冷酷な人間だって、あの男にはほろりとさせられるだろう。なにしろ娘は父親のことなんていっさい考えやしないんだから」

この会話以降、ゴリオ爺さんはその隣人を望外の味方、腹心の友と見るようになった。彼らのあいだにはふたりだけの関係が築かれた。老人にしてみれば、隣人を通して、もうひとりの人間と繫がることができるのだ。そうした情熱はあながち的外れでもなかった。ゴリオ爺さんは娘のデルフィーヌとの距離が少し縮まったような気がした。もしウジェーヌが恋人になれば、娘は自分ともっと会ってくれるようになるだろうと思った。そのうえで彼は自分の苦しみの種のひとつをこの隣人に委ねた。老人が一日に千回もその幸せを祈る彼女は、いまだに愛し愛される悦びというものを知らずにいた。たしかにウジェーヌは、ゴリオの表現を借りれば、これまで会った誰よりも優しい青年だった。そしてこの若者が娘に彼女がずっと得られずにきた悦びを与えてくれるという予感があった。したがって老人は自分の隣人に次第に強い友情を覚えるようになった。この友情なくしてこの物語の結末を理解することはできない。

翌朝、朝食の席でゴリオ爺さんが実に親しげにウジェーヌを眺め、そばに腰掛けてあれこれと話しかけるのを下宿人たちは見た。いつもの石膏《せっこう》の仮面のような顔とは打って変わったその顔つきにみんな驚いた。例の密談以来はじめて学生と顔を合わせたヴォートランは、その心のうちを探っているようだった。ウジェーヌは昨夜、寝しなにこの男の計画を思い出し、目の前に広がる未来を想像し、おのずとタイユフェール嬢の持参金のことを考えてしまい眠れなかった。それでよほど徳の高い青年であっても、金持ちの跡取り娘につい目を遣ってしまうように、どうしてもヴィクトリーヌを見てしまうのだった。たまたまふたりの視線がかち合った。不憫な娘は当然、新しい服に身を包んだウジェーヌをすてきだと思った。この一瞬の視線のやりとりを通してラスティニャックは、彼女が自分に対して、あらゆる若い娘がいつかは覚える欲望、つまり魅力的な男性を相手に初めて覚える漠とした欲望を抱いていることを確信した。頭の中で声が鳴り響いた。「八〇万フラン！」しかし突然、老人とのやりとりを思い出した。そしてニュッシンゲン夫人への偽りの情熱が、ひとりでに頭に浮かんでくる悪い考えを追い払う薬になると考えた。

「昨日はイタリア座でロッシーニの『セビリアの理髪師』が上演されました。あんなに心地のよい音楽は聴いたことがありませんね」彼は言った。「まったく！　イタリア座にボックス席を持っているひとは幸せですよ」

ゴリオ爺さんはまるで主人の一挙手一投足を見逃さない犬のように、この話に飛びついた。

「パイのお布団にぬくぬくと包まれた若鶏さまみたいにいいご身分だこと」ヴォケール夫人が言った。「男のひとは、好きなことだけやってりゃいいんですからねえ」

「どうやって帰ってきたんだい？」ヴォートランが訊ねた。

「歩いて」ウジェーヌが答えた。

「おれならそんな中途半端な遊びはご免だな」心を惑わせようとする者は答えた。「どうせなら自分の馬車で行きたいし、自分のボックス席で見たい。帰りだってゆったり坐って帰りたい。得るならば百、さもなければゼロ！　これがおれさまのモットーさ」

「それも一理あるわね」ヴォケール夫人が言った。

「ニュッシンゲン夫人に会いにいかれてはいかがですか」ウジェーヌは小声でゴリオ

に言った。「あなたを待っていますよ、きっと両手を広げて歓迎してくれます。あのひとはぼくのことをあれこれ知りたがるかもしれません。ぼくの従姉のボーセアン子爵夫人宅に招待されるために、あれこれ苦労なさっていると聞いています。かならずこう伝えてください。大変にお慕いしているあなたの望みですもの、なんとしても叶えて差し上げたいと考えずにはおられません、と」

ラスティニャックはそそくさと法学校へ向かった。こんな汚らしい下宿に一分でも長くいたくなかった。彼は強烈な期待に憑《つ》かれた若者がみな体験するあの熱に浮かされ、ほとんど朝から晩まで外をうろつきまわった。ヴォートランの理屈を思い出し、社会生活について改めて考察していたときに、リュクサンブール公園で友人のビアンションに出くわした。

「なんだい、その深刻な様子はさ」医学生ビアンションはそう言ってウジェーヌの腕を取り、宮殿[30]の前を歩きはじめた。

「悪い考えに取り憑かれてて」

「どういったたぐいの？　治るよ、頭は」

「どうする？」

「抵抗をやめる」

「事情を知らないから冗談が言えるのさ。ルソーを読んだか？」

「ああ」

「あの一節を憶えているか？　ルソーが読者に、もしパリから一歩も出ずに意志の力だけで中国にいる年老いた役人を殺すことができ、それで金持ちになれるとしたら、きみならどうするかと訊ねてくるくだり[31]だ」

「あったな」

「で、どうする？」

「そうさな！　目下、三十三人目の役人を料理中」

「ふざけるなよ。いいだろう、じゃあ、それが可能なことだと証明され、おまえが頭をちょいと動かすだけで、それができるとしたらどうだ？」

30　十七世紀、アンリ四世の妃マリー・ド・メディシスの建てた宮殿。革命後、この宮殿と庭園が市民に開放され、リュクサンブール公園となった。現在、宮殿は上院議事堂に利用されている。
31　中国人殺しの譬えはルソーのテキストではなく、シャトーブリアンの『キリスト教精髄』に出てくる。

「相手はほんとに年寄りの中国の役人なんだな？　まさか、ないない！　若かろうが、年寄りだろうが、中風患者だろうが、健康体だろうがもちろん……うへえ、まいったな！　やらない、やらないよ」

「おまえは真っ当なやつだ、ビアンション。しかしもし女を好きになり、その女のために殺さなければならなくなったらどうする？　そしてその女のために、その女のドレスや、馬車や、ようするにそういう酔狂すべてを叶えてやるために金が、莫大な金が必要になったら？」

「なんだよ、理屈は抜きだと言いながら、結局は正論が聞きたいのか」

「かもな！　ビアンション。頭がどうかしてるんだ、頼む、治してくれ。おれには妹がふたりいる。美人で純真で、まさに天使さ。そしておれは彼女らの幸せを望んでいる。いまから五年のうちに妹たちに付けてやる持参金二〇万フランをどこで調達すればいいんだ？　わかるか、人生にはいろんな局面がある。大博打を打たなきゃならないときがある。ちまちまと小金を稼いでほっとしてる場合じゃないときもあるんだ」

「しかし、おまえの提示している問題は誰もが人生の入口でぶつかる問題だぜ、しかもおまえはけっして解《ほど》けないそのゴルディアスの結び目[32]を剣で断ち切りたいときた。そんなふうに振る舞うにはアレクサンドロス大王にならなきゃいかん。さもなきゃ徒刑場行きだ。おれはね、地方でささやかに生計が立てられれば、それで幸せだよ。そこでなんも考えずに親父の跡を継ぐ。広大な環境で生きようが、ほんの小さな輪の中で生きようが、人間の感情の満たされかたは同じさ。ナポレオンだって二度も夕食は取らなかったし、カピュサン病院[33]の研修医よりたくさん愛人をつくったわけでもなかったぜ。おれたちの幸せってのはさ、どこまでいってもおれたちの足の裏と頭のてっぺんのあいだから離れやしないんだよ。その幸せに年一〇〇万フラン掛かろうが、一〇〇ルイ［＝二〇〇〇フラン］しか掛かるまいが、おれたちが知覚できることは同じなんだ。おれの中国人殺しの譬《たと》えに対する考えをまとめるとこうなるね」

「ありがとう、おまえの治療は効いたぜ、ビアンション！　ずっと友だちでいような」

「ところで」医学生はふたたび口を開いた。「さっきキュヴィエ[34]の講義の帰りに、

32　神託によって古代フリギアの王となった農夫ゴルディアスは自分の乗ってきた牛車を神殿に括りつけ、「解いた者がアジアの王になる」と予言した。その後、数百年誰にも解くことのできなかった結び目をアレクサンドロス大王が剣で一刀のもとに断ち切ったという故事。

33　カプチン会修道院が開いている病院。

植物公園《ジャルダン・デ・プラント》でミショノーとポワレがベンチで男と話しているのを見かけたぜ。あれは去年のあの騒動のとき、[35]議員会館界隈で見かけた顔だ。いかにも年金暮らしの一般人を装ってたが、どうも警官臭いぜ。あのカップルには要注意だ。理由はあとで言うよ。じゃあな、四時からの講義の出欠の点呼に返事してくるわ」

ウジェーヌが下宿に戻ると、ゴリオ爺さんが彼を待っていた。

「これをどうぞ」老人は言った。「あの子の手紙です。どうです、きれいな字でしょう！」

ウジェーヌは封を開け手紙を読んだ。

　ごきげんよう。父から、あなたはイタリアの音楽がお好きだとうかがいました。それならば、うちのボックス席においでいただいてはどうかと思いましたの。土曜日にはラ・フォドールとペレグリーニが歌うのですもの、まさかお断りにならないでしょう。夫のニュッシンゲンからは、あなたをぜひわが家の夕食にお招きするようにと言われております。形式ばらない夕食会です。ご承諾いただければ、夫も非常に悦びます。妻とふたりきりになって、夫婦の務めを果たさずにすみますから。お返事はいりません。どうぞおいでください。お待ちしております。

D・DE・N

「見せてください」ウジェーヌが手紙を読み終えると老人は言った。「行かれるのでしょう？」彼は便箋の香りを嗅いでから言った。「いい匂いだ！　あの子の指がここに触れたんだもの！」

「女性というのは、こんなふうに臆面もなく男になびいたりしないものだが」学生は考える。「彼女はおれを利用して、もう一度ド・マルセーの気を惹《ひ》くつもりだな。どうせ奴への当てつけのつもりで、こんなことをしているのだ」

「どうしました！」ゴリオ爺さんが言った。「なにを考えているのです？」

ウジェーヌは、当世ある種の女たちが虚栄心に取り憑かれていることを知らなかっ

34　ジョルジュ・キュヴィエ。博物学者。一八〇二年以降は国立自然史博物館の正規教授として、そこで講義を行った。ジャルダン・デ・プラントは同施設に所属し、一般に開放されている動植物園。

35　一八一八年十月、復古王政期五度目の議員選挙で自由党が圧勝した際、パリの街は騒然となった。

た。そして銀行家の妻がサン＝ジェルマン街の門を開いてもらうためなら、どんな犠牲も厭わない気でいることを知らなかった。この頃の風潮として、サン＝ジェルマン街の社会に受け入れられた女性は、あらゆる女性の上に置かれつつあった。サン＝ジェルマン街の社会というのは、つまりプティ・シャトー[36]の奥方たちを指し、なかでもボーセアン夫人とその友人ランジェ公爵夫人、モーフリニューズ公爵夫人が頂点にあった。同じ女性であるからには眩しい星座のようにそうそうたる顔ぶれが居並ぶ上流サークルに入りたくてたまらないショセ＝ダンタンの女性たちの苛烈な炎を、ただラスティニャックだけが知らなかった。しかし彼のそうした欠陥がここではかえって役に立った。おかげで彼は幾分、冷静になって、招待に応じるかわりに条件を出してやろうと意地悪く考えることができた。

「ええ、行きますよ」彼は答えた。

こうして好奇心に駆られて彼はニュッシンゲン夫人の招待に応じることにしたが、たとえ拒絶されていたとしても激情に駆られてそこへ向かっていたにちがいない。それでも彼は翌日、出発の時間が来るのを、待ち遠しく感じずにはいられないのだった。若者にとって人生初めての駆け引きには、初恋に負けないくらいの魅力があるのだ。きっとうまくいくという確信が猛烈な快感を生むのである。男は黙して語らないが、実のところ、その快感こそが男たちの目にある種の女たちを魅力的に見せている。欲望というものは、相手をたやすくものにする場合はもちろん、なかなかものにできない場合にも生じる。人間のあらゆる情熱を掻きたてたり、維持したりするものは、かならずこのどちらかの場合に当てはまっており、恋愛の勢力を大きくふたつに分けるのもこの欲望だ。おそらくこんなふうにタイプが分かれるのは、ひとりひとりの気質の違いに拠るところが大きい。結局のところ、昔から言われるこの気質の違いというやつが社会を動かしているのである。例を挙げれば、気の滅入りやすい〈黒胆汁質〉がその気になるには、愛嬌よくされることが必要となるし、〈神経質〉であるとか、〈多血質〉は、あまりに厳しく抵抗されると撤退する。別の例を挙げるなら、抒情詩はかっと燃えやすい〈胆汁質〉に、哀歌は〈リンパ質〉に分類される。ウジェーヌは身だしなみを整えながら、こうしたささやかな快感を隅々まで味わった。若者というのは馬鹿にされたくないのでそうした快感をひとに語らないが、それは自尊心をくすぐる快感なのだった。彼は髪を整えながら、美しい女性の眼差しがこっそりと自分の黒い巻き毛に注がれるところを想像した。舞踏会のために着飾った

36　王家の一門。

若い娘がするような子供っぽい仕草を真似てみた。自分のほっそりした体つきに惚《ほ》れ惚《ぼ》れしながら、服の皺《しわ》を伸ばした。「きっと」彼はひとりごちた。「もっと格好悪いやつもいるさ！」

それから彼は階下に降りた。住人がテーブルに集まっている時間で、自分の上品な服装に冷やかしまじりの歓声が上がるのを小気味良く感じた。誰かが立派な夜会服を着てきたくらいで場が騒然とするあたりが、いかにも安下宿なのだ。誰もが新しいスーツにひとこと申さずにはおられない。

「タッ、タッ、タッ、タッ」ビアンションが舌を鳴らした。まるで馬を興奮させてやろうというようだった。

「まるで公爵さまか議員さまだわ！」ヴォケール夫人が言った。

「女性を口説きにおでかけ？」ミショノーが指摘した。

「コケコッコー！」画家が叫んだ。

「奥さまによろしく」博物館員が言った。

「旦那に奥さんが？」ポワレが訊いた。

「ボックス入りの奥さまだ。水に浮かべりゃ舟になる。ばりばりの保証物件だよ。お値段は二五から四〇スー［＝1¼～2フラン］、柄は最新のチェック、丸洗い可、着心地は上々、原材料はリネンたっぷり、コットンたっぷり、ウールたっぷり、歯痛そのほか万病に効くと王立医師会のお墨つき！　そもそもお子さまにもってこい！　とりわけオツムの病に効く、食べ過ぎ、消化器疾患、眼病、耳の病などなど、なんでもござれだ」ヴォートランが香具師《やし》のような口上を抑揚つけて叫んだ。「さてさて、このすばらしい奥さま、いったいいくらとお思いかね？　二スー？　とんでもない。こいつはかつてモンゴル帝国で支給された必需品のひとつでね、ヨーロッパのあらゆる君主が、バーデン大公もそのうちのひとりだがね、みんなこぞって欲しがったって代物だ！　さあさあ入った入った、ずずいと中へ！　切符を買っとくれよ。さあミュージックスタート！　ポロローン、ラッ、ラッ、チリーン、ブンブン！　クラリネットくん、音が違うぞ」彼はしゃがれた声で言った。「お手々をお出し、お仕置きだぞ」

「まったくもう、おかしなひとだわね」ヴォケール夫人はクチュール夫人に言った。「このひとがいると退屈しませんよ」

小気味よく続く口上がひとびとの笑いとからかいを巻き起こす横で、ウジェーヌはタイユフェール嬢のひそかな眼差しに気づくことができた。彼女はクチュール夫人のほうに身を屈《かが》め、夫人の耳元でなにごとかを囁《ささや》いた。

「二輪馬車《カブリオレ》が来ましたよ」シルヴィが言った。

「それでどこにお呼ばれ?」ビアンションが訊ねた。

「ニュッシンゲン男爵夫人のところさ」

「ゴリオさんのお嬢さんのね」学生が答えた。

この名前にみなの視線がいっせいに元製麵業者に注がれた。爺さんはウジェーヌを羨ましそうに見つめていた。

ラスティニャックはサン゠ラザール街の洒脱な館のひとつに到着した。華奢《きゃしゃ》な円柱の並ぶちまちまとした柱廊玄関が、パリならではの「粋《いき》」を表していた。まさに銀行家の館だった。化粧漆喰、大理石のモザイクがあしらわれた階段の踊り場、そこらじゅうに値の張る趣向がふんだんに凝らされていた。ニュッシンゲン夫人は小さなサロンにいた。イタリア絵画が掛けられた、カフェのようなつくりのサロンだった。男爵夫人は悲しそうだった。努めて明るくみせようとしているが。そこに演技の影がないだけに、ウジェーヌはますます興味を惹かれた。自分が訪問すれば喜ぶと思っていたのに、沈みこんでいる。その落胆が彼の自尊心を刺激した。

「わたしがよほど信用できないのでしょう」彼は夫人になにを気にかけているのかとしつこく質問した挙句に言った。「お邪魔ならそうおっしゃってください、悪く思ったりしませんから」

「行かないでください」彼女は言った。「あなたが行ってしまったら、わたしはひとりになってしまいます。ニュッシンゲンは外に食事に出かけました。そしてわたしはひとりになりたくないのです。気晴らしが必要なのです」

「いったいなにがあったのです？」

「あなたにだけは話せません」

「そう言われると気になります。なにかわたしに関係あるのかもと」

「かもしれません！　いいえ、ちがいます」彼女は言った「これは心の奥底にしまっておくべき家庭内の揉め事なのです。一昨日話したのではなかったかしら？　わたしは幸せなんかじゃないのです。金の鎖というのは、なによりも重い荷物なのです」

男が女に自分は不幸だと言われたとする。もしその若者が才気のある身なりのよい男なら、たとえば懐に一五〇〇フランの余裕のある男であれば、ウジェーヌが心で呟いたのと同じことを考えるにちがいない。思い上がるのである。

「なにが問題なのです？」彼は答えた。「あなたは美しくて若くて愛されていて、金持ちだ」

「わたしの話はやめましょう」彼女はうんざりというように頭を振って言った。「お食事しましょう、ふたりで。このうえなく甘美な音楽を聴きに参りましょう。これ、お気に召すかしら？」彼女は立ち上がり、このうえなく優雅なペルシャ文様のあしらわれた白のカシミアのドレスを披露しながら言った。

「あなたがすっかりわたしのものであればいいのに」ウジェーヌは言った。「あなたはすてきです」

「手に入れたらがっかりするでしょう。」彼女は少し苦みの混じった笑みを浮かべた。「あなたから見れば、ここには不幸を示すものはなにもありません。しかしそうした表面とは裏腹に、わたしはどん底にいるのです。心の痛みがわたしから眠りを奪っていき、いずれわたしを醜く変えてしまうでしょう」

「ああ！　そんなこと、絶対にあってはいけません」学生は言った。「しかしおしえてください。そうした苦しみは、あなたにすっかり心を捧げた男にも吹き飛ばすことはできないのですか？」

「まあ！　それを打ち明けたら、きっと逃げだします」彼女は言った。「あなたはまだ殿方のエチケットとしてわたしを愛しているにすぎません。それにもしわたしを本当に愛しているなら、恐ろしい絶望の淵に沈むことになります。だからわたしは黙っているべきなのです」彼女は言った。「後生ですから、ほかのお話をしましょう。さあ、我が家を案内いたしますわ」

「いいえ、ここにいましょう」ウジェーヌはそう言って、暖炉の正面にある二人掛けのソファにニュッシンゲン夫人と隣り合わせに腰を下ろした。彼は自信たっぷりに彼女の手を握った。

夫人は若者にその手を委《ゆだ》ね、握られた手にぐっと力を込めさえした。烈しい動揺を物語る動作だった。

「聞いてください」ラスティニャックは彼女に言った。「つらいことがあるのなら、わたしに打ち明けるべきです。あなたを愛していることを証明したいのです。その苦しみをわたしに打ち明けていただければ、わたしはそれを打ち払うことができます。六人殺すはめになろうとかまいません。さもなければ、わたしはここを出ていき、もう二度と参りません」

「ならば、いいでしょう！」彼女は一瞬絶望的な考えを思いつき額をぽんと叩いた。「すぐにあなたに試練を与えることになります。そうね」彼女は自分に言った。「それしか道はないのだわ」彼女はベルを鳴らした。

「旦那さまの馬車に馬はつけてある？」彼女は小間使いに訊ねた。

「はい奥さま」

「わたしが乗ります。旦那さまには、わたしの馬と車を用意してさしあげて。夕食は七時以降にしてちょうだい」

「さあ行きましょう」夫人はウジェーヌに言った。ウジェーヌはニュッシンゲン氏の四輪箱馬車《クーペ》に夫人と隣り合って腰を下ろしながら、夢を見ているような気がした。

「パレ＝ロワイヤルへやって」彼女は御者に言った。「共和国劇場《テアトル＝フランセ》のそばよ」

道中ずっと彼女は興奮した様子で、ウジェーヌからうるさく質問されても、いっさい答えなかった。こうした黙ったまま梃子《てこ》でも動かぬという態度を前に、ウジェーヌは途方に暮れた。

「いま捕えたと思ったのに」彼は思った。

馬車が停まると、男爵夫人は静かにしろというように、がなりたてる学生をじっと見つめた。学生がすっかり興奮していたからだ。

「愛しているというのは本当ですか？」彼女は言った。

「ええ」ウジェーヌはふいに不安を覚えたが顔には出さなかった。

「なにを頼んでも、わたしを悪く思わないでくださる？」

「ええ」

「わたしの言うことに従ってくださる？」

「なんなりと」

「賭け事はなさったりする？」彼女は震える声で言った。

「一度もありません」

「まあ！　よかった。あなたには運があるかもしれません。これはわたしの財布です」彼女は言った。「さあどうぞ！　一〇〇フランあります。この幸せな女の全財産です。これを持ってカジノへ行ってください。どこにあるのかわかりませんが、パレ＝ロワイヤルには何軒もあるそうです。この一〇〇フランをルーレットとかいうものにそっくり賭けてください。全部すってもかまいません。でなければ六〇〇〇フランにして帰ってきてください。戻られたら、わたしの苦しみを打ち明けます」

「自分がなにをしようとしているのか見当もつきませんが、あなたの言うとおりにいたしましょう」彼はわくわくしながら言った。「ともに危ない橋を渡れば、彼女はもうおれを拒めなくなるぞ」そう考えると嬉しくなった。

ウジェーヌはその可愛らしい財布を取り、そばにあった古着屋でもっとも近いカジノの場所を訊いて、九番地へ駆けだす。彼はカジノに入り、入口で帽子を渡す。中へ入り、ルーレットの場所を訊く。常連客が驚いて見ているなか、フロアのボーイが彼を長テーブルの前へ案内する。ウジェーヌはみなの視線を浴びながら、恥ずかしげもなくどこへ賭け金を置くのか訊ねる。

「たとえばそこにある三十六までの数字のどれかに一ルイ［＝二〇フラン］を置いたとします。その数字が出れば、あなたは三六ルイ手に入れることになります」白髪の威厳のある老人が彼に言った。

ウジェーヌは一〇〇フランを自分の年齢である二十一に置いた。なにがなんだかわからないうちに驚きの声が上がった。知らないうちに勝っていた。

「さあ金をお取りなさい」年老いた紳士が彼に言った。「そのやりかたで二度は勝てません」

ウジェーヌは老紳士に渡された熊手を取り、三六〇〇フランを手前に引き寄せ、相変わらずルールをよく理解しないまま、赤に移動させた。彼が賭けを続けるのを見て、見物人は羨ましそうに彼を眺めた。ルーレットが回転する。彼はまた勝った。そして胴元が彼にふたたび三六〇〇フランを投げて寄越した。

「あなたは七二〇〇フラン手に入れました」老紳士が耳元でささやいた。「わたしの言葉を信じて、お帰りになったほうがいい。赤はもう八回出ました。もしご慈悲があるなら、この賢明な忠告の褒美に、いまは落ちぶれたナポレオン時代の元役人の困窮を軽くしてやってください」

茫然《ぼうぜん》としていたラスティニャックは、白髪の男に乞われるまま一〇ルイ［＝二〇〇フラン」を与えてやった。そして七〇〇〇フランを持ってカジノを出た。ルールは最後までわからなかったが、自分の幸運に呆気《あっけ》に取られていた。

「さあ、これです！　今度はどこへ行くのですか」馬車の扉が閉まるなり、彼は七〇〇〇フランをニュッシンゲン夫人に見せて言った。

デルフィーヌは力いっぱい彼を抱擁し、勢いよく接吻したが、熱は籠《こも》っていなかった。「あなたはわたしを救ってくださいました！」悦びの涙が溢《あふ》れてきて頬《ほお》を伝った。

「すべてお話ししましょう。あなたはお友だちですから。そうでしょう？　あなたから見れば、わたしは金持ち、それも相当に余裕があり、なんの不自由も苦労もないように見えるのでしょう！　ところが！　いいですか、ニュッシンゲンはわたしに一スーの金だって自由にさせないのです。家計はすべて彼が握っていて、馬車の維持費もボックス席の代金も彼が払います。衣装代もくれますが、額は不十分です。彼は計算ずくでわたしを秘かな金欠に追い込んでいるのです。わたしはプライドが高すぎて、夫に無心ができないのです。だってもし金を貰うのと引き換えに夫の要求に応えたら、わたしは最低の女に成り下がるのではないでしょうか！　七〇万フランの持参金があったのに、どうしてわたしは身ぐるみ剝がされてしまったのでしょう？　プライドが高かったから？　不正が嫌いだったから？　新婚時代というのは、あまりに若く世間知らずなのです。必要があっても夫に金を出してくれと言葉にするのは、わたしには死ぬほどの苦痛でした。それでわたしはその言葉をけっして口に出さず、自分の貯金と可哀想なパパがくれるお金を浪費していったのです。わたしにはやがて借金ができました。わたしにとって結婚はおぞましい幻滅でしかありませんでした。あなたにこんな話をするのは、別居でもしないかぎり、ニュッシンゲンなんかと顔つきあわせて生活していたら、わたしはかならず窓から身を投げるはめになるということを、ただわかっていただくためです。若い娘ならではの買い物、宝石だの小物だのに散財してつくった負債を（哀れな父は、わたしたちに我慢するということをおしえませんでしたから）夫に告白しなければならなかったとき、わたしは殉教者のように苦しみました。しかし結局わたしは勇気を出して彼にそれを打ち明けました。わたしには自分の財産はないのでしょうか？　と。ニュッシンゲンは激怒しました。おまえのために自分は破産させられるだろうと言いました。ひどいじゃありませんか！　恥ずかしくて、穴があったら入りたいくらいでした。彼にはわたしから受け取った持参金がありましたから、負債は払ってくれました。でも以後、わたし個人の出費向けに小遣いが設定されたのです。波風を立てたくなかったので、わたしもそれを受け入れました。そのあと、あなたもご存じのとおり、わたしはある男性の身勝手な愛に応えようとしました」彼女は言った。

「その男性には裏切られましたが、わたしには彼を悪党とけなす資格はないのかもしれません。いずれにせよ、彼はわたしを卑劣なかたちで裏切りました！　女が金に困っているとき目の前に金を積んでおいて、その女を捨てるなんて真似を絶対にしてはいけません。永遠に愛してやるべきです！　まだ二十一歳の気高い魂を持ち、若く、純粋でいらっしゃるあなたは、きっとこう訊ねるでしょう。どうして女は男の金を受け取れるのか、と。ああ！　自分を幸せにしてくれる相手とすべてを分かちあおうとするのは不自然なことでしょうか？　すべてを分かちあったなら、どこの女性がちっぽけな部分にこだわるでしょう？　お金というのは、愛がなくなって初めて重さを持ち始めるのです。結ばれるときはずっといっしょにいようと思うものではありませんか？　自分は本当に愛されていると信じているときに誰が別れを予想するでしょう？　あなたがた男性だってわたしたちに永遠の愛を誓っているときに、ふたりの利益をばらばらにして考えてはいないでしょう？　いまわたしがなにに苦しんでいるかをあなたはご存じありません。ニュッシンゲンはわたしに六〇〇〇フラン払うのをはっきりと拒んだのです。愛人には毎月その額を与えているというのにです。オペラ座の女にですよ！　死んでしまおうと思っていました。どこまでも愚かな考えばかりが頭を過《よ》ぎりました。ときどき小間使いや召使いの身の上が羨ましくなりました。父に会いにいくなんて、とんでもない！　アナスタジーとわたしは父からすべてを搾《しぼ》り取りました。可哀想に、父は自らに六〇〇〇フランの値がつくとなれば自分だって売ってしまうひとです。無駄に父を悲しませるだけだったでしょう。あなたはわたしを恥辱と死から救ってくださいました。あまりの苦しみに正気を失っていたのです。ああ、ラスティニャックさん、わたしにはこうした説明をあなたにする義務がありました。わたしはさっき常軌を逸した状態にありました。あなたがさっき行ってしまったとき、お姿が見えなくなったとき、馬車を捨てて逃げだしたくなりました……でもどこへ？　わかりません。いかがです、パリの女性の半分はこんな人生を送っているのです。外見は裕福でも、内面は壮絶な不安に苛《さいな》まれているのです。わたしはわたしよりもっと不幸な憐れな女性を何人も知っています。どうしようもなくなって出入りの商人に嘘の請求書をつくらせる女たちもいれば、夫から金を盗む女もいます。本当は二〇〇〇フランもするカシミアがたったの五〇〇フランということになったり、五〇〇フランのカシミアが二〇〇〇フランということになったりするのです。一着のドレスを買うために、我が子を飢えさせて小金を貯める憐れな女もいます。わたしはそんな醜悪なごまかしはしていません。それはなにより耐えられないことですもの。娼婦のように夫にその身を売ることで、うまく夫を籠絡《ろうらく》する女性もいるでしょうが、その点でわたしはまだしも自由です。その気になればわたしもニュッシンゲンにたっぷり金を払わせることもできるかもしれません。でもわたしは、自分が立派だと思う男性の胸に寄りかかって泣くほうがいいのです。ああ！　これで今夜ド・マルセーは、わたしを金で買った女だと見下すことができなくなります」ウジェーヌに涙を見られぬよう、彼女は両手で顔を覆った。ウジェーヌは彼女の顔を上げさせ、それをじっと見つめた。夫人はやはり美しかった。「お金と愛情をないまぜにするなんておぞましいことではありませんか？　こんなわたしを愛することはできないでしょうね」彼女は言った。

優しさや思いやりといった女性を非常に気高いものにしている感情と、現実が彼女らに強《し》いる過ちはこんなふうに混じりあうのだと、ウジェーヌは驚愕した。彼は苦しみを訴える相手に優しい慰めの言葉を掛けながら、その美しい女性があまりに無防備であることに驚いていた。

「どうか今度のことでわたしの敵にならないと約束してください」

「ああ、奥さま！　そんなことができるわけありません」彼は言った。

彼女は彼の手を取り、それを感謝と優しさで弾けそうなくらい高鳴る胸の上に置いた。「あなたのおかげで、自由で快活な自分に戻れましたわ。これまでは強い力に抑えつけられてきました。これからは簡素に暮らすつもりです。無駄遣いなんてしません。これからのわたしを見ていてくださいますわね？　さあ、残りを受け取ってください」彼女は七枚の紙幣のうちから六枚だけ取った。「正確に言えば、わたしはあなたに三〇〇〇フランの借りがあります。だって本来なら折半にするのが筋ですもの」ウジェーヌは処女のようにその金を拒んだ。しかし男爵夫人が言った。「もしあなたが共犯になってくださらないなら、わたしはあなたを敵と見なします。さあお金を取ってください」

「ではこれは次に困ったときに使いましょう」彼は言った。

「ほら、それこそがわたしの恐れていた言葉です」彼女は真っ蒼《まさお》になって叫んだ。「もしわたしを大事だと思ってくださるのなら、どうか誓ってください」彼女は言った。「二度と賭け事なんてしないと。なんてことでしょう！　このわたしが、あなたをだめにしてしまうなんて！　苦しくて死んでしまいそうです」

馬車が到着した。先ほどまでの切羽詰った状況と目の前の豪奢《ごうしゃ》な世界の対比に学生はめまいを覚えた。耳元にヴォートランの腹黒い言葉が甦ってきた。

「ここへお掛けになって」男爵夫人は部屋に入りながら、暖炉のそばの二人掛けのソファを指さして言った。「難しい手紙を書かなくてはならないの。どう書けばよいかしら」

「手紙なんて書いてはいけません」ウジェーヌが言った。「金を包んで、宛名を書く。それを小間使いに運ばせればいいのです」

「まあ、まるで恋愛の玄人《くろうと》だわ」彼女は言った。「なるほど！　育ちがいいというのは、こういうことなのだわ！　まさしくボーセアン家の血筋です」彼女は微笑みながら言った。

「彼女、可愛いな」ウジェーヌは思った。次第に胸の炎が熱くなる。彼は部屋を眺めた。そこには高級娼婦が見せる扇情的な優美さが息づいていた。

「お気に召して？」彼女はそう言いながら、小間使いを呼ぶベルを鳴らした。

「テレーズ、これをド・マルセーさんのところに持っていってちょうだい。彼に直接渡すのよ。もし彼が留守なら持ちかえること」

テレーズはウジェーヌに含みのある一瞥《いちべつ》を投げてから出かけていった。夕食の準備はできていた。ラスティニャックはニュッシンゲン夫人に腕を差しだした。夫人は彼を気持ちのよい食堂に案内した。彼はふたたびそこで従姉の邸宅でも目にしたのと同様の食卓の贅沢というものに出会った。

「イタリア座で興行のある日は」彼女は言った。「うちに夕食を取りにいらしてね。

それから劇場へご一緒しましょう」

「こんな甘い生活が続けられるものなら、いつだってお伴いたしますが。しかしわたしはしがない学生です。財を成すのはこれからですから」

「なんとかなりますわ」彼女は笑いながら言った。「ねえ、すべてはなんとかなるのです。自分がこんなに幸せになれるなんて思いもしませんでした」

可能なことによって不可能なことを説明し、予感によって事実を打ち砕くのは女性の性《さが》だ。ニュッシンゲン夫人とラスティニャックがイタリア座のボックス席に入ったとき、夫人の様子はいかにも満足げだった。彼女がいつにもまして美しいので、無防備な女を喰いものにする中傷が各所で囁かれることになった。ふしだらな噂話が面白おかしくでっちあげられ、まことしやかに語られる。ひとはパリに詳しくなると、パリで語られることをなにひとつ信じなくなり、またパリでは真実をなにひとつ語らなくなる。ウジェーヌは男爵夫人の手を握った。握りあった手と手は力の入れ加減で語りあい、音楽がもたらす感動を分かちあった。ふたりともにこの夜は夢見心地だった。いっしょに劇場を出ると、ニュッシンゲン夫人がウジェーヌをポン゠ヌフまで送っていくと言った。車中でウジェーヌはなんとかキスを奪おうとするのだが、彼女はパレ゠ロワイヤルではあれほど熱烈に惜しみなく与えてくれたそれをなかなか許そうとしないのだった。ウジェーヌは彼女のこうした一貫性のなさを非難した。

「先程のあれは」彼女は答えた。「思いがけない献身に対する感謝のしるしでした。今度はちがいます。約束になってしまいますもの」

「つまり、あなたはわたしにどんな約束もしたくないのでしょう、恩知らずなかただ」彼は腹を立てた。彼女は恋人を陶然とさせるあのそわそわしたそぶりを見せながら、相手に手を差しだした。その手に不承不承キスをする相手の様子に彼女はうっとりした。

「月曜日に、舞踏会で」彼女は言った。

月明かりを頼りに歩いて下宿に戻る道すがら、ウジェーヌは真剣に反省を始めた。うまくいったと思う反面、不満も感じた。うまくいったというのは、いわゆる恋物語の側面においてだ。このままいけば自分はパリでもっとも優雅で美しい女性、求めていた獲物が得られるだろう。不満というのは、出世という構想が前途多難である点だ。そして彼はまさにこのとき、一昨日漠然と考えていたことを、はっきりと実感したのだった。不遇はいつも我々のうちにある強い野望を浮き彫りにする。ウジェーヌはパリの生活を謳歌《おうか》すればするほど、いつまでも冴《さ》えない貧しいままでいたくないと思うのだった。彼はポケットの一〇〇〇フラン札を握り締める。これを貰ってもいいと思えるような自分への言い訳をいくつも考えてみた。ようやくヌーヴ＝サント＝ジュヌヴィエーヴ通りに着いた。階段を上りきったとき、そこに灯る明かりを見た。扉の開いたゴリオ爺さんの部屋から蠟燭《ろうそく》の光が漏れていた。爺さんの表現に従えば、学生が「娘についての報告」を忘れないように開けておいたらしい。ウジェーヌはすべてを包み隠さず話した。

「しかし」ゴリオ爺さんは烈しい嫉妬から暗い気持ちになって叫んだ。「あの子らはわたしが破産したと思っているのですな。わたしにはまだ一三〇〇リーヴル［＝一三〇〇フラン］の金利収入があるというのに！　やれやれ！　可哀想な娘だ。あの子はどうしてここに来なかった！　国債を売れば、いくらでも融通できたのに。残った金でわたしは終身年金にも入れるのだし。あなたともあろうひとがなぜ、あの子の窮状をわたしに相談してくださらなかったのです？　よくまあ、あの子のなけなしの一〇〇〇フランを、賭博などという危険に晒《さら》したりできたものです。胸が張り裂けそうです。それよりなにより問題は婿たちです。おお！　もしあいつらをとっ捕まえることができたら、首をへし折ってやるのに。ああ神さま！　泣いていましたか、あの子は泣いていましたか？」

「ぼくのベストに顔を埋めて」ウジェーヌは言った。

「おお、そのベストをわたしに譲ってください！」ゴリオ爺さんは言った。「なんと！　ここに我が娘の涙が浸み込んでいる。あの子の、わたしの可愛いデルフィーヌの涙が。あの子は小さいとき、けっして泣いたりしなかったのに！　おお、わたしが新しいのを買って差し上げます。もうこれを着るのはおよしなさい。ここに置いていきなさい。あの子は結婚契約にしたがえば、自分の財産権を行使できるはずだ。ああ、明日になったらすぐに代訴人のデルヴィルに会いにいってこよう。あの子の財産の確保を要求させるぞ。わたしは法律に詳しいのです。老いてもわたしはオオカミですから、もう一度この牙を使ってやりますよ」

「さあこれをどうぞ、彼女がわたしに取り分として受け取らせた一〇〇〇フランです。これをそのベストにしまってください」

ゴリオはウジェーヌを見つめ彼の手を握った。その手の上にぽたりと涙が落ちた。「あなたは成功なさるでしょう」老人は彼に言った。「神さまは公平です、そうでしょう？　わたしは実直とはどういうものか身を以て知っています。そのわたしが保証します。あなたのようなひとはめったにいない。どうかわたしの可愛い息子になってくださらんか？　さあ、お休みなさい。あなたは眠ることができます。まだ父親ではありませんからね。あの子が泣いた。それがわかりました。わたしときたら、あの子が苦しんでいたあいだ、のうのうと阿呆のように飲み食いしておったのです。わたしは、あの子らふたりから涙を遠ざけるためならば、父と子と聖霊だって売りますぞ！」

「そうだ」ウジェーヌは床に就きながら思った。「おれは人生を通して正直な人間でいよう。おのれの良心の声に従うのは気持ちがいいものだ」

おそらく秘かに善行を施せるのは、神を信じている者だけだ。そしてウジェーヌは神を信じていた。ボーセアン夫人の時間になり、ラスティニャックはボーセアン夫人の家に行った。翌日、舞踏会の時間になり、ラスティニャックはボーセアン夫人の舞踏会へ行き、彼にこの夫人を紹介してやった。ラスティニャックはカリリャーノ公爵夫人宅の舞踏会へ行き、彼はそこでニュッシンゲン夫人に会った。デルフィーヌはみなのもてなしを受けた。彼はこの元帥夫人からこれ以上ない心を、とりわけラスティニャックの心を惹きつけようと着飾っていた。彼女はラスティニャックの目がこちらを向くのをじりじりと待ちながら、その焦りをうまく隠しているつもりでいた。女心を見抜ける人間にとっては、まさに愉悦に満ちた瞬間である。もったいぶって相手をじらしたり、本当は嬉しいのにそれを隠して格好をつけたり、自分が原因である不安を打ち明けるように要求したり、にっこり笑ってやりさえすれば安心する相手の心を弄《もてあそ》んだりして、快感を覚えたことは誰にだってあるはずだ。

学生はこの舞踏会のあいだに突然、自分が周囲に一目置かれたことを理解した。ボーセアン夫人の公認の従弟《いとこ》として、自分が社交界にひとつの立場を得たことを理解した。彼はすでにニュッシンゲン男爵夫人を征服したものとまわりから見なされており、その点で彼を羨望の眼差しで眺めるほかの若者たちとは一線を画していた。彼は初めて自惚《うぬぼ》れの味を知った。こちらからあちらへ広間を移動し、さまざまなグループとすれ違う際に、自分の幸運を称《たた》える声を聞いた。女性たちは口々に彼はなにをやっても成功するだろうと言った。彼を失うのではないかと心配したデルフィーヌは、先日もったいぶって与えなかったキスをもう拒まないと約束した。この舞踏会でラスティニャックはいくつかの招待を受けた。彼は従姉から女性を数人紹介された。粋な趣味人ばかりで、その邸宅はいずれも実に居心地のいい場所だということだ。自分はパリでもっとも大きなもっとも美しい社交界に足を踏み入れたのだ、と彼は思った。したがってこの夜は彼にとって、魔法のような輝かしいデビューの夜となった。彼はきっと晩年に至るまでこの夜のことを忘れないだろう。

翌日、彼は下宿人の集まる朝食のテーブルで、ゴリオ爺さんにこうした成功について語った。ヴォートランが悪魔のようににやりと笑った。

「それじゃあ訊くが」この残忍な理論家は大声で言った。「いまをときめく社交界の寵児がヌーヴ゠サント゠ジュヌヴィエーヴ通りのヴォケール館なんかに暮らしてるなんて、そんな話があると思うかね？　たしかにもろもろ加味すれば、どこまでも立派な下宿屋だよ。まあファッショナブルからは程遠いが。豪華だよね。なんやかんや豊富という点で美しいし。かのラスティニャック氏の束《つか》の間《ま》の住処《すみか》となれば誉《ほま》れも高いさ。しかし所詮ここはヌーヴ゠サント゠ジュヌヴィエーヴ通りなんだ。贅沢ってなに、ってなもんだ。なぜならこの館は正真正銘、素朴ラマだからさ。いいかね坊や」ヴォートランはふざけて父親口調で言った。「もしおまえさんが、パリでいっぱしの紳士に見られたいのなら、馬が三頭、日中用に二輪馬車《ティルビュリー》が一台、夜用に四輪箱馬車《クーペ》が一台要る。つまり馬車のために合計九〇〇〇フランが必要になる。お抱えの仕立て屋で三〇〇〇フラン、香水屋で六〇〇フラン、靴屋で一〇〇エキュ［＝三〇〇フラン］、帽子屋で一〇〇エキュをぱあっと使えるようになればね、おまえさんもその境遇に見合った人間と見なしてもらえるだろうさ。お抱えのクリーニング屋は、おまえさんに一〇〇〇フラン請求するだろうな。いまをときめく若者たちってのは下着類まで気が抜けないのだ。そういう細部がいちばん観察の対象になるんだから。恋愛と教会にはその祭壇に捧げるためのきれいな布が必要なのさ。ここまで計一万四〇〇〇フラン。

カード、博打、プレゼントでスる分はまた別だ。懐に二〇〇〇フランは余裕がなきゃお話にならない。おれはそういう生活を送ったことがある。だからどれだけ金が掛かるかについて詳しいぜ。まずは必要不可欠な出費に加えて、食いものに六〇〇〇フラン、ねぐらに一〇〇〇フラン。どうだい、坊や、年にたかだか二万五〇〇〇フランもないんじゃ、泥ん中に落っこって、ひとから馬鹿にされ、将来も成功も恋人もおあずけさ！ 下僕や馬丁を入れるのを忘れてたぜ！ クリストフに恋文を運ばせるのかい？ まさか、いま使っている紙に書くつもりじゃなかろうね？ そりゃきみ、自殺行為だぜ。この経験豊富な親爺《おやじ》の話を信じなさい！」ヴォートランは小声から一気に大声になった。「潔《いさぎよ》く屋根裏部屋に戻って勉学と結婚するんだな、いやなら、別の道を取るか」

ヴォートランはタイユフェール嬢を横目で見ながら、ウジェーヌにウインクした。そうやって学生をたぶらかそうとその心に吹き込んだ魅惑的な計画のあれこれを思い出させるのだった。

数日が経過した。その間、ラスティニャックはこのうえなく放埒な生活を送った。ほとんど毎日ニュッシンゲン夫人の家で夕食を取り、彼女に付き添って社交界に出た。午前三時か四時に下宿に戻ってきて、正午に起きだし身支度をし、天気の良い日にはデルフィーヌと森へ散歩に出かけた。そんなふうにして自分の時間がどれほど貴重かも知らぬまま、それを惜しみなく浪費し、雄花の花粉をふんだんに受けようとするナツメヤシの雌花が待ちきれずに熱狂に囚われるように、あらゆることから情報を吸い上げ、あらゆる贅沢に惹きつけられた。彼は博打で大金を賭け、大負けしたり大勝ちしたりした。そしてついには、パリの若者らしい無軌道な生活に馴染んでしまった。彼は最初に儲けた金で、母や妹たちに一五〇〇フランを返し、いっしょに素敵なプレゼントも添えた。彼はヴォケール館を出ていくつもりだと告知はしたものの、一月下旬になってもまだそこにいたし、出ていく手段も見つからなかった。

若者というのは、その若さや、彼らを快楽へと駆り立てるその熱狂のために、ほぼ全員が一見不可解な法則に支配されている。若者というのは金持ちであろうが貧乏であろうが、生活のための金は持っていないくせに、気まぐれのためにならいつだってそれを調達してくる。ツケで買えるとなればいくらでも買い、現金払いには徹底してけちになる。手に入れられないものがあれば、その埋め合わせに手に入れられるものをすべて買う。問題点をはっきりさせるために、わかりやすい例を挙げるなら、ひとりの学生は服よりも帽子をより大事に使うようになる。儲けの大きい仕立て屋が基本的にツケ払いに甘い一方で、そもそも単価の安い帽子屋はとりわけツケ払いを嫌うからだ。学生はそうしたもっとも融通の利かない連中を相手に談判しなくてはならないのである。たとえ劇場のバルコニー席に坐っているその若者がまばゆいばかりのベストを身に着けて、美しいご婦人からオペラグラスの鑑賞の的にされているとしても、彼がちゃんと靴下を履いているかどうかなんて怪しいものである。靴下屋もまた彼の財布の金食い虫だからだ。

ラスティニャックはいままさにそんな状況にあった。彼の財布は二重底で、ヴォケール夫人に払う金はいつだって入っていないのに、見てくれを保つための金はいつだってたっぷり入っている。臨時収入があっても、それで日常的な支払いをする気にはならない。周期的に彼の思い上がりをへし折ってきた臭く汚らしくおぞましいその下宿を出ていきたいのなら、女将《おかみ》に滞納している家賃を払い、ダンディが部屋に置くような家具を買えばいいではないか。ところがいつだってそれはできないのだ。ラスティニャックは賭けに必要な金を捻出するためなら、行きつけの宝飾商で高価な懐中時計や金の鎖をツケで買い、それを若者たちの陰気で秘かな友人である質屋のところへ持っていく機転が利くのに、食費や家賃を払うとか優雅な生活を営むための必需品を買うとかになると、なんの工夫も大胆さもない木偶《でく》の坊《ぼう》になるのだった。日常生活が要求するもの、つまり必要を満たすための負債が増えていくことに対してはもはやなんのアイデアも浮んでこないのだった。こうした行き当たりばったりの生活を経験した大抵の人間がそうであるように、彼も小市民の目にはとんでもない額の負債をぎりぎりの瀬戸際まで放っておくつもりだった。負債が取り立ての厳しい手形という形になるまでパンの代金すら払わなかったあのミラボー[37]と同じだ。

この頃になるとラスティニャックは有り金をすっかり失くし、ひとに借金までしていた。学生もさすがに定収入もなくこんな生活を続けていくことは不可能だと悟りはじめていた。しかし一時しのぎが追いつかない窮状に喘《あえ》ぎながらも、手にした生活の持つ猛烈な悦びを諦めることはできないと感じ、なんとしてもそれを続けていきたいと思っていた。彼が出世のために当てにしていた幸運は夢となり、現実の障害は大きくなっていった。学生はニュッシンゲン夫妻の家庭の秘密に詳しくなるうちに、愛を出世の道具にするためには、恥辱をすっかり甘受し、気高いものの考えかたを捨てなければならないと気がついた。若者の過ちが大目に見られるのは、その気高さがあるからこそなのだが。こうして彼は見た目には輝かしいがつねに後悔の虫に責め苛《さいな》まれる生活、一時の快楽は得られるが代償として不安につきまとわれる生活を選んだ。彼はラ・ブリュイエールの描いた「迂闊な男」のように、泥の溜まる溝に寝床を準備して転がっているのだった。ただし「迂闊な男」同様、まだその衣服が汚れているだけだった。

「それで、おれたちは中国人を殺しちまったのかい?」ある日ビアンションが食事を終えて立ち上がりながらウジェーヌに言った。

「まだだ」彼は答えた「しかし虫の息だ」

医学生はそれを冗談と受け取ったが、ウジェーヌは本気だった。ウジェーヌは久しぶりに下宿で食事をとった。彼は食事のあいだじゅう考え込むような顔をしていた。彼は食事が終わっても、ウジェーヌはタイユフェール嬢のそばに腰掛けたままでいた。彼はときどき彼女のほうに眼差しを向けた。数人の客がまだテーブルに残ってクルミを食べていた。別の数人は火のついた議論を続けながら散歩に出た。ほとんどいつもの夜と同じように、食事客はそれぞれ会話への興味の度合いや、腹のこなれ具合を見ながら、思い思いに立ち上がり出ていった。冬場は八時前に食堂から全員が引けることは珍しかった。たいていその時間にはそこは女性四人だけになり、男たちの集まっている場ではできなかったおしゃべりを思いきりするのだった。ヴォートランは考えごとに没頭するウジェーヌが気になり、まっさきに出かけていくようなふりをしつつ食

37 オノレ・ミラボー(一七四九―一七九一)。革命初期の中心的指導者。放蕩と借金でも有名。

堂に留まった。その間ずっとウジェーヌから見えないよう気を配った。ヴォートランは出ていったとウジェーヌは思っているはずだ。そして最後に席を立った下宿人たちといっしょに出ていくかわりに、サロンの片隅にこっそりと身を潜めた。彼は学生の心を読み、決定的な兆しが表れるのを見ていた。

事実ラスティニャックは多くの若者が経験してきたにちがいない途方に暮れた状況にあった。情が深く、あだっぽくもあるニュッシンゲン夫人は、パリの女性たちがよく用いる駆け引きの技を駆使してラスティニャックにありとあらゆる不安を味わわせた。彼女はボーセアン夫人の従弟を自分のもとに釘づけにするために、一度は大衆の前で噂になるような態度を取っておきながら、実際にはウジェーヌが我が物にしたと思った権利をすんなり渡そうとしないのだった。一カ月、彼女はウジェーヌの欲望をさんざんくすぐって、ついに彼を本気にさせた。つきあいはじめの頃、学生は自分こそがこの関係の主導権を握っていると思ったが、ニュッシンゲン夫人はウジェーヌの感情を巧みに上へ下へとしきりに揺さぶって、とうとう優位に立ってしまった。パリの若者というのはひとの二倍も三倍も感情豊かなのでしかたがない。

彼女の行動は計算ずくか？　そうではない。女性というものは大きな欺瞞《ぎまん》の只中《ただなか》にありながらも、つねに誠実なのだ。なぜなら、彼女らは複数の自然な感情の言いなりになっているからだ。おそらくデルフィーヌは自分をいきなり支配しようとする猛烈な力に身を任せ、相手に愛情を見せすぎたあと、今度は自尊心の声を聞き、一度譲った権利を取り戻すか保留にしようとしているのだろう。愛情に引き摺《ず》られながら、そこで溺《おぼ》れてしまうのには二の足を踏み、これから身を任せようとする相手の心を試そうとするのは、パリ女性にとってはきわめて自然な行為なのである。ニュッシンゲン夫人の希望は、すでに一度すっかり裏切られている。ひとりの若いエゴイストに捧げられた彼女のその誠の愛は最近踏みにじられたばかりだった。彼女の警戒心が強いのは無理もなかった。おそらく彼女はウジェーヌの態度から、彼が一足飛びの成功でいい気になり、例の特異ななれそめから彼女をどこかで見くびっていると気づいたのだろう。おそらく彼女はそのくらいの年齢の男性からは威厳があると思われたかったにちがいない。自分を捨てた男の前であまりにも長く卑小な存在であっただけに、ウジェーヌの前では立派な存在でいたかったのだろう。彼女はウジェーヌに簡単に落とせる女と思われたくなかった。ド・マルセーの女であったことを知られているからこそなおさらだった。ようするに彼女は、正真正銘の怪物、若き女たらしの下劣な快楽の慰みものとなったあとで、いまは愛の花の咲きみだれる郊外を散歩する心地よさをたっぷり味わっているのだ。どこから見ても美しい景観に惚れ惚れし、葉擦れの音にゆっくりと耳を傾け、澄みきったそよ風の愛撫にのんびり身を委ねているのは彼女にとって素敵なことにちがいない。本物の愛情はこんなふうに病んだ愛の後始末をさせられるのである。残念ながら、最初に振り回された裏切りという鎌が若い娘の心に咲く花をどれほど薙《な》ぎたおしてしまうかを男たちが理解する日が来ないかぎり、こうした行き違いはこれからも頻繁に起こるだろう。

理由はともかく、デルフィーヌはラスティニャックを手玉に取り、そのことに快感を覚えていた。自分が愛されていることはわかっているし、恋人の不安はいつでも解消してやれると自信があるから、女性としての本能に従うことにしたのだろう。ウジェーヌは自分のプライドにかけて緒戦を敗北で終わらせるわけにいかず、粘り強く求愛を続けていた。聖ユベールのお祭りに初めて参加したハンターがなんとしても山ウズラを射とめたいと思うのと同じだ。彼の不安や自己防衛の心、そして偽りかもしれないし本物かもしれない絶望が、次第にその女性への執着を強めていった。パリじゅうがニュッシンゲン夫人は彼のものだと見なしているのに、実際の彼女との距離は初めて会った日からさほど変わっていないのだった。

女性の見栄というのはときに愛がくれる快楽より多くの利益をもたらしてくれることもあるのだが、まだそれを知らないラスティニャックは愚かな怒りに囚われているのだった。むろん女性が本気になろうかどうしようか迷っているこの時期にあっても、ひと足早い収穫も得られたが、その果実は青ずっぱく独特の味わいがあるかわりに、ラスティニャックにとってえらく値の張るものとなったのである。

彼はときおり、一スーの金もなくなんの見通しも立たない我が身を省みては、いけないと思いながらも、ヴォートランが提示して見せたタイユフェール嬢との結婚で得られるかもしれない財産について考えるのだった。折しも困窮は甲高《かんだか》い叫び声を上げ始めており、彼はもうほとんど無自覚のうちに、しばしば彼をその目で射すくめるあの恐ろしいスフィンクスの策略にはまろうとしているのだった。ポワレとミショノー嬢が部屋へと戻っていったとき、ラスティニャックはそばにいるのはヴォケール夫人とクチュール夫人だけになったと思った。クチュール夫人はストーブの横で、毛糸のチョッキを編みながらうとうとしていた。ラスティニャックは見つめられた相手が目を伏せたくなるような優しい眼差しでタイユフェール嬢を見つめた。

「なにかつらいことがあるのでしょう、ウジェーヌさん?」ヴィクトリーヌは少し沈黙したあとで口を開いた。

「つらいことのない人間なんていませんよ!」ラスティニャックは言った。「ぼくら若い男というのは、全身全霊で愛してもらえるという確信さえ持てれば、どんな犠牲だって払えるし、苦しみなんて金輪際なくなってしまうでしょうにね」

タイユフェール嬢は言葉の代わりに、曇りのない目で見つめ返した。

「お嬢さん、いまあなたは自分の気持ちははっきりしていると思っています。しかし、それがこのさきけっして変わらぬものだと言えますか？」

その哀れな娘の唇にうっすらと微笑みが浮かんだ。まるで彼女の魂から光がほとばしりでたようだった。そしてその顔があまりに燦然《さんぜん》と輝くので、ウジェーヌはこれほど烈しい情熱を引き出してしまったことが怖くなった。

「つまり、もし明日あなたが金持ちになり、幸せになったとしましょう。思いがけず莫大な財産があなたのもとに落ちてきたとしましょう。そのときになってもまだあなたは、かつてつらい時代にあなたが好きだった貧しい青年を愛せますか？」

彼女はかわいらしく頷いてみせた。

「それが本当に逆境にある若者でも？」

ふたたび頷く。

「こんなところで、なんて馬鹿な話をしてるんです？」ヴォケール夫人が叫んだ。

「口を挟まないでください」ウジェーヌは言った。「ふたりで話してるんです」

「ようするにウジェーヌ・ド・ラスティニャック騎士とヴィクトリーヌ・タイユ

フェール嬢のあいだに結婚の約束が取り交わされるのかな？」ヴォートランが野太い声を出しながら、食堂の扉の陰からいきなり姿を現した。

「まあ！　びっくりさせること」クチュール夫人とヴォケール夫人が同時に言った。

「ぼくにしてはまともな選択でしょう」ウジェーヌは笑いながら言った。ヴォートランの声を耳にして、いまだかつてないほど烈《はげ》しく心がざわめいた。

「悪い冗談はやめてください、おふたりとも！」クチュール夫人が言った。「さあ、ヴィクトリーヌ、部屋に戻りますよ」

ヴォケール夫人もふたりについて出ていった。彼女らの部屋で夕刻を過ごせば、自分の蠟燭と薪を節約できるからだ。ウジェーヌはヴォートランとふたりきりになった。

「いずれおまえさんがそこへたどり着くことはわかってたよ」ヴォートランはウジェーヌにどこまでも落ち着いた声で言った。「ただし、いいかね！　おれだってね、誰かさんと同じで実に細かい神経を持っているんだぜ。いいか。いまこのタイミングで決めちゃいけないんだよ。あんたはいま普通の状態ではない。借金を抱えている。愛情やら絶望やらのはずみで、おれの話に乗ってほしくないんだ。理性で決めてほしいんだよ。おそらくいくらか金が必要なんだろう。ほら取れよ。これがいるんだろう？」

悪魔は懐から財布を出し、そこから三枚紙幣を抜いて、学生の目の前でひらひらさせた。ウジェーヌは抜き差しならぬ状況にいた。彼はアジュダ侯爵とトライユ伯爵に賭けで負けて口約束だが一〇〇ルイ〔＝二〇〇〇フラン〕の借りがあった。彼には返す金がなかった。それでレストー夫人のパーティに招待されているのに顔を出せないのだった。それは格式ばったところのない、みなでお菓子を食べ、お茶を飲むだけの気軽なパーティではあったが、ホイストで負けて六〇〇〇フランを失うおそれはあった。

「ヴォートランさん」ウジェーヌはからだじゅうが烈しく痙攣するのを必死で抑えながら言った。「あなたからあんな話を聞いたあとでは、ぼくとしては、あなたからいかなる援助も受けかねるということをご理解いただかなければなりません」

「なるほどねえ！　おまえさんにはもっと別の口の利きかたを教えてやってもいいんだが」誘惑者は言った。「あんたは実にハンサムで、優美で、獅子のようにプライドが高く、若い娘のように旨そうだ。悪魔の格好の餌食になるだろう。おれは若い連中のそういうところが好きなんだ。あと二つ三つ高度に政治的な考察をめぐらせば、おまえさんにもありのままの世界が見えるようになるだろう。優れた人間なら、そこで美徳にまつわる小芝居を二、三幕演じ、平土間の間抜けどもから大喝采を浴びれば、自分の幻想を満足させられるだろうから。あと数日もしないうちに、あんたもおれたちの仲間になるだろうさ。ああ！　もしおれの生徒になる気があるのなら、おれがあんたの望みをすべて叶えてやるんだがね。名声、財産、女、なにを望もうが、たちどころに叶うから、欲望を育てる暇もないぜ。あんたのために社交界にあるものすべてをアンブロシア[38]にしてやろう。おれたちはあんたを最愛の息子として甘やかしてやるよ。あんたのためなら、どんなやつでも片づけてやろう。あんたの邪魔になるものは、みんなぺしゃんこに潰されることになる。あんたはまだ躊躇《ためら》っていて、おれを極悪人と思っているんだろう？　やれやれ！　あんたがまだ自分に残っていると思う程度の正直さなら、チュレンヌ氏[39]だってあったが、やつは妥協したなんて思いもせずに、悪党と一緒にケチな仕事を繰り返してたぜ。おれに借りをつくりたくないって言ったかな？　それならそれでかまわない」ヴォートランは笑みを漏らした。「この金を取れ

38　オリュンポスの神々の食べもの。食べれば不死を与えられるとされる。
39　十七世紀のフランスの武将。神聖ローマ帝国で起こった新旧キリスト教徒の対立に起因し、やがてヨーロッパ諸国を巻き込んだ三十年戦争で数々の武勲を挙げた。ルイ十四世に仕え元帥となる。戦さの才能にたけ、ときには山賊とも取引したと言われる。

よ。そしてここに一筆くれ」彼は手形を一枚引っ張りだした。「ここだ、横に『私は総額三五〇〇フランを一年以内に返金する旨を承諾しました』と。それから日付だ！　あんたの良心が咎《とが》めないよう、利子は十分に取らせてもらうぜ。守銭奴と呼んでもらってかまわない。あんたも恩義なんて感じる必要はない。今日はまだおれを軽蔑してればいい、しかしそのうちかならず、あんたはおれを好きになるだろう。あんたはおれの中に、底知れない闇を、広大で濃厚な愛を見いだすだろう。頭の悪いやつはその闇を悪などと呼ぶがね。かといって、おれの中には怠け者や恩知らずの姿はないはずだ。チェスに譬《たと》えるなら、おれさまはポーンでもビショップでもなく、ルークだってことさ、おチビさん」

「つまり、何者なんです、あなたは？」ウジェーヌは叫んだ。「ぼくを悩ませるために創造されたみたいだ」

「とんでもない。おれはいい人間だよ。あんたがこのさき泥沼から抜け出してのほほんと暮らしていけるように、こっちが泥まみれになってやろうって言ってるのさ。どうしてそんな献身的かって？　そうさなあ、それはいつか耳元でそうっと話してやるかな。おれはあんたにまず、社会の掟という名のからくり時計と、それがどういう仕組みで動いているかを見せて驚かせてやった。しかしあんたが最初に覚える不安なんてものは、戦場での新米兵士のそれと同じさ。あんたもそのうちに慣れて、人間なんて、自分を王だと言う連中のために命を張ろうと腹をくる兵士のようなものだと考えるようになる。たしかに時代は変わったよ。かつては殺し屋に向かって言ったもんだ。『ここに一〇〇エキュ［＝三〇〇フラン］ある。おれのために某氏を殺ってくれ』とね。そして実に些細なことのために人間ひとりを闇に葬り、そのあとで心置きなく飯にしたもんだ。今日、おれがあんたにする提案は、素晴らしい未来を提供しようというものだ。あんたにはなにひとつ危険は及ばない、顎でちょっと合図するだけでいい。それでもあんたはためらうってんだから。やわな時代になったもんだ」

ウジェーヌは手形にサインした。そしてそれを紙幣と交換した。

「これでよし！　それじゃあ、おたがい道理にかなった話をしようぜ」ヴォートランは言った。「おれはこれから数カ月のうちにアメリカに発つつもりだ。煙草《たばこ》の栽培を始めにさ。あんたには友情のしるしに葉巻を送ろう。金持ちになったらあんたを援助してやるよ。そのときおれに子供がいなかったら（ありうる話さ、養子を取って跡取りにするなんてことにおれは興味がないから）、そうだな、あんたにおれの財産を譲ってやろう。友だちってそういうものだろう？　とにかく、おれはあんたが好きなんだ。おれには誰かのために自分を投げ出したいという情熱があるんだ。おれは前にもこんなふうにしてやったことがある。わかるかね、坊や。おれはほかの人間より高い次元で生きてるんだ。おれにとって行動とは手段なんだ。そしておれは目的しか見ない。おれにとって人間とはなにかって？　これさ！」彼はおおげさに歯を鳴らして、親指の爪を噛み砕くようなふりをした。

「人間ってのは百かゼロだ。それがポワレという名前の人間なら、なんの価値もない。カメムシみたいに潰しちまってもかまわない。平べったくて、臭いからな。ところがあんたのような人間だとすると、それは神さまだ。それはもはや皮膚に包まれた機械なんかじゃない。このうえなく美しい感情が乱れ舞う劇場さ。そしておれはね、感情にのみ従って生きる。感情は、頭の中だけの世界だと思うか？　ゴリオ爺さんを見てみろ。ふたりの娘は彼にとって宇宙そのものだよ。爺さんは娘たちという糸を伝って、この世界を進んでいくのさ。さて、それでだ！　人生ってものをつくづく掘り下げてきたおれにとって唯一の本物の感情とは、男と男の友情だ。『救われたヴェニス』[40]のピエールとジャフィエのようなね。さあわかったかね、これがおれの情熱なんだ。あれのセリフなら隅から隅まで頭に入っている。同胞に『そら、遺体を埋めよう！』と言われて、口答えひとつせず、気分を害することもなくそれを行う勇気を持つ人間がそうそういるか？　おれはそれをやったのさ。おれは誰にでもこんなふうに話をするわけじゃない。しかし、あんたは別さ、あんたは上等な人間だ。腹を割って話せる人間だ。あんたはすべてを理解できるからな。あんたは、いまおれたちのまわりにいるような愚図が暮らす泥の中にいつまでも足を取られているような人間じゃない。さあ、これで話は決まった！　あんたは結婚するんだ。お互い持ち場でしっかり仕事をしようぜ！　おれは剣をふるう仕事を受け持とう。けっしてたじろぐことのない剣だ！」

学生から否定的な答えを聞かされる前にヴォートランは出ていった。ウジェーヌを落ち着かせるつもりだった。どうやらヴォートランには青年のそうした小さな抵抗、そうした闘いの正体がわかっているようだった。それはおのれに向かって格好をつける闘いであり、ひとはその闘いを利用して、自らの咎められるべき行動を正当化するのである。

「やつはやつの好きにすればいいのさ。おれはタイユフェール嬢とはもちろん結婚し

40　英国作家トーマス・オトウェイ作の戯曲。一六一八年スペインのヴェネチア侵攻を背景に、強い友情で結ばれたヴェネチア人のジャフィエと外国人兵士ピエールのあいだで起こる悲劇を描く。

ない！」ウジェーヌは自分に言った。

ヴォートランと契約を結ぶという考えに頭が熱くなり、くらくらした。嫌で嫌でしかたない相手なのに、まさにその男の臆面のないものの考え方だとか、人間社会をこともなげに掌握してみせる厚かましさのせいで、ラスティニャックにはその男がどんどん大きくなっていくように見えるのだった。服を着替え、馬車を呼び、それからレストー夫人の家に行った。数日来この女性は、着実に貴族社会の中心へと進出し日々その影響力を増しているように見える若者を一層丁重にもてなすようになった。彼はトライユ氏とアジュダ氏に借りを返し、その夜のホイストに参加し、負けた分を取り戻した。自分には使命があると思っている人間や、多少とも運命を信じる人間が大抵そうであるように、迷信深いところのあるウジェーヌは、巡ってきた幸運を、正しい道に留まろうとする彼の心意気に対する天からの褒美と受け取った。翌朝、彼はすぐさまヴォートランに手形はまだ持っているかと訊いた。持っているという答えを聞き、彼はいかにも満足そうに三〇〇〇フランを返した。

「万事快調」ヴォートランが彼に言った。

「しかし、ぼくはあなたの仲間じゃありません」ウジェーヌは言った。

「そうさ、そうだな」ヴォートランは彼を制止して言った。「おまえさんはもうちょっとおままごとを続けてろ。見世物小屋の入口でちんけな芸でも見てればいいさ」

第3章　トロンプ＝ラ＝モール／死神の手を免れた男

二日後、ポワレとミショノー嬢は植物公園《ジャルダン・デ・プラント》のひと気のない散歩道で、日の当たるベンチに腰を下ろし、とある紳士としゃべっていた。ビアンションがどうも警官のようだと語ったいつかの男である。

「マドモワゼル」ゴンデュロー氏が言う。「どうしてためらわれるのか、わたしにはわかりませんな。かの王国警察大臣閣下が……」

「なんと！　王国警察大臣閣下が……」ポワレが繰り返した。

「そう、その閣下がこの件に関心を持たれています」ゴンデュローは言った。

警察という言葉を口にした瞬間、一般人を装う男の顔が、ジェリュザレム街[1]の刑事

1　オルフェーヴル河岸から始まる通り。当時警察署があった。

の顔になった。いくら想像力に欠けるとはいえ、元は役人であり、ひと並みに物事のいい悪いの判断くらいできそうなポワレが、なおもその自称ビュフォン街の年金生活者の話に耳を傾けつづけているのは、さすがに不自然な光景かもしれない。ところがこれ以上に自然なこともないのである。読者もみないずれは納得するだろうが、ひと口に阿呆といってもさまざまな種族があるなか、とりわけポワレは特殊な種族に属するのである。これまでもそれを指摘する観察者は皆無ではなかったが、このように本に書かれる機会はなかった。彼はけちな羽根ペン族のひとりなのである。風土に譬《たと》えるならば、月給一二〇〇フランで働く最下級のグリーンランド系公務員と、月給三、四〇〇〇フランにほんの少しばかり厚遇が根付きはじめる中上級、つまりボーナスが定着し、土壌は悪いなりに文化の花も咲きはじめる温帯系公務員のあいだの種族である。

いかにも下っ端役人らしいこうした連中の狭量さをよく示す特徴として、大臣閣下だとか、判読不能のサインでのみお目にかかる「お偉いさん」に、反射的、機械的、本能的にへこへこしてしまうところがある。下々の人間からすれば大臣閣下という文字には、『バグダッドの太守《カリフ》』[2]のイル・ボンド・カニに匹敵する神聖な力がある。キリスト教徒にとっての教皇と同様、閣下の名はこの元役人の目に、行政のことにおいては、間違いがあるはずのない存在と映るのである。閣下の放つ輝きは行動、言葉、その名で語られるものすべてに及ぶ。その威光は誇張や潤色をたっぷりと帯び、彼の命じる行動をすべて合法化する。閣下の名は、その意図が純粋で、意志が神聖であることの証明であり、もっとも理不尽な考えさえ無条件に押し通してしまうパスポートにもなる。つまりこうした哀れな下っ端役人は、おのれのためならやらないことを、閣下の名が口に出された途端に大急ぎで成し遂げるのである。お役所というところは軍隊がそうであるように下々の者を絶対服従させる。システムが良心を窒息させ、ひとりの人間の価値を否定し、時間をかけて、行政という機械にぴったりと合うような、ねじやナットに変えてしまう。

　人間というものに精通しているらしきゴンデュロー氏もまたすぐに、ポワレのうちに役人ならではの阿呆の要素を見いだし、ここぞというときに仮面を外してみせ、かのデウス・エクス・マキナ[3]、「閣下」なる魔法の言葉を口にして、ポワレを幻惑したのである。ゴンデュローにしてみれば、ポワレは男版ミショノー、ミショノーは女版

2　ボワエルデュー作曲のオペラ。イル・ボンド・カニは同オペラに登場するカリフが夜のバグダッドを変装して疾駆するときの仮の名。その名には魔法のような力がある。

ポワレのようなものだった。

「ほう、閣下がじきじきに！　閣下が！　ああ、それは一大事ですな」ポワレが言った。

「そう、それでです、あなたがたも信頼しておられる閣下の見立てによれば」偽の年金生活者はそう言うと、今度はミショノー嬢に話しかける。「いいですかな！　閣下は目下、ヴォケール館に住むヴォートランと名乗る男が、トゥーロンの徒刑場から脱走した囚人であるにちがいないと確信しているのです。トロンプ＝ラ＝モールの名で知られた男です」

「なんと！　死神の手を免れた《トロンプ＝ラ＝モール》男ですって！」ポワレは言った。「それは運のいい男ですな。その名の通りであれば」

「ええ、そうなのです」警官は言った。「もちろんそのあだ名は幸運を意味しているのです。桁外れな危険を冒しても命を落とすことなく、大仕事をいくつも成し遂げたのですから。いかに危険な男かわかるでしょう！　やつには、やつを並外れた存在にしている得技がいくつもあるのです。有罪判決ひとつとっても、やつにしてみれば名誉のようなものですから……」

「つまり名誉のある人間なんですか」ポワレが訊いた。

「やつに言わせればです。やつは他人の罪を被ることを承諾したのです。彼がこよなく愛する非常に美しい青年が犯した罪をです。青年はイタリア人で、相当なギャンブラーでして、その後、兵役に就いています。ちなみに軍での振る舞いは完璧でした」

「それにしても警察大臣閣下がヴォートランさんをトロンプ＝ラ＝モールだと確信しておられるのなら、なぜわたしなんかの力が必要ですの？」ミショノー嬢が言った。

「ああ、ほんとだ！」ポワレが言った。「もし本当に大臣にあなたがおっしゃるように、なにかしら確信が……」

「確信という言葉は当たっていません。こちらはただそうだろうと睨《にら》んでいるだけです。あなたがたは問題の核心を理解しつつありますぞ。トロンプ＝ラ＝モールことジャック・コランは三つの徒刑場で囚人全員から全幅の信頼を得て、彼らから自分たちの代理人兼銀行家に任ぜられたのです。彼はいわゆる金融を受け持って、おおいに利益を上げました。この種のビジネスには、トレードマークになる人間が欠かせませんからね」

3　ギリシャ悲劇に由来する表現で、土壇場に現れ、それまでの筋に関係なく事態を収拾する救いの神、人物、出来事を示す。ここでは切り札、という意味が近い。

「ほうほう！　いまの言葉遊びがわかりましたか、ミショノーさん？」ポワレは言った。「旦那はいまトレードマークと言ったでしょう、やつには烙印《マーク》[4]があるから」

「ヴォートランを騙《かた》る男は」ゴンデュローは話を続けた。「囚人たちの資金を受けとり、安全な場所に移し、守り、管理してやるのです。連中が脱走したとき自由に使えるように。また遺言を残しておけばその家族も使えますし、愛人を指名しておけば愛人も使えます」

「愛人ですって！　妻の間違いでしょう」ポワレが指摘した。

「いいえ、そうではありません。徒刑囚はたいてい正式に結婚してないのです。我々は内縁の妻などと呼んでいますが」

「連中はしたがって、みんな内縁のまま暮らしていると？」

「そうなります」

「ほう、なるほど！」ポワレは言った。「おぞましいことですな、閣下はきっとお赦《ゆる》しにはならないでしょう。あなたは博愛の精神をお持ちのようにお見受けしますが、閣下にお目通りの際には、そうした連中の不道徳な振る舞いを、社会に対する非常に悪い手本としてご説明されるのがあなたの役目ですぞ」

「しかし、政府はあらゆる美徳の手本とするために連中を監獄に入れているわけじゃありません」

「なるほど、しかしながら言わせてもらえば……」

「とにかく、こちらの旦那さんの言うことを最後まで聞きましょうよ、ねえあなた」

ミショノー嬢が言った。

「あなたはものわかりがいい、マドモワゼル」ゴンデュローは言った。「政府はおそらくその不法な金庫を差し押さえることに大きな関心を持っているのでしょう。その金庫の中身は相当な額にのぼるようですからね。トロンプ゠ラ゠モールは相当な資産を築いています。仲間数人が持っていた大金を隠しているだけでなく、〈一万の会〉からくる大金をも……」

「泥棒一万人ですって！」ポワレがおびえた声を上げた。

「いいえ、〈一万の会〉というのは、大物の泥棒たちの協会でしてね、連中は大きな仕事をします。そして稼ぎが一万フランにもならない仕事には関わりません。その会には、いきなり重罪院で裁かれるような、我々の狙っている犯罪者のあいだでもとりわけ大物がこぞって入っています。連中は法典を熟知しています。そして捕まっても

4　T・Fの焼き印のこと。191頁の注9を参照のこと。

けっして死刑に処されるようなヘマはしないのです。コランは連中が信頼を置く人間であり、連中の相談役なのです。その膨大な資金を使って、あの男は自分のために一種の警察組織をつくりあげさえしました。つまり四方八方に広がる繋がりです。それをやつはおいそれとは近寄れない謎によって包み隠しているのです。一年前から、我々はやつのまわりにスパイを置いていますが、いまだにそのからくりを見抜くことができません。彼の金庫と才能は、したがって依然として悪の温床であり、犯罪の資金源となっているのです。そして社会と終わりなき交戦状態にある悪党どもに武器を準備してやっているのです。トロンプ゠ラ゠モールを捕まえ、やつの金庫を奪取する。これが悪を根から断つということになるのです。もはやこの討伐任務は国家レベル、高度に政治的なレベルの問題になっています。ですから、その成功に協力する人間の栄誉も称えられるかもしれません。あなたですよ、つまりあなたは行政の新しいスタッフ、警察署の秘書官にでもなれるかもしれません。その役職に就いたからといって、あなたが退職者年金を受け取れなくなることはありません」

「でもどうして」ミショノー嬢は言った。「トロンプ゠ラ゠モールはお金を持ち逃げしてしまわないのかしら？」

「ああ！」警官は言った。「もし囚人たちの金を持ち逃げすれば、どこまでも殺し屋に追われることになります。それに金を持ち逃げするのは、良家から令嬢を誘拐するほど簡単ではありません。そもそもコランにそんな卑怯なことができるわけがありません。やつにしたらそんなことは不名誉なことでしょう」「旦那」ポワレは言った。「あなたの言うとおりですよ。それじゃあまったく不名誉ですよ」

「それだけでは、なぜあなたがたが直接彼を押さえにこないのかわかりません」ミショノー嬢が訊いた。

「なるほど！　それはですな……ただそのまえに」ゴンデュローは彼女の耳元で言った。「あなたのお友だちに、いちいち口を挟ませないでいただきたい、さもなきゃ永遠に話が終わりませんよ。ひとに話を聞いてもらいたかったら、まず大金持ちにならなきゃ。トロンプ＝ラ＝モールは正直者の皮を被って上京し、パリの善良な市民に化け、下町の下宿屋に暮らし、尻尾《しっぽ》を出しません。実に抜け目のないやつです。つまりこういうことです！　いまのままでは我々はやつを不意打ちできないのです。ようするにヴォートラン氏というのは商売人として成功した人物と見なされていますからね」

「もちろんですとも」ポワレは自分に言った。

「大臣は我々が誤って本物のヴォートランという男を逮捕し、パリの商売人や世論を敵に回してしまうことを望んでいません。警視総監の地位は非常に不安定です。敵もたくさんいます。失態を演じれば、その地位を狙う連中は足を掬《すく》おうと、中傷やら自由主義者の喚《わめ》き声やらを利用するでしょう。前にコニヤール事件《ち》のときに似たようなことがありました。コニヤールはサン゠テレヌ伯爵になりすましていました。もしそれが本物のサン゠テレヌ伯爵であったなら、警察はただでは済まなかったのです。今回も同じです、確証が必要なのです！」

「なるほど。それで美女が必要になるのね」ミショノー嬢がすばやく言った。

「トロンプ゠ラ゠モールは女の誘いには乗りません」刑事は言った。「これは秘密なのですが、やつは女が嫌いなのです」

「でもそうなると、確証を得るためにわたしがなんの役に立つのかしら。たとえ二〇〇〇フランの仕事と言われましてもね」

「これより簡単な仕事はありませんよ」刑事は言った。「薬瓶をお渡しします。中に発作を引き起こす液体が入っています。命に危険はいっさいありません。ひと瓶で卒中にそっくりな発作を引き起こします。この薬はワインにもコーヒーにも溶かすことができます。薬が効いたらすぐさま男をベッドに運んでください。そして死んでないかどうか確かめるとか言って服を脱がせてください。誰もいないときを見計らって、やつの肩を思いきり叩いてみてください。ぱちんと！　そうすれば、そこに烙印の文字が浮かんできます」

「なるほど、訳ないですな、それは！」ポワレは言った。

「いかがです、引き受けていただけますかな？」ゴンデュローは老嬢に訊ねた。

「そうねえ、どうかしらねえ」ミショノー嬢は言った。「そこに文字がなかった場合でも、二〇〇〇フランは頂けるのかしら？」

「いいえ」

「お手当くらいあるでしょう？」

「五〇〇フラン」

「それっぽっちでできる仕事かしら。良心に照らしたって悪いことですよ。それにわたしの良心ってうるさいんですから、旦那」

5　バルザックはコニヤールと書いているが、脱獄囚ピエール・コワニャールのこと。一八一八年、サン＝テレヌ伯爵になりすましたコワニャールをゴンデュローの実在モデルでもある、パリ警視庁の密偵ヴィドックが逮捕した。

「わたしが請け合います」ポワレは言った。「このお嬢さんは良心の塊ですよ。おまけに実に気持ちのいい有能なひとです」

「それじゃ、こうしましょう！」ミショノー嬢は言った。「もしそれがトロンプ゠ラ゠モールだったら三〇〇〇フランもらいます。ただの町人なら、ゼロで結構」

「いいでしょう」ゴンデュローは言った。「しかし決行は明日、というのが条件です」

「まだ決めてませんよ、教会で相談してみないといけませんからねえ」

「抜け目のない！」ゴンデュローは立ち上がりながら言った。「それではまた明日。もしわたしと一刻も早く話がしたくなったら、サン゠タンヌ小路、サント゠シャペルの中庭に来なさい。円天井《まるてんじょう》の下に扉がひとつだけある。ゴンデュロー氏はいるかと訊きなさい」

キュヴィエの講義からの帰り道にあったビアンションは、トロンプ゠ラ゠モールというかなり風変わりな言葉を耳にした。そしてかの有名な司法警察署長ゴンデュローの「いいでしょう」という声を聞いた。

「なぜ話を決めてしまわなかったんです、終身年金三〇〇フランになったのに」ポワレがミショノーに言った。

「なぜですって？」彼女は言った。「だってね、よく考えないと。もしヴォートランさんが、そのトロンプ＝ラ＝モールなのだとしたら、彼と仲良くするほうがずっと得がありますよ。とはいえお金を要求しようとすれば、危険を知らせることになる。あれは逃げ足の速い男だから、ただで逃がしちゃうようなものです。すべてが水の泡」

「勘づいたところで」ポワレが言った。「あの旦那の話だと、やつは見張られてるんでしょう？　結局のところあなたはすべてをふいにしちゃいますよ」

「そもそも」ミショノー嬢は思った。「好きじゃないのよ、この男！　うんざりすることしか言わないんだから」

「しかし」ポワレがまた言った。「きっとうまくいくと思うなあ。あの旦那がそう言ったでしょう。あの旦那は有能そうでしたよ。身なりもきちんとしていたし。この社会から犯罪者を排除する、これぞまさしく法に従う行為です。可能なかぎり徳のあることですよ。酒を飲んでたやつはまた飲みます。もしヴォートランがふっと我々みんなを殺したくなったら？　まずいじゃありませんか！　我々はそうした殺人の共犯者になるかもしれないし、そもそもが最初の被害者になるかもしれないんですよ」

ミショノー嬢は考えごとで頭がいっぱいで、ポワレの口から、まるで水飲み場の締まりの悪い蛇口からぽたぽた落ちる滴のように言葉が漏れるのを聞いていなかった。この年寄りはいったんひとりごとを始めると、ミショノー嬢が止めないかぎり、動きだしたからくり仕掛けと同じで、いつまでもしゃべりつづけた。なにかの話題に取り掛かったのち、余談として正反対の例を引いては、結局そちらに引きずられ、いずれの話にも結論は出ない。あちらへ脱線しこちらへ脱線し、ヴォケール館に着く頃には、ログロー氏とモラン夫人の事件[6]の際に、弁護側証人として裁判所に召喚され、証言させられたときの話に到達していた。館の中に入ったとき、ミショノー嬢は、ウジェーヌ・ド・ラスティニャックがタイユフェール嬢と親密な様子でしゃべっているのを見逃さなかった。話にすっかり夢中になっている若いふたりは、老人たちが食堂を横切っていくのにいっさい注意を払わなかった。

「なるようになったわけです、あのふたり」ミショノー嬢がポワレに言った。「一週間前から互いに色目を使いあっていたもの」

「そう」ポワレは答えた。「彼女もまた有罪でした」

「誰のこと？」

「モラン夫人」

「こっちはヴィクトリーヌ嬢の話をしてるってのに」ミショノーはそう言いながら、特に注意も払わずにポワレの部屋に入った。「モラン夫人とはね。まったく、誰です、その女は？」

「それでヴィクトリーヌ嬢にはなんの罪があるんです？」

「ウジェーヌ・ド・ラスティニャックさんを愛したという罪です。そして、あの哀れなおぼこちゃんは、自分がどこへ向かっているかも知らずに、彼にのめりこんでいくのでしょうよ！」

ウジェーヌは午前中、ニュッシンゲン夫人のせいで最悪の気分だった。ヴォートランが自分に抱く友情がいかなる思惑《おもわく》から生まれたものかだとか、その非凡な男が一蓮《いちれん》托生《たくしょう》であるかのように語った将来がどんなものであるかについて、深く考えないようにしていたが、心の底ではヴォートランの考えを全面的に受け入れていた。もう一時間もタイユフェール嬢といちゃいちゃと約束を交わしあい、すっかりヴォートランの思惑にはまりこんでしまっているウジェーヌがその泥沼から抜け出すには、なにかしらの奇跡を期待するしかなかった。ヴィクトリーヌは天使の声を聞いたような、天が彼女に門を開いたような気がした。ヴォケール館は、舞台の背景画家が描いた書き

6　一八一二年に世間を騒がせた事件。未亡人ジャンヌ＝マリー・モラン（旧姓ヴィクトワール・タラン）はログロー氏に対する強請《ゆすり》および殺人未遂の罪で懲役二十年、強制労働を命じられた。

割りの宮殿のように、夢のような色を帯びた。自分は愛し、愛されている。少なくとも彼女はそう信じていたのだ！　しかしながら下宿人たちの監視の目がない時間にウジェーヌに会い、そんな言葉を聞いて真に受けずにいられる女なんているだろうか？　ウジェーヌは良心と闘い、自分が悪事を働いている、それも自分から進んで働いているのを自覚し、結果的に女がひとり幸せになるならこの罪は帳消しになるはずだと自分に言い聞かせる。絶望した彼はますます美しく、胸を焼く烈しい炎によく映えた。そのときウジェーヌを救う奇跡が起こった。ヴォートランが上機嫌で入ってきたのだ。そして若いふたりの心を見透《みす》かし、自分の悪魔のごとき見事な策略によって結ばれたことを理解した。ところが彼は突然、冷やかすような野太い声で鼻歌を歌いその幸せに水を差した。

　おれのファンシェットは可愛い
　素朴なところがいい……[7]

　ヴィクトリーヌは逃げだしたが、その心はそれまで不幸だったぶん新たな幸せでいっぱいに満たされていた。哀れな娘！　ウジェーヌに手を握られ、頬に彼の髪が触れ、すぐ耳元で愛が語られるのを聴いた。あまりに近すぎて唇の熱を感じる。震える腕に腰を抱かれ、首筋にキスされる。情熱的な婚約式だった。ふとっちょのシルヴィが隣の厨房からいつこの晴れがましい光に包まれた食堂に入ってくるかわからないと思うと、婚約式はもっとも厳かな恋愛譚に描かれるもっとも美しい献身の誓いよりも、さらに熱を帯び、いきいきとした魅力的なものになった。先人による見事な表現を借用するならば、そうした「ささやかな代禱」[8]は、二週に一度は告解に通うような敬虔な若い娘にとって罪であるように思われた！　このとき彼女はその心の内に溢《あふ》れるほど持っていた愛情を、のちに裕福になり誰かに尽くすときに使う以上に浪費してしまったのだった。

「あっちのほうはうまくいってるぜ」ヴォートランがウジェーヌに言った。「我らがダンディふたりは決闘になった。流れも自然だった。見解の相違だ。例のハトちゃんが、うちのハヤブサを罵《ののし》ってくれたのさ。明日、クリニャンクールの城塞跡で決闘だ。八時半には、タイユフェール嬢は親父さんの愛情と財産の相続人になるだろう。

7　ジャン＝バチスト・ヴィエル作の軽喜劇『ふたりの焼きもちやき』で歌われるアリア。
8　もともとは煉獄の霊魂の罪を償う祈りが、転じて淡い恋心の表出を意味するようになった。

お嬢さんがここでのんびりバターを塗ったパンをコーヒーに浸しているあいだにね。愉快な話じゃないか？　あのタイユフェールの若さんは剣の名手なんだ。やつは手の内に4《フォー》カードを持ってるつもりだから自信満々さ。しかしやつはおれの編み出した技で殺されちまうだろうな。まあ、剣を上げて、相手の額を突く方法なんだがね。見本を見せてやろうか、この突きはすごく有効な手だぜ」

ラスティニャックはぽかんとしてその話を聞いていた。ひと言も返すことができなかった。ちょうどそのとき、ゴリオ爺さんとビアンションと、そのほか数人の客が入ってきた。

「やっぱりおれの見込んだとおり」ヴォートランが彼に言った。「あんたは自分がなにをすべきかわかっている。もちろんだとも、ワシになる雛鳥《ひなどり》だからな！　あんたはひとの上に立つ人間になる。あんたはしたたかで思い切りがよく勇敢だ。おれはおおいにあんたを買ってるんだぜ」

彼はラスティニャックの手を摑《つか》もうとした。ラスティニャックはすぐさまその手を引っこめた。そして、真《ま》っ蒼《さお》になって椅子の上に崩れ落ちた。目の前に血の海が見えるようだった。

「やれやれ！　まだオムツに美徳の染みをつけてんのか」ヴォートランが低い声で

言った。「ドリバン親父は[9]、三〇〇万フランの財産を持ってんだぜ。持参金があんたをウェディングドレスみたいに真っ白にしてくれるし、自分にもそう見えるようになる」

ラスティニャックはもう迷わなかった。夜が更ける前にタイユフェール父子に警告しにいこうと決めた。ヴォートランが行ってしまうと、今度はゴリオ爺さんが寄ってきてラスティニャックの耳元で言った。「つらそうですな！　わたしがあなたの気持ちを明るくしてあげましょう。ついていらっしゃい！」そう言って年老いた元製麺業者はランプの火を蠟燭に移した。ウジェーヌは好奇心に駆られて彼についていった。「あなたの部屋へ行きましょう」老人は言った。彼はあらかじめシルヴィから学生の部屋の鍵を預かっていた。「あなたは今日、あの子があなたを愛していないと思ったんでしょう！」彼は言った。「あの子に無理やり追い返され、あなたは腹をたて、気を落として立ち去ったのでしょう。困ったおひとだ！　あの子はわたしを待っていたのです。この意味がわかりますか？　わたしたちは、これから三日のうちにあなたが暮らすことになるアパルトマンの中を飾るあれこれを買いに行かなければならなかっ

9　159頁の注64参照のこと。

たのです。あの子には内緒ですぞ。あの子はあなたをびっくりさせるつもりなのです。しかしわたしにはこれ以上黙っていることができません。あなたはアルトワ街に住むのです。サン゠ラザール街の目と鼻の先です。あなたはそこで大公のように暮らすんです。わたしたちはあなたに内緒で一ヵ月も前からいろんな準備をしてきました、まるで花嫁を迎えるようにね。わたしの代訴人が動いてくれたおかげで、娘には持参金の利子が年に三万六〇〇〇フラン入ることになりました。そうなったらわたしは持参金の八〇万フランを価値のある不動産に投資させるつもりです」

ウジェーヌは押し黙ったまま腕を組み、みすぼらしい部屋の中を無闇に歩きまわった。ゴリオ爺さんは学生が彼に背を向けているあいだに、暖炉の上に赤いモロッコ革張りの箱を置いた。箱の上には、ラスティニャック家の紋章が金色に刻まれていた。

「どうか聞いてください」哀れな老人が言う。「わたしももう引き下がれないのです。なにしろ、わたしにもしっかりと自分の都合があるのです。あなたの引っ越しはわたしにも関わりのあることなのです。どうか断らないでください。ただ、少しばかりお願いを聞いていただけませんか？」

「どんな願いです？」

「あなたのアパルトマンには六階に女中部屋があります。そこに住みたいのですが、だめですか？　わたしはいよいよ年老いてきました。娘たちの家と距離がありすぎるのです。お邪魔はしません。ただそこにいるだけです。あなたは毎晩、あの子らの話をしてください。不愉快でしょうかな？　あなたが帰ってこられるころ、わたしはベッドにおります。あなたの帰ってくる音を聞いて、わたしは思うのです。彼はわたしの小さなデルフィーヌに会ってきたのだな。彼はあの子を舞踏会へ連れていった。あの子は彼のおかげで幸せだな。わたしは病気になっても、あなたが帰ってきたり、動きまわったり、出かけたりする音を聞けば薬になるでしょう。あなたの中にわたしの娘の欠片《かけら》がたくさん残っていましょうからね。あの子らが毎日通るシャン゠ゼリゼも目と鼻の先です。毎日あの子らの姿を眺められるでしょう。ときどき遅れて見損ねちまうんでね。それにあの子はあなたの家へも遊びにくるでしょうな！　あの子の声がきっとわたしにも聞こえます。あの子が午前用のキルティングのガウンを羽織り、子猫のように優しく動き回るところが見られるかもしれません。あの子はこのひと月で、かつてのように若くて陽気で小粋な娘に戻りました。あの子の魂は復活したのです。あの子はあなたのおかげで幸せになったのです。ああ、わたしはあなたのためなら不可能なことだってやるでしょう。さっき、帰りがけにあの子はこう言うのです。『パパ、わたし本当に幸せよ！』あの子らに『お父さま』なんて気取って呼ばれると心が凍りつきますが、『パパ』と呼ばれるとあの子らがまだ小さい子供に思えてくるのです。すべての思い出が甦《よみがえ》ってきます。わたしはあの子らの父親でいるのが一番しっくりきます。そしてわたしは思うのです。あの子らはまだ誰のものにもなっていないと！」老人は目を拭《ぬぐ》った。彼は泣いていた。「パパなんて言葉、久しぶりに聞きました。あの子がわたしに腕を貸してくれたのも、ずいぶん久しぶりです。ああ、そうです。もう十年も、わたしは娘たちのどちらとも腕を組んで歩いていませんでした。あの子のドレスに触れたり、あの子に歩調を合わせたり、あの子の体温を間近に感じたり、なんて素敵なことでしょうな！　ようするに、わたしは今朝デルフィーヌとふたりであちこち歩きまわりました。わたしはあの子と一緒にいろんな店へ入りました。そしてあの子を家に送ってやりました。ああ、どうか、あなたのそばにわたしを置いてください。あなたにはときどき用事を果たしてくれる人間が必要でしょう。そんなとき、わたしが役に立ちますよ。ああ！　あのアルザスののろまが死んでくれれば、やつの痛風がまんまと胃にでも移ってくれたなら、哀れなわたしの娘も幸せになることでしょう！　あなたはわたしの娘婿になるのでしょうなあ。世に恥ずかしくないあの子の夫となるのでしょうなあ。やれやれ！　あの子はいまなんと不幸なのでしょう。この世界の悦びをなにも知らないなんて、あんまり不幸だから、わたしはあの子の願いをなんだろうが聞いてやるのです。神さまはきっと、きちんと子を愛する父親たちの味方です。あの子はあなたを愛しすぎているのです！」彼は一拍置いて頷いた。「わたしと歩きながらあの子はあなたの話をするのです。『ねえ、お父さん、彼って素敵よね！　まっすぐなひとよね！　彼、わたしの話をする？』やれやれ、あの子はわたしにそんなことばかり言うのです。アルトワ街からパノラマ街のパサージュ[10]に着くまでのあいだ、延々とです。結局あの子はわたしの心に、あの子の幸せな気分をそっくり注ぎこみました。昼のあいだ、わたしはもう老いぼれではありませんでした。わたしの体はふわふわと軽くなり一オンスの重さもありませんでした。わたしはあの子に、あなたが一〇〇〇フラン札を返してくれた話をしました。ああ！　可愛いあの子は、感動して涙を浮かべていました。ところで、暖炉の上になにか載っていませんか？」ゴリオ爺さんは、いつまでも立ち尽くしているラスティニャックを眺め、ついに辛抱できなくなって言った。

ウジェーヌはすっかり呆気に取られ、茫然《ぼうぜん》と隣人を見つめていた。ヴォートランが

10　パサージュは通常ガラス屋根に覆われ、歩行者専用で、道の両側にブティックが並ぶショッピングエリア。パノラマ街のパサージュは一八〇〇年に開設され現存する。

明日だと予告した例の決闘と、自分の一番の望みの実現が、あまりに強烈なコントラストをなしていたので、悪い夢を見ているような気がした。彼は暖炉を振り返り、そこにある小さな四角い箱を見つけ、それを開けた。中には一枚の紙に包まれたブレゲ[11]の懐中時計が入っていた。包み紙には小さな文字でこう書かれていた。

あなたが常時わたしのことを考えてくださいますように、なぜなら……

デルフィーヌ

最後の言葉は、おそらくは、ふたりのあいだにあったなにかしらの場面を暗示しているのだろう。ウジェーヌはほろりとした。金の蓋《ふた》の内側に七宝《しっぽう》で彼の家紋があしらわれている。長らく憧れてきたそうした宝飾品は、鎖といい、竜頭《りゅうず》といい、細工といい、全体の形といい、彼の望みにぴたりと一致していた。ゴリオ爺さんは晴れやかな顔をしていた。おそらくプレゼントを受け取ったときのウジェーヌの驚きをほんのわずかな反応まで逃さず報告すると娘に約束しているのだろう。ゴリオはこうした若い恋人たちの興奮のあいだにあって第三者でありながら、ふたりに負けず劣らず幸せそうだった。彼はすでにラスティニャックに愛情を持っていたが、それは娘のためでも自分自身のためでもあった。

「今夜、あの子に会いにいってやってください。あなたを待っています。あのアルザスのろまは恋人の踊り子のところで食事です。いやはや！　うちの代訴人にやっていることを批判されたとき、やつは実に阿呆面をしておりました。やつがわたしの娘をこよなく愛しているなどと主張しないかって？　そんなことを言いだそうものなら殺してやります。わたしのデルフィーヌがあんなやつに……（彼はため息をついた）想像しただけでも、殺してやりたくなります。でも、それは殺人なんかじゃないかもしれません。だって相手は豚の体に牛の頭を持つようなやつですから。あなたはきっとわたしを邪魔にしないでしょう？」

「ええ、ゴリオさん、ご存じの通り、ぼくはあなたが好きですよ……」

「わかっております。あなたはわたしのことを恥じたりしない、あなたは！　どうか抱擁させてください」そう言うと老人は学生を抱きしめた。「あの子を本当に幸せにしてやると約束してください！　今夜、会いにいってくれますね？」

「もちろんです！　ただこれから、どうしても後回しにできない用事のために出かけ

11　パリの高級時計メーカー。創業は一七七五年。

なければなりません」

「なにかお役に立てることがありますかな?」

「ありますとも! ぼくがニュッシンゲン夫人のところへ行っているあいだに、タイユフェールの父上のところへ行って、今夕、一時間ぼくに割いてくれるようお願いしてきてください。きわめて重要な話があるからと」

「ということは、あれは本当の話なのですかな、お若いの」ゴリオ爺さんは血相を変えて言った。「あなたがあそこのお嬢さんに言い寄っているというのは? 下で馬鹿どもが話していましたが。ちくしょうめ! あなたはゴリオ式必殺の一撃がどんなものかご存じない。もしあなたが我々を裏切ったら、そのときは必殺の一撃をお見舞いすることになりますぞ。ああ! そんなことはあってはならない」

「誓って言いますが、ぼくが愛している女性は世界でただひとりだけです」学生は言った。「ぼくはついいましがた、ようやくそれに気がつきました」

「ああ、なんという幸せ!」ゴリオ爺さんは言った。

「ところが」学生は言った。「タイユフェールの息子のほうが明日決闘し、そこで殺されるという話を耳にしました」

「それがあなたとなんの関係があるのです?」ゴリオ爺さんが言った。

「しかし、彼の父上に伝えなければいけませんよ。息子さんを決闘に行かせるなと……」ウジェーヌは高い声を上げた。

この瞬間、ヴォートランの声がしたので、学生は話を中断した。扉の向こうに足音が聞こえた。歌を歌っている。

おお！　リチャード、おお、我が君！
世界があなたを見捨てる……[12]

ブルン、ブルン、ブルン、ブルン、ブルン！

世界を股にかけて幾年月
おれさまはそこらじゅうに出没する……

トラ、ラ、ラ、ラ、ラ……

12　グレトリのオペラ『獅子心王リチャード』の一節。

「旦那がた」クリストフが叫んだ。「夕飯ができてます、みんなお揃いですよ」

「おおい」ヴォートランが言った。「おれのボルドーを一本取りにこい」

「時計はいかがです、きれいでしょう?」ゴリオ爺さんが言った。「あの子はとても趣味がいいから!」

ヴォートランとゴリオ爺さんとラスティニャックは階段を降りるときにいっしょになり、出遅れたために三人並んで坐ることになった。ウジェーヌは食事中、この上なく冷淡な態度をヴォートランに示した。一方ヴォートランはいつにもまして冴えたユーモアを発揮し、ヴォケール夫人を大いに楽しませた。彼は才気に溢れ、テーブルに集うひとびとの心を和《なご》ませる技を持っていた。その図太さ、その冷血ぶりに、ウジェーヌは愕然とした。

「それで今日はどこの草の上を歩いてきたんです?」ヴォケール夫人が言った。「ずいぶんご機嫌だこと」

「おれはいつだってご機嫌ですよ、仕事がうまくいっているときはね」

「仕事ですって?」ウジェーヌは言った。

「そうだとも! まずまず正当な手数料が見込める儲け話にうまく乗れたんでね。なんです、ミショノーさん」彼は老嬢が自分をじろじろ見つめていることに気がついて言った。「おれの顔になにか気に入らない点でも？　ずいぶん熱心に観察されてますが。なんでも言ってください！　あなたのお気に召すよう直しますから。よおポワレ、そんなことくらいでおれたち気まずくならないよな、そうだろ？」ヴォートランはそう言って、元役人を横目で見た。

「まったく！　あなたにはなんとしてもおもしろヘラクレスに扮してポーズを取ってもらいたいなあ」若い画家がヴォートランに言った。

「そいつぁいい！　ミショノー嬢がペール＝ラシェーズ[13]のヴィーナスをやってくれるならやるぜ」ヴォートランが返した。

「とするとポワレは？」ビアンションが言った。

「おお！　ポワレはポワレに扮するのさ。果樹園の神さまがいい！」ヴォートランが叫んだ。「話を脱線させるのが得意な、梨《ポワール》頭の……」

「ぶよぶよのね！」ビアンションが言った。「調子がでてきたね、ほんとに梨とチー

13　パリ東部に位置する小高い丘の名であり、その丘に実在する墓地の通称。若き日のバルザックが好んで散歩に訪れた場所でもある。

ズの頃合いになってきたぜ」[14]

「バカはそのへんにして」ヴォケール夫人が言った。「そろそろあなたのボルドーワインを振る舞ってくれるんじゃないの。あそこにボトルが見えてるんだけど！　それであたしたちを上機嫌にしてくれるんでしょう。おまけに胃《エストマック》[15]にもやさしい」

「みなさん」ヴォートランが言った。「女会長さまの命令が下りましたよ。クチュール夫人とヴィクトリーヌ嬢はみなさんの愚かなおしゃべりに気を悪くなさったりはしないでしょうが、ゴリオ爺さんの無垢《むく》さに敬意を払うことにしましょう。どうです、みなさんにボルドーのボトルラマを振る舞いますよ。ラフィットという名は二重の意味で有名ですな。政治家のほうは言わずもがな。じゃあ持ってきていいぜ、ボケナス！」彼はクリストフを見ながら言った。「ここだよクリストフ！　名前を呼んだのに聞こえないのか？　ボケナス、酒を持ってこい！」

「どうぞ旦那」クリストフが彼にボトルを見せながら言った。

ヴォートランはウジェーヌとゴリオのグラスになみなみとワインを注いだあと、自分のグラスにも注いで、隣のふたりがそれを飲んでいるあいだに、ゆっくりひと口、ふた口味見をして、いきなり顔をしかめた。

「なんだちきしょう！　コルクの匂いがしやがる。こいつはおまえにやるよ、クリストフ。それでおれたちにまた別のを取ってきてくれ。右のだぞ、いいな。おれたちは十六人いるから、八本持ってこい」

「大盤振る舞いってわけだ」画家が言った。「じゃあおれは栗を百個おごる」

「おうおう、すげえな！」

「どひゃあああ！」

「やるううう！」

誰もがぱちぱちと火花を散らす回転花火のように興奮して声を上げた。

「さあ、ヴォケールのママさん、シャンパンを二本出してくれよ」ヴォートランが夫人に向かって大声を上げた。

「冗談じゃありませんよ！　下宿のおごりですって？　シャンパン二本？　一二フランになるじゃないの！　うちはそんな儲かってませんよ、とんでもない！　でもウジェーヌさんが払ってくれるんなら、あたしはカシス酒を振る舞いましょう」

14　慣用句。食事の終わりごろ、話がくだけてきた頃合いを指す。
15　estmac（胃）の正しい発音はエストマだが、ヴォケール夫人は本来発音しない最後のCを発音する。彼女はこうした類いの間違いをよく犯す。

「女将のカシス酒は便秘薬みたいに通じがよくなるからな」医学生が小さい声で言った。

「黙ってろよビアンション」ラスティニャックが叫んだ。「便秘薬の話なんか聞きたくない。胸が悪くなる……いいでしょう、シャンパンを頼みましょう、ぼくが払います」学生は言った。

「シルヴィ」ヴォケール夫人が言った。「焼き菓子をお出ししようかね。堅焼きのと一口ケーキと両方持っておいで」

「あなたの一口ケーキはでかすぎますよ」ヴォートランが言った。「カビが生えてるからなあ。しかし堅焼きのほうはいただきましょう」

ボルドーワインが回され、テーブルは陽気に、いっそう賑《にぎ》やかになった。さまざまな動物の鳴き真似がなされ、獰猛《どうもう》な笑いが弾けた。博物館員がパリの街にこだまする物売りの声を、盛りのついた猫のごとき鳴き声に似せて再現することを思いついた。同時に八人が鳴いた。

「ナイフ研ぎ！」

「ひよこ草[16]いらんかね！」

「プレジールだよ、奥さまがた、快楽《プレジール》の味だよ！」

「割れもの修繕！」

「舟においで、牡蠣《かき》だよ！」

「古女房、古着の埃はたきます！」

「古着、古道具、古帽子！」

「甘い甘いサクランボ！」

　一等賞は鼻にかかった声で「雨傘売ってまあす！」とやったビアンションに与えられた。それからしばらくのあいだ食堂は割れんばかりの騒ぎに包まれた。その場に溢れる支離滅裂な会話は、まさにオペラそのものだった。そのオペラをヴォートランは指揮者のように導きながらも、早くも酔っぱらっていると思《おぼ》しきウジェーヌとゴリオ爺さんを見張っていた。ふたりは椅子の背にもたれ、深刻な面持ちでそのいつにない無秩序な光景を見つめていたが、ほとんど飲んでいなかった。ふたりには夜のあいだに、すべきことが山ほどあった。しかしながら彼らは立ちあがることもできなかった。

　目の隅で彼らの顔つきの変化をチェックしていたヴォートランは、ふたりの目が虚《うつ》ろになり閉じられようとするとき、ラスティニャックの耳元に屈《かが》みこみ言った。「可

16　円錐形のウエハース。

愛い坊や、ヴォートランおじちゃんと闘うには、ずる賢さが足りなかったな。それに、おじちゃんはきみがあんまり好きだから、きみらがポカをやらかすのを放っておけなかったのさ。ひとたびおれがなにかをやると決めたら、神さまくらい賢くなければ行く手を阻《はば》めない。ああ！　これからタイユフェールの親爺さんのとこへ警告へ行くつもりだったのにねえ。乳臭い過ちを犯すところだった！　竈《かまど》はすっかり温まり、粉は捏《こ》ねられ、パンはすでにへらに載ってる。明日にはそいつに食いついて、ぱらぱらと屑《くず》を散らすことになる。竈に入れるのを邪魔しようって？……だめだめ、全部焼いちゃうんだ！　もしちょっとばかし後悔が残っても、きれいに消化されちまうさ。いい子にお寝んねしているあいだに、フランケシーニ伯爵大佐がその剣先で、きみのためにミシェル・タイユフェールの遺産への通路を開いてくれるだろう。ヴィクトリーヌは一万五〇〇〇フランの年金を持つことになる。すでに仕入れた情報によれば、母親の遺産は、三〇万にも達していたそうだ……」

ウジェーヌは反論もできずにこうした言葉を聞いていた。舌が口の中に貼り付いているようだった。そしてなすすべなく眠気に呑み込まれていくのを感じる。すでにテーブルも、そこにいる人間の顔も、まぶしい靄越しに見えるだけだった。やがて喧《けん》騒《そう》が収まり、客はひとりまたひとりと姿を消した。そして残っているのがヴォケール夫人、クチュール夫人、ヴィクトリーヌ嬢、ヴォートラン、ゴリオ爺さんだけになったとき、ラスティニャックは、ヴォケール夫人が忙しそうに空き瓶に残ったワインを回収しているのを見た。夢の中にいるようだった。

「ああ！　あの子たちってほんと馬鹿ね、若いのよねえ！」未亡人は言った。

それがウジェーヌが理解できた最後の言葉だった。

「あんなお祭り騒ぎを起こせるのはヴォートランさんしかいません」シルヴィは言った。「見てくださいよ。クリストフも大いびきです」

「じゃあね、ママさん」ヴォートランが言った。「大通りでマルティを観てきます。演目は『未開の山』[17]。かの『隠者』を舞台にした一大戯曲ですよ。なんなら、ご婦人がたみなさまをお連れしましょうかな」

「わたしは遠慮いたしますわ」クチュール夫人が言った。

「まあ、あなた！　『隠者』の舞台化を見ないなんて。アタラ・ド・シャトーブリアンの傑作ですよ[18]。わたしたち何度も読み返したじゃないの。この夏は菩提樹《ティユイユ》のところ

17　一八二一年七月十二日ゲテ座にて主演マルティで初演された舞台。この物語のこの場面は一八一九年なので作者の錯誤。

でエロディーのためにマグダラのマリアみたいにぽろぽろ泣いたもんじゃないの。それに道徳的な作品だもの、お宅のお嬢さんの情操教育にもちょうどいいんじゃないの？」

「わたしたちは観劇を禁じられているのです」ヴィクトリーヌが答えた。

「行きましょうよ。ごらんなさい、この連中ももうどっかにお出かけだ」ヴォートランがゴリオ爺さんとウジェーヌの頭をおもしろそうにゆすって言った。

ヴォートランは快適に眠れるように学生の頭を椅子の背《せ》凭《もた》れに載せてやると、その額にやさしくキスをして歌った。

　眠れ、愛するものたちよ！
　わたしがいつもきみたちを見守っているよ[19]

「彼は具合が悪いんじゃないかしら」ヴィクトリーヌが言った。

「それじゃあ、残って看病してやるといい」ヴォートランが言った。「それが従順な妻の務めだ」彼は耳元で囁《ささや》いた。「きみに夢中だよ、この若者はね。そしてきみは彼の可愛い妻になるだろう。請けあうよ。つまり」彼は高らかに言った。「ふたりは国じゅうから尊敬され、幸せに暮らしました。そしてたくさん子供をつくりましたとさ。どうかね、あらゆる恋物語の結末はこんなふうさ。さあ行きましょうや、ママさん」彼はそう言ってヴォケール夫人のほうに向きなおり、腰を抱いた。「さあ帽子を被って、花柄のきれいなドレスを着ていらっしゃい。伯爵夫人に買わされたショールもね。わたくしめがみなさまのために、馬車を探してまいりましょう」そう言うとヴォートランは歌いながら出発した。

太陽、太陽、すばらしい太陽よ
きみは、カボチャを実らせる

「まあまあ！　どうしましょうね、クチュールさん、あのひととなら、屋根の上でで

18　アルランクール子爵作『隠者』を『未開の山』に脚色したのはピクセレクール。その女主人公の名がエロディー。シャトーブリアンは関係ないうえ、夫人はシャトーブリアンの名前とその作品名『アタラ』を混同している。
19　E・スクリブとG・ドラヴィーニュ作の軽喜劇『夢遊病者』で歌われる挿入歌。

も幸せに暮らせそうですよ。ごらんなさいよ」彼女は元製麺業者を振り返りながら言った。「ゴリオ爺さんもぐっすりですよ。このドケチときたら、あたしをどっかへ連れてってやろうなんて、まるきし思い浮かばなかったんですからね。やあねえ、床に落ちちゃうんじゃないの！　だらしないわねえ、この歳で正体失《な》くすまで飲むなんて。まあ、正体なんてもともとないも同然だけど！　ねえシルヴィ、彼を部屋に運んでちょうだい」

シルヴィは老人の脇を抱えて、彼を歩かせた。そして服を着たままの老人を、ベッドの上に荷物かなにかのようにどさっと投げた。

「可哀想に」クチュール夫人がウジェーヌの瞼《まぶた》の上に落ちかかる髪をかき分けながら言う。「このひとはまるで女の子のようね。お酒の飲みかたを知らないんだわ」

「まあまあ！　三十年以上、下宿屋をやってるあたしだから言えるんですけどね」ヴォケール夫人が言った。「ずいぶんたくさん若いひとの面倒を見てきたけど、ウジェーヌさんくらい紳士的で、品のある若者に会ったのは初めてですよ。眠っているときの彼の綺麗なこと！　クチュールさん、あなたの肩に彼の頭を載せてやってくださいな。あらま！　ヴィクトリーヌさんの肩に寄りかかっちゃった。神さまは愚か者の味方というけど、子供たちの味方なのねえ。もう少しそうしておいてあげましょう。

椅子の上じゃ首が痛くなったでしょうからね。ふたりはきっとすてきな夫婦になりそうじゃないの」

「まあ、やめてくださいな」クチュール夫人が叫んだ。「とんでもないことを……」

「いいじゃないですか！」ヴォケール夫人が言った。「彼には聞こえてやしませんよ。行きましょう、シルヴィ、着替えるのを手伝ってちょうだい。コルセットを締めるから」

「本気ですか！　あのコルセットを食事のあとにだなんて、女将《おかみ》さん。お断りです、誰かほかのひとに締めてもらってください。あたしはひと殺しになりたかないですから。気をつけないと女将さん、寿命を縮めますよ」

「かまやしないよ、ヴォートランさんの面目を潰すわけにはいかないんだから」

「よっぽど相続人を喜ばせたいんですね？」

「さあシルヴィ、つべこべ言ってないで」未亡人はそう言いながら部屋へ引きあげた。

「まったく年甲斐《としがい》もなく」料理女は、自分の主人を指しながらヴィクトリーヌに向かって言った。

食堂にはクチュール夫人とその養女ヴィクトリーヌが残された。ヴィクトリーヌの肩にはウジェーヌが眠っていた。クリストフの鼾《いびき》が静まり返った下宿の中に鳴り響き、ウジェーヌの安らかな眠りがいっそう際立った。眠っている彼は子供のように愛らしかった。ヴィクトリーヌは育《はぐく》んできた愛情を思う存分に注ぐ機会に恵まれ、しかも罪の意識も感じずに自分の心臓のすぐ上で若者の鼓動を感じることができて嬉しかった。その顔にはどこか子を守る母親のようなところがあり、それが彼女をいかにも誇らしげに見せていた。その胸中にはさまざまな思いが育ち、若く純粋な情動に烈しく揺さぶられていた。

「可哀想に！」クチュール夫人はそう言って、彼女の手を握った。

老婦は養女のあどけない、それでいて苦しげな表情をうっとりと眺めた。そこには幸せの光が差していた。ヴィクトリーヌは中世の素朴な絵画のようだった。画家は細部にはいっさいこだわらず、高貴で穏やかな筆の表現だけで黄味がかった顔を描くが、それが背景の金地とあいまって、あたかも天上の世界を映しているように見えるのだ。

「それにしても、彼はせいぜい二杯しか飲んでいないのよ、お母さん」ヴィクトリーヌがウジェーヌの髪を指で梳《と》かしながら言った。

「身持ちの悪い人間なら、ほかのひとたちと同じようにもっと飲んだでしょうからね。酔いつぶれたということは、むしろよいことです」

通りに馬車の音が鳴り響いた。

「お母さん」娘は言った。「ヴォートランさんが戻ってみえたわ。ウジェーヌさんをそちらで支えてください。あのひとにこんなところを見られたくないんです。あのひとがなにか言うと、心を穢《けが》された気がするし、あの目で見られると女性はドレスでも剝《は》がされたみたいに恥ずかしい気持ちになるんです」

「いいえ」クチュール夫人が言った。「そんなことはありません！　ヴォートランさんは、正直なひとです。死んだ夫のクチュールに少しばかり似ています。ぶっきらぼうだけど優しくて、不愛想だけれど情の深いひとでした」

そのときヴォートランがゆっくりと食堂に入ってきた。そして一幅の絵画のようにランプの光に優しく包み込まれた若者ふたりを見つめた。

「まいったね」彼は腕を組んで言った。「こんな光景、あの『ポールとヴィルジニー』を書いたベルナルダン・ド・サン＝ピエール先生が目にしたら、さぞかし美しい場面を生みだしただろうなあ。若さというのは実に美しいものですね、クチュール夫人。哀れな坊や、おやすみ」彼はウジェーヌを見つめながら言った。「幸運はときに眠っているあいだにやってくる。ねえ奥さん」彼はクチュール夫人に向かって言った。「この若者がおれの心を捉え、おれの心を揺さぶるのは、彼の魂がその姿かたちと調和して美しいとわかるからなんです。どうです、天使の肩に載った智天使《ケルビム》のようじゃありませんか？　愛されるにふさわしい男ですよ、彼こそは！　もしおれが女なら、彼のために死にたい（もとい、冗談が過ぎました！）生きたい！」それから彼は声を潜めて、未亡人の耳元に屈みこんで言った。「ふたりのこんな様子を眺めているとね、奥さん、ついつい考えちゃうんです。ふたりは互いに惹かれあうように神さまに創られたんじゃないかなってね。神の思し召しってのはわかりにくいものですからね。神はひとの秘められた感情を探りだすのがうまいから」彼は高らかに言った。「きみたちが同じように美しく清らかで、また、あらゆる人間的感情によって、結ばれているのを見ているとね、きみたちが将来、離ればなれになることなんてありえないという気がしてくる。神は正しい。ところで」彼は娘に言った。「たしかきみには金持ちになる相が出てたっけね。手を出してごらん、ヴィクトリーヌお嬢さん、おれは手相が読めるんだ。よく占いをやったもんさ。どおれ、怖がらないで。こいつはすごい！　なにが見えたかって？　紳士の名誉にかけて言うが、きみはあと少しで、パリ一番の金持ちの跡取り娘になるぜ。きみはきみのことを愛する男性をおおいに幸せにするだろう。きみの父上は、きみをそばに呼び戻す。きみは若く美しくきみのことを熱愛する貴族の若者と結婚するだろう」

そのとき、めかしこんだヴォケール夫人の重々しい足音が降りてきて、ヴォートランの予言を遮った。

「ほおら、ヴォケールのママさんだ。星のごとく美しく、煙草《たばこ》みたいにぐるぐる巻きだ。窒息するんじゃありませんか？」そう言って彼はコルセットの張骨のてっぺんに手を置いた。「胸元を締めすぎですって。泣きでもしたら、破裂するかもよ。まあそうなったら、考古学者よろしく散らばった欠片《かけら》を丁寧《ていねい》に拾い集めたげますが」

「彼ってひとは、フランス人らしい女心をくすぐるもの言いを心得てるのよね！」未亡人はクチュールに耳打ちした。

「それでは、子供たち」ヴォートランはウジェーヌとヴィクトリーヌを振り返って言った。「きみたちを祝福するぜ」ヴォートランはそう言って、ふたりの頭の上に手をかざした。「いいね、お嬢さん、これは正直な男の願望にすぎんがね、ふたりは幸せになるにきまっている。神がふたりを見守っていなさるからね」

「じゃあ、いってくるわ」ヴォケール夫人がクチュール夫人に言った。「ねえどう思う？」低い声で付け加えた。「ヴォートランさんはあたしとどうにかなるつもりかしら？」

「そうねえ、どうかしらねえ！」

「ああ！　お母さん」ヴィクトリーヌはふたりきりになると、ため息をつき、自分の手を見つめて言った。「ヴォートランさんが言ったことが本当ならどんなにいいでしょう!」

「でも、そのために必要なことはひとつだけです」老婦人は言った。「あなたのお兄さんが、馬から落ちて死んでくれさえすればいいのです」

「なんてことを!」

「そうでしょうとも、敵の不幸を願うのはきっと悪いことなんでしょうよ」未亡人は言った。「でも、だからなんだというのです! ええ、あとで懺悔《ざんげ》しておきますよ。実際、墓前に心を込めてお悔やみの花を供えてあげます。あの卑怯者! お兄さんにはお父さんと話をして、お母さんへの誤解を解いてもらおうという気なんてないのです。わざとあなたを不利な立場にして、お母さんの遺産を独り占めしているんです。わたしの従姉《いとこ》にはね、すばらしい財産があったんですよ。あなたの不幸というのは、結局お母さんの結婚契約の中に、持参金の扱いに関する取り決めがいっさいなかったということです」

「わたしが幸せになるには、どうしても誰かの命が必要だということかしら」ヴィクトリーヌは言った。「もしわたしが幸せになるのに兄の死が不可欠だというのなら、わたしは永遠にこのままでいるほうがましです」

「まあ、とんでもない。ヴォートランさんの言うことはもっともです。あのひとは実に信仰心に溢れたひとだわねえ」クチュール夫人は言った。「あのひとが、ほかの連中のように不信心者でないことがわかって嬉しかったわ。ほかの連中ときたら、悪魔でもそんな口を利かないというくらい神に不敬な口を叩くんですから。そうですとも、神さまがどんなふうにわたしたちをお導きになるかなんて、どこの誰にわかるでしょう?」

女ふたりはシルヴィの助けを借りてなんとかウジェーヌを彼の部屋まで運び、ベッドに寝かせた。それから苦しくないようにシルヴィが彼の上着を脱がせた。ヴィクトリーヌは部屋を出る前、養母がうしろを向いた隙に、ウジェーヌの額にキスをした。こうしたかわいらしい盗みに彼女は心底悦びを覚えたはずだ。彼女は学生の部屋を見わたし、この日のたくさんの幸せをひとつの思いに凝縮し、それを一幅の絵を眺めるように長いこと見つめた。そしてパリで一番幸せな娘は眠りについた。

ヴォートランの大盤振る舞いはウジェーヌとゴリオ爺さんに睡眠薬入りのワインを飲ませるための策略だったが、この大盤振る舞いが自身の破滅を決定づけた。酒の入ったビアンションは、ミショノー嬢に死神の手を免れた男《トロンプ＝ラ＝モール》のことを質問するのを忘れた。もし彼がその名を口にしていたら、かならずやヴォートランこと本名ジャック・コラン、徒刑場きっての有名人の警戒心を呼び覚ましたにちがいなかった。そしてミショノー嬢はヴォートランにペール゠ラシェーズのヴィーナスとあだ名されたその瞬間に、この脱獄囚を売り渡そうと決めたのである。コランは気前がいいにちがいないと確信していたミショノー嬢は、そのときまでは彼に危険を知らせ、夜のうちに逃がしてやるほうが儲かりそうだと計算していたのだった。彼女はいまポワレを連れて下宿をあとにし、例の刑事に会うためにサン゠タンヌ小路に向かっている。ゴンデュローとかいう偉い警官ともう一度掛けあってみなければ。そのゴンデュローこと、かの司法警察署長はにこやかに彼女を迎えた。その後、こまごました話が交わされたあと、ミショノー嬢はヴォートランの烙印を確認する際に作業の助けとなる薬を要求した。サン゠タンヌ小路の大物が小躍《こおど》りしながら、机の抽斗《ひきだし》を開けガラス瓶を探す姿を見て、ミショノー嬢はこの捕り物には脱獄囚をひとり逮捕する以上に重要ななにかがあるのではないかと考えた。そして脳髄をひたすら働かせた結果、警察はすでに徒刑場のならず者たちからなんらかの情報を得ていて、莫大な有価証券を手に入れるためにチャンスを窺っているのではないかと考えた。彼女がゴンデュローに自分の憶測を語ってみせると、古狸は薄笑いを浮かべ、老女の推測をはぐらかそうとした。

「それは間違いです」彼は答えた。「コランというのは盗賊業界にいまだかつて類を見ない危険なソルボンヌなのです。ただそれだけですよ。やくざな連中はそれをよく知っています。やつは連中の旗印であり、支柱であり、ようするに連中のボナパルトなんです。やつはもうみんなから愛されています。あの悪党がおとなしくグレーヴ広場で我々に丸太ん棒《トロンシュ》を晒《さら》す日なんて永久に来ないでしょうな」

ミショノー嬢には、ゴンデュローが説明に使ったふたつの隠語の意味がわからなかった。「ソルボンヌ」と「トロンシュ」は、もともとは人間の頭をふたつの側面から考察する必要を感じた盗賊たちが精力的に使った表現だ。「ソルボンヌ」[20]というのは生きた人間の頭のことで、助言とか考えを表す。「トロンシュ」は切り落とされるとひとの頭がどれほど価値のないものになるかということを示すために使われる蔑《さげす》みの言葉だ。

「コランは我々を弄《もてあそ》んでいるのです」彼は言った。「我々はこうした手強《てごわ》い相手、英国式に焼き鏝《ごて》で焼きを入れた鋼のような男と対決する際に、いっそ殺害してしまうという手段を取ることがあります。たとえば逮捕の際、彼らがほんのちょっとでも抵

20　パリ大学を示す代名詞。この小説の舞台となった時代においてはパリ大学文学部、理工学部の通称。ここではよく働く頭脳を示すらしい。

抗しようものなら殺してしまいます。実際、明日の朝コランを殺してしまう筋書きもいくつか考えてあります。我々はこうやって訴訟や警備の費用や勾留に伴う食費の無駄遣いを回避します。社会を掃除することにもなります。訴訟の手続きや、証人への召喚状、彼らに払う手当、死刑執行、ようするに合法的にああしたやくざ連中を社会から片づけようとすると、あなたに払う数千フランより金が掛かりますから。時間の短縮にもなります。トロンプ＝ラ＝モールの腹にうまく銃剣を突き刺せば、百もの犯罪を未然に防ぐことにもなるし、五十人ものやくざ連中がさらなる悪事に手を染めるのも回避できる。連中は軽罪裁判所のあたりで踏みとどまっていい子にしていることでしょう。どうです、警察は馬鹿じゃないんです。本物の慈善家であれば、こんなふうに行動することこそが、犯罪を防止することだと考えますよ」

「まあ、それが国に奉仕するということですな」ポワレが言った。

「おやまあ！」署長は言った。「筋の通ったことをおっしゃいますな、今夜は。まさしく、そういうことです。我々は国に奉仕しているのです。さらにいえば、我々は世間から実に不当な目で見られています。我々はひと知れずおおいに社会に奉仕しているというのに。しかし、数々の偏見を乗り越えるのが優れた人間であり、善行にもれなくついてくる不幸を甘受するのがキリスト教徒なのです。善行というのは世間の人が考えているようなものではありませんから。パリはどこまでいってもパリ、そうでしょう？　この言葉はわたしの人生を物語っています。それではお別れをしましょう、お嬢さん。わたしは明日、部下たちと王の庭[21]で待機しております。ビュフォン通りのゴンデュロー宅にクリストフを使いに出しなさい。前に使っていた家です。いいですか旦那、わたしはあなたがたに奉仕する者なのです。なにか盗難にでも遭われた日には、わたしにお申しつけください。見つけて差し上げます。ご奉仕いたしますよ」

「それにしても」ポワレはミショノー嬢に言った。「世の中には警官と聞いただけで馬鹿みたいにおろおろする連中も多いけれど。あの旦那は実に感じがいい。あなたが依頼されたことだって、挨拶くらいに簡単なことですよ」

翌日はヴォケール館史上もっとも特別な日となった。それまで、その下宿のしょぼくれた歴史で出色の事件といえば、ランベルメニール偽伯爵夫人の束の間の出現だった。しかしこれから起こる長い一日の大波瀾の前では、すべてが色褪《いろあ》せてしまう。その一日は、ヴォケール夫人のおしゃべりの永遠のテーマになるだろう。まずゴリオとウジェーヌ・ド・ラスティニャックはその朝十一時まで眠りつづけた。ヴォケール夫

21　植物公園《ジャルダン・デ・プラント》の別称。

人はゲテ座から深夜に帰宅し、午前十時半まで床についていた。ヴォートランから振る舞われたワインを空けたクリストフが寝坊したため、下宿内の家事には遅れが生じていた。ポワレとミショノー嬢は朝食が遅れていることに苦情は言わなかった。ヴィクトリーヌとクチュール夫人は二度寝をした。ヴォートランは八時前に外出し、朝食の準備が終わったあと戻ってきた。つまり、十一時十五分ごろ、食事ができましたとシルヴィとクリストフが各人の扉をノックしてまわってきたとき、誰ひとり文句を言うものはいなかった。シルヴィと下男が席を外しているあいだに、ミショノー嬢はいち早く食堂に降り、湯煎鍋でほかの下宿人のカップとともにコーヒー用ミルクを温めているヴォートランの銀のカップに水薬を注いだ。老嬢は下宿ならではのこうした習慣を利用すれば自分の企てをうまく運べると踏んでいたのだった。七人の下宿人が全員集まるのには、多少の時間がかかった。ウジェーヌが両腕を伸ばしながら、一番あとに降りてきた。そのとき、使い走りがやってきて、彼にニュッシンゲン夫人からの一通の手紙を渡した。手紙にはこう書かれていた。

わたしはあなたに対して虚勢を張りたいわけでも、怒っているわけでもないのです。昨夜は二時まであなたを待っていました。愛するひとを待つ！　この苦しみを味わったことがある人間であれば、他人にそんな思いをさせるわけがありません。あなたはきっと恋をするのが初めてなんでしょうね。でもいったいなにがあったの？　不安でしかたありません。もし世間に心の秘密を晒す心配がなかったら、あなたに起こったことがいいことか悪いことかを知るために、出かけていくところです。でも徒歩であれ馬車であれ、そんな夜中に出かけていくなんて正気の沙汰ではないでしょう？　わたしは女性であることの不幸を痛感しました。どうか安心させてください。説明してください。なぜ、いらっしゃらなかったの。父から話は聞いたでしょうに。腹が立ちます。でも赦《ゆる》してさしあげます。ご病気ですか？　なぜ、そんな遠くにお住まいなの？　後生ですからひと言ください。まもなくいらっしゃるのでしょう？　忙しいならひと言で構いません。すぐ行きますとか、具合が悪いとか。でももしお体の具合が悪いのなら、父がそう言いにくるでしょうに！　本当になにが起こったの？

「そう、いったいなにが起こったんだろう？」ウジェーヌはそう叫び、読み終える前から手紙をくしゃくしゃにして食堂に駆け込んだ。「いま何時です？」

「十一時半」ヴォートランがコーヒーに砂糖を入れながら言った。

脱獄囚はウジェーヌを射すくめるような冷徹な眼差しで見つめた。ときどき、持ち前の磁力を働かせてそういう眼差しを投げつけることのできる人間がいる。たとえば、精神を病んで暴れまわる人間さえおとなしくさせるような眼差しだ。ウジェーヌは全身が震えた。通りで馬車がけたたましい音を立てた。息せききって入ってきたのが、タイユフェール家の制服を着た従僕であることにクチュール夫人はすぐに気づいた。

「お嬢さま」彼は叫んだ。「旦那さまが、お父さまがお呼びです。たいへんなことになりました。フレデリックお兄さまが決闘で倒されました。剣で額を突かれたのです。医者は助からないと申しております。お別れをする時間は残ってないかもしれません。もう意識もございません」

「若いのに気の毒な！」ヴォートランが叫んだ。「三万リーヴル〔＝三万フラン〕もの金利収入を持っていて、どうして決闘なんてするんだろう？　若者ってのはようするに、要領が悪い」

「あなたというひとは！」ウジェーヌがヴォートランに向かって叫んだ。

「おやおや！　どうした、坊ちゃん？」そう言って、ヴォートランは静かにコーヒーを飲みほした。ミショノー嬢は薬の作用を見逃すまいとそちらに注意を奪われていたため、みんなを仰天させた大事件にびっくりしそびれた。「パリじゃ決闘の行われない朝なんてないぜ」

「わたしも行くわ。ヴィクトリーヌ」クチュール夫人が言う。

こうしてふたりの女性は、ショールも帽子も身に着けずに飛び出していった。ヴィクトリーヌは出がけに目に涙をいっぱい溜め、ウジェーヌのほうを見た。その目が語る。思ってもみませんでした、幸せになるのに涙が必要だなんて！

「なんでしょうね！　あなたには未来が見えるの、ヴォートランさん？」ヴォケール夫人が言った。

「おれはなんでもできますよ」ジャック・コランは言った。

「とんでもないことですよ！」ヴォケール夫人はこの出来事について、ありきたりな言葉をずらずらと並べた。「死というのは、なんの相談もなくいきなり襲ってくるんですからね。そしてしばしば若いひとたちが年寄りより先に死ぬ。あたしたち女は幸せですよ、女は決闘なんてものでで死ぬことはありませんから。でも女は男が罹《かか》らない病気に罹るしねえ。女は子供を産むし、母親の不幸は長く続くのよねえ！　それにしてもラッキーだったわねえ、ヴィクトリーヌは！　父親はあの子を認めざるをえなくなったもの」

「ほうらね！」ヴォートランはウジェーヌを見ながら言った。「昨日、あの子は一文なしだったのが、今朝は大富豪だ」

「すごいじゃない！　ウジェーヌさん」ヴォケール夫人が叫んだ。「あなた、いい子に手をつけましたよ」

この不意のひと言にゴリオ爺さんは学生を見た。そして学生の手の中で皺くちゃになった手紙を見た。

「読みもせずに！　どういうことです？　あなたも結局ほかの連中と同じですか？」爺さんは彼に訊ねた。

「女将さん、ぼくは絶対にヴィクトリーヌさんと結婚なんてしませんよ」ウジェーヌはヴォケール夫人に向かって言った。嫌悪感むき出しだったので、まわりにいた人間は驚いた。

ゴリオ爺さんは学生の手を摑み、それを握り締めた。キスさえしかねなかった。

「さあ、どうだろうな！」ヴォートランが言った。「イタリア人がうまいこと言ってるぜ、時がたてば気持ちも変わる《コル・テンポ》！」

「お返事をいただきたいのですが」ニュッシンゲン夫人の使い走りがラスティニャックに言った。

「うかがいます、と伝えてくれ」

使いの男は帰っていった。ウジェーヌは烈しい興奮状態にあり、慎重になることができなかった。

「どうしよう？」彼は自らに問いかけるように大声を張り上げた。「証拠がないぞ！」

ヴォートランが薄ら笑いを浮かべた。この瞬間、胃で吸収された薬が作用しはじめた。しかしながら脱獄囚は頑強で、立ち上がり、ラスティニャックを見つめ、深く響く声で言った。「青年よ、幸運は眠ってるあいだにやってくる」

そして、彼はいきなり転倒した。

「やはり正義の神はいるのだ」ウジェーヌは言った。

「あらやだ！　なんなの、ヴォートランさんになにが起こったの？」

「卒中だわ」ミショノー嬢が叫んだ。

「シルヴィ、医者を呼んでくるのよ、さあ行って」ヴォケール夫人が言った。「ああ！　ラスティニャックさんも、すぐにビアンションさんのとこへ行ってちょうだい。シルヴィがグランプレル先生に会えないといけないから」

ラスティニャックはこの恐るべき洞窟から逃げ出す口実ができたことを幸いに思い、走って外に飛びだした。

「クリストフ、あんたは急いで薬屋へ行って、卒中に効く薬がないか訊いてきておくれ」

　クリストフが出ていった。

「さてゴリオ爺さん、彼を部屋へ運ぶのを手伝ってくださいな」

　彼らはヴォートランをなんとか抱え、階段を伝って部屋に運び、ベッドに寝かせた。

「わたしがいても、たいして役には立ちません。娘のところへ行ってくるとしましょう」ゴリオ爺さんは言った。

「なんて自分勝手だろう！」ヴォケール夫人は叫んだ。「行けばいい、このじじい、あんたなんかロクな死にかたしませんよ」

「ねえエーテルがあるでしょう、探してきたらどうかしら」ミショノー嬢がヴォケール夫人に言った。ミショノー嬢はポワレに手伝わせヴォートランの上着を脱がせた。

　ヴォケール夫人は自分の部屋に向かった。あとにはこの騒然とした現場を取りしきるミショノー嬢が残された。

「さあ、さっさとシャツを脱がせて、体を引っくり返して！　なにか役に立ってちょうだい、わたしに裸を見せないようにね」彼女はポワレに言った。「いつまでぼうっと突っ立ってるつもりなの」

　ヴォートランはうつ伏せにされた。ミショノー嬢はその肩を思いきり平手打ちした。

すると赤くなった真ん中に運命の二文字が白く浮かびあがった。

「ごらんなさい、あなたは三〇〇〇フランのボーナスをまんまとせしめましたよ」ポワレはヴォートランの体を支えながら叫んだ。その間にミショノー嬢がヴォートランにシャツを着せた。「ふう！　重いなあ」ポワレはヴォートランを寝かせながら言った。

「お黙りなさい。金庫はないのかしら」老嬢はそう早口で言って、四方の壁を穴が開くほど見つめた。実際、彼女は部屋に置かれたほんの小さな小物までをしらみつぶしに検分した。「この書き物机が開けられたらねえ、なにかいい口実はないかしら？」

「それはいけないことじゃないかなあ」ポワレは言った。

「まさか。ひとから盗んだ金よ。以前は誰かの金だったけど、もはや誰の金でもないんだから。でも時間が足りないわ」彼女は言った。「ヴォケールが帰ってきた」

「ほらエーテルよ」ヴォケール夫人が言った。「それにしても、いろいろ起こる日だこと。ああ神さま！　このひとが病気だなんてどうしましょう。白い顔をして、若鶏みたいじゃないの」

「若鶏みたい？」ポワレが繰り返した。

「心臓は正常に動いているわ」ヴォケール夫人が患者の胸に手を当てて言った。

「正常に？」ポワレが驚いて言った。

「ぴんぴんしてる」

「気づきました？」ポワレが訊いた。

「そうだわ！　まるで眠っているみたい。シルヴィは医者を呼びにいっちゃった。ねえ、ミショノーさん、ほら見て、エーテルに反応してる。まあ！　これってヒケツケ〔ヒキツケ〕とかいうやつかしら？　脈も正常。トルコ人みたいに頑丈だわ。ねえ、ご覧なさいな、毛皮みたいな胸毛だこと。きっと百まで生きるわ、このひと！　かつらはこんな時でも取れないのね。見て、くっつけてある。かつらを被ってるのは、赤毛だからね。よく言うわよね、赤毛はいいひとか、さもなきゃ大悪党だって！　それなら彼はいいひとよね？」

「吊るされるのにちょうどいいひと」ポワレが言った。

「女の首にって言いたいのね」ミショノー嬢が大声で言いつくろった。「もう行ってちょうだい、ポワレさん。これはあたしたち女の仕事です。あなたがたが病気のときに看病するのがね。だいたいあなたにできることったら、お散歩ぐらいでしょう」彼女は付け加えた。「ヴォートランさんは、ヴォケール夫人とわたしでしっかり見ていますから」

ポワレは主人に蹴られた犬のようにすごすごと部屋から出ていった。ラスティニャックが下宿を飛び出したのは、あたりを歩きまわって、外の空気に触れたかったからだ。息が詰まりそうだった。例の犯罪は定刻に実行されたのだ。昨夜なんとしても止めたかったのに。なにが起こったのだろう？　どうすべきなのだろう？　共犯者になってしまったことに戦慄する。あらためてヴォートランの冷血ぶりにぞっとした。

「しかし、もしヴォートランがなにもしゃべらずに死んだら？」ラスティニャックは考える。

彼はリュクサンブール公園の散歩道を行ったりきたりしていた。あたかも、猟犬の群れに追われているかのように。犬たちが吠えるのが聞こえるようだった。

「おい、どうした！」ビアンションが彼に向って叫んだ。「『ル・ピロット』を読んだかい？」

『ル・ピロット』というのは、ティソー氏が率いる急進的新聞[22]だ。地方紙という体裁

22　ピエール＝フランソワ・ティソーが一八二一年に発刊した新聞。小説の舞台は一八一九—二〇年なので設定に錯誤がある。

だが、朝刊の数時間後に刷られるため、その日の最新ニュースが載ることになる。つまり他紙が翌日の朝刊に載せるニュースを二十四時間早くフランスに伝える新聞なのだ。

「恐ろしい話が載ってるぜ」コシャン救済院の研修医ビアンションは言った。「タイユフェールの若さまが、フランケシーニ伯爵との決闘で負けたらしい。フランケシーニというのは、ナポレオンの古参親衛隊の出身でね、相手の額に剣を五センチほど突き刺したそうだ。つまりヴィクトリーヌちゃんはパリで一番の金持ちになったってわけだ。まいったな！　そうと知ってりゃさあ！　死ってのは、まるで三十＝四十[23]だな、いきなりドボンだもの！　それでヴィクトリーヌがおまえに色目を使ってたってのは本当の話？」

「黙れ、ビアンション。おれは彼女とは絶対に結婚しない。おれには素晴らしい女性がいる。愛されてもいる。おれは……」

「なんだかさ、自分に言い聞かせてるみたいだな、不誠実にはならないぞってね。ならさ、おしえてくれよ、タイユフェール氏の財産を棒に振っても手に入れたい女ってどんな女よ」

「ようするにまわりは悪魔ばっかりってことか？」ラスティニャックが叫んだ。

「ようするになにに腹を立ててるんだ？　大丈夫か？　手を出してみろ」ビアンション。「脈を取ってやる。熱があるじゃないか」

「それよりヴォケール館に行ってくれ。あの極悪ヴォートランがぶっ倒れた。死んだかもしれん」

「なに！」ビアンションは声を上げ、ラスティニャックを残して駆けだした。「おまえのおかげで疑惑が形になった。確かめにいかなきゃ」

ラスティニャックは深刻な面持ちで歩きつづけた。ある意味でおのれの良心と向き合う旅だった。たとえ彼が屈託を覚え、自らを疑い、迷っていたとしても、少なくとも彼の実直さは鉄の棒さながらにあらゆる試練に持ちこたえ、その不快で恐ろしい議論をくぐりぬけたのだった。彼はゴリオ爺さんの昨晩の打ち明け話を思い出した。デルフィーヌの住まいの近く、アルトワ街に自分のために用意された新居のことを思い出した。彼は彼女の手紙をふたたび取り出し、それを読み、そこにキスをした。「この愛こそが、おれを救済に繋ぎとめる錨《いかり》だ」彼は自分に言った。「あの気の毒な

23　トランプゲーム、三十に近いほど勝ち。三十一は勝ち点が倍に、四十だと負け点が倍になる。

老人は心底苦しんできた。彼はその悲しみについてなにも語らない。しかしそれは誰の目にも明らかだ。そうだ、おれはあのひとを実の父親のように大事にしよう。千もの悦びを与えてやろう。もし彼女がおれを愛しているのなら、彼女はおれの家にちょくちょくやってきて、父親のそばで一日を過ごすことになるだろう。それにしてもレストー伯爵夫人というのはひどい女だ。あれは自分の父親だって門番にしかねない。可愛いデルフィーヌはちがうぞ！　彼女は老人にずっとやさしい。彼女は愛される価値がある。ああ、今夜、おれは幸せになるのだ！」彼は時計を取り出し、それをうっとり眺めた。「なにもかもうまくいった！　ふたりが永遠に愛しあえるなら、助けあっていけるだろう。この時計を受け取ってもかまうまい。それにおれは出世するだろう。そうだ。そうなれば、すべてを百倍にして返せるさ。ふたりのあいだにはなんの犯罪もなく、もっとも厳格な心に照らしても、やましいところひとつない。そんなふうに結ばれ夫婦になった正直者はたくさんいる！　誰を騙すこともない。人間を堕落させるもの、それは嘘だ。嘘をつく、それは誇りを捨てて降参することじゃないか？　彼女はもうずっと前から旦那とは夫婦ではない。そもそもおれがやつに、あのアルザス男に言ってやればいいんだ。彼女を幸せにできないのならこちらに譲れ、と」

ラスティニャックの葛藤は長く続いた。若者らしい徳の心がずっと優勢だったが、四時半ごろ日が暮れはじめると、好奇心を抑えきれなくなり、二度とそこへ帰るまいと決めていたヴォケール館に向かった。ヴォートランが死んだかどうかが知りたかった。ビアンションは思うところがあってヴォートランに吐剤を処方し、彼が吐き出した物を検査するために病院に運ばせた。ミショノー嬢がなんとかそれを捨てさせようと奮闘するのを見てますます疑念が湧いた。またヴォートランの回復がやけに早かったことも気になった。ビアンションはこの下宿のムードメーカーに対してなにかしらの陰謀が仕組まれたのではないかと疑わずにはいられなかった。

ラスティニャックが帰ってきた時刻には、ヴォートランは食堂のストーブの前に立っていた。ゴリオ爺さん以外の食事客はみな、タイユフェールの子息の決闘のニュースに惹かれ、事件の詳細と、それがヴィクトリーヌの運命に与えた影響を知りたくて、いつもより早く集合し、情報を交換しあっていた。ウジェーヌが食堂へ入っていくと、常と変らぬヴォートランと目が合った。その眼差しが心の中へずんずん入ってきて、嫌な感情をむりやりに呼び起こすので戦慄を覚えた。

「どうだい！　坊や」脱獄囚は言った。「死神はしばらくおれに頭が上がらないぜ。こちらの奥さまがたの話によると、おれは牛さえコロッとくたばる卒中に打ち勝ったんだってさ」

「ああ！　雄牛っていうほうがぴったりですよ」ヴォケール夫人が叫んだ。

「おれが生きてたんで、残念だったのかな？」ヴォートランはラスティニャックの考えを言い当てるつもりでその耳元で言った。「だとすりゃ、たいした坊ちゃんだ」

「ああ、まさしく！」ビアンションが言った。「ミショノーさんもおととい死神の手《トロンプ＝》を免れた《ラ＝モール》男なんてあだ名のどこぞの紳士の話をしてましたよね。まさにその名はあなたにぴったりだな」

　その言葉がヴォートランの上に雷のごとき効果を生んだ。彼は真っ蒼になり、よろめいた。その磁力を帯びた眼差しが、一筋の日の光のようにミショノー嬢の上に落ちた。その意志の光線に当たって彼女の膝がかくりと折れた。老嬢はそのまま椅子に崩れ落ちた。ポワレは彼女とヴォートランのあいだに勢いよく飛びだした。ミショノーが危機に陥ったことがわかったからだ。ヴォートランの顔から親切な男の仮面が剝がれ落ち、隠されていた本性が恐ろしいほどあらわになった。この劇的な展開をいまだ理解できない下宿人たちは茫然としていた。そのとき、数人の男たちの足音と、通りの石畳の上に銃をぶつける音が聞こえた。ヴォートランが反射的に窓や壁に目をやり出口を探していると、四人の男が食堂の戸口に現れた。最初のひとりはゴンデュロー司法警察署長で、あとの三人は警部だった。

「法と王の名のもとに」警部のひとりが言った。口上はひとびとが驚いて漏らした声にかき消された。

すぐさま沈黙が食堂を覆った。下宿人は散らばって三人に道を開けた。三人とも懐に斜めに手を入れ、ピストルを握っている。あとから憲兵がふたり入ってきて、サロンの入口を塞いだ。別にふたりの憲兵が、階段側の戸口から現れた。兵隊数人の足音と銃を構える音が館の正面に敷かれた砂利の上に響いた。こうしてトロンプ＝ラ＝モールの逃走の望みはすっかり絶たれてしまった。否応なしに全員の目が彼の上に注がれた。警察署長がヴォートランことジャック・コランの前にまっすぐ進みでて、いきなりその顔に猛烈な平手打ちを加えた。はずみでかつらが飛び、その恐ろしい本性が表に現れた。短く刈った煉瓦《れんが》のように赤い髪があらわになると、その顔つきが、恐ろしいほど豪胆でずる賢い顔に見えてくる。胸毛と頭髪はまるで地獄の炎のようにその顔を輝かせた。誰もがヴォートランという人間をすっかり理解した。つまり、その過去、現在、未来、その生きかたを貫く冷酷な流儀、おのれの快楽のみを神聖なものと見なそうとする姿勢、反動的な思想と行動によって得た絶対的な力、そして万事に対応できるようにつくられた力漲《みなぎ》る体躯《たいく》を理解した。顔がかっと赤くなり、目が山猫のそれのようにぎらぎらと輝いた。ヴォートランはすさまじい力を体じゅうから発散させた。彼が獣のように咆哮《ほうこう》したので、下宿人たちはみな恐怖の声を上げた。その獅子《しし》のような動作と、その場の喧騒《けんそう》に促されて、警部たちがピストルを構えた。コランはそれぞれの銃の撃鉄が光るのを見て危険を理解し、瞬時に人間としてもっとも高い能力を見せた。それは恐ろしくも厳かなショーだった！ 彼の容貌に現れた現象をなにかに譬《たと》えるとすれば、山々をも持ち上げるあの蒸気をいっぱいに湛《たた》えた噴火口が、冷たい水の一滴で瞬く間に冷却されるという現象になるだろう。彼の怒りを鎮めた一滴の水は、閃光のごとき一瞬の省察だった。彼はにやりと笑って、飛んでいった自分のかつらを見た。

「いつになく品がないな」彼は警察署長に言った。そう言って彼は憲兵に向かって両手を差しだし、顎《あご》を振ってこっちへ来るようにと合図をした。「憲兵隊のみなさん、わたしに手錠、あるいは指鎖を掛けてください。わたしは抵抗いたしません。ここにいるみなさんがわたしの証人です」たったいま噴出したのと同じ速さで溶岩と炎が人間火山の内へと返ったので、ひとびとは感嘆の声を漏らした。「どうだい、驚いたろう、糾弾者どの」脱獄囚は警察署長を睨《にら》みながら言った。

「それじゃあ、服を脱いでもらおう」サン゠タンヌ小路の警察署長は彼に軽蔑を込めて言った。

「なぜです？」コランは言った。「ここにはご婦人がたもいらっしゃる。わたしはなにも否定しませんし、降伏しています」

彼は少し間を置いて、そこに集まった人間たちを見つめた。まるで演説者がこれから驚くべきことを発表するかのようだった。

「さあ筆記を始めてくれ、ラシャペル爺さん」ヴォートランはそこにいた小柄な白髪の老人に呼びかけた。老人はいつのまにかテーブルの隅に腰を下ろし、逮捕に際して供述書を取るためにケースから書類を出していた。

「わたしは自分がジャック・コラン、通称トロンプ＝ラ＝モール、懲役二十年の囚人であることを認めます。そしてわたしは、ついさきほど、おのれのあだ名どおりの人間であることを証明したところです。もしおれがほんのちょっとでも手を上げていたら」彼は下宿人に向かって言った。「この三匹の犬どもは、ヴォケールママさんの家の床に、おれの血をぶちまけてたでしょう。こうしたごろつきどもは、いつも罠を仕組んでいますから！」

ヴォケール夫人はこうした言葉にひどく気分が悪くなった。「なんてこったろう！　病気になりそう。あたしったら昨日このひととゲテ座に行っちゃった」夫人はシルヴィに言った。

「哲学的な問題ですよ、ママさん」コランが言った。「昨日、ゲテ座のおれのボックスに行ったのは不幸だったか？」彼は叫んだ。「あなたがたはおれたちよりもましな人間なのか？　おれたちが肩に載せている恥辱はね、腐敗した社会のその無気力なメンバーである、あなたがたが心に抱えている恥辱よりはましです。あなたがたの中でもっとも優秀な人間だって、おれを拒みませんでしたよ」ヴォートランの目がラスティニャックの上に止まった。彼はラスティニャックに優しい笑顔を送った。それまでの厳しい表情とおかしなくらい対照的だった。「おれたちの取引はこのさきも継続だ、天使さん。とにもかくにも、承諾があればだが！　いかがかな？」彼は歌った。

おれのファンシェットは可愛い

素朴なところがいい

「困らないでもいいんだよ」彼は言った。「金の回収はできるからね。みんなおれを恐れているから、誰もおれを出し抜こうなんてしないんだって！」

尋問を通して現れてくる独得の態度や言葉づかい、愉快な男から恐ろしい男への豹変ぶり、呆れるほどのふてぶてしさ、馴れ馴れしさ、下品さから、突如徒刑場というものがありありと浮かんできた。そこにいるのはもはやただの人間ではなく、退廃した種族、野蛮かつ論理的、乱暴かつ柔軟な種族の代表のような存在だった。一瞬にしてコランはあらゆる感情、唯一悔悛だけを除いた人間の感情を描いた地獄の詩になったのだ。彼の眼差しはいまだに闘いを望む失墜した大天使のそれだった。ラスティニャックは目を伏せながら、自分の悪い考えに対する償いとして、この男と自分が同じ罪で繋がっていることを受け入れた。

「誰がおれを裏切ったのかな？」コランは情け容赦のない目を、そこにいるひとびとの上に巡らせた。そしてミショノー嬢の上で止めた。「あんただな」彼はミショノーに言った。「あんたがおれに卒中もどきを起こさせたんだ、雌犬の婆さん！　おれのひと言で、あんたの首なんか一週間以内に掻き切ることもできるんだがね。赦してやるよ。おれはキリスト教徒だからな。そもそもおれを売ったのは、あんたじゃない。でも誰だろう？　おやあ、上で家探ししてるな」彼は司法警察の警部たちが書き物机を開け、所持品を押収しようとしている物音に気づいて叫んだ。「鳥たちは昨日のうちに飛び立ってもぬけの殻さ。あんたらにわかるはずない。商いの帳簿はここにあるんだから」彼はそう言って額を叩いた。「おれを売ったやつがわかったぜ。あのごろつき〈絹糸《フィル・ド・ソワ》〉だな、あいつしかない。でしょう？　親分」ヴォートランは警察署長に言った。「どうりで金の滞在期間をよく知ってる。もうなにもありゃしないよ、刑事さんたち。〈フィル・ド・ソワ〉については、あいつは死ぬよ、二週間以内にね。あなたがた憲兵のみなさんがどれだけ警護してやってもね」

「ところで、このミショノーちゃんにはいくら褒美をやったんです？」彼は警官たちに言った。「三〇〇〇フランかそこらだろう？　おれにはもっと価値があるんだぜ、虫歯のニノンさん[24]、ぼろ服のポンパドール夫人[25]、ペール＝ラシェーズのヴィーナスさんよ。もし警告してくれてたら六〇〇〇フランになったのにね。残念にね！　あんたはそうは考えなかったんだなあ、淫売の婆さん、さもなきゃ、おれはきっといい思いをさせたのになあ。そうだよ、こんな煩《わずら》わしい、金をドブに捨てるみたいな旅に出ずに済むなら、おれはきっとそんくらい払ったよ」彼は手錠を掛けられているあいだ、ずっと話していた。「この連中は、延々おれを引きまわしてへとへとにして喜ぶつもりなのさ。なにしろすぐに徒刑場へ返してみろ。おれはすぐさま力を取り戻しちまうからね。あんたら警察のとんまのがんばりも無駄になる。あっちにゃ、このトロンプ＝ラ＝モール将軍を逃亡させるためなら命削ってもかまわねえって連中が揃ってんだ！　あんたらの中におれみたいなやつがいるか？　あんたのためならなんだってやるっていう兄弟が一万人以上もいるやつがいるか？」彼は誇らしげに訊いた。「ここに心意気があるのよ」そう言って彼は自分の胸を叩いた。「おれは絶対にひとを裏切らない！　ほおら雌犬の婆さん、まわりを見てみろ」彼は老嬢に向かって言った。「みんなおれを怖そうに眺めているだろ。しかしね、婆さん、あんたのことは吐き気がするって見てるんだぜ。しっかりと分け前を貰うといいさ」彼は下宿人を見つめながら一息ついた。

「あんたがたも馬鹿ばっかりだな！　囚人を見たことないのか？　ここにおわすコランって囚人はね、ほかの誰よりも卑怯者じゃない。そしてルソー先生の言うところの社会契約に根深く潜む欺瞞《ぎまん》に抗議する人間なんだ。おれはいばってあの先生の弟子だと言うぜ。ようするに、おれはたったひとりで政府を相手にしてるんだ。裁判やら憲兵やら予算やらをうんとこさ振り回してやる。そしておれはそいつらに一杯食わせる

24　ニノン・ド・ランクロ。美貌と知性を誇り、コンデ公、リシュリュー宰相などの愛妾をつとめた。晩年にいたっても彼女のサロンにはモリエールやラ・ロシュフーコーなど多くの才人が出入りした。

25　ルイ十五世の公妾。

のさ」

「あっぱれ！」画家が言った。「やつは恐ろしいほど絵になるぜ」

「ところで、死刑執行人殿下の丁稚《でっち》くん、もとい、かの未亡人（未亡人ってのは囚人たちがギロチンにつけた詩情溢れるあだ名さ）のお小姓さんよお」彼は警察署長を振り返りながら言った。「いい子だから、おれを売ったのが〈フィル・ド・ソワ〉かどうかおしえておくれ。あいつにほかの人間のツケを払わせたくないんだよ、それは不当だからな」

そのとき彼の部屋の扉を片端から開けてまわり目録を作成した警官たちが食堂に戻ってきて、署長に小声で報告を行った。供述調書の作成は終わっている。

「みなさん」コランが下宿人たちに向かって言った。「おれは連行されます。ここにいるあいだは、みなさんに非常によくしてもらいました。感謝の気持ちでいっぱいです。どうかおれからのさよならを受け取ってください。プロヴァンスからイチジクを送らせてもらいます」彼は数歩進み、そしてラスティニャックのほうを振り返った。

「さよならウジェーヌ」彼は甘く悲しい声で言った。それまでのぶっきらぼうな口調とは対照的だった。「お困りの際には、おれの友だちが力になるぜ」手錠が邪魔だったが、彼は剣を構える姿勢を取り、フェンシングの師匠のように拍子を取り、叫んだ。

「一、二」そして前足を踏み出した。「困ったときにはやつに言え。人間関係だろうが、金銭問題だろうが、なんなりと相談してくれ」

この卓越した人物は一連のフレーズにかなり滑稽な調子を加えたので、その真意はラスティニャックにしかわからなかった。下宿から憲兵、兵士、警官がみないなくなると、女将のこめかみに気付け薬の酢を当てていたシルヴィは、茫然としている下宿人たちを見つめた。

「だからなんです！」シルヴィは言った。「とにもかくにも、いいひとでしたよ」

このセリフで、各人いまの一幕に刺激された多種多様な感情の作用から醒《さ》めた。この瞬間、食事に集まった客は互いの顔を確認し、一斉にミショノー嬢を睨《にら》んだ。ミイラ並みにがりがりでかさかさで生気のない彼女はストーブのそばにうずくまり、まるでその帽子の庇《ひさし》では十分に目の表情を隠しきれないというように俯《うつむ》いていた。みんなずっと前からその顔が嫌いだったが、それがどうしてだか、いまその理由がはっきりとわかった。めいめいの口から嫌悪をあらわにする囁きが漏れると、それは完全にひとつになって場に低く轟《とどろ》いた。ミショノー嬢にもそれは聞こえたが、そこを動かなかった。ビアンションが最初に隣の人間に囁いた。

「このさきもこのお嬢さんと食卓を囲まなくちゃいけないなら、おれは出てく」

ポワレ以外の人間は目配せしあい、医学生の提案に同意した。全員の同意を確信したビアンションは、この下宿の古株のほうに進みでて言った。「あなたはミショノー嬢と特別に親しいから」彼は言った。「彼女と話してください。彼女にいますぐここから出ていくべきだと、わからせてやってください」

「いますぐですって？」ポワレが驚いて聞き返した。

それから老嬢のそばに行き耳元で何事かを言った。

「でも家賃はしっかり払ってあるんです。わたしもみなさんと同じように、ちゃんとお金を払ってここにいるんですから」彼女はそう言うと、下宿人たちをマムシのような目つきで睨み返した。

「たいした問題じゃありません。みんなで金を出しあって、返金いたしますよ」ラスティニャックが言った。

「あなたはコランに味方するわけです」彼女は言い返し、詮索するような意地悪い眼差しを学生に投げた。「理由を想像するのも難しくありません」

この言葉にラスティニャックは飛びあがった。老嬢を引っ摑まえ、その首を絞めてやろうかと思ったほどだ。油断がならない。その眼差しに心の底まで見透かされたようでぞっとした。

「相手にするな」みんなが叫んだ。

ラスティニャックは腕を組み、なにも言わなかった。

「ユダ嬢の件の決着をつけましょうや」画家がヴォケール夫人に向かって言った。「もしミショノー嬢を追い出さないなら、我々があなたのボロ下宿を出ていきます。そして我々はあちこちに触れてまわるでしょうね。この下宿にはスパイだの脱獄囚だのしか住んでないってね。彼女を追い出してくれるなら、我々は全員この事件について口を噤《つぐ》みましょう。結局のところ上流社会にだって起こり得ることですからね。なにしろ脱獄囚ってのは変装して一般人に紛れ込み、やくざなことを繰り返すものなんです。そんなの囚人の顔に印でもつけないかぎり防げません。とにかくそういう連中なんですから」

この弁舌にヴォケール夫人は奇跡のように元気を取り戻した。彼女は勢いよく立ち上がり、腕を組んで、目をぱっちりと見開いた。涙の影はどこにもなかった。

「そんな、旦那、旦那はこの下宿を廃墟にしちまいたいんですか？　ヴォートランさんがあんなになって……やだわ、もう！」彼女は言いよどみながらひとり言った。「ついつい、あのひとを堅気の名前で呼んじまう！　とにかく、ひと部屋空いちまったんですよ。なのに旦那は、誰も部屋探しなんてしてないこの季節に、あとふたりも下宿人を探せって言うんですからね」

「さあみんな帽子を取ってさ、そんでソルボンヌ広場にでも食事に行こうぜ、フリコトーの店にでも」ビアンションが言った。

ヴォケール夫人は一目でこちらが優勢と見てとり、そのまま視線をミショノー嬢に移した。

「そういうことなんですよ、お嬢さん、あなただってうちの下宿を潰したくないでしょう、ねえ？　あたしはこちらの旦那がたに追い詰められて、にっちもさっちもいかないんです。今夜のところは、おとなしく部屋に帰ってくれませんかねえ」

「ちがう、ちがう」下宿人たちが叫んだ。「我々はいますぐ彼女に出ていってもらいたいんだ」

「でも、このひとは食事もしてないんですよ」ポワレが哀れな声を出した。

「どこでも好きなところに食事に行けばいい」数人が叫んだ。

「出ていけ、密告屋！」

「出ていけ、犬め！」

「みなさん」ポワレがそう叫び、突然立ち上がった。愛は羊にだって勇気を与えるのである。「相手はご婦人ですぞ」

「犬にご婦人もなにもあるか」画家が言った。

「ご婦人ラマ！」

「出ていかラマ！」

「みなさん、そういうのは、あまりに無礼ですぞ。誰かを追い出そうとするときは、きちんと手続きを踏むべきです。我々は家賃を払っているのですから、どこへも行きません」ポワレはぎゅっと帽子を被り、ミショノー嬢の隣の椅子に移動しながら言った。そのミショノー嬢をヴォケール夫人はずっと説得している。

「駄々っ子め」画家がポワレに向かって滑稽な調子で言った。「小賢《こざか》しいぞ、出ていけ！」

「いいさ、あんたらが出ていかないなら、我々が出ていく」ビアンションが言った。

それから下宿人たちはひと塊になって、サロンのほうへ移動しはじめた。

「お嬢さん、もうお手上げですよ！」ヴォケール夫人が声を上げた。「あたしゃ破産しちまいますよ。ここにいちゃいけません。連中、しまいには乱暴を働くかもしれません」

ミショノー嬢は立ち上がった。

「出ていくぞ！」「いきやしない！」「出ていくって！」「いきやしないって！」こう

した言葉が交互に繰り返された。そこに籠《こも》る敵意が次第に抜き差しならないものになり、ミショノーはどうあっても出ていかざるをえない状況になった。女将相手に契約破棄のやり取りが低い声で交わされた。

「ビュノー夫人の下宿に行こうかしら」彼女は脅すように言った。

「どこへなりとご勝手に」ヴォケール夫人が言った。相手がわざわざ商売敵《がたき》の下宿を選んだことに、ひどい侮辱を感じた。不愉快きわまりない展開だった。

「どうぞビュノーのとこへ行ってください。山羊《やぎ》も暴れだすような饐《す》えたワインと、余りもの屋で調達した料理が待ってますよ」

みんなは押し黙ったまま両脇に避《よ》け道をつくった。ポワレはミショノー嬢を実に愛《いと》おしげに見つめた。ついていくべきかいかないべきか、決めかねているのを隠そうともしないので、ミショノーの出発に大喜びの客たちは目を見合わせてにやにやしはじめた。

「そら、そら、そらポワレ」画家が彼に向かって叫んだ。「ほら立った、立った!」

博物館員がふざけて、こんな出だしの恋歌を歌いはじめた。

シリアに出発していかれる

若く美しきデュノア公……[26]

「さあ行けよ。我慢は毒だぜ。各人《トラヒット》みず《スア》からの《クエムクエ》好みに従う《ウォリュプタース》」ビアンションが言った。

「要するにタデ食う虫も好き好きということです。ウェルギリウスの本にありますな」家庭教師が言った。

ミショノー嬢はポワレを見つめながら、その腕に掴まろうとする手振りをした。彼はこの呼びかけに逆らえなかった。そしてその老嬢を支えようと前に進んだ。拍手が沸き起こった。そして爆笑が起こった。「あっぱれポワレ！」「それでこそ老いぼれポワレだ！」「まぶしいぜ、アポロン」「いやいや勇ましいぜ、マルス」「純情ポワレ！」

このとき使い走りが入ってきて、ヴォケール夫人に一通の手紙を渡した。夫人はそれを読むと、椅子に崩れ落ちた。

「まったく、この下宿ったら、あとは雷でも落ちて燃えちまうだけだわ。タイユフェールの若さまが三時に亡くなったってさ。あの若さまが死んでくれたらうちのご

26　オランダ王妃でありナポレオン三世を産むことになるオルタンスが作曲した恋歌。十八世紀末、ナポレオン信奉者によってよく歌われた。

婦人がたは幸せになるわ、なんて考えてたから罰《ばち》が当たったんだわ。クチュール夫人とヴィクトリーヌが荷物を送ってくれって。父親の家に引っ越すんだって。タイユフェールさんは娘に、クチュール未亡人も世話役として面倒みると約束したそうよ。四部屋も空きができちゃった。五人も下宿人が減っちゃった！」へたりこみ、ほとんど泣きそうになった。「不幸がうちに入ってきちまった」彼女は叫び声をあげた。

馬車が雷鳴のような音をたてて通りで止まった。

「このうえ岩石でも落ちてくるのかね」シルヴィが言った。

ゴリオ爺さんが飛びこんできた。その顔はつやつやとし、悦びに紅潮していた。若返ったのかと思うほどだった。

「ゴリオが馬車で」みんなが言った。「いよいよ世界の終わりが来た」

老人は食堂の隅で物思いに耽《ふけ》っているウジェーヌのもとにまっすぐ歩いてきて、彼の手を取った。「来てください」彼はいかにも嬉しそうに言った。

「ここでなにがあったか知らないんですか？」ウジェーヌが老人に言った。「ヴォートランは脱獄囚だったんです。警察に連行されました。それからタイユフェールの子息が死にました」

「へえ、だからなんです？　我々に関係ありますか？」ゴリオ爺さんが答えた。「わたしは娘と食事するんです、あなたの新居でね。聞こえましたか？　あの子があなたを待っています。来てください！」

彼は乱暴にウジェーヌの腕を引っ張り、無理やり歩かせた。そしてあたかも愛人を攫《さら》うように彼を攫っていった。

「われわれも食事にしよう」画家が叫んだ。

すぐさま各人はテーブルの前へ行き、自分の席に腰を下ろした。

「まったく」ふとっちょシルヴィが言った。「今日はなんもかんもうまくいきません。羊肉のシチューも焦げちまいました。まあいいんですよ！　焦げたのを食べるのは、みなさんですからね、残念ですが！」

ヴォケール夫人はひと言も返す元気が出ず、十八人坐るテーブルのまわりに十人しかいないのを見つめていた。ただ、みんな彼女を慰め、元気づけてやろうとした。食事客はまずヴォートランや今日あった出来事について話しはじめたが、話題はすぐにあちらこちらに逸《そ》れ、決闘、脱獄囚、裁判、法律をつくりなおす必要、監獄についてへと移った。そのうちに、ジャック・コランやヴィクトリーヌ、そしてその兄はまるで遠くかけ離れた存在になった。彼らは十人しかいなかったが二十人分の声を出したので、いつもより人数が多く感じられた。今夜と昨日の夕食の違いは結局それだけだった。明日になればパリで日々起こる事件のなかから、好奇心を満たす次のネタを見つけるにちがいないこの自己中心的なひとびとは、いつもの呑気《のんき》さを取り戻した。そしてヴォケール夫人も、ふとっちょシルヴィの明るい声に慰められるような気になった。

ウジェーヌにとってその日は晩まで夢か幻のようだった。その芯の強さと健やかな頭をもってしても、自分の考えをどう整理してよいかわからなかった。彼はそのとき、辻馬車の中にゴリオ爺さんと隣り合わせに坐っていた。いつになく嬉しそうに話す爺さんの声が耳元で鳴り響くのだが、烈しい興奮のあとだったために、まるで夢の中で聴いているようだった。

「今朝の話もみんな片が付きました。三人で食事をするんですよ！　三人いっしょに、いっしょにですよ！　わかりますか？　デルフィーヌと、あの可愛いデルフィーヌと食事をするなんて、四年ぶりですよ。わたしは晩もずっとあの子といっしょにいられるんです。わたしたちは朝からずっとあなたの新居におりました。わたしは上着を脱いで下働きみたいに働きました。家具を運ぶのを手伝いました。そうか！　あなたはあの子がテーブルでどんなに優しいかご存じないんだなあ！　あの子はわたしの世話を焼いてくれるでしょうな。『ほらパパ、これ食べて、美味しいのよ』これじゃあとても食べられませんよ。ああ、なんと久しぶりでしょうなあ！　こんなふうにあの子といて、心安らかな気持ちになれるのは！」

「今日はどうなってるんだ」ウジェーヌが言った。「世界がひっくり返ってしまったんだろうか？」

「ひっくり返ったですって？」ゴリオ爺さんは言った。「しかし世界はかつてないほど美しいですよ。通りには陽気な顔をしているひとしか見かけません。ひとびとは手を握りあい、抱きあってキスをしていました。みんな幸せそうでした。まるで誰もがこれから自分の娘の家に出かけていって、すてきな夕食を堪能《たんのう》しようとしているかのようでした。あの子はね、わたしの目の前で〈カフェ・デ・ザングレ〉[27]の店長に、すてきな食事を注文してました。しかしです！　彼女のそばにあれば、アロエの青汁だって蜂蜜《はちみつ》みたいに甘く感じられるでしょうな」

「ぼくは息を吹き返したらしい」ウジェーヌが言った。

27　カフェ・アングレ（英国亭）のこと。イタリアン大通りとマリヴォー通りのぶつかる角に実在した高級レストランで、当時最も華やいでいた名店とされる。上流階級のみならず、フローベールやスタンダール、バルザックなどの作家も多く顧客に名を連ねた。

「しかし急がなければ、御者くん」ゴリオ爺さんは前の窓を開け、叫んだ。「スピードを上げてくれ。十分で到着できたら一〇〇スー［＝五フラン］、チップをはずむ」この約束を聞いて、御者は稲妻のようにパリを駆け抜けた。

「まだか、のろいな」ゴリオ爺さんは言う。

「しかし、どこへ向かっているんです？」ウジェーヌが訊いた。

「あなたの家ですよ」ゴリオ爺さんが言った。

馬車はアルトワ街で止まった。老人が先に降り、一〇フランを御者に投げた。このやもめ男にとっては大きな無駄遣いだが、悦びの絶頂にある彼にはいま怖いものはなかった。

「さあ、参りましょう」彼はそう言って、ウジェーヌを連れて中庭を通り抜け、その見るからに新しく美しい建物の奥の棟の四階に位置する扉の前へと案内した。ゴリオ爺さんにベルを鳴らす必要はなかった。ニュッシンゲン夫人の小間使いのテレーズが扉を開けてくれた。ウジェーヌは独身者向けの感じのいい住居の中に入った。前室と、小さなサロン、寝室、窓から庭の見える書斎からなるアパルトマンだった。小さなサロンに置かれた家具や調度品は、もっとも上質で優雅なサロンのものと比べても引けを取るまい。彼は蠟燭《ろうそく》の灯りのもとでデルフィーヌが暖炉のそばの二人掛けのソファから立ち上がるのを見た。彼女は暖炉の上に扇を置いた。そしてウジェーヌに向かって抑揚たっぷりに優しい声で言った。「やっぱりお迎えを出さないといけなかったのね、あなたってひとには」

テレーズが出ていった。学生はデルフィーヌを両腕に包み、強く抱いた。すると嬉しくて泣けてきた。一日じゅう苛立つことの連続で心も頭もくたびれきっていたところに、いま目にしているものと、さっき目にしたものとの強烈な対比がとどめを刺した。ウジェーヌは烈しい感動の虜《とりこ》になった。

「わたしにはわかっていたよ、このひとがお前を愛しているとね」ゴリオ爺さんが囁くような小さな声で娘に言った。ウジェーヌはその間ソファにへたりこみ、ひと言も発することができずにいた。魔法の杖がとどめにどんなふうに振られたかも気づかなかった。

「ねえ、見てまわりましょうよ」ニュッシンゲン夫人が彼の手を取り、寝室に連れていった。絨毯《じゅうたん》や家具、そのひとつひとつの細部のバランスに至るまで、デルフィーヌの部屋を彷彿《ほうふつ》とさせた。

「ベッドがないな」ウジェーヌが言った。

「そうなの」そう言いながら彼女は顔を赤らめ、彼の手を握り締めた。

ウジェーヌはデルフィーヌを見つめた、若い彼にも可愛い女の心のうちに本物の恥じらいが残っていることがわかった。

「あなたは永遠に愛されるべき女性です」彼は彼女の耳元で囁いた。「そう、あえて言います。十分に互いを理解しているからこそ言うのです。愛というものは烈しく誠実なものになればなるほど、ヴェールに覆われ、隠されていかなければいけません。ぼくらの秘密はぼくらだけのものです」

「ああ！　わたしは蚊帳《かや》の外になるのでしょうなあ」ゴリオ爺さんがぶつぶつ言った。

「あなたが『ぼくら』に含まれているのは、よくご存じのはずです」

「ああ！　まさしくわたしの望んでいたことです。わたしがいても気にならないってことでしょう？　わたしは聖霊のように往来するのです。聖霊はそこらじゅうにいるのに、誰にも気づかれずにいられますからね。ほうらね！　デルフィネット、ニネット、デデル[28]！　おまえに『アルトワ街に綺麗なアパルトマンがあるよ、彼のための部屋にしようじゃないか！』と言ったわたしは間違ってなかったろう？　おまえは乗り気じゃなかったね。ああ、おまえの悦びを演出するのはいつもわたしなんだよ。わたしはおまえの人生の作者のようなものさ。父親というのは、いつだって幸せの代償を払ってやらないといけない。つねに代償を払ってやる、父親であるとはそういうことだ」

「なんですって？」ウジェーヌが言った。

「そう、この子は乗り気じゃなかったのです。世間の目を気にしていたのです。まるで世間というものに幸せを捨てるだけの価値があるかのようにね！　しかし女性というのは、いまこの子がしているようなことを、誰だってしてみたいと夢見ているものなのです」

ゴリオ爺さんは、ひとりでしゃべっていた。ニュッシンゲン夫人はとっくにウジェーヌを連れて書斎に移動していた。そこからキスの音が軽快に鳴り響いた。書斎もこの完璧なアパルトマン全体に似つかわしく優雅だった。

「望み通りかしら？」彼女は食卓に着くために、サロンに戻りながら言った。

「ええ」彼は言った。「それ以上ですよ。まったく！　完璧な贅沢、まさに夢見たままの世界です。隅々までセンスのいい、いまどきの優雅なアパルトマンです。だからこそ、自分がそれに見合っているとは思えないのです。そもそも、そうしたものをあなたから受け取るわけにはいきません。なにしろぼくはまだとても貧しく……」

28　すべてデルフィーヌの愛称。

「あらまあ！　もう抵抗するのね」彼女はふざけ半分にそう言い、女たちが男のちっぽけなこだわりを蹴散らそうとするときにつくるあの可愛いふくれっ面をした。

ウジェーヌは一日じゅう、あまりにも堅苦しく自分と向きあった。そしてヴォートランの逮捕を通して自分が危うく転がり落ちるところだった奈落の深さを目《ま》の当たりにして、持前の気高い感性や細かなことをないがしろにしない注意力を強固にしたばかりだった。そのため自分の高潔な考えを退けようとする甘ったるい反論にはどうしても妥協できなかった。深い悲しみが彼を支配した。

「まあ驚いた！」ニュッシンゲン夫人が言った。「断るおつもりなの？　そういう拒絶がなにを意味するかご存じ？　先のことなんてわからないと思っているのです。わたしと関係を持つことをためらっているのです。つまりいずれわたしを裏切るかもしれないと思っているのです。もしあなたがわたしを愛しているなら、わたしが……あなたを愛しているなら、なぜ、この程度のささやかな援助の前で尻込みするのでしょう？　わたしがどれほどわくわくしながら独身男性の部屋を整えたか、それを知ったら迷ったりしないでしょう。そしてわたしに赦しを乞うはずです。それに、前から預かっていたお金があったでしょう。だからあれを上手に使ったのです。あなたは一人前の大人のつもりでいるのでしょうけど、子供なのです。あなたには必要なものがまだまだあるのに……（ああ！　と、ウジェーヌの燃える眼差しを捉えて彼女は言った）あなたはくだらない体裁を気にして格好をつけているのです。もしわたしを少しも愛していないというのなら、いいでしょう、断っていただいて結構です。わたしの運命はそのひと言にかかっています。さあ言ってください！」彼女は父親のほうを向き、少し間を置いて言った。「ねえ、お父さん、このひとになにか納得のいく説明をしてやってください。このひとは、わたしが自分ほど名誉に敏感でないと思っているのかしら？」

ゴリオ爺さんはアヘンを吸っているかのようにじっと微笑《ほほえ》んだまま、この可愛らしい諍《いさか》いを見つめ、聞いていた。

「聴いて！　あなたは人生の入口に立っているのです」彼女がウジェーヌの手を握って言った。「あなたの前には多くの人間にはとても乗り越えられない障壁を持った城門があり、その門を開いてくれる女の手があるのです。なのにあなたは後ずさりする！　ねえ、あなたは成功します。あなたは輝かしい未来をつくります。そのきれいな額に、成功すると書いてあるのです。ですから今日わたしがお貸しした分は、そのとき返してくれればいいではありませんか？　かつて貴婦人たちは、自分の名を懸けて馬上試合で闘う騎士たちのために、鎧《よろい》や剣、兜《かぶと》、鎖帷子《くさりかたびら》、馬を用意したのではなくて？　だとすれば、ウジェーヌ、わたしがあなたに差し上げる物は、現代でいうところの武器、これから名を揚げようという者にとって必要な道具なのです。どうせひどい屋根裏部屋に住んでいるのでしょう。パパの部屋と似たような部屋ならね。考えてみて、そんなところでわたしたちどうやってお食事をするの？　わたしを悲しませたいの？　ねえ、答えて！」彼女は彼の手を揺すった。「どうしましょう、パパ、このひとを説得して。でなければわたし出ていって、もう彼と二度と会いません」

「わたしが決心させてあげましょう」ゴリオ爺さんは陶酔《とうすい》から醒めて言った。「ウジェーヌさん、あなたは高利貸しのところに金を借りにいくつもりではありませんか？」

「しかたありません」彼が言った。

「まあ、お待ちなさい」老人はそう言って、すっかり使い古された汚らしい革の財布を取り出してみせた。「ならばその高利貸しの役はわたしがしましょう。すべての支払いはわたしが済ませましたからね。あなたはここにあるすべてのもののために一銭も借金することはありません。合わせてもたいした額にはなりません。五〇〇〇フランかそこらでしょう。それはわたしがあなたにお貸ししたものです、わたしがです！これならあなたはお断りにならない。わたしは女ではありませんから。あなたには借

握った。
たがいを驚きの目で見つめあった。ウジェーヌは老人の手を取り、それをぎゅっと
ウジェーヌとデルフィーヌの目から同時に、幾筋かの涙が流れ落ちた。ふたりはお
用書を書いてもらいます。そして、のちにそれを返済してもらいます」

ウジェーヌとデルフィーヌの目から同時に、幾筋かの涙が流れ落ちた。ふたりはおたがいを驚きの目で見つめあった。ウジェーヌは老人の手を取り、それをぎゅっと握った。

「どうしました！　あなたがたはわたしの子供ではありませんか？」ゴリオが言った。

「でも、お父さん」ニュッシンゲン夫人が言った。「どうやって払ったの？」

「おやおや！　それはな」彼は答えた。「このひとにおまえのそばで暮らしてもらおうと決めたとき、おまえがまるで花嫁のように買い物をしているのを見ていて思ったのだよ、『この子はこのさき窮地に陥るぞ！』とね。代訴人はおまえが夫に対して訴訟を起こし、自分の財産を取り戻すまでに六カ月以上かかると言っている。しかたない。わたしは年利一三五〇リーヴル［＝一三五〇フラン］の国債を売って、一万五〇〇〇フランでちゃんと抵当のついた年利一二〇〇フランの終身年金をつくり直した。おまえたちの買い物の分は元金の残りで払った。わたしはこの上の階に年五〇エキュ［＝一五〇フラン］の部屋を借りた。わたしは一日四〇スー［＝二フラン］もあれば大公のように暮らせるからね。それでもまだわたしにはお金が残る。わたしは金なんて使わない。ほとんど服も必要ないし。わたしはこの二週間ひとりでにやにやしてたの

さ、『あの子らは幸せになるぞ』ってつぶやきながらね。そら、ちがうかね、おまえたちは幸せだろう?」

「ああ、パパ、パパ!」飛びついてきたニュッシンゲン夫人を、老人は膝《ひざ》に載せた。彼女はそこらじゅうにキスを浴びせ、金髪で優しく父の頰を撫で、晴れ晴れとした老いた顔に涙を落とした。「お父さん、あなたはまさしく父親だわ! いいえ、こんな父親は天下にふたりといないわ。ウジェーヌはもともとお父さんが好きだったけど、これからはどれだけ愛するかしれないわ!」

「ああ、わたしの子供たちだ」十年ぶりに娘の胸の鼓動をじかに感じたゴリオ爺さんは言った。「デルフィネットや、そんなに喜ばせたらわたしは死んでしまうぞ! このポンコツな心臓は張り裂けそうだ。さあどうぞ、ウジェーヌさん、もう貸し借りはなしです!」そう言って老人は娘をぎゅっと抱きしめた。それがあまりに乱暴で無茶苦茶だったせいで娘が声をあげた。「ああ、痛いわ!」「ああ痛くしちまったね!」蒼褪《あおざ》めながら彼は言った。彼は痛みに耐える超人のように娘を見つめた。いまここでこの父性の塊であるキリストの容貌をあますところなく描き出すためには、かつて絵画界の巨匠たちが、全人類に代わって救世主が耐えた受難を描き出すために生みだした視覚表現に匹敵するものを探さなくてはならないだろう。ゴリオ爺さんは指の力を緩めて、娘のコルセットに優しく触れた。「いやいや、大丈夫、痛くはさせなかったね」彼は笑顔で彼女に問いかけた。「その悲鳴でわたしに痛い思いをさせたのはおまえのほうだ。そちらのほうが余程痛い」彼はそっと彼女にキスをしながら、娘の耳元でこう言った。「こう言ってごまかしておかないと。彼が怒りだすからね」

ウジェーヌはこの男の果てしない献身に度胆を抜かれていた。そして若者らしい素直な感動をあらわにして老人を見つめた。

「ぼくは、こうした犠牲のすべてに見合う人間になります」彼は叫んだ。

「おお！　ウジェーヌ、いまおっしゃったこと、立派です」ニュッシンゲン夫人は学生の額にキスをした。

「このひとはおまえのためにタイユフェール嬢とその数百万フランの財産を断ったんだ。そう、あのお嬢さんはあなたを愛していた、本当に。そしてあの子の兄さんは死に、いまじゃあの子はクロイソス王[29]のような大金持ちだ」

「よしてください！　なぜそんな話をするんです？」ラスティニャックは叫んだ。

「ウジェーヌ」デルフィーヌが彼の耳元で言った。「今度はわたしが、今夜のことを

29　リディア王国最後の王。巨万の富を築いたが、ペルシャに敗北した。大金持ちの代名詞。

申し訳なく思う番だわ。ああ、わたし、あなたを本当に愛するわ！　ずっとずっと愛するわ」

「今日はおまえが結婚して以来、最良の日だ。神さまがお望みなら、わたしはどれだけ苦しめられてもいいんだ、そうさ、おまえが原因でさえなければね。今年の二月、わたしは普通の人間が一生通したって味わえないような最良の時期を過ごしたんだよ。こっちをごらんフィフィーヌ！〔デルフィーヌの愛称〕」彼は娘に言った。「この子は本当にきれいでしょう？　ねえどうです。これまで、これほど可愛らしい容姿と、こんなえくぼを持った女性にたくさん出会いましたか？　出会ってない、そうでしょう？　なにしろ、この愛らしい女性はわたしがつくったのです。このさき、この子はあなたによって幸せになるでしょう、そうすればこの子はまた一段ときれいになります。わたしは地獄に行ったっていいんです」彼は隣人に言った。「必要ならば、わたしの天国の席をあなたにお譲りしますよ。さあさあ、食べましょう」彼は言った。もうなにを話しているのかわからなくなってきた。「万事が思いのままです」

「可哀想なお父さん！」

「ああ、おまえにわかったらねえ」彼は立ち上がり、彼女のところへ行き、その頭に手をかけ、編み上げた髪にキスをした。「おまえがわたしを幸せにするのが、どんなに安上がりかってことを！　ときどき会いにきておくれ。わたしは上の階にいるから。目と鼻の先にね。そうすると約束しておくれ！」

「ええ、お父さん」

「もう一度」

「そうするわ、大好きなお父さん」

「もうやめておくれ、その声を聞いていたら、わたしは百回でもおまえに繰り返させてしまいそうだ。夕食にしよう」

まるで子供のようにはしゃぎっぱなしの夜だった。ゴリオ爺さんは誰よりも羽目を外した。娘の足元に寝そべり、その足にキスをしたり、延々と娘を眺めてみたり、娘のドレスに顔をこすりつけたりした。ようするにきわめて子供っぽい軟弱な恋人がするような愚かな行動を取った。

「わかるでしょう？」デルフィーヌがウジェーヌに言った。「父と一緒のときには、なんだって彼の思うとおりにしてあげなくてはいけないの。でも、ときどきほんとに鬱陶《うっとう》しくなってしまうのよね」

すでに何度か嫉妬心が動くのを感じていたウジェーヌは、あらゆる忘恩の始まりを含んだそのデルフィーヌの言葉を咎めることができなかった。

「それで住居の準備はいつ終わるんだろう？」ウジェーヌが部屋を見回しながら言った。「今晩はお暇《いとま》するべきなのかな？」

「そうよ。でも明日は食事にいらして」彼女は愛想よく言った。「明日はイタリア座の日だから」

「わたしも一階の立見席に行こう」ゴリオ爺さんが言った。

真夜中だった。ニュッシンゲン夫人の馬車が待っていた。ゴリオ爺さんと学生はヴォケール館に帰る道すがら、おのおののデルフィーヌへの想いのたけを語りあううちに、熱くなり、情熱の烈しさを競うように、表現をめぐって奇妙なつばぜり合いを演じた。ウジェーヌはいかなる打算もない父親の愛情が、その持続性と広がりでもって、自分の愛を圧倒するのを認めないわけにはいかなかった。父親にとって愛する対象はつねに無垢で美しかった。そしてその愛情は過去をそっくり呑みこんで膨らみ、未来をも呑みこもうとしているのだった。

ヴォケール夫人はストーブのそばでシルヴィとクリストフに挟まれて、まるでカルタゴの廃墟に立つマリウス将軍のようにそこにいた。彼女はシルヴィ相手に泣き言を並べ[30]ながら、自分に残されたふたりきりの下宿人を待っていた。バイロン卿がタッソーのためにいかに美しい哀歌を書こうとも、そのときヴォケール夫人の口から洩れたその真実に貫かれた嘆きには遥か遠く及ばないだろう。

「つまり明日の朝、用意するコーヒーカップはたったの三つなのよ、シルヴィ。なんてこったろう！　うちが空っぽになっちゃった。胸が張り裂けるってこういうことを言うんじゃない？　あたしの人生から下宿人を取ったら、なにが残るってのさ？　空っぽだわよ。下宿人のいない下宿ですって。なんて味気ない人生だろう。こんな災いを招くなんて、あたし神さまを怒らせるようなことしたのかしら？　インゲン豆もジャガイモも、蓄えは二十人分あるっていうのに！　うちで警察沙汰なんて！　イモばっかり食べるはめになりそうだわ！　これじゃあクリストフをクビにしなくちゃ！」うとうとしていたサヴォワ出の下男は、はっと目覚めて言った。「お呼びで？」

「哀れね！　まるで番犬だわ」シルヴィが言った。

「シーズンオフだもの。誰も部屋探しなんてしてないわよ。どこで下宿人見つけてこいっていうのさ？　頭がおかしくなっちまうよ。いまいましいミショノーめ、ポワレ

30　叙事詩『解放されたエルサレム』を書いたイタリアの詩人。ルネッサンスからバロック期にかけて活躍したが、精神を病み、宮廷から迫害され不遇のうちに生涯を閉じた。後世、ゲーテやバイロンがこの薄幸の詩人を詩に詠んだ。

まで連れてっちゃった！　どうやって手懐《てなず》けたのかねえ？　あの男、わんちゃんみたいに、あの女にくっついてさ」

「あら！　女将さん！」シルヴィが頷きながら言った。「あの手の婆さまがたは手管《てくだ》に長《た》けてるんですよ」

「可哀想なのはヴォートランさんね、脱獄囚にされちまって」未亡人は言った。「とにかくさ！　シルヴィ、どうしても納得いかないんだよ。まだ信じられないのよね。あのひとが囚人だったなんて。あんな陽気なひとが、月一五フランでグロリアを飲んでいたひとが、あんな金払いのいいひとが！」

「それに気前がよかったな！」クリストフが言った。

「なにかの間違いですよ」シルヴィが言った。

「いいえ、やっぱりそうなのよ、あのひと自身がそう言ってたもの」ヴォケール夫人が言った。「いずれにせよ全部うちの下宿で起こったことなんだよ。普段は猫の子一匹通りゃしないのに！　ほんとにね、夢じゃないのかね。だってそうでしょう。そりゃあルイ十六世は災難に遭ったわよ。皇帝だって倒されて、戻ってきて、また倒された。でも、それって全部、自業自得だったじゃないのさ。町の貧乏下宿屋に、そんなことがあっていいもんですか。王さまはいなくても困らないけど、おまんまは毎日食べなきゃいけないんだから。つまり、このド・コンフラン家出身の正直な女がおいしい夕食を出しているところで、こんなことあっていいわけない。世界の終わりでも来ないかぎり……つまり、そういうことかね、世界の終わりが来たのかねえ」

「ところで女将さんをこういう目に遭わせた、ミショノーさんですけど、あのひと、一〇〇〇エキュ［＝三〇〇〇フラン］の年金を貰うらしいですよ」シルヴィが大声で言った。

「その話はしないで。あんなのは極悪人だよ！」ヴォケール夫人が言った。「おまけに、あの女、ビュノーの下宿に行くだなんて！　なんだってやる女だよ。これまでもおぞましいことをしてきたに違いない。ひと殺しやら盗みやら。あの女こそ監獄に行くべきだ。優しい可哀想なあのひとの代わりに……」

ウジェーヌとゴリオ爺さんが呼び鈴を鳴らしたのはちょうどそのときだった。

「ああ！　うちのご贔屓《ひいき》さんがお戻りだよ」未亡人がほっと溜息《ためいき》をついた。

この下宿で起こった不幸などすっかり過去のことになっていたご贔屓ふたりは、ショセ＝ダンタンへ転居する意向を屈託なく女将に告げた。

「ああ、シルヴィ！」未亡人は言った。「最後の切り札がこれだよ。おふたりは、あたしをショックで殺す気ですか！　いまのはみぞおちに入りましたよ。ああ胃が痛い。

今日一日で十年分の気苦労が降ってきた。変になっちゃいそうですよ、正直！　インゲン豆をどうしろってんです？　ええ！　いいでしょう、この下宿にあたしひとりってことになるなら、あんたには出てってもらうからね、クリストフ。さようなら、旦那がた、おやすみなさい」

「女将はどうしたの？」ウジェーヌはシルヴィに訊いた。

「どうしたもこうしたも！　あの事件のあと、みんな出てっちまったんですから。そりゃ、おかしくもなりますよ。やれやれ、泣いてるわ。ああしてぶつくさ言ってりゃ気も晴れるでしょう。ここに仕えて長いけど、女将さんがほんとに泣いたのを見たのははじめてですよ」

翌朝、ヴォケール夫人は本人の言を借りるならば「平静を取り戻した」。なるほどいかにも下宿人全員に出ていかれ生活が一変した女性らしく、打ちひしがれた様子ではあったが、夫人は完全に正気を保っていた。そのせいでかえって、日常を破壊され儲けを台無しにされて生じた彼女の痛みが、どれほど深刻なものであるかよくわかった。たしかに、愛人のかっていた場所を眺めやる男の眼差しだって、がらんとしたテーブルを眺めるヴォケール夫人の眼差しほど切なくはあるまい。ウジェーヌは夫人に、あと数日でインターン期間を終了するビアンションが自分と入れ替わりに入居するかもしれないとか、博物館員がクチュール夫人の住んでいた部屋に住みたいというようなことを以前よく口走っていたとか、近日中にひとも戻ってくるとか言って、彼女を慰めた。

「神さまがその話を聞いてくださるといいんだけど。でもだめ、ここは不幸に取り憑《つ》かれてるんですよ。見ていてごらんなさい、十日もしないうちに、死人もでますから」彼女はそう言いながら、食堂に悲痛な眼差しを投げた。「死ぬのは誰かしら?」

「引っ越すのは正解ですね」ウジェーヌは小声でゴリオ爺さんに言った。

「女将さん」シルヴィが怯《おび》えきったように駆けてきて言った。「もう三日も、猫のミスティグリを見てないんですが」

「ああ、やっぱり。もしあの子が死んじゃってたら、このまま帰ってこなかったら、あたし……」

可哀想な未亡人はそこで止めた。彼女は両手を組みあわせ、恐ろしい予兆のようなものにすっかり打ちひしがれて椅子の背にもたれかかった。

パンテオンの界隈に郵便配達人がやってくる正午頃、ウジェーヌは上品に包みこまれ、ボーセアン家の紋で封印がしてある手紙を受け取った。中には、ひと月前から公示され、子爵家で催されることになっている大舞踏会へのニュッシンゲン夫妻宛て招待状が入っていた。この招待状とともに、ウジェーヌ宛てに小さな手紙が添えてあった。

ラスティニャックさん、きっとあなたは喜んでニュッシンゲン夫人にわたしの気持ちをうまく説明してくださるものと思います。頼まれていた招待状を送ります。レストー夫人の妹さんを紹介していただくことにしましょう。その素敵なかたをうちへお連れくださいませ。でも、そのひとがあなたのすべての愛情を独り占めしてしまわぬようにしてください。わたしがあなたに抱いている愛情のお返しを、あなたはたっぷりとしてくださらなければいけませんよ

ボーセアン子爵夫人

「それにしても」ウジェーヌはこの手紙を畳みながら思った。「ボーセアン夫人はかなり露骨にニュッシンゲン男爵を連れてきてほしくないと言っているな」

きっと褒美を受け取れるはずだとわくわくしながら、彼はすぐさまデルフィーヌに会いにいった。ニュッシンゲン夫人は入浴中だった。ラスティニャックは夫人の居間で待った。二年来の目標であった恋人を持つことができるのだと心が逸《はや》り胸の熱く

なった若者は、当然、いてもたってもいられなくなった。こうした感動は、若者の人生に二度とは訪れない。初めての女というのは、文字通り、ひとりの男をすっかり虜にしてしまう。つまり、その青年にとってはその女こそが、パリ社交界が求める栄華の証しなのである。これに勝《まさ》る女なんているはずがない。

パリにおける恋愛は、そのほかの恋愛とはまったくの別物なのである。パリでは男も女も、公の場で、わたしの愛は無私無欲ですなどとうそぶいて、これみよがしに愛想をふりまくが、そんな上っ面に騙《だま》されるものはひとりもいない。この地では、女はただ心や性欲を満足させていればいいというわけにはいかない。パリの女はおのれに課せられたもっとも大きな義務が、人生を構成する何千もの虚栄を満たしてやることだと心得ているのである。なによりパリで見受けられる恋愛はたいてい、自慢屋で厚かましく、浪費家で、ほら吹きで、派手好きだ。かつて、かのルイ十四世は、ラ・ヴァリエール嬢に執心するあまり、それぞれ一〇〇〇エキュ〔＝三〇〇〇フラン〕もする自慢の袖飾りをお構いなしに破らせておいたという[31]――かくしてヴェルマンドワ公爵[32]というスターがこの世に誕生することになったのだが――これを聞いた宮廷じゅうの女たちはこぞってラ・ヴァリエール嬢のようになりたいと羨んだというから、ほかの人間だって似たようなものだろう。なるべく若く裕福で肩書のある人間であることが肝心なのだ。可能なかぎり、優れていることが肝心なのだ。とにもかくにも崇《あが》める対象があるのなら、その前にたくさん香を運んで焚《た》いてやればいい。そうすれば向こうはどんどんこちらに好意的になるだろう。愛とは、ひとつの宗教なのだ。そしてその儀式は、他のどの宗教儀式よりも高い代価を要求する。愛というのは移ろうのが早いうえに、場を荒らすことで自分が通った足跡を残そうとする青臭いところがあるのだ。パリの貧しい屋根裏部屋に詩情があるのは、そこに感情が溢れているからだ。こうした豊かさがなくて、どうして屋根裏で愛が育つだろう?

たしかにドラコンの法[33]並みに厳格なパリの掟に従わぬ例外もいるにはいる。孤独に生き、世の中の意見に流されない魂、清水が滾々《こんこん》と湧く泉のそばで生きるような魂にお目にかかることもある。おのれの緑の木陰を大切にし、自分のために万物に記された無限の言葉にうっとりと耳を傾け、そしておのれのうちにさえその言葉を発見し、巷《ちまた》の人間を憐れみながら、自分の翼が飛べる状態になるのを待っているような、そういう魂だ。

しかしラスティニャックは、おおかたの若者がそうであるように、先に栄華の味を知ったため社交界という勝負の場に完全武装して立ちたいと思っているのだった。彼はすっかり出世熱にとり憑《つ》かれていた。自分に社会を支配する力があると感じているかもしれないが、その一方で、野心の使いかたも、それが目指すところもわかっていない。人生が純粋で神聖な愛で満たされない代わりに、そうした権力への渇望がなにかしら立派なことを成し遂げる可能性はある。そうした渇望には、ひとを個人的な利害から解放し、一国の栄華を自分の目標とさせるだけの力が十分にある。しかし学生は人生という川を俯瞰《ふかん》し、その流れを読むことができるような境地にはまだ辿《たど》りついていなかった。いまのところ彼はまだ若々しい優しいものの見かたを捨てきれずにいた。それは鬱蒼《うっそう》と茂る森のように田舎育ちならではの彼の青臭さを包みこんでいた。彼は相変らず、パリのルビコン川を渡るかどうかで、迷っていた。燃えるような好奇心を持っているにもかかわらず、彼は頭のどこかでつねに、故郷の城で真っ当な紳士として安らかに人生を送るという考えを捨てきれずにいた。

31　ルイ十四世の愛妾ラ・ヴァリエール夫人は、王とのあいだの第一児を出産の際、あまりの苦しみで王の首にしがみつき、その高価なレースを破いたと伝えられる。ただしこれは後述のヴェルマンドワ出産の際のエピソードではない。
32　ルイ十四世とラ・ヴァリエールのあいだに生まれた非嫡出子。
33　アテナイの立法者ドラコンがアテネで最初に制定した慣習についての成文法。厳罰で有名。

　ところが彼の最後のためらいは昨晩、自分の新居に立ったときに消滅した。高貴な家柄に生まれたことから長らく精神的な特権を味わってきた彼は、このたび金があることによる物質的な特権を知り、田舎者の殻を脱ぎ捨てた。そして、そこからなら素晴らしい将来を見つけられるという位置で、静かに自分の足場を固めた。こんなふうに、半ば自分のものになりかけているこの綺麗な部屋でふかふかした椅子に腰掛け、デルフィーヌを待っていると、ラスティニャックは去年パリにやってきたばかりの自分をひどく遠く感じ、心の目で当時の自分を眺め、自分は変わってしまったのではないかと考えるのだった。

「奥さまがお部屋でお待ちです」小間使いのテレーズにそう言われ、彼はぶるりと震えた。

　デルフィーヌは暖炉のそばの二人掛けのソファに身を預けていた。のびのびとくつろぎ、実にみずみずしかった。こんなふうに波打つモスリンに包まれてくつろぐ彼女を見ていると、花弁の内に果実が生《な》るインドの美しい植物に譬えたくなってしまう。

「やっと、ふたりきりになれました」彼女は感動を込めて言った。

「あなたになにを持ってきたと思いますか?」ウジェーヌは彼女のそばに腰を下ろしながらその手を取り、キスをした。

ニュッシンゲン夫人は招待状を読みながら歓喜に震えた。彼女は潤んだ目をウジェーヌに向け、虚栄心が満たされたことに我を忘れ、彼の首に飛びついて、自分のほうに引き寄せた。

「ああ、なんと感謝申し上げたらよいのかしら（ねえ、テレーズがそこの化粧室にいるの、慎重にいきましょう、と耳元で彼女が言った）こんな幸せを手にできるなんて。ええ、大袈裟《おおげさ》なんかじゃありません。これは、もはや自尊心を満足させるちっぽけな勝利などとはわけがちがいます！　これまでわたしをそんな上流社会に招き入れてやろうというひとはいませんでした。こんなことを言っていると、そのへんのパリ娘みたいな、ちっぽけでくだらない軽薄な女だと思われるかもしれませんね。でもね、わかってください、わたしはあなたのためならすべてを犠牲にする覚悟があります。そしてわたしがかつてないほどサン＝ジェルマン街に憧れるとすれば、そこにあなたがいるからです」

「この手紙を読むと」ウジェーヌが言った。「ボーセアン夫人は自分の舞踏会でニュッシンゲン男爵の顔は見たくないと言っているように思われませんか？」

「そうね、たしかに」男爵夫人はウジェーヌに手紙を返しながら言った。「こういう女性は慇懃《いんぎん》無礼《ぶれい》の権化ですもの。でもかまいません。わたしは行きます。姉も行くはずです。あのひとが素晴らしいドレスを準備しているのを知っているもの」彼女は声を落とした。「姉はそこに不愉快な噂を払拭《ふっしょく》しに行くのです。あなたも、あのひとについての噂を耳にしているんじゃないかしら？　今朝ニュッシンゲンがやってきて言うには、昨日クラブでは大っぴらに話されていたそうです。ああ、なんでこんなことになったのでしょう！　女性の名誉、家族の名誉にかかわります！　姉のことであっても、自分が攻撃されたような、傷つけられたような気がしました。いくつかの話を総合すると、トライユ氏の振り出した手形の額が一〇万フランにも上り、不渡りになりかけているらしく、訴追されるだろうということなのです。彼をその苦境から救うために、どうやら姉は高利貸しに自分のダイヤモンドを売ってしまったらしいのです。あなたも見たことがあるかもしれませんが、レストーの姑《しゅうとめ》から受け継いだ例の素晴らしいダイヤモンドです。ようするに、ここ二日ばかり社交界はその話でもちきりなのです。それで腑に落ちました。アナスタジーはラメのあしらわれたドレスを作らせ、ボーセアン家で周囲の目を集めようという腹なのです。そこに、そのダイヤモンドをつけて、きらきらと輝く姿を現すつもりなのです。でもわたしはあのひとに負けたくないのです。姉はいつも、なんとかしてわたしを蹴落とそうとしてきました。あのひとがわたしに優しかったことなんて一度もありません。わたしは姉のためにさんざん力になってあげましたし、あのひとがお金に困るたびに融通してあげました。でも社交界のことなんて忘れましょう。今日はわたし、ただただ幸せな気持ちでいたいもの」

午前一時、ラスティニャックはまだニュッシンゲン夫人の家にいた。夫人は帰っていく恋人に、この先に待つたくさんの喜びを予感させるおやすみの言葉を惜しみなく与えながら、不安げな顔で言った。「わたしはとても臆病で迷信深いの――この予感をどう受け取ってもらってもかまいません――でもとにかく、この幸せと引き換えになにか恐ろしいことが起こるんじゃないかと思えて怖いの」

「子供じみたことを」ウジェーヌが言った。

「ああ、今夜はわたしのほうが子供ね」彼女は笑いながら言った。

ウジェーヌは明日には引き払うという約束になっているヴォケール館に帰宅した。帰り道、まだ幸せの余韻が唇に残っている若者なら誰だってとらわれるだろう美しい夢想に身を委ねた。

「それで、いかがでした？」ウジェーヌが部屋の前を通ったとき、ゴリオ爺さんが彼に声をかけた。

「上々ですよ」ウジェーヌが答えた。「明日すっかりお話ししますよ」

「すっかり、ですね?」老人が叫んだ。「おやすみなさい。明日、我々は幸せな生活を始めるのです」

第4章　爺さんの死

翌朝、ゴリオとラスティニャックは下宿を引き払う準備を済ませ、あとは運搬人が来てくれるのを待つだけだった。正午ごろ、ヌーヴ＝サント＝ジュヌヴィエーヴ通りをけたたましい音を立てながら駆けてきた馬車がヴォケール館の門の前にぴたりと止まった。車からニュッシンゲン夫人が降りてきて、父親がまだ下宿にいるかどうかを訊いた。在宅ですというシルヴィの返答を聞くなり、彼女はきびきびと階段を上っていった。ウジェーヌは自分の部屋にいたが、ゴリオ爺さんはそのことを知らなかった。ウジェーヌは朝食のとき、爺さんに自分の荷物の運びだしを頼み、アルトワ街で四時に落ちあおうと約束した。ただし、老人が運搬人を手配しているあいだ、ウジェーヌは学校で出席の返事だけを済ませると、誰にも気づかれずに下宿に戻った。ヴォケール夫人と下宿代の清算をするためだった。放っておくとゴリオが舞い上がって彼の分まで払いかねず、そんなことはさせたくなかった。ヴォケール夫人は外出中だった。ウジェーヌは忘れ物がないかと部屋に戻った。そして机の抽斗《ひきだし》を覗《のぞ》いてヴォートラン宛に振り出した白地手形[1]を発見したときは、戻ってきて正解だったと思った。ヴォートランに金を返した日、それをそこに無造作に放り投げたのだった。燃やそうにも火がなく、細かく破り捨てようとしたそのとき、デルフィーヌの声に気がついた。彼はいかなる物音も立てないように動きを止め、その声に耳を澄ませたものの、彼女に内緒話などあるはずがないと思っていた。しかし冒頭からあまりの興味深さに、父と娘の会話に聞き耳を立てずにはいられなくなった。

「ああ！　お父さん」彼女は言った。「もっと早くわたしの財産分の要求を思いついてくれればよかったのに、わたしが破産しないように！　いま、この話をしても大丈夫？」

「ああ、下宿は空っぽだから」ゴリオ爺さんは声を上ずらせた。

「具合が悪いの、お父さん？」ニュッシンゲン夫人が言った。

「たったいま」老人が答えた。「おまえがこの脳天に斧《おの》を振りおろしたんじゃないかね。神さまが、おまえをお赦《ゆる》しくださいますように！　おまえはわたしがどれほどおまえを愛しているか、わかっていない。もしわかっていたら、いきなりそんなことを言ったりはしないだろう。とにかく悪い話に決まっている。あと数時間もすれば、アルトワ街で会えるというのに、わざわざここに会いにくるだなんて、つまりそれだけ差し迫っていることがあるんだね？」

「そうよ、お父さん！　大変なことになってしまって、なにから取り掛かったらいいのか？　頭が混乱しちゃってるの！　代訴人のデルヴィルさんのおかげで、近い将来訪れるにちがいない災難がいち早く見えてきたの。お父さんの商売人としての経験が必要になると思って、大急ぎで迎えにきたの。溺《おぼ》れる者は藁《わら》をも掴《つか》むって本当ね。ニュッシンゲンがいろいろと難癖をつけてくるのに対して、デルヴィルさんは裁判を起こすぞといって脅したの。訴訟はすぐに成立するだろうと彼に言ったそうよ。ニュッシンゲンが今朝わたしのところへ来て、わたしは彼を破産させ自分も破産するつもりかと訊くの。わたしは、そんなことは自分の知るところではない、わたしには財産があり、自分の財産は自分で所有するべきであり、告訴に関わることはみんな代訴人が受け持っている、この件に関してわたしは最後までなにもわからないし、なに

1　後日取得者が書き込めるように、手形要件を全部または一部空欄のまま残し発行した未完成の手形のこと。

かしら？」

「上出来だ」ゴリオ爺さんは答えた。

「ところがなの！」デルフィーヌが言った。「実のところ彼はわたしを彼の事業に巻き込んでいるのよ。新たに着手した事業に自分の財産とわたしの財産をすっかりつぎこんでいるの。そして事業を回すために、ほかにも相当な額の資金をつぎこまなくてはならなかったの。だから、もしわたしが無理やり自分の財産分を引き揚げたら、彼は破産を申し立てざるをえなくなる。だけどもし一年待ってくれるなら、名誉にかけてわたしの持参金を二倍にも三倍にもして返済すると言うの。わたしのお金を不動産で運用するんですって。そうしたらあとは自分の財産を好きにすればいいって。ねえお父さん、彼は本気だったわ。わたし怖くなってしまって。彼はこれまでの態度を詫《わ》びて、わたしに自由を返してくれた。誓って、わたしはもう好きなように行動していいって。その代わり、わたし名義の財産の運用をすべて自分に任せてくれって。そして自分の言葉に嘘がない証《あかし》として、わたしに約束したの。正式な証書をつくってわたしを不動産所有者と指定するから、それがきちんと守られているか、いつでもデルヴィル氏を呼んで判断してもらえって。ようするに自分の両手両足を縛ってわたしの手の中に委ねるって。だからあと二年家計を管理させてくれと頼むの。そしてわたしに言ったの、どうか頼むから自分が許可した以上の無駄遣いをいっさいしないでくれって。自分も全力で体裁を保つ努力をする、愛人の踊り子とも別れる、誰よりも厳しく倹約に勤《いそ》しむからって。そうすれば信用を傷つけることなく、自分の投機が実を結ぶのを待てるからって。わたしは相手にしなかった。徹底して彼の話を信じなかった。追い詰めてやれば、もっと話すだろうと思ったの。彼は帳簿を見せて、しまいには泣きだした。わたし、男のひとがあんなふうになったところを見たことがないわ。彼は取り乱して、自殺するなんて言って、ぶつぶつ言うの。ひどく可哀想になってしまって」

「それでおまえはその茶番を信じた」ゴリオ爺さんは叫んだ。「あれはとんでもない食わせ者だぞ！　仕事でドイツ人と付きあったことがあるがね、ほぼ全員が誠実で、いかにもおひとよしだ。ところがだ、いくら表面が誠実でおひとよしでも、連中はひとたびその気になれば誰よりずる賢い詐欺師になるんだ。おまえの夫はおまえを食い物にしている。やつは目の前に迫る危険を察知して、死んだふりをする。つまり自分の名前でなく、おまえの名前でもっと好き勝手するつもりなのさ。この機に乗じて、安全なところに身を置いて商いを行おうという腹だ。油断ならないずる賢いやつだ。

なんという悪党なのだ。だめだ、だめだ、このまま娘たちが丸裸にされていくのを放って、墓場《ペール＝ラシェーズ》になんぞ行くわけにはいかんぞ。わたしはまだ多少商取引の世界に通じている」彼は言った。「やつが新しい事業を始めただと？　なんの！　であれば、やつがどれだけ儲《もう》けたかは証券やら証書やら契約書やらを見ればわかるじゃないか！　やつにそれを提示させて、おまえの財産がいくらになるか明確にしなければいかん。とにかくもっとも優良な投資先を選ぶんだ、それに一か八か賭けてみよう。そして『ニュッシンゲン男爵とは財産を分離している配偶者デルフィーヌ・ゴリオ』という名義で確認証書をつくらせる。それにしても、やつは我々を馬鹿だと思っているのかな？　おまえを金もパンもない状態に放っておく、そんな考えにわたしが二日も耐えられるわけがないのに！　一日だって、一晩だって、二時間だって耐えられないだろうに！　もしこうした憶測が当たっていたら、わたしはとても生きていられない。まさか、そんな馬鹿な！　わたしが四十年も働きつづけ、重荷を背負い、汗だくになって、おまえたちにすべてを捧げてきたのは、おまえたち天使がどんな辛い仕事も負担も軽くしてくれたからこそだ。それがいま、わたしの財産が、わたしの人生が、すべてが泡となって消えようとしている！　そんなことになったらわたしは怒りのあまり死んでしまうだろう。なにくそ、神に懸けて、命に懸けて、それを明るみに出してやるぞ。帳簿、金庫、事業内容、すべてを確認してみなくては！　わたしは眠ることも、横になることも、食べることさえできないぞ、おまえの財産がすべてちゃんとそこにあると確認できるまではな。ああなんてこったろう。おまえはちゃんと財産を分けていた。おまえには代訴人デルヴィルという正直な味方がいる。ちくしょう！　おまえは死ぬまで一〇〇万フランの財産を手放してはいけない。死ぬまで五万リーヴル［＝五万フラン］の年金で安泰でなくてはならない。でなければ、わたしがパリでひと騒動起こしてやる。ああ、なんてことだろう！　裁判所が我々の被害を認めないときには、議会に掛け合ってみよう。おまえが金に困ることなく平和に幸せに暮らしている、そう思えばこそわたしの苦労も軽くなり、心痛も鎮まったのだ。金こそが人生なのだ。なにもかもは金次第だ。よくもまあ、あのアルザスののろまは我々相手に大嘘がつけるものだ！　デルフィーヌ、あんな大馬鹿には、ほんのわずかな額の権利も渡してはいけない。あいつはおまえをがんじがらめに縛りつけ、不幸にしたやつじゃないか。どうしてもおまえのことが必要だというなら、まずは徹底的に叩きのめしてやる。まっすぐに歩けるようにな。やれやれ、頭がかっかと熱いぞ。頭の中でなにか燃えているようだ。わたしのデルフィーヌが貧乏になっちまう！　ああ、フィフィーヌ、フィフィーヌ！　ちくしょう！　手袋はどこだ？　ぐずぐずしてはおれん。

出発だ。ぜんぶ確かめるぞ。帳簿、取引明細、金庫、郵便物、いますぐだ。おまえの財産が無事だとわかるまでは、それをこの目で見るまでは、安心できない」

「お父さん！　でも、どうか慎重に行動してね。もしこの件で、お父さんがほんのちょっとでも仕返ししようという気持ちを顔に出したら、敵意を見せすぎたら、わたしは窮地に陥ってしまうわ。彼はお父さんのことをよく知っています。わたしが自分の財産を気にし始めたのだって、お父さんの入れ知恵だって当然気づいてるのよ。そして、大事なのはここからなの、お父さん。彼は実際にわたしのお金を手中にしているし、それを手放すつもりなんてないの。あのひとはいざとなれば、すべての金を持って逃げ出すような人間です、わたしたちを置き去りにしてね。ずるいひと！　彼はわたしが名誉を重んじて自分の名前で彼を追及したがらないと知っているのよ。彼は強くて弱い人間なの。わたしだって十分に調べてみたわ。もしわたしたちが徹底的に彼を追い詰めたら、破産するのはわたしです」

「しかしそれじゃ泥棒じゃないか？」

「だから、そうなのよ！　お父さん」彼女は椅子に身を投げ出して泣きだした。「お父さんを苦しめたくないから話したくなかったわ。自分がそんなクズみたいな男と結婚しただなんて！　あの男が日頃陰でやっていることはその信念と一致しているし、人間の中身だってその姿形と一致しているの！　あれは恐ろしい人間です。わたしはあの男が憎いし、軽蔑しています。そうよ、あんなあさましい話を聞いてしまったら、もうニュッシンゲンなんて卑劣漢を尊敬することはできないわ。わたしに持ち掛けた商売の企みときたら。あんな怪しげな事業に乗り出せる人間に、これっぱかしのデリカシーもあるもんですか。彼の腹の中が完全にわかるからこそ、わたしは怖いの。あの男は、夫でありながら、きっぱりとわたしに申し出たわ。わたしに自由をやろうと。これがなにを意味するか、お父さんにわかる？　もしなにか不具合が生じたときに、彼のための手先になれるなら、ようするに、彼のためにわたしが名義を貸してあげられるなら、という意味よ」

「しかし、法律がある！　そういうクソみたいな婿たちをギロチンにかけるためにグレーヴ広場があるんじゃないか」ゴリオ爺さんが言った。「さもなきゃ、わたしがこの手でやつを処刑してやる。死刑執行人がいないというのなら」

「だめよ、お父さん。彼に法律なんて通用しないわ。聴いてちょうだい、彼の回りくどい表現を嚙《か》み砕いて言い直すなら『すべてをぶち壊しにすれば、おまえは一銭残らず失い、破産する。というのは、おれにはおまえの他に相棒を見つけられないからだ。さもなきゃ、わたしに資金運用をまかせるかだ』わかったでしょう？　彼はまだわたしにしがみついてるの。わたしがいかにも女らしく正直だと安心しているの。彼はわかってるのよ。わたしが彼の財産まで奪ったりせず、自分の分だけで満足するって。これは薄汚い泥棒の協定なのよ。裏切ったら、わたしは破産するの。つまりわたしを買収しようというわけ。見返りに、心置きなくウジェーヌとつきあわせてやると言うのよ。『おまえが過ちを犯すことを許そう。そのかわり、わたしが罪を犯すのを、つまり貧乏人を破産させるのを黙ってみていろ！』というわけ。もうわかったでしょう？　彼が『取引』と呼んでいるものがなにかってことが。彼はまず自分の名義で更地を買い、次に別の名義人を立てて今度は建物を建てさせるの。この連中は実際に建設業者を相手に長期分割払いの契約を結んでから、工事に着手させるんだけど、一方でうちの夫の銀行相手には、二束三文の借金の抵当にその建物の権利を入れてしまうの。こうして夫はまんまとその建物のオーナーになる。最初に建設業者と契約を交わした連中は、破産手続きをすることで建設業者相手の借金から放免される。可哀想にニュッシンゲン銀行の名は建設業者の目を惑わすのに役立つの。わたしはそれを理解した。巨額の支払いがあったと証明する必要が生じると、ニュッシンゲンがアムステルダムや、ロンドン、ナポリ、ウィーンに信じられない額の有価証券を送っていたこともわかった。そんなお金を、どうやって捕まえるつもりなの？」

ウジェーヌはゴリオ爺さんの膝《ひざ》が重い音をたてるのを聞いた。おそらく、部屋のタイルの上に崩れ落ちたにちがいない。

「神さま、わたしがなにをしたっていうのです？ 娘がこんなひどい目に遭うのを放っておくなんて。やつはこの子からすべてを奪いかねないじゃないか。娘よ、赦しておくれ、父を！」老人は叫んだ。

「そうよ、わたしがいまどん底にいるのは、お父さんのせいかもしれない」デルフィーヌが言った。「結婚するとき、新郎新婦にまともな理性なんてありゃしないんだから！ 世間のこと、お金や人間、風習のことを知ってるわけがないでしょう？ 父親が代わりに考えてやらなければならないのよ。ああ、お父さんを責めているわけじゃないの。こんなことを言うわたしを赦してね。これはみんなわたしのせいなの。だめ、泣かないで、パパ」彼女はそう言いながら父親の額にキスをした。

「もう泣かないでおくれ、わたしの小さなデルフィーヌ。こっちをお向き。キスしてやろう。涙を拭《ふ》いてあげようね。さあ！ この老いぼれのオツムをふたたび回転させて、おまえの夫がもつれさせた取引の糸をほどかなければならない」

「いいえ、わたしにやらせてちょうだい。わたし、彼を操れるようになるから。彼はわたしを愛しているんだもの。そうよ！ わたしの魅力で、すぐにわたしの名前で幾つかの不動産に投資させてみせる。もう一度アルザスに土地を買わせることができるかもしれないわ、彼はそこに固執してるから。お父さんは明日、彼の帳簿と証券を調べにきて。デルヴィルさんは商売のことにてんで疎《うと》いんだもの。ああだめ、やはり明日は来ないで。あれこれ気をもみたくないの。明後日はボーセアン夫人の舞踏会があるし、念入りに準備をしていきたいのよ。美しくて落ち着いた貴婦人であるように。わたしのウジェーヌが誇らしく感じられるように！　さあ、彼の部屋を見にいきましょう」

そのとき馬車がヌーヴ゠サント゠ジュヌヴィエーヴ通りに止まった。そして階段の下からレストー夫人の声がシルヴィに話しかけるのが聞こえた。

「父はいるかしら」

奇《く》しくもこの展開が、ベッドに身を投げ、そこで眠りこんでいるふりをしようと思っていたウジェーヌを救った。

「ああ！　お父さん、アナスタジーについてなにか聞いている？」姉の声に気づいたデルフィーヌが言った。「あのひと、おうちで相当とんでもないことになっているらしいわ」

「なんと！」ゴリオ爺さんが言った。「つまりわたしもいよいよこれまでということだ。この哀れな頭はふたつの不幸にはとても耐えられないだろう」

「ごきげんよう、お父さん」レストー伯爵夫人が言いながら入ってきた。「まあ！　あんたもいたの、デルフィーヌ」

レストー夫人は妹と顔を合わせて気まずそうだった。

「ごきげんよう、ナジー」男爵夫人が言った。「わたしがいて意外だった？　わたしはお父さんと毎日会っているのよ、わたしはね」

「いつから？」

「ここに通っていれば、知ってるでしょうけど」

「いじめないで、デルフィーヌ」伯爵夫人が哀れを誘うように言った。「わたしとても不幸なんだから。聴いてよお父さん、困っているの！　ああ、今度こそ本当にだめだわ！」

「なにがあったんだね、ナジー？」ゴリオ爺さんが叫んだ。「全部話してごらん、さあ。姉さんは顔が蒼いぞ。デルフィーヌ、さあ、姉さんを助けてやりなさい。優しくしてあげるんだよ、そうしたらわたしはおまえをもっと好きになるからね、さあ」

「さあナジー」ニュッシンゲン夫人が、姉に椅子を勧めながら言った。「ここにいるお父さんとわたしだけは永久にあなたの味方よ、だからなにを聞かされても、あなたを赦すわ。わかるでしょ、家族の愛こそがもっとも信頼できるものですもの」彼女は姉に気つけの塩を嗅がせた。伯爵夫人ははっと我に返った。

「これがとどめになりそうだ」ゴリオ爺さんが言った。「さあ」彼が暖炉の火を搔きまわしながら言った。「ふたりともこっちへおいで。寒気がするんだ。なにがあったね、ナジー？　早く話してくれないと、死んでしまいそうだ……」

「そうね、そうだわ！」哀れな女は言った。「夫にすべてを知られてしまったの。ねえ、わかる、お父さん。お父さんもいつぞや不渡りになりそうになったマクシムの手形のことを憶えているでしょう？　そうなの、実はあれが初めてではなかったの。わたしはすでにそういう借金を彼の代わりにいくつも返してきたのよ。一月の初め頃からマクシムがとても苦しんでいるように見えたの。彼はわたしになにも言ってくれないし。でも、愛しいひとの心って簡単に読めるものなのよ。ほんの少し読めれば十分。それに予感もあった。つまり彼はいつになく優しくて情け深かった。とにかくわたしは前よりも幸せだった。可哀想なマクシム！　彼はわたしと別れるつもりでいたの。銃で頭を撃ち抜いて死ぬつもりだったって。結局、わたしは彼をしつこく問い質《ただ》し、すがりついて二時間も彼の足元から離れなかった。彼は話してくれたわ。一〇万フランの借金があるというの！　おお！　パパ、一〇万フランですって！　頭がおかしくなりそう。パパにそんな大金あるわけないわ。わたしが使い果たしてしまったもの……」

「無理だ」ゴリオ爺さんは言った。「そんな大金を用意してやれるはずがない。盗みにでもいかなければね。しかしナジー、お前の頼みとあれば！　行かんでどうする」

まるで瀕死の人間の喘《あえ》ぎ声のように絞り出された悲痛な言葉からは、いまや無力となった父親の心の痛みがありありとうかがわれ、姉妹は一瞬言葉を失った。いかなるエゴイストでも、これほど深い絶望の叫びを聞いて平然とはしていられまい。叫びは、まるで落ちていくことでその裂け目の深さをおしえる石のようにどこまでも落ちていった。

「わたしは自分のものでないものを処分して、手形の金を手に入れたのよ、お父さん」伯爵夫人は泣き崩れた。

デルフィーヌは胸がいっぱいになり、姉の頸《くび》に頭を当てて泣いた。

「すべて本当だったのね」妹は姉に言った。

アナスタジーは頷いた。ニュッシンゲン夫人は姉の体に腕をまわし、優しくキスをし、胸に抱き寄せた。「ここにはあなたを裁くひとはいません。あなたはいつも愛されているのよ」

「可愛い天使たち」ゴリオ爺さんが弱々しい声で言った。「どうして、おまえたちは不幸にならないと仲良くできないのだろう？」

「マクシムの命を救うため、というより、結局はただ自分の幸せを守るために」家族が見せてくれた温かなおもいやりに胸を打たれて伯爵夫人は言った。「お父さんもよくご存じの高利貸し、地獄がつくりあげた男、なにがあろうといっさい情に流されないあのゴプセックのところへ、レストーがことのほか大事にしている家宝のダイヤを持っていったの。レストーのもの、わたしのもの、まとめてみんな。わたしはそれを売ったの。売ってしまったの！　この意味がわかる？　マクシムは助かったわ。でも、わたしは終わった。レストーにすべてを知られてしまった」

「誰から聞いたんだ？　どうして？　わたしがその告げ口したやつを殺してやる！」ゴリオ爺さんが叫んだ。

「昨日、彼に呼ばれて部屋に行くと……『アナスタジー』独特の声音で彼が言うの……（ああ！　その声だけで、もうすべてがわかったわ）『きみのダイヤはどこだい？』『部屋にあるわ』『いいや』彼はわたしを睨みつけて言った『ダイヤはここさ、そのたんすの上だ』そしてわたしにダイヤの箱を見せたの。彼のハンカチで包まれていたわ。『これがどこから出てきたと思う？』彼が言った。わたしは彼の膝にすがりついた……わたしは泣いた。どんなふうに死んでみせればいいかと、わたしはレストーに訊いた」

「そんなことを言ったのか！」ゴリオ爺さんは叫んだ。「神に誓って、おまえたちを不幸にするようなやつは、わたしが生きているかぎり、じっくり時間をかけて、まるで直火で焙《あぶ》られるような痛みを味わわせてやろう！　いや、いっそずたずたに切り刻んでやろうか、まるで……」

ゴリオ爺さんは言葉に詰まった。息切れして言葉が出てこなかった。

「それでね、デルフィーヌ、わたしは死ぬより困難なことを要求されたのよ。神さまがいるなら、わたしが耳にしたようなことを、どんな女性にも聞かせないでほしい！」

「そんな男はわたしが殺してやる」ゴリオ爺さんが静かに言った。「しかしやつにはひとつしか命がないぞ。二回殺してやりたいくらいなのに。それで、どうしたね？」

アナスタジーを見つめて言った。

「つまり！」伯爵夫人はほんの少し間を置いて話を続けた。「彼はわたしを見て言ったの。『アナスタジー、わたしは黙ってすべてを闇に葬ろう。離婚はしない。我々には子供もいる。トライユ氏を殺すつもりはない。どうせしくじるだろうし、うまくいったらいったでこちらの身を滅ぼすことになる。つまり、裁判で負けるかもしれない。そもそもおまえの腕に抱かれたあいつを殺すなんて、子供たちの名誉を汚すことだ。ただし、おまえの子供たちとその父、つまりわたしを危険に晒《さら》さないために、わたしはおまえにふたつ条件を出す。まず答えてくれ、わたしの子はいるんだろう?』わたしはいますと言った。『どの子だ?』と彼が訊いた。『エルネスト、上の子です』『よかろう』彼は言った。『では、ここで誓うのだ。今後、この点だけはわたしに従うと』わたしはそうすると誓った。『わたしがおまえの不動産の売却を望むときが来たら、おまえはそれに承諾のサインをするのだ』」

「サインなんかしてはいけない」ゴリオ爺さんは叫んだ。「そんなものに絶対にサインしてはいけない。ああ! なんという! レストーめ、女性を幸せにするとはどういうことかもわからぬくせに、女性が幸せのありかを探しにいくと、おのれの無能さを棚に上げて女性を罰したがるとは……わたしがいるんだ、そうはさせるか! やつの行く手に立ちはだかってやるからな。ナジー、安心なさい。そうだ、やつには後継者が必要だ! よかろう、よかろう。わたしがやつの息子をさらってやろう。しまった、それはわたしの孫ではないか。なんで孫に会って悪いものか? あの子をわたしの故郷に連れていこう。大事にするから、安心なさい。あの男を降伏させてやるから。

やつにこう言ってやる。『さあ一騎打ちだ！　息子を返してほしければ、娘に財産を返却するのだ、そして、あの子の好きに使えるようにするのだ』」

「お父さん！」

「そうだ、お父さんだ！　ああ、わたしは正真正銘の父親なのです。どうか、神さま、娘たちにむごい仕打ちをなさらないでください！　ちくしょう！　なんだこれは。血が猛り狂っている。あいつらふたりを食いちぎってやりたい。ああわたしの娘たちよ！　これがおまえたちの人生か？　しかしそれはわたしに死ねと言っているも同然なのだ。わたしが死んだら、おまえたちはどうなってしまうのだろう？　父親は子供が生きているかぎり死ねないのだなあ。神さま、あなたの世界は乱れております！あなたにも息子がひとりあるとか聞いておりますよ。ならば子供たちのことで親が苦しまないようにしてくれたっていいじゃありませんか。ああ、わたしの天使たちよ、どうしてだ！　おまえたちが顔を見せるのは、苦しいときだけだ。おまえたちはわたしに涙しか見せてくれない。ああ、そうだね、おまえたちはわたしを愛してくれている、それはよくわかっているよ。おいで、ここに嘆きにくればいい。わたしの心は大きいから、なんだって受けとめてあげられるんだ。そうさ、おまえたちがいくらわたしの心をえぐろうが、ずたずたにしようが、千切れた心の断片がまた父の心になるんだからね。わたしが苦労を引き受けよう。代わりに苦しんでやりたいんだ。ああ、おまえたちは小さかったとき、本当に幸せだったのにねえ……」

「わたしたちが幸せだったのって、あの頃だけね」デルフィーヌが言った。「納屋で小麦の袋から飛び降りて遊んだあの時代はどこへ行ったのかしらね」

「お父さん！　まだ終わりじゃないのよ」アナスタジーが耳元でそう言ったのでゴリオは飛びあがった。「ダイヤは一〇万フランにならなかったの。マクシムは追い詰められてるの。負債があと一万二〇〇〇フラン残っているのよ。彼はわたしに真面目になると約束したわ。もう賭け事はやめると。この世界でわたしに残されたものは、もう彼の愛しかないの。わたしは彼のためにたくさんの犠牲を払ってきた。だからもう彼に捨てられたら死ぬしかないのよ。わたしは彼のために財産も、名誉も、安らぎも、子供も捨てた。ああ！　せめてマクシムが捕まらぬように、不名誉なことにならぬようにしてあげて。社交界で体裁が保てるようにしてあげてほしいの。もはや幸せがどうとかいう問題じゃないの。わたしたちの子供たちが財産をなくしてしまう。彼がサント゠ペラジーの監獄[2]に収監されるようなことになれば、すべてが失われてしまうわ」

「わたしにはそんな金はないんだ、ナジー。もうすっからかんなんだ。すっからかん！　この世の終わりだよ。ああ、世界が崩れていく。確実だ。逃げなさい、まずは自分の命だ。そうだ、わたしにはまだ銀のナプキンリングが残っている。六組のテーブルウェアが。わたしが人生で最初に手に入れたものが残っている。あと残っているのは一二〇〇フランの終身年金だけ……」

「国債はどうしたの？」

「あれは売ってしまったよ。それで自分の食い扶持の分だけ残してね。フィフィーヌのアパルトマンを揃えるのに、一万二〇〇〇フラン掛かったから」

「あんたの家ですって、デルフィーヌ？」レストー夫人が妹に言った。

「おお、言ってもしかたがない！」ゴリオ爺さんが言った。「一万二〇〇〇フランは使ってしまった」

「わかるわ」レストー伯爵夫人が言った。「どうせラスティニャックさんのために使ったんでしょう。ああ！　可哀想なデルフィーヌ、やめておきなさい。わたしのありさまをごらんなさい」

「姉さん、ラスティニャックさんは、恋人を破産させるような若者じゃありません」

2　債務不履行で訴えられた者が投獄される刑務所。

「ありがとう、デルフィーヌ。窮地にいるわたしにもっと優しくしてくれるかと思ったけど。あんたはいつだってわたしを嫌っていたものね」

「いいや、この子はおまえを愛しているさ、ナジー」ゴリオ爺さんが叫んだ。「いまだって、この子はわたしにその話をしてたんだよ。わたしたちはおまえのことを話していたんだから。この子はおまえは綺麗だって、自分はせいぜい可愛いくらいだって言ってたんだよ、この子は！」

「まさか！」伯爵夫人が言った。「この子は心底冷たい人間です」

「だとすれば」デルフィーヌが真っ赤になって言った。「かつて姉さんがわたしに取った態度はどんなだったかしらね？　わたしを妹と認めず、わたしが憧れていた貴族の家々からわたしを締め出させたわよね。つまり、わたしを傷つけるために、どんな小さなチャンスも見逃さなかった。わたしがなにしにここにいるかって？　姉さんみたいに、この可哀想なお父さんからお金を、一〇〇〇フランまた一〇〇〇フランって、有り金すべてを巻き上げようとしているのかしら？　お父さんがこんな状態だっていうのに？　それは姉さん、あなたでしょう。わたしはね、できるかぎりお父さんに会ってきたわ。わたしはお父さんを門前払いしたりしなかった。そして困ったときだけやってきて、お父さんに媚《こ》びへつらったりしなかった。わたしはお父さんが、わたしのためにその一万二〇〇〇フランを使ってしまったことすら知らなかった。わたしはだらしない人間じゃありません、誰かさんとちがって！　おわかりでしょ。そもそも、パパがわたしに贈り物をしてくれたとしても、わたしはそれを一度だっておねだりしたことはないのよ」

「あんたはわたしより幸せだったのよ。ド・マルセーさんは裕福だったし。あんたもなにかしらいい思いをしたんでしょう。あんたはいつだって、どこまでも金に卑しかったから。さようなら、わたしには妹もいなければ……」

「黙るんだ、ナジー！」ゴリオ爺さんが叫んだ。

「それを蒸し返すのは姉さんくらいよ、世間のひとはもう忘れてしまってるっていうのに。姉さんはひとでなしです」デルフィーヌが言った。

「いいかげんになさい、おまえたち、黙りなさい、さもないとおまえたちの目の前でわたしは死んでしまう」

「いいわ、ナジー、赦してあげます」ニュッシンゲン夫人は話を続けた。「あなたは不幸ですもの。でも、わたしはあなたより冷たくないわ。だって姉さんがそんなこと言うまでは、あなたを助けるためならなんだってできそう、夫の寝室にだって入っていけるんじゃないかって思ってたくらいなんだから。そんなこと自分のためにだってしないのに、ましてや……でもこれって姉さんがわたしに対してした九年間の仕打ちすべてに見合うことだわよね」

「さあ、子供たち、おたがいにキスをしなさい！」父は言った。「おまえたちはふたりとも天使さ」

「いいえ、言わせてもらうわ」伯爵夫人は叫んだ。ゴリオが腕を摑んだが、彼女は父親を振り払った。「この子はわたしに対してうちの夫よりも情がないのよ。美徳のかけらだって持ち合わせていないいんじゃないかしら！」

「ド・マルセーに借金がある女と思われるほうがまだましだわ。トライユさんのために二〇万フランも貢いだなんて世間に告白するよりも」ニュッシンゲン夫人は答えた。

「デルフィーヌ！」伯爵夫人が叫んで、妹に向かって一歩踏み出す。

「姉さんがひどいことを言うから、こちらも本当のことを言うまで」男爵夫人は冷ややかに言い返した。

「デルフィーヌ、あんたって……」

ゴリオ爺さんはすかさずあいだに入って、伯爵夫人を制し、しゃべらせまいとその口を手でふさいだ。

「いやだ、お父さん、今朝なにを触ったの？」

「ああ、そうかそうか！　ふむ、悪かったね」可哀想な父親はズボンで手を拭いながら言った。「なにしろおまえが来るなんて知らなかったからね、引っ越しするんだよ」

非難され、娘の怒りが自分に向いたことで彼はほっとした。

「ああ！」彼は腰を下ろしながら言った。「おまえたちがわたしの心臓を破ってしまった。わたしは死にそうだ、子供たち！　頭の中が焼けるように熱い、火事みたいだ。だから優しくなりなさい。仲良くしておくれ。おまえたちはわたしを死なせてしまうよ。デルフィーヌ、ナジー、ふたりともに事情があるし、ふたりともに間違っていたんだよ。どうかね、デデル」彼は涙をいっぱいに溜めた目を男爵夫人に向けた。「姉さんには一万二〇〇〇フラン必要なんだ。なんとかしてやろうじゃないか。そんな目で見ないでおくれ」彼はデルフィーヌの前に跪《ひざまず》いた。「わたしを喜ばせると思って、姉さんに謝りなさい」彼はデルフィーヌの耳元で言った。「姉さんのほうが不幸なんだから、わかるだろう？」

「可哀想なナジー」痛みのあまりに粗暴な表情を浮かべる父親に恐れをなし、デルフィーヌは言った。「悪かったわ、キスして……」

「ああ、おまえはわたしの心に慰めをくれるんだね」ゴリオ爺さんが叫んだ。「しかし一万二〇〇〇フランをどこで調達しよう？　身代わり兵役にでも志願してみようか?」

「ああ、お父さん!」ふたりの娘は父親を取り囲んで言った。「だめよ」

「神さまならご褒美をくださるでしょうね、すごい考えだわ。でもわたしたちが命を売ったってその額には届かないわ! ねえナジー?」デルフィーヌが言った。

「そうよ、お父さん、そんなことをしても焼け石に水よ」伯爵夫人が指摘した。

「しかし、命がけでもなにもできないというのかね?」老人は絶望して叫んだ。「誰かおまえを助けてくれるひとがいるのなら、いくらだって身を捧げよう、ナジー! そのひとのために人殺しだってしてやるよ。ヴォートランみたいに、徒刑場へだって行こうじゃないか! わたしには……」彼は雷に打たれたように黙った。「もうなにもない!」彼は髪を掻きむしった。「たとえどこへ盗みに入ればいいか知っていたとしても、それを実行に移すのはもっと難しい。それに銀行を襲うには仲間と時間が要る。だめだ、死なねばならん。わたしはもう死ぬしかないんだ。そうだ、わたしにはもはや取り柄がひとつもない。わたしはもはや父親ではない! いいやだめだ、娘の頼みだ。娘が助けを求めている! それなのに、わたしときたら、哀れなことに、なにも持っていない。ああ! 終身年金なんぞつくって、この老いぼれが、おまえには娘たちがいるというのに! とすれば、娘たちを愛していないのか? 死ぬんだ、おまえなんぞ犬のように死んでしまえばいい！　そうだ、わたしは犬以下だ。犬だってこんなふうに振る舞わないぞ！　ああ、頭が！　頭が破裂する！」

「どうしたの、パパ」周りにいたふたりの娘が、父親が壁に頭をぶつけようとするのを止めようと叫んだ。「ねえ落ち着いてちょうだい」

　彼は泣きじゃくっていた。ウジェーヌは恐怖に襲われ、ヴォートラン宛てに振り出した手形を摑んだ。そこに貼ってある印紙からすればもっと高額にもできる手形だった。彼は数字を訂正し、ゴリオに支払われるよう裏書した一万二〇〇〇フランの正規の為替手形にし、そして部屋に入っていった。

「どうぞ、あなたの金ですよ、奥さん」彼は手形を示しながら言った。「ぼくは眠っていたんです。あなたがたの会話で目が覚めてしまって。それでゴリオさんに借りがあることを思い出したんです。この手形で払えばいい。あとはぼくがきちんと返済します」

　伯爵夫人は突っ立ったまま手形を握っていた。

「デルフィーヌ」彼女は怒りに燃え憤怒に色を失って震えながら言った。「わたし、あんたを赦そうとした、それは神さまも証人になってくれるわ。なのにこれはなに！　このひとがいたなんて！　知っていたんでしょう！　どこまで卑しいの！　腹いせのつもりで放っておいたのね、わたしが彼の前で自分の秘密を、私生活を、子供たちや、恥、体裁に関わる秘密を晒すのを！　いいわ、あんたはもう妹でもなんでもない。わたしはあんたを憎む。全力で不幸にしてやるからね。わたしは……」

「しかし、これはわたしの息子だよ、わたしたちの子供、おまえの弟、おまえの救世主じゃないか」ゴリオ爺さんが叫んだ。「さあこのひとにキスするんだ、ナジー！　さあ、わたしはこのひとにキスするよ」彼はウジェーヌをある種の熱狂を込めて抱きしめた。「ああ、息子よ！　これからわたしは、おまえさんにとってただ父親であるだけではないぞ。家族のみんなになろうじゃないか。神になれたらなあ。おまえさんの足元に世界をつくってやるんだが。さあ、どうしたナジー、彼にキスしないのか？　このひとはただの人間じゃないぞ、天使だ、本物のね！」

「放っておけばいいのよ、お父さん、姉さんはいまおかしくなってるんだから」デルフィーヌが言った。

「おかしく！　おかしくなってるですって！　じゃあ、あんたはなに？」レストー夫人が訊いた。

「子供たち、それ以上続けたら、わたしは死んでしまうぞ」老人が叫び、銃弾を喰らったようにベッドに倒れた。「娘たちに殺される！」彼が言った。

伯爵夫人はウジェーヌを見た。彼はじっと動かなかった。ただ場面の強烈さに圧倒されていた。「失礼ですけど……」夫人がウジェーヌに尋問するような手振りと声と眼差しで言った。デルフィーヌが急いで父親のベストを脱がせているのに注意も払わなかった。

「奥さん、ぼくは金も出しますし、他言もしません」彼は相手の問いを待たずに答えた。

「姉さんはお父さんを殺したわ、ナジー！」デルフィーヌは気を失った老人を姉に示した。姉はそそくさと立ち去った。

「あの子を赦してやろう」老人は目を開けながら言った。「あの子はひどい状況にいる。だからまともにものが考えられないんだろう。ナジーを慰めてやりなさい、姉さんに優しくしてやりなさい、この哀れな父に約束しておくれ、死にゆく父にね」彼はデルフィーヌの手を握り締めながら言った。

「それにしても、どうしたの？」彼女はすっかり怯《おび》えて言った。

「なんでもない、なんでもないんだよ」父親は答えた。「すぐに治まる。額をなにかに押されているみたいなんだ、偏頭痛だな。ナジーは可哀想に、この先どうなるのだろう！」

ちょうどそのとき伯爵夫人が戻ってきて、父親の膝にすがりついた。「ごめんなさい！」彼女は叫んだ。

「さあさあ」ゴリオ爺さんが言った。「かえって具合が悪くなるからね」

「さっきは」伯爵夫人は目を涙でいっぱいにしてラスティニャックに言った。「苦しみのせいで、正しくものが見えなくなっていたのです。わたしの弟になってくれますか？」彼女は彼に手を差し出した。

「ナジー」デルフィーヌが姉の手を握って言った。「姉さん、全部忘れましょうね」

「いいえ」彼女は言った。「わたしは忘れないわ、わたしは！」

「天使たち」ゴリオ爺さんが叫んだ。「おまえたちはわたしの目を覆っていたカーテンを開けてくれる、おまえたちの声がわたしを蘇らせるんだ。もう一度、キスを交わしなさい。さあ、いいかね、ナジー、その手形はおまえの助けになるね？」

「そう思うわ。それでね、パパ。ここにサインをしてくれる？」

「ああ、こっちに寄越しなさい、馬鹿だな、わたしは、それを忘れていた！　しかし、気分が悪かったんだよ、ナジー、恨まないでおくれ。危機を脱したら、手紙をおくれ。いいや、わたしが行こう、いいや、行くわけにはいかない。わたしはもうおまえの旦那には会えない。会えば殺してしまうだろう。おまえの地所を奪おうとする件についでは、わたしが相手になる。さあ、行きなさい。急いで。行って、マクシムをいい子にさせなさい」

ウジェーヌは呆気《あっけ》に取られたままだった。

「可哀想に、アナスタジーは昔から烈《はげ》しいひとだったわ」ニュッシンゲン夫人が言った。「でも、根はいいひとなのよ」

「サインのために戻ってきたんだ」ウジェーヌがデルフィーヌの耳元で言った。

「そうかしら？」

「そうじゃないといいけど。信用しないことだ」彼は神に考えを問うように、天を仰いだが、敢えてそれを口にはしなかった。

「そうね、あのひとは昔からほんの少し嘘つきだった。そして可哀想なお父さんはあのひとの芝居に引っかかっちゃうの」

「ご気分はいかがですか、ゴリオさん」ウジェーヌは老人に訊ねた。

「眠りたい」彼は答えた。

ウジェーヌはゴリオが横になるのを手伝ってやった。そのうちに老人がデルフィーヌの手を握って眠りこむと、彼女は部屋を引き揚げた。

「今夜、イタリア座で」彼女はウジェーヌに言った。「そしたら父の具合をおしえてね。明日は、引っ越しするのよ、ねえ。あなたの部屋を見せてよ。まあ！　なんて惨状なの！」彼女はそこに入りながら言った。「まあ、父よりひどい部屋だったのね。ウジェーヌ、あなたの行動は立派だったわ。わたしもっともっとあなたを愛するわ、まだまだ愛せる余地があればだけど。でもね、聞いて、お金持ちになりたいのなら、さっきみたいに一万二〇〇〇フランを窓から投げ捨てるみたいなことをしてはだめよ。トライユ伯爵は根っからのギャンブラーよ。姉はそう考えたくないのでしょうけど。彼にしたら一万二〇〇〇フランを取り返そうとまたそこへ行くだけのことです。大負けしたり大勝ちしたりは慣れっこだから」

うめき声が聞こえ、ふたりはゴリオ爺さんの部屋に戻った。見たところ爺さんは眠っているようだった。しかし近づくとこんな言葉が聞こえた。「あの子らは幸せじゃない！」眠っているにしろ起きているにしろ、その言葉の抑揚が烈しく娘の心を衝いた。彼女は父親の横たわるベッドに近づいた。そしてその額にキスをした。彼は目を開けて言った。「デルフィーヌだ！」

「そうよ！　具合はどう？」彼女は訊ねた。

「いいよ」彼は言った。「心配することはない。すぐ歩けるようになる。さあ、もう行きなさい、子供たち、楽しんでおいで」

ウジェーヌはデルフィーヌを家まで送った。夕食に誘われたが、残してきたゴリオの容体が心配で辞退した。そしてヴォケール館に戻った。ゴリオ爺さんは起きてきて、テーブルに着こうとしているところだった。ビアンションは爺さんの様子をじっくり観察できる席に着いた。医学生は爺さんがパンを取り、原料の小麦粉を判別しようと匂いを嗅ぐ姿を観察し、そうした動作に、なにをしているかの認識とでもいうべきものがいっさい欠けているのを見てとり、どうもいけないというふうに首を振った。

「こっちに来いよ、コシャンの研修医先生」ラスティニャックが言った。

ビアンションは年老いた下宿人により近づけるので喜んで席を移ってきた。

「彼がどうかしたのか？」ラスティニャックが訊いた。

「おれの見立てに狂いがなければ、長くないな！　爺さんの中で、とてつもない事件が起こったにちがいない。鬱滞性の急性脳卒中が起こってるように見えるね。顔の下部は穏やかでも、ほら、上部の皺がそのつもりもなく額のほうに突っ張ってる！　それに脳に漿液《しょうえき》が入り込んだときの典型的な症状が目に出ている。目に細かい埃がいっぱい入っているように見えないか？　明日の朝には、もっとはっきりしたことがわかるだろう」

「なにか治療法はあるんだろう？」

「いっさいない。体の末端や脚のほうで反応を起こして、つまったものを散らしてやる方法でも見つかれば、死期を遅らせることができるかもしれないが。とにかく明日の夜になっても、あの症状が続くようだと、可哀想だが爺さんは助からない。おまえは病の原因になった出来事を知っているのか？　爺さんは精神を押し潰されるような、よほど烈しい衝撃を受けたにちがいないんだが」

「そうだ」ラスティニャックはふたりの娘が父親の心臓を休みなく強打しつづけたのを思い出しながら言った。

「少なくとも」ラスティニャックは思った。「デルフィーヌは父親を愛している。彼女だけは！」

その夜、イタリア座でラスティニャックはニュッシンゲン夫人をあまり不安にさせないように、いくらか慎重に振る舞った。

「心配しないで」ウジェーヌがひとこと言うなり、彼女はそう答えた。「父は強いひとよ。ただ今朝は、わたしたちが少し動揺させちゃったから。わたしたちの財産が危ないんですもの、それがどれほどの不幸かわかる？　あなたの愛情がなかったら、わたしは今ごろ生きてられなかったかもしれないわ。あなたのおかげでわたし、以前だったら死ぬほど不安だったにちがいないことに対しても平気でいられるようになったの。いまのわたしにとっての不安はひとつだけ。わたしにとっての唯一の不幸、それは生きる喜びを感じさせてくれる愛を失うことよ。この感情のほかは、わたしにとってどうでもいいことなの。もうそれ以外に大事なものはなにもないのよ。あなたがわたしのすべてなの。もしわたしが裕福になることに幸せを感じるとしたら、それはあなたをもっと喜ばせたいからなのよ。恥ずかしいけれど、わたしという人間は娘である前に恋人なのよ。どうしてかしら？　自分でもわからないわ。わたしの人生はあなたの中にあるの。父はわたしに心をくれた。でもその心に鼓動を与えたのはあなたなの。世間は寄ってたかってわたしを非難するかもしれない。それがなんだというの！　あなたさえ赦してくれればそれでいいの。あなたはわたしを責めてはいけないのよ、だってそれはわたしがあなたへの愛に逆らえず犯した罪ですもの。ひどい娘だと思う？　それはちがうわ、うちの父親みたいに善良なひとを愛さないでいることは不可能よ。ただね、どうしても考えてしまうの。父は結局、わたしたちの嘆かわしい結婚が当然こうなるとわかっていたんじゃないかしらって。どうして父は結婚を阻止してくれなかったのかしら？　父はわたしたちのために、もっと考えてくれてもよかったんじゃない？　もちろん、父がいまわたしたちと同様に苦しんでるってことはわかってるの。でもね、わたしたちになにができるかしら？　父を慰めるとか？　わたしたちに父を慰めたりできるはずがないわ。父にしたら、娘たちがすっかり観念してしまったところを見るよりつらいことはないんだもの。愚痴や不平を聞かされるほうが余程ましでしょう。苦痛しかない人生にだってやっぱり起伏はあるのよ」

ウジェーヌは黙ったままでいた。嘘のない愛情をそっくり物語る無邪気な表現に感動していた。たしかにパリの女性たちはしばしば嘘つきで見栄っ張りで、自己中心的で浮気で冷淡かもしれないが、本当に誰かを愛するときには、間違いなく世界中のどの女性よりその情熱に溺《おぼ》れるのである。彼女らは卑小でありながら精一杯成長し、ついには驚嘆すべきものになるのである。さらにウジェーヌは、誰かを本気で愛した女性が、その特別な感情ゆえにほかの感情から切り離され、やけに冷静になって、もっとも自然な感情について適切で深い洞察を繰り広げるようになることに、大きな衝撃を受けていた。ニュッシンゲン夫人はウジェーヌが黙ったままでいるので腹を立てた。

「なにを考えているの?」彼女が訊いた。

「あなたの言ったことが耳から離れなくて。ぼくはこれまで、あなたがぼくを愛する以上に、あなたを愛していると思っていた」

彼女は思わず微笑んでから我に返り、会話がはしたないものにならぬよう自分を戒めた。彼女はこれまで若く誠実な恋人が語る、心を震わせるような愛の言葉を聞いたことがなかった。あともうひと言でも耳にしようものなら、自分を抑えることができなくなりそうだった。

「ウジェーヌ」彼女は話題を変えた。「もしかして、いまなにが起こっているか知らないの？　パリの上流階級がこぞって明日、ボーセアン夫人の屋敷に詰めかけるのよ。これまでロシュフィード家とアジュダ侯爵は示し合わせて、あまり噂が広がらないようにしていたのだけど、いよいよ明日、王がロシュフィード嬢と侯爵の結婚契約書にご署名なさるの。そしてあなたの可哀想な従姉さんはまだなにも知らないの。従姉さんは女主人として舞踏会に顔を出さないわけにはいかないでしょう。でもそこにアジュダ侯爵は来ない。社交界の話題はこの恋愛沙汰でもちきりなのよ」

「つまり社交界というのはまったくの恥知らずってことだ。どっぷり恥辱まみれじゃないか！　ボーセアン夫人がそれで死んでしまうとは考えないのだろうか？」

「そうよ」デルフィーヌはにっこり笑って言った。「あなたはそうした女たちのことをわかっていないのよ。でもね、あのひとの家にはパリじゅうからひとが押し寄せるわ。そしてわたしもそこへ行く！　いずれにせよ、こんな幸せを得られたのはあなたのおかげ」

「しかし」ウジェーヌは言った。「それはパリに流布するあの馬鹿げた噂のひとつでしょう?」

「明日になればわかるわ」

ウジェーヌはヴォケール館に戻らなかった。新居を味わってみたい気持ちに勝てなかった。ウジェーヌは前の晩、午前一時にはデルフィーヌの家をあとにしなければならなかったが、この日は深夜二時ごろデルフィーヌが新居から帰っていった。彼は翌朝遅くまで眠り、ニュッシンゲン夫人が昼食にやってくる正午になるのを待った。若者というのはそうした甘美な幸せに飢えているものなのだ。だから彼はゴリオ爺さんのことをほとんど忘れてしまった。そこにあるいまや自分のものになった上質な品ひとつひとつに馴染《なじ》んでいくのは、彼にとって心浮きたつような時間だった。そこにニュッシンゲン夫人が現れると、すべてにまた新たな価値が加わる。それでも四時ごろになると、恋人たちはゴリオ爺さんのことを思い出した。そういえば爺さんはこの建物に引っ越すのを楽しみにしていたっけ。老人の具合が悪いなら、なおさら急いでここへ移すべきだとウジェーヌはデルフィーヌに自分の考えを説明し、暇《いとま》を告げて、ヴォケール館に走って戻った。テーブルにはゴリオ爺さんの姿もビアンションの姿もなかった。

「それがさ！」画家が彼に言った。「ゴリオ爺さんは歩けないのさ。ビアンションが部屋で彼についてるよ。娘のひとりが会いにきたんだよ、あのレストラマ伯爵夫人さ。そのあと無理に外出して、病気が悪化しちまった。せっかく社会に彩りを添える人物なのに、惜しいことだなあ」

ラスティニャックは階段ホールに飛び出した。

「あらまあ、ウジェーヌさん！」

「ウジェーヌさんってば！　女将さんがお呼びですよ」シルヴィが叫んだ。

「ウジェーヌさん」未亡人が言った。「ゴリオさんとあなたは二月十五日付けで退出することになってましたよね。もう三日も過ぎてるんですよね十五日から。今日は十八日ですからね。あなたの分とゴリオさんの分、それぞれひと月分の家賃を頂かないといけません。なんならゴリオ爺さんの分もあなたに保証してもらえるとありがたいんですけどね、口約束でもいいから」

「なぜです？　信用できませんか？」

「信用ですって！　もしあの爺さんが回復せずに死んじまっても、あの娘たちは一リヤールも払っちゃくれませんよ。おまけに爺さんの遺品なんか一〇フランにもなりません。あのひと今朝、最後の食器セットを持ち出してたんだから。なんのためにだか。

若作りをして。こう言っちゃなんだけど、頬紅かなにかでも入れたんじゃないかしら。若返ったみたいでしたよ」

「すべてぼくが払いますよ」ウジェーヌは嫌悪感から身震いし、大きな不幸の訪れを予感しながら言った。

彼はゴリオ爺さんの部屋に行った。老人はベッドに横たわっていた。そしてそのそばにビアンションがいた。

「こんにちは、お父さん」ウジェーヌが言った。

老人は彼を見て穏やかに笑みを浮かべ、それから生気のない目を向けて言った。

「あの子はどうかね?」

「元気でしたよ。それであなたは?」

「まあまあかな」

「疲れさせないでくれ」ビアンションがウジェーヌを部屋の隅に引っ張っていきながら言った。

「どうなんだ?」ウジェーヌが訊いた。

「奇跡でも起こらない限り助からない。漿液の鬱滞が起こったんだ。いまカラシ湿布を貼ってある。幸い、効いてはいるようだ」

「動かせるか？」

「無理だ。ここに置いとくべきだ。肉体的な動揺も心の動揺も避けねばならん」

「なあビアンション」ウジェーヌが言った。「ふたりで看病してやろう」

「うちの主任医師に来てくれるように頼んである」

「それで？」

「明日の夜、来てくれるそうだ。仕事明けに。間の悪いことに、この瀕死の老人は今朝、不用意な行動を取った。理由は話したがらない。とにかくラバみたいに頑固なんだ。こっちが話しかけても聞こえないふり寝たふりをして答えない。目を開けたら開けたでうめきだす。彼は午前中に外出したんだ。パリを歩きまわったらしい。どこへ行ったのかはわからない。自分の持っている金目のものをすべて持ち出した。なにか胡散臭《うさんくさ》い取引をしたんだろう、そのために残っている以上の力を使っちまった！　やつの娘がひとり来た」

「伯爵夫人だな？」ウジェーヌが言った。「背が高く、髪は褐色、きゅっと鋭い目をした、かわいい足の、きゅっと腰の締まった女だったろう？」

「そうだ」

「ちょっとのあいだ爺さんとふたりにしてくれ」ウジェーヌが言った。「話を聞いてみよう。おれにならすべてを話すだろう」

「じゃあそのあいだに食事をしてこよう。とにかくあまり興奮させるなよ。まだ少しは希望があるんだから」

「まかせてくれ」

「明日、あの子らはきっと楽しくやるだろうねえ」ふたりきりになると、ゴリオ爺さんはウジェーヌに言った。「ふたりとも豪華な舞踏会に行くんだ」

「それで、今朝なにがあったんです？　お父さん、夜にはベッドで安静にしなきゃいけないほど体を悪くするなんて」

「なにもない」

「アナスタジーが来たでしょう？」ウジェーヌが訊いた。

「ああ」ゴリオ爺さんが答えた。

「それで？　隠さないでください。また無心したんでしょう？」

「ああ！」彼は力を振り絞って話した。「あの子は本当に不幸だった。そうだ！　ナジーはダイヤの一件以来、一スーだって持ってない。あの子は明日の舞踏会のために、ラメ入りのドレスを注文していた。似合うにきまっている、宝石みたいになるさ。それをあの子の仕立て屋のやつめが、掛け売りをしないというんだ。だから小間使いがドレスの内金として一〇〇〇フランを立て替えた。可哀想に、ナジーはもうそこまで困ってるんだ！　話を聞いてわたしは心が張り裂けそうになったよ。ようするに小間使いは、ナジーがレストーの信用をすっかり失くしたのを見て、自分の金は戻ってこないかもしれないと怖くなったのさ。それで仕立て屋とグルになって、一〇〇〇フランが返ってくるまではドレスを届けないということにしてしまった。舞踏会は明日だ。ドレスはできている。ナジーは困りきっているんだ。あの子はわたしの食器類を借りて質に入れようと考えた。レストー伯爵が妻を舞踏会へやりたいのは、妻に売りとばされたと噂されているダイヤがちゃんとそこにあることを、パリじゅうの人間の前で示したいがためなのさ。そんなやつに『一〇〇〇フランが必要です、払ってもらえますか？』だなんて言えるわけがない。そりゃあそうだ、わたしにはわかる。妹のデルフィーヌは素晴らしいドレスでその舞踏会へ行くだろう。アナスタジーは妹に負けるわけにはいかんのだ。それであの子は目を涙でいっぱいにしていた、わたしの可哀想な娘は！

わたしは昨日、一万二〇〇〇フランがなかったことが恥ずかしくてたまらなかった。だから面目を取り戻せるならこの惨めな命だってそっくり提供するつもりだった。わかるかね？　わたしにはなんにでも耐える力があったのだが、昨日金がなかったのには、心が折れてしまった。やれやれ！　わたしはまったくためらわなかったよ。大急ぎで見てくれを整えて出かけた。わたしは銀のリングと食器を六〇〇フランで売り、それから終身年金一年分をゴプセック親爺《おやじ》に抵当に入れて四〇〇フラン借りた。いいさ！　パンだけ食べればいい！　若いときはそれで十分だった。今でもなんとかやれるだろう。少なくとも、これであの子も一晩は楽しい夜が過ごせる、ナジーはね。あの子は綺麗になるだろう。枕の下に一〇〇〇フラン札がある。こうして頭の下に敷いていると元気が湧いてくるんだ。これで可哀想なナジーを喜ばせてやれると思うとね。あの子はあの意地悪な小間使いのヴィクトワールを馘《くび》にすることができる。召使いが主人を信用できなくてどうする！　明日になれば、わたしも元気になる。ナジーは十時にやってくる。あの子たちに病気だと思われたくない。知れば、あの子たちは舞踏会に行くのをやめるでしょう。あの子らはわたしの看病をするでしょう。ナジーは明日、わたしを我が子のように抱きしめるでしょう、あの子の愛撫でわたしはよくなるでしょう。そうなれば結果的に薬屋に一〇〇〇フラン無駄な金を払わずにすんだことになるじゃないか。同じ払うなら、わたしは万病に効くナジーに払うほうがいい。わたしはどん底にいるあの子のせめてもの慰めになってやれる。それでわたしは終身年金なんかを作ったという過ちから解放されるんだ。あの子は暗い闇の底にいる。そしてわたしはあの子をそこから助けだしてやるだけの力がもうない。ああ、わたしはもう一度商売の世界に復帰するつもりです。小麦の買い付けにオデッサに行きます。あそこは小麦の値段がこっちの三分の一なんです。穀物をそのまま輸入することは禁止されているが、法律をつくった連中は頭が固いから加工品を禁止することまでは思いつかなかった。小麦はその最たるものだ。はっはっはっ！……わたしはそれに気づいたんですよ。今朝ね！　パスタ業界に一気の攻撃をしかけてやる」

「錯乱している」ウジェーヌは老人を見つめ思った。「さあ、お休みなさい。おしゃべりはやめて……」

ウジェーヌは、ビアンションが戻ってくると、下に降りて食事を取った。それから夜通し交替で病人を見守った。その間ひとりは医学書を読み、ひとりは母と妹たちに手紙を書いた。翌朝、ビアンションによれば、病人の症状にはどちらかといえば好い兆候が見受けられた。しかしながら予断を許すものではなく、学生たちはふたりだけでできるかぎりの手当てを続けた。その努力は、いまどきの取り澄ました医学用語では説明しきれない。老人のやつれた体に蛭《ひる》を載せ[3]、それと並行してカラシ湿布や足湯

3　蛭に血を吸わせる瀉血療法。

といった医学的処置が施された。そもそもそうした施術には若者ふたりの努力と献身が欠かせなかった。レストー夫人は来なかった。彼女は金を回収するために使いの者を寄越した。

「自分で取りにくるものと思っていたが。しかしかえってよかった。あの子に心配をかけただろうから」父親はこうなってほっとしているように言った。

夜七時、テレーズがデルフィーヌの手紙を持ってやってきた。

いったいどうしたというの？　ほんの少し愛したきり、もうわたしに厭《あ》きてしまったの？　あれほど何度も真心を打ち明けあい、その美しい心の内を見せてくれたというのに。あれほど美しい心を持っているのですもの、感情というものにどれほど多くの襞《ひだ》があろうとも、ぜったいに不誠実にはなれないはずです。『モーゼ』[4]の祈りの歌を聞きながら、あなたは言ったでしょう。『あるひとびとの耳にはいつも同じに聴こえる音楽が、別のひとびとには無限に広がり続ける音楽に聴こえるのです！』と。ねえ、わたしは今夜あなたにボーセアン夫人の舞踏会に連れていってもらうのを楽しみにしているのよ。今朝宮廷でアジュダ氏の結婚の契約書にサインが交わされました。可哀想な子爵夫人はそれをようやく二時に知ったのです。パリじゅうの人間が彼女の家に赴きます。まるで処刑が行われるグレーヴ広場に大衆が詰めかけるように。その女性が苦悩を顔に出すか出さないか、本当にそんなことでひとが死んだりするものかどうかを見物にいくなんて、おぞましいことじゃないかしら？　これまでに彼女の家への訪問を果たせていたなら、わたしだって絶対そんなところへ行きません。でも夫人が客を招くことは、この先ないでしょう。だとすれば、わたしのこれまでの努力は無駄になってしまうわ。わたしの場合は他のひととはまるで事情が違います。それにわたしがそこへ行くのは、あなたのためでもあるのよ。もし二時間待っても現れなかったら、わたしはその裏切りを赦せるものかどうかわかりません。

ラスティニャックはペンをとり返事を書いた。

あなたのお父さんが生き延びられるかどうか判断を仰ぐために医者を待っています。お父さんは死にかかっています。のちほど医者の見立てをお知らせに参り

4　ロッシーニのオペラ。

ます。死の診断にならなければいいのですが。舞踏会へ行っている場合かどうかわかっていただけますね。心からの愛を込めて。

医師は八時半にやってきた。楽観的ではなかったが、死が差し迫っているという意見でもなかった。このさきも良くなったり悪くなったりを繰り返し、いつまで持つか、意識を保てるかはその経過次第だと言った。

「長引かないほうが、楽でしょうがね」医師はそう締めくくった。

ウジェーヌはビアンションにゴリオ爺さんの看病を任せ、ニュッシンゲン夫人に悲しい知らせを届けにいった。いまだに家族の義務という考えが体中に染み込んでいる彼にしてみれば、快楽なんてそっくりお預けにするべきだった。

「あの子に言ってください、こっちのことは気にせずに楽しんできなさいって」ゴリオ爺さんは眠っているようだったのに、ラスティニャックが出ていくとき、起き上がって叫んだ。

若者はいたたまれない気持ちでデルフィーヌを訪ねた。彼女は髪を整え、靴を履き、あとは舞踏会用のドレスを身に着けるだけだった。しかし、絵画の完成にあと一筆というように、最後の仕上げには、キャンバスの背景に掛けたより時間を掛けたいところだった。

「なんのつもり？　着替えてないじゃない」彼女が言った。

「しかしお父さんが……」

「また父の話」彼女は言葉を遮った。「娘の義務がなにかだとか、わざわざあなたに教えていただかなくても結構。父のことは昔からよくわかっています。口答えはなし、ウジェーヌ。着替えてくるまで、あなたの話を聞くつもりはありません。テレーズがあなたの新居にもろもろ揃えてくれています。わたしの馬車がすぐ出せます。使ってちょうだい。早く帰ってきて。父の話は舞踏会に向かう車の中で聞きます。早めに出かけましょう。渋滞に捕まりでもしたら、向こうに着くのは十一時を回ってしまうでしょうからね」

「しかし！」

「早く行って！　口答えはなし」彼女はネックレスを着けるために、寝室に駆けていった。

「とにかく急いでください、ウジェーヌさま、奥さまを怒らせてしまいますよ」テレーズが、こうしたエレガントな親殺しに恐れをなす若者を急かすように言った。

彼は着替えに向かいながら、ひどく悲しい、どこまでも気の滅入る省察に沈んでいった。社交界が泥の海に見える。男がひとりうっかり足を踏み入れ首まで浸かっている。「もはやそこでケチな罪を犯すほかないのだ！」彼はひとりつぶやいた。ヴォートランのほうが立派だ。ラスティニャックは社会を大きく三つの表現で捉えていた。服従、闘争そして反乱。あるいは家族、世間そしてヴォートラン。そしてどれを選ぶか迷っている。服従するのはつまらない。反乱を起こすのは不可能だ。闘争はどうなるものか不確かだ。

彼の思いは家族の中心へと戻っていった。あの静かな生活にあった清らかな感動が甦った。愛するひとびとに囲まれて過ごした日々が思い出された。あの愛すべきひとたちは家族の自然な法に順応し、どこまでも幸せに満たされ、不安に駆られることもない。そんなふうに頭の中には善い考えもあるのに、デルフィーヌのもとへ行き自分は高潔でありたいのだと告白し、愛の名のもとに美徳に従うよう命じる勇気は湧いてこない。すでに彼という人間の基礎形成は終わりつつあった。彼の愛しかたはすでにエゴイストのそれだった。彼はその直感でデルフィーヌの心の本質を見抜いていた。彼女は舞踏会へ行くためなら、父親の屍《しかばね》をも踏み越えていくだろう。そして彼にはくどくどと説教をする役を演じる気力も、彼女を怒らせる勇気も、彼女と別れる高潔さもないのだった。「こんな状況で言い負かしでもしたら、一生恨まれるだろう」彼はつぶやいた。

それから彼は医者の話を思い出した。彼はゴリオ爺さんが自分の考えているほど危険な病状ではないのだと考えたくなった。ようするにデルフィーヌを正当化するために人殺しの理屈を積み上げげた。舞踏会に行かせるつもりだった。彼女は父親の置かれた状態を知らないのだ。老人自身も彼女が会いにきたら、舞踏会に行かせるつもりだった。四角四面な社会の掟《おきて》に照らしてみれば絶対に有罪になるような明白な犯罪も、しばしば家庭においては性格の違いや価値観の違い、置かれた状況の違いから夥《おびただ》しい修正が加えられ、赦されることがある。

ウジェーヌは自分をごまかそうとした。彼はその恋人のために自分の良心を犠牲にするつもりだった。二日前から彼の人生はすべてが変わってしまった。その女性がおのれの自堕落を彼の人生に投げ込んだのだった。彼女は家族というものを色褪《あ》せたものにした。彼女は自分の利益のためだけにすべてを奪い取った。ウジェーヌとデルフィーヌはたがいに相手からもっとも強烈な快楽を得るのにちょうど適した条件のもとで出会ったのだ。すっかりお膳立てができていた彼らの情熱は、やがてはその情熱を滅ぼす快楽によって大きくなった。ウジェーヌはその女性をものにして初めて、自分がただ彼女をものにすることしか望んでいなかったことに気がついた。彼がようやく彼女を愛したのは、幸せな夜が明けた朝だった。おそらく愛というものは快楽に対する感謝にすぎないのだ。下劣であろうと高潔であろうと彼がその女性を熱烈に愛するのは、相手に与え、相手から受け取るあらゆる快感があるからだった。デルフィーヌもまた、タンタロスが飢えや咽喉《のど》の渇きを癒しにやってきてくれる天使を愛するように、ラスティニャックを愛しているのだった。

「さあそれで！　父の具合はどうなの？」彼が夜会用の服に着替えてくると、ニュッシンゲン夫人が言った。

「きわめて悪いのです」彼は答えた。「もしあなたの愛情が本物だとおっしゃるなら、今すぐ彼に会いにいきましょう」

「そうね、そうしましょう」彼女は言った。「でも舞踏会のあとにね。ねえウジェーヌ、怒ってはだめ。お説教はやめて、いいわね」

ふたりは出発した。ウジェーヌは道中、沈黙したままでいた。

「どうしたっていうの？」彼女が言った。

「お父さんの喘ぎ声が聞こえるんです」彼は怒った声で答えた。そして若者らしく熱っぽく畳みかけるようにして、レストー夫人が虚栄心から残酷な行為を強行したこと、父親の最後の献身が致命的な発作を引き起こしたこと、そしてそれがアナスタジーのラメ入りのドレスの代価であったことを語った。デルフィーヌは涙を流した。「化粧が崩れる」彼女は思った。涙が乾いた。「父を看病しにいくわ。けっして父の枕元を離れないわ」彼女は繰り返した。

「ああ！　ようやくぼくの望むきみに会えた」ウジェーヌは叫んだ。

五百台の馬車のランプがボーセアンの館周辺を明るく照らしていた。煌々《こうこう》と照らされた門の両脇で、憲兵の馬が足踏みをしている。大勢の客が詰めかけていた。そして誰もが、その高貴な女性の凋落《ちょうらく》の瞬間を見逃すまいと焦っていた。そのためニュシンゲン夫人とラスティニャックが到着したときには、すでに館の一階にある広間は客でいっぱいになっていた。かつてルイ十四世によって恋人と引き裂かれたかの高貴な貴婦人[6]のもとに宮廷じゅうの人間が詰めかけて以来、このたびのボーセアン夫人の恋の破綻《はたん》ほど鮮烈な不幸はなかった。しかしこうした状況にありながら、ブルゴー

5　221頁の注25参照のこと。

6　ラ・グランド・マドモワゼルことアンヌ・マリー・ルイーズ・ドルレアンは恋人ローザン公との結婚を望んだが、王族の資産流出を恐れた従弟のルイ十四世に、あの手この手で妨害された。

ニュ王家の血を引く最後の貴婦人であるボーセアン夫人は不幸に屈しない毅然とした態度を取った。そして、それまで恋の勝者として栄華を味わう場でしかなかった社交界に、最後の瞬間まで女王として君臨した。

パリでもっとも美しい女たちが、そのドレスと微笑みでサロンを華やかに彩っている。宮廷でもっとも優秀な男たち、外交官、大臣、十字や星形の勲章、色とりどりの飾り房で正装した各界の著名人が、ボーセアン子爵夫人の周囲で押しあいへしあいしている。きらびやかな室内装飾のもとで、楽団がその調べを鳴り響かせる。しかし、ひとりぼっちの女王にとって、そこは荒涼とした宮殿だった。ボーセアン夫人は友人と自称する連中を迎えるために広間の入口に立っていた。白いドレスを着て、髪をシンプルに編みあげ、いっさい飾りをつけていない。穏やかな様子だった。その顔には痛みも自尊心も取り繕った明るさも見当たらない。誰にも彼女の本心は読み取れなかった。敢えていえば大理石の柱となったニオベ[7]のようだった。親しい友人に見せる笑顔にはときおり皮肉の色が浮かんだ。いずれにせよ誰の目にも彼女はいつもと変わらなかった。そして幸せにきらきら輝いていたときとそっくり同じ態度を示した。これにはもっとも冷淡な連中でさえ、死ぬときにも笑みを浮かべる剣闘士をローマの娘たちが讃えるように賞賛した。ひとびとはまるで自分たちが仕えてきた高貴なひとに最後の別れを告げるために着飾っているようだった。

「あなたがお見えにならなかったらどうしようと不安でした」ボーセアン夫人はラスティニャックに言った。

「まさか」彼にはその言葉が非難に思え、声を上ずらせて答えた。「最後のひとりになるつもりで来ました」

「よかった」彼女は彼の手を握った。「おそらくあなたはここで信用できるただひとりのひとです。どうかあなただけは、いつまでも愛せるひとを愛してね、誰ひとり捨ててはいけませんよ」

彼女はラスティニャックの腕を取り、客がカードをしているサロンのソファに連れていった。

「どうか」彼女がラスティニャックに言った。「アジュダ侯爵のところへ行ってきてくれませんか。召使いのジャックが案内します。侯爵宛ての手紙を託します。わたしの送った書簡を返却してくれるよう書いてあります。彼はあなたにそれをすべて託す

7　ギリシャ神話の登場人物。タンタロスの娘でテーベ王の妻。子供の多さを誇って神の怒りを買い、子供をみな殺され、悲しみのあまり石になった。

でしょう。そうしてくれるとよいけれど。手紙を受け取ったら、わたしの寝室に持ってあがってください。わたしもあとから参ります」

彼女はランジェ公爵夫人を出迎えるために立ち上がった。彼女の一番の親友もやはりやってきたのだった。ラスティニャックはロシュフィードの館へ赴き、そこでアジュダ侯爵の所在を訊ねた。彼は今夜そこに来ているにちがいなく、案の定そこにいた。侯爵は学生を連れて自宅に戻り、彼に文箱《ふばこ》を預け、それから言った。「そこに全部入っている」彼はウジェーヌになにか言いたそうだった。舞踏会での出来事や子爵夫人について質問したいのかもしれないし、もしかしたら、のちに現実のものとなる結婚への失望を早くも告白したかったのかもしれない。しかしその目に自尊心が閃くと、悲しいことに侯爵はふっと冷静になって、自分のもっとも気高い愛情を胸の奥にしまってしまった。「彼女にはわたしについてなにも言わないでおくれ、ウジェーヌ」侯爵は寂しそうにラスティニャックの手をぎゅっと握った。そしてもう帰るようにと合図をした。ウジェーヌはボーセアン邸に戻った。そして子爵夫人の部屋に案内された。彼はそこに旅支度がなされているのを発見した。彼は暖炉のそばに腰を下ろし、ヒマラヤ杉でできた文箱を眺め、それからひどくもの悲しい気分にとらわれた。彼にとってボーセアン夫人は『イリアス』の女神たちのように大きな存在だった。

「ああ！　おかえりなさい」子爵夫人は入ってきて、ラスティニャックの肩に手を掛けた。

従姉は天を仰いでいた。肩に置かれた手は震え、もう片方の手を頭上にかざしている。泣いているのだった。彼女はいきなり文箱を掴むと、それを暖炉にくべ、燃えていくのを眺めた。

「ひとびとは踊っています！　みんな律儀にやってきました。死はあとで訪れるというのにね。しっ、静かに！」彼女は、話そうとするラスティニャックの口に指を当てた。「わたしはパリにも社交界にも二度と戻りません。明朝五時、ノルマンディの片隅に引き籠《こも》るために出発します。午後三時から準備に追われていました。証明書にサインをしたり、身の回りのものを整理したり。ただ使いの者を出すことができなくて、あそこに……」彼女は言葉に詰まった。「彼がいるのは確かでしたが、あそこに……」胸の痛みに打ちひしがれ彼女はふたたび言葉に詰まった。一瞬、苦しみがすべてを支配した。ある種の言葉がどうしても口から出てこなかった。「結局」彼女は言った。「わたしは今夜あなたにならその最後の仕事を頼めるだろうと思ったのです。あなたに友情の証を見せられたらいいのだけれど。わたしはこれからもあなたのことを、しばしば思い出すでしょう。あなたはこの社交界にあって、善良かつ高潔で、若く純真なひとでした。そうした性質はここでは稀少です。あなたもときどき、わたしのことを思い出してくださるといいのだけど。これをご覧になって」彼女は周囲を見まわしながら言った。「手袋をしまっていた箱です。舞踏会や観劇に出かける際にここから出して着けていました。そのたびにわたしは自分が美しいと感じました。幸せでしたからね。だからこれに触れると、なにか素晴らしい思い出ばかりが甦ってきます。ここにはわたしの幸せが詰まっていたのです。今はもういないボーセアン夫人のすべてが。これを受け取ってください。アルトワ街のあなたの家に届くようにしておきます。ニュッシンゲン夫人は今夜、本当にきれいね。彼女をしっかり愛してあげなさい。わたしたちがお会いするのはこれで最後かもしれませんが、本当にあなたの幸運をお祈りしていますからね。あなたはわたしにとって良いかたでした。さあ下へ戻りましょう。泣いていると思われたくありませんから。わたしの前には永遠の時間が広がっています。わたしはそこでひとりきりになるのです。誰かに涙の理由を訊ねられることもありません。さあ、この部屋も見納め」彼女は足を止めた。それからちょっとのあいだ手で目を覆い、涙を拭い、冷たい水で目をすすぐと、学生の腕を取り、言った。

「行きましょう!」

気高さの陰にこれほどの苦しみが抑え込まれていたのである。ラスティニャックはかつて味わったことのない烈しい感動を覚えた。舞踏会に戻り、ラスティニャックはボーセアン夫人とともにぐるりと会場を一周した。この優美な女性の最後の細やかな心遣いだった。

彼はすぐにレストー夫人とニュッシンゲン夫人の姉妹に気がついた。レストー夫人はこれみよがしに着けたダイヤのおかげで輝いていた。しかし夫人にはそのダイヤが焼けるように熱かったはずだ。この日を最後に彼女がそれを身に着けることはなかった。その自尊心と愛がいかに強力であろうと、さすがの彼女も夫の眼差しには耐えられなかった。こうした光景もまたラスティニャックをますます侘しくさせた。そのとき、ふたりの姉妹のダイヤモンドの向こうにゴリオ爺さんがベッドに横たわる光景が浮かんだ。ラスティニャックの憂いに満ちた様子に勘違いした子爵夫人は彼の腕を放した。

「お行きなさい！　お愉しみを邪魔したくないわ」彼女は言った。

ラスティニャックはすぐさまデルフィーヌに呼ばれた。彼女は自分が引き起こした効果にうっとりし、なんとしても学生のそばで、この社会で自分が賞賛を集めるところを見せたいと思っていた。この社会に自分は受け入れてもらえそうだった。

「ナジーをどう思う？」彼女はウジェーヌに訊ねた。

な」

「彼女は」ラスティニャックは言った。「父親が死ぬことまで計算に入れているんだな」

午前四時ごろ、サロンにいた客がひとりまたひとりと帰りはじめた。まもなく音楽がやんだ。大広間にはランジェ公爵夫人とラスティニャックだけになった。子爵夫人は残っている客は学生だけだろうと考え、寝室へと引き揚げるボーセアン氏に最後の別れを告げたあと戻ってきた。ボーセアン氏は別れ際、何度も彼女に言った。「きみは間違っているよ、その年で人生に幕を引こうだなんて！　ここでいっしょに暮らせばいいじゃないか」

ボーセアン夫人は大広間に戻ってくるなりランジェ公爵夫人の姿を見つけ、驚きの声を漏らした。

「あなたがなにを考えているかわかるわ、クララ」ランジェ夫人が言った。「あなたは旅立って、もう戻らないつもりでしょう。でもどうか、わたしの話も聞かずに、わかりあうこともなしに行ってしまわないで」ランジェ夫人は友人の腕を取り、隣のサロンへ連れていった。そしてそこで相手の目に涙がいっぱいに溜まっているのを見て、彼女を抱きしめその頬にキスをした。「わたし、あなたとあっさりお別れしてしまうなんていやよ。そんなことをしたらひどく後悔することになります。どうかわたしの言葉を信じて。自分を信じるように。あなたは今夜立派だったわ。そしてわたし、自分もあなたに負けてはいないと感じたの。それをあなたに証明したくて。あなたには悪いことをしたわ。わたしはいつもいい友人ではなかった。ごめんなさい。あなたを傷つけたであろう言葉をすべて取り消します。前に言ったことを撤回させてほしいの。同じ苦しみが、わたしたちの魂をひとつにしてくれた。わたしたちのどちらがより不幸な女かしら。モンリヴォー氏[8]は今夜ここへ来なかったんですものね。この舞踏会であなたのことを見た人間は、あなたのことをけっして忘れないわ、クララ。わたしは、もうひと踏ん張りしてみます。闘いに敗れたときは、修道院に入るでしょう。あなたはどこへ？」

「ノルマンディ、クルセルに。神さまが迎えにいらっしゃるその日まで、愛し、祈ります」

「こちらへどうぞ、ラスティニャックさん」この学生が待っているだろうと、子爵夫人がうわずった声で言った。学生は恭《うやうや》しく膝を曲げ、従姉の手を取りキスをした。

「さようならアントワネット！　幸せを祈っています」ボーセアン夫人がふたたび

8　ランジェ公爵夫人の恋人。64頁に初めて登場している。

言った。

「そしてラスティニャックさん、あなたは幸せなのね。あなたは若い。なにかしら信じるものがある」彼女は学生に言った。「この社交界から去ろうとする段になって、まるで死にゆく者の特権のように、自分が厳粛で真摯な愛情に包まれているのを感じます！」

ラスティニャックはボーセアン夫人がベルリン馬車で旅立っていくのを見送り、午前五時ごろ帰路についた。夫人は別れ際、彼に涙ながらに暇《いとま》の言葉を告げた。その涙は、大貴族であっても人間の心の法の外に置かれているわけではないことを物語っていた。大衆を喜ばせようと大貴族というのは心の痛みとは無縁だなどと言うものもいるが、そんなふうに生きられる人間はいないのである。ウジェーヌは冷たく湿った夜の中を歩いてヴォケール館に帰った。彼の人間形成は完了しようとしていた。

「可哀想だがゴリオ爺さんは助かりそうにない」老人の部屋に入ってきたラスティニャックに、ビアンションが言った。

「なあ」ウジェーヌは眠っている老人を見つめたあと、ビアンションに言った。「おまえは自分の欲望に溺れぬ節度のある人生を送ってくれ。おれは地獄にいる。そしてここに留まらねばならない。社交界についてなにか悪口を耳にしたら、それを信じることだ！　ユウェナリスでもないかぎり、金銀財宝に覆われた恐怖を描写できやしないんだから」

翌日、ラスティニャックは午後二時ごろビアンションに起こされた。出かけなければならないビアンションは、ゴリオ爺さんの看病をラスティニャックに任せた。ゴリオの容体は午前のあいだに、かなり悪化していた。

「爺さんはあと二日、ひょっとしたらあと六時間ももたないかもしれない」医学生は言った。「だからって、おれたちまで降参するわけにはいかない。このさき高額な治療が必要になるかもしれん。たしかに看病はできるだろうが、金はない。おれにはない。爺さんのポケットというポケットを引っくり返してみたし、たんすの中も探ってみたが、かき集めようにもゼロはゼロさ。爺さんの意識のあるときに訊いてみたが、たったの一リヤールもないとさ。おまえいくらか持ってるか？」

「二〇フランきりない」ラスティニャックは言った。「しかしカジノに行けば、勝てるかもしれない」

「負けたら？」

9　33頁の注19参照のこと。

「彼の婿か、娘たちに金を出すよう頼んでみよう」

「出してくれなかったら?」ビアンションがふたたび言った。「目下、差し迫って必要なのは、金を見つけることじゃない。熱したカラシ粉を湿布にして爺さんの足先から腿《もも》のあたりまでをくるんでやらないといけない。彼が悲鳴を上げるようなら救いはある。手順はわかるだろ。まあクリストフが手伝ってくれる。おれは薬屋へ寄って、手に入れられるだけの薬をもらってこよう。爺さんを病院に移せなかったのがまずかったな、まだしもなんとかなったのに。さあ、おまえは爺さんについててくれ、おれが帰ってくるまで彼から目を離すなよ」

ふたりの若者は老人の寝ている部屋に入った。ウジェーヌは面変わりしたゴリオの顔に驚いた。それは引き攣《つ》り、色を失い、まったく生気がなかった。

「さて、調子はどうです?」彼はベッドに屈《かが》みこんで言った。

ゴリオはウジェーヌのほうに淀んだ瞳をあげ、しげしげと彼を見つめたが認識できなかった。学生はこの様子に耐えられず涙ぐんでしまった。

「ビアンション、カーテンが要るんじゃないか?」

「いいや、もう環境を変えても無駄さ。暑がったり寒がったりするようなら、どんなにか良かったんだがな。とはいえ薬を煎じるとか、なんやかんや準備するのに火は必要だ。あとで柴の束を届ける。薪が手に入るまでは、使えるだろう。昨日一昼夜でお前の薪と爺さんの泥炭は全部燃やしちまった。湿気がひどくてね、壁から水が落ちてきやがる。ほとんど部屋は乾燥させられなかった。クリストフが部屋を掃いてくれたが、まさしく馬小屋だな。ネズの実を焚いた、あんまり臭いんで」

「ちくしょう！」ラスティニャックは言った。「娘たちはどうした！」

「さあいいか、爺さんがなにか飲みたがったらこれをやってくれ」医学生がラスティニャックに大きな白い水差しを示した。「もし爺さんがうめいたり、腹が熱くなって張るようなら、クリストフに手を借りて例の処置を始めてくれ……いいな。もし万一、彼がひどい興奮状態に陥って、ぺらぺらしゃべりだし、ようするに錯乱の兆しを見せても、放っておいていい。そいつは悪い兆候ではない。ただしクリストフをコシャン救済院に寄越してくれ。うちの医師、おれか同僚かのどちらかが灸療法を施しにこよう。今朝、おまえが寝ているあいだに、ガル博士の弟子とパリ大病院の主任とうちの主任とで意見交換をした。先生がたによれば、興味深い症状が認められるうえ、病の進行を観察していけば、学術的にかなり重要な点がいくつか明らかにできるだろうというんだ。ある先生の主張によれば、もし漿液の圧迫が特定の器官に起こったのであれば、それ特有の症状が現れるはずだというんだ。だからもし爺さんがしゃべりだすようなら、なにを話すかよく聴いて、どういった類いの内容かを確認してほしいんだ。記憶力、洞察力、分別、なんの働きによるものか、爺さんが気にかけているのは物質か感情か。先々のことを語るか、過去を振り返るか。ようするに症状について正確な報告をしてほしいんだ。漿液の侵入が脳全体に起こっている可能性もある。だとすれば爺さんは現状のまま朦朧《もうろう》状態で死ぬ。いずれにせよ、この手の病はなにもかもが変わっている。もしここで爆弾が破裂したのなら」ビアンションが患者の後頭部を示した。「実際に特殊な現象が起こることはよくある。脳はいくつかの働きをその内に隠している。なかでも死は、正体を現すのが遅いんだ。漿液は脳から出ていくときいくつかの道筋を取り得るが、その過程は死体解剖でしか知ることができない。救済院に脊柱を伝って漿液が広がった朦朧状態の老人がひとりいる。彼は恐ろしいほど苦しんでいるが生きている」

「あの子らはちゃんと楽しんでいたかね？」ゴリオ爺さんがウジェーヌに気がついて言った。

「ああ！　彼は娘たちのことしか考えていない」ビアンションが言った。「ゆうべも、百遍おんなじことを言ったぜ。『ダンスをしている！　ドレスを着ている』娘たちの名前を呼ぶんだ。泣かせたよ、ちきしょう！　独特の抑揚で言うんだ『デルフィーヌ！　可愛いデルフィーヌや！　ナジーや！』まじめな話、泣いちまったよ」医学生は言った。

「デルフィーヌ」老人が言った。「あの子が来ているんだろう？　わかっていたんだよ」その目が四方の壁や戸口を見ようと、ぎょろぎょろと動きはじめる。

「シルヴィにカラシ湿布の準備をするように言ってこよう」ビアンションが叫んだ。「いまが頃合いだ」

ラスティニャックはひとり老人のそばに残った。ベッドの足元に坐り、ぞっとするような、痛ましい顔にじっと目を据えていた。

「ボーセアン夫人は去った。このひとは死んでいく」彼は言った。「美しい魂というのは、この世界に長くは留まれない。実際、高潔な感情が狭量でしみったれた薄っぺらな社会とどうやって仲良くできるものだろう？」

脳裏に先の夜会の光景がありありと甦った。眼前にある臨終の床との落差を強烈に感じた。ビアンションが突然顔を出した。

「待たせたなウジェーヌ、主任に会ってきたよ。ずっと走ってきたんだぜ。もし爺さんに意識に関する症状が出たら、つまりおしゃべりを始めたら、彼を大きな湿布の上に寝かせてくれ。首から背中、尻のあたりまでをカラシ泥で包むようにするんだ。そしたら、おれたちに使いを寄越してくれ」

「おまえはいいやつだな」

「よせよ！　学術的興味さ」医学生はまだ新米の医者らしく熱を込めて言った。

「やれやれ」ウジェーヌが言った。「するとこの可哀想な老人を愛情から看病するのはおれだけってことになる」

「今朝のおれを見てたら、いまみたいなことは言わないだろうな」ビアンションは言い返したが、怒っているわけではなかった。「医者ってのは治療しても病しか見ない。おれはまだ患者を見ているってことさ、兄弟」

ビアンションはウジェーヌを残して立ち去った。老人とふたりきりになり不安を感じていると、すぐに予告された発作が起こった。

「おや、あなただったか、可愛いせがれや」ゴリオ爺さんがウジェーヌを認めて言った。

「お加減はどうです？」学生は老人の手を取った。

「ああ、頭を万力で締めつけられているみたいだったが、よくなったね。娘たちに会いましたかな？　あの子らはもうすぐやってきますよ。わたしが病気だと知ればすぐさま飛んできます。あの子らはかつてジュシエンヌ通りで、そりゃあ優しく看病してくれたもんです。ああしまった！　あの子らを迎えられるように部屋をきれいにしないと。どこぞの青年がうちの泥炭をすべて焚いてしまったんだよ」

「おやクリストフだ」ラスティニャックは言った。「薪が来ましたよ。その青年があなたに送ってくれたんですよ」

「ふむ！　しかし薪の代金はどうする？　わたしには一スーの金もない。すっかり使ってしまった。乞食同然になっちまった。とにかくラメ入りのドレスは綺麗だったんでしょう？（ああ、苦しい！）ありがとう、クリストフ。神さまがおまえにご褒美をくださるからね。わたしはもうすっからかんさ」

「払いはちゃんとぼくがするから、きみにもシルヴィにも」ラスティニャックが下男の耳元で言った。

「娘たちから伝言があるんじゃないか、もうすぐ行くからと、だろうクリストフ？　もう一回行ってきておくれ。一〇〇スー［＝五フラン］あげるから。あの子らに伝えておくれ。わたしの具合が良くないと、キスしてやりたいと、死ぬ前にもう一度会いに来ておくれとね。あの子らにそう伝えておくれ。しかしあまり脅かさないように」

　クリストフがラスティニャックの合図で出発した。

「あの子らは来ます」老人がふたたび言った。「わかるんだ。死んじまったら、あの優しいデルフィーヌを、あの子をどれほど苦しめることになるだろう！　ナジーだってそうだ。あの子らを泣かせないために、死にたくない。いいですか、死ぬということはね、ウジェーヌさん、あの子らにもう会えないということです。そこはみんな行くところだが、わたしにはきっと退屈だろうな。父親にとって地獄とは、子供たちに会えないことですよ。わたしはもうさんざん訓練したんです。あの子らが結婚してからずっとね。わたしにとっての天国はジュシエンヌ通りだったんです。だからね、わたしはあの世に行っても、霊魂になって地上にあの子らの周りに戻ってきますよ。そういう話を聞いたことがあるんですよ。あれは本当の話かな？ そのときにはジュシエンヌ通りにいたときのようなあの子たちに会えるんでしょうなあ。朝、あの子らが部屋から降りてきます。おはようパパ、あの子らは言ったもんだ。わたしはあの子らを膝に乗せ、じゃれついたりした。ようするにわたしは父親で、子供たちから喜びをもらっていました、おふざけをしたり。あの子らは優しくわたしを撫でてくれた。みんなで揃って朝食を取り、夕食を取った。ジュシエンヌ通りにいた頃、あの子らは口答えなんてしなかった。あの子らは社交界のことなんてなにも知らなかった。あの子らはわたしを本当に愛してくれた。神さま！ どうしてあの子らは小さな娘のままでいなかったのでしょう？（おお、苦しい。頭が割れそうだ）ああ！ ああ！ 赦しておくれ、子供たち！ 恐ろしいほど痛いんだ。現実の痛みにちがいない。おまえたちのおかげでわたしは本当に不幸に強くなった。ああ神さま！　ただこの手に、あの子らの手を握ることさえできれば、わたしの痛みなどどこかへ行ってしまうでしょうに。あの子たちは来るんでしょう？　クリストフは本当にのろまだ！　わたしが直接あの子らの様子を見にいけばよかった。クリストフはあの子らに会えるんだなあ、あいつは。そうだ、あなたは昨日、舞踏会へ行かれたんだった。どうでした、あの子たちはどんな様子でしたか？　あの子らはわたしの病気のことをなにも知らないんでしょう？　知っていたら、ダンスなんてできなかったでしょう、可哀想にねえ！　ああ、わたしはもう病気でいたくない。あの子らにはまだまだわたしが必要なんだから。あの子らの財産が危ない。よりによってあんな夫たちに任せるだなんて！　わたしを治してください、治してください！（おお、苦しい！　ああ、ああ、ああ！）おわかりでしょう、わたしは治らなきゃいけないんです。なにしろあの子らには金が必要なんですから。そしてわたしはそれをどこで手に入れたらいいか知ってるんです。パスタを製造しにオデッサに行くんだ。わたしは目端が利く。何百万と儲けてやるぞ（おお！　痛くてたまらん！）」

ゴリオはしばし沈黙した。なんとか痛みに耐えようと持てる力をかき集めようとしているようだった。

「もしあの子らがここへきたら、もう泣き言はいいません」彼は言った。「だってなんで泣き言をいうことがあります？」

老人はふっと静かになり、そのまま長く黙っていた。クリストフが戻ってきた。ラスティニャックはゴリオ爺さんが眠っていると思いこみ、下男が経過を大声で報告するのを止めなかった。

「旦那」彼は言った。「おいらはまず伯爵夫人の家に行ったんです。でも奥さんとは話せませんでした。奥さんは旦那さんと重要なお仕事の最中でした。しつこく粘ってたら、レストーの旦那が出てきてこう言いました。『ゴリオ氏が死にかかっている、だからなんだというのだ！　それは彼のできることのなかでも、最良のことじゃないか。わたしはいま重要な仕事にとりかかっていて、どうしても家内が必要なのだ。全部片付いたら、向かわせよう』怒っているみたいでしたよ、旦那は。おいらが出ていこうとしていたら、どっから入ってきたのか奥さんが玄関のホールに現れて、こう言いました。『クリストフ、父に伝えてちょうだい。わたしは夫と話し合いの真っ最中です。いまここを離れるわけにはいきません。子供たちの生き死にがかかっているのです。でも、これが終わり次第すぐに行きます』次は男爵夫人ですが、こっちはこっちで一苦労です！　おいらはあの方に会えず、話もできなかったんです。小間使いが言うんですよ『あらまあ残念、奥さまは舞踏会から五時十五分に戻ってきて寝てらっしゃいます。昼前に起こそうものなら、ひどく怒られてしまいます。お父さまの具合が悪くなったことは奥さまがベルを鳴らすとき伝えましょう。悪い知らせのときは、いつも頃合を見て伝えていますから』おいらはさんざんお願いしたんですよ！　そうですとも！　男爵さまにお話しさせてくれって頼んだんです。そしたら旦那は外出中でした」

「娘はどちらも来ない！」ラスティニャックが叫んだ。「おれがふたりに手紙を書こう」

「どちらも」老人が起き上がりながら言った。「忙しいから、眠っているから、あの子らは来ない。そうだろうとも。まさしくそれが子供なのだということは、死ぬ段にならなければわからない。ああ！　友よ、結婚なんてするもんじゃない。子供なんてつくるもんじゃない！　命を与えてやれば、死を寄越す。社交界に入れてやれば、そこからこちらを追い払う。そうだとも、あの子らが来るわけがない！　そんなことは十年も前からわかっている。わたしだってときどき思うことはあった。しかし信じたくなかったんだ」

涙が両目にいっぱいになったが、赤い縁に溜まり、そこから落ちてはこなかった。

「ああ！　もしわたしが金持ちだったら、財産を維持していたら、それをあの子らに与えていなかったら、あの子らはここに来たでしょう。あの子らはわたしの頬を舐《な》めるようにキスをしたでしょう！　わたしは立派な屋敷に暮らし、きれいな部屋と召使いを持ち、好きなだけ火を焚けたんでしょうなあ。そしてあの子らは涙をいっぱいに溜め、夫と子供たちといっしょにここにいたんでしょう。それをすべて持っていたかもしれないのに。なのに、なにもない。すべては金次第なのです。娘だってね。ああ！　わたしの金はどこだ？　もしわたしになにか残してやる財宝があったら、あの子らはわたしの看病をしてくれたんだ。わたしの世話をしてくれたんだ。あの子らの声を聞き、あの子らの姿を眺められたんだ。ああ！　でもせがれや、ただひとりのせがれや、それでもわたしはこんなふうに見捨てられ、極貧の中にあるほうがまだいい！　だって貧乏なのに愛されたなら、少なくともそれは本当に愛されているということでしょう。いいや、やっぱり金持ちのほうがいい、あの子らに会えるからねえ。ね、そうでしょう！　あの子らの心はどちらとも石のように冷たい。わたしがあの子らを愛しすぎたために、あの子らはわたしを愛せないのだ。父親というのは、つねに金持ちでいるべきなのだ。子供たちを相手にするときは腹黒い馬を相手にするようにその手綱を緩めてはいけないのだ。なのにわたしはあの子らの前に跪いた。ろくでもない子供たちだ！　あの子らはもう十年来わたしに対して偉そうに振る舞っている。

　いまからは想像もつかないでしょうが、あの子らが結婚したばかりの頃、本当に甲《か》斐《い》甲《が》斐《い》しくわたしの世話を焼いてくれたんですよ！（苦しい！　殉教者の苦しみだ！）それぞれに八〇万フランちかくの金を与えてやったばかりでした。娘たちも夫たちもわたしに冷たくできっこない。『お父さん、こちらへどうぞ、お父さん、あちらへどうぞ』と歓迎されたものでした。あの子らの家には、つねにわたしの食事が用意されていた。わたしはあの子らの夫たちと夕食を取り、連中にちやほやされたものでした。というか、わたしにはまだなにかしらの威厳があった。なぜでしょう？　わたしは自分の商売の話なんていっさいしなかったのに。八〇万フランを娘たちに与える男というのは、ちやほやされてしかるべき男というわけです。そして、彼らがこまごま世話を焼くのは、わたしの金のため。社交界なんてきれいなもんじゃない。わたしはこの目で見て知ってるんだ！　連中はわたしを馬車に乗せて劇場に連れていきましたよ。パーティだって好きなだけ長居させてくれました。ようするに、あの子らはひとに自分はわたしの娘だと話していたし、わたしのことを父親と認めていたんです。わたしはまだ呆《ほう》けちゃいません。いいですか、この目はなにひとつごまかされませんでした。すべてが計算ずくでした。わたしの心は傷だらけになりました。全部ごまかしだとわかっていたからです。しかしわかっていても、なにもできない。わたしはあの子らの家で、ここの食堂にいるよりも落ち着けなかった。会話のしかたがわからなかったからです。そのうち客のなかには婿にそっと訊ねる者もでてくる。『あのかたはどなたです?』『あれは舅《しゅうと》です、べらぼうに金を持っています』『おお、それはすごい!』彼らはそう言って、そのべらぼうな金ゆえに、わたしを尊敬の眼差しで眺める。たしかにわたしはときどき粗相もしたが、それを補うこともしたじゃないか!そもそも完璧な人間なんてどこにいる?(頭が割れる!)なるほどわたしはいま死の苦しみに耐えています、ウジェーヌさん!でも、それがなんです!どんなにつらいことも、アナスタジーに初めて睨まれたときに感じたつらさに比べたら。あの子の目は、わたしがたったいま愚かなことを言って、あの子に大恥をかかせたのだと物語っていました。その目はわたしの体じゅうの血管に刃《やいば》を突き立てました。わたしは理由を知りたいと思った。しかし、みんな端《はな》からわかっていることではありませんか。つまりわたしはこの地上にいてはいけないということです。翌日、わたしは慰めてもらおうとデルフィーヌの家に行った。そしてまんまとそこで粗相をしでかし、彼女を怒らせてしまったというわけです。それで、わたしは阿呆のように混乱してしまった。わたしは身の処しかたのわからぬまま一週間を過ごした。あの子らには会いにいけなかった。非難されるのが怖かったから。そしてごらんのように娘たちに追い出されてしまったというわけです。

おお、神さま！　あなたはわたしが耐えてきた惨めさや苦しみをご存じのはず、わたしが受けた拳《こぶし》の数をご存じのはずではありませんか。わたしはその間に老いさらばえ、醜くなり、疲労困憊《こんぱい》し、生気を失っていったのですぞ。なのに、どうして今またこんな苦しみをお与えになるのです？　わたしはもう十分に、あの子らを愛しすぎたという罪の報いを受けています。あの子らはちゃんと、わたしの愛情に仕返しをしてくれましたよ。あの子らは拷問人のようにわたしを責め苛《さいな》みましたよ。そうですとも！　父親というものは、本当に愚か者なのです！　わたしはあの子らをあまりに愛したために、賭けに溺れた博打《ばくち》打ちのように娘たちに溺れてしまいました。娘たちはわたしにとって悪癖のようなものだったのです。愛妾ですよ、とどのつまり！　ふたりがアクセサリーだのなんだのを必要としていると小間使いたちから聞けば、わたしは優しくされたい一心でそれを買ってやったものです！　それなのにあの子らはわたしの社交界でのマナーについて一から十まで小言を言うのです。おお！　あの子らは実にせっかちで、こちらができるようになるのを少しも待ってくれません。あの子らはわたしのことを恥じるようになりました。我が子に教育なんて与えるからこういうことになるのです。わたしの歳では学校へ行くわけにもいかない（めちゃくちゃ痛いぞ、ああ！　お医者さま！　先生！　頭を切開されるほうが、まだましです）。娘たち、娘たちよ、アナスタジー、デルフィーヌ！　あの子らに会いたい。警官にあの子らを連れてきてもらっておくれ、力ずくで！　正義はわたしにあるんだ。すべてはわたしの味方だ。自然も、民法典も。わたしは抗議する。父親が足蹴にされているようでは、この国は滅びるぞ。それは明白だ。社会は、世界は、父性愛という土台の上で回っているんだ。子供が父親を愛さないようでは、すべてが崩壊する。おお！　あの子らに会い、その声を聞きたい。なにを言われようがかまうものか、ただあの子らの声が聞けさえすれば、わたしの痛みは鎮まるんだ。とりわけデルフィーヌの声だ。どうかあの子らに伝えてください。ここに来るときは、いつものように冷たい目でわたしを見ないでおくれと。ああ！　ウジェーヌさん、あなたはご存じなかろうが、眼差しひとつで金が鉛に変わってしまうとは、まさにこういうことです。あの子らの眼差しがわたしに注がれなくなった日から、わたしはここでずっと冬の人生を送ってきた。残ったものは胸の痛みのみ。わたしはそれをがつがつと貪り食ったのです！　わたしは辱められ侮辱されるために生きてきました。わたしはあの子らを愛するあまり、あの子らから受けるすべての侮辱を飲み込みました。わたしはそうした侮辱を通して、あの子らから小さな恥ずべき快楽を買ってきたのです。情けない、父親が自分の娘たちに隠れて会わねばならないとは！　わたしはあの子らにわたしの人生を与えたのに、今日、あの子らはわたしに一時間さえくれないでしょう。わたしが渇き、飢え、焦がれていても、この最期の苦しみを鎮めにきてはくれないでしょう。だってわたしは死にますから。そうなるでしょうよ。ようするにあの子らは父親の屍《しかばね》を踏んでいくということが、どういうことかわかっていない！　天には神さまがいるんだから、神さまはこっちが止めたって我々世の父親たちの仕返しをしてしまうだろう。

おお、あの子らはやってくるとも！　おいで、子供たち、さあもう一度キスしておくれ、お父さんに最後のキスを、冥途の土産にね。おまえたちのために、神さまにお祈りしておくよ。神さまにおまえたちは良い娘たちだったと伝えておくからね。おまえたちの弁護をしてあげるからね！　とにかく、おまえたちには罪はないのだよ。そうです、あの子らに罪はない！　あなたからみんなにそのことを説明してください、わたしのことで、あの子らが責められることのないように。全部わたしが悪いんだ。わたしがあの子らに、わたしを足蹴にすることをおしえてしまった。わたしがそう望んだんだ。誰にも関係ない。人間の正義にも、神の正義にも。だから神さまがわたしのことであの子たちをお責めになるとしたら、それは不当です。わたしが間違っていたんです。わたしが自分の権利を放棄するというヘマを犯したんです。あの子らのために自分から堕落したようなものです！　だってどうしろというんです？　もっとも美しい性格、もっとも気高い魂の持ち主だって、こうした父親の甘さからくる堕落に打ち勝てやしません。わたしがろくでなしなんです。罰が当たっただけなんです。娘たちをだらしのない人間にした責任はわたしだけにあります。わたしがあの子たちをだめにしたんです。あの子らは今日も快楽を求めています。まるでかつてボンボンを欲しがったように。わたしがあの子らの少女らしい夢をつねに叶えてやったのです。十五のとき、あの子らは馬車を持っておった！　あの子らの思うとおりにならぬものはなにもなかったのです。わたしだけが悪いのです。愛したのが悪いのです。あの子らの声を聞くと心が晴れたものです。あの子らの声が聞こえる。あの子らはやってきます。そうですとも、あの子らはやってきますよ。

法律は、子が死にゆく父親を見送りにくることを望んでいます。法律はわたしの味方です。それに馬車代だっていくらもかからない。わたしが払います。手紙を書いてください、わたしにはあの子らに残してやる金が数百万あると！　誓ってもいい。わたしはこれからオデッサでイタリア式パスタを製造するんです。わたしはコツを心得ています。計画では数百万の儲けがあがりますよ。誰もそいつに気がつかないんです。それは麦や小麦粉のように輸送中に悪くなることがない。たかがパスタですと？　数百万の儲けが待っているんですぞ！　適当なことを書かんでください、数百万と書いてください。それであの子らが欲に駆られてやってきたっていい。むしろ騙されたい。そのときはあの子らに会えるんですから。娘たちに会いたい！　わたしがつくったんだ！　あの子らはわたしのものだ！」彼はベッドに起きあがり、ウジェーヌにむかって白髪を振り乱して見せた。それはいまの彼にできる精一杯の脅しの表現だった。

「さあ」ウジェーヌが老人に言った。「横になってください、ゴリオさん。ふたりに手紙を書きます。ビアンションが帰り次第ぼくが行ってみましょう。ふたりが来ないなら」

「ふたりが来ないなら？」老人が嗚咽《おえつ》しながら繰り返した。「しかし、わたしは死にますぞ、怒りの発作で怒りのあまりに！　怒りに負けちまう！　そのときは、わたしは全人生を悔やむでしょう。わたしは騙されたんだ！　あの子らはわたしを愛していない。これまで一度だって愛したことなどない！　それは明白だ。ここまで来なかったのなら、このさきも来やしない。あとになればなるほど、あの子らの心から、会ってわたしを喜ばせてやろうという気は失せていくんだ。あの子らのことはよくわかっが、あの子らはこれまでわたしの心の痛みや苦しみ、貧窮を慮《おもんぱか》ることができない。もはやわたしが死んでも気づかないかもしれません。あの子らはわたしに愛されていることを知りすぎている。そう、そうなんだ。あの子らにしてみれば、父親が腹を割って愛情を曝《さら》けだすのは当り前のことだから、わたしがなにをしてやってもその有難さがわからないのだ。もしあの子らに、目をくり抜かせてくれ、とせがまれたら、わたしはあの子らに言うでしょうな『さあどうぞ！』と。わたしは愚かすぎるんです。あの子らは世の父親はみな自分の父親と同じだと思っている。父親とはつねに価値のあるところを見せる必要があるのだと。わたしの仕返しは、あの子らの子供たちがしてくれるでしょう。とはいえここに来ることはあの子らの得になるんですから。あの子らに警告してやってください。そんなことではろくな死にかたをしないぞと。あらゆる罪をいっぺんに犯すことになるぞと。さあ行ってください。そしてあの子らに言ってください、来ないと親殺しになるぞ、と。あの子らはそうでなくてもたっぷり罪を重ねてきた。こんなふうに叫んでやってください。『こら、ナジー！　こら、デルフィーヌ！　お父さんのところへ来なさい！　お父さんはおまえたちにとって良い人間だったぞ、そして今、苦しんでいるのだぞ！』なにひとつ残らず、誰ひとりいない。わたしはこのまま犬のように死んでいくのでしょうか？　すっかり見捨てられて。これがわたしへの見返りというわけだ。あの子らは恥知らずの悪党だ！　あの子らが憎い。恨めしい。夜な夜な、あの子らを呪うために棺《ひつぎ》から起き上がってやる。だって、そうじゃありませんか、わたしは間違ってますか？　あの子らが悪い行いをしているんだ、そうでしょう？　なんの話でしたかな？デルフィーヌがきたと、おっしゃいましたか？　あれはふたりのうちでも優しい子です。あなたはわたしのせがれですぞ、ウジェーヌさん！　あの子を愛してやってください。父親の代わりになってやってください。もうひとりは本当に不幸な子なのです。そしてあの子らの財産は！　ああ神さま！　時間切れです。苦しすぎます！　どうぞ首を斬ってください。心だけ残してください」

「クリストフ、ビアンションを呼んできてくれ」ウジェーヌは老人の不平と叫びが特異な様子を帯びてきたのに恐れをなして叫んだ。「それからぼくに馬車を一台呼んでくれ。お嬢さんがたを迎えにいってきます。お父さん。ふたりを連れてきます」

「力ずくで、力ずくで連れてくるんですぞ！　憲兵にでも、連隊にでも、みんなに頼みなさい！　みんなに！」

そう言ってウジェーヌに投げた眼差しに最後の理性が閃めいた。「政府に訴えなさい、王室検事に。連中ならあの子らをここへ連れてきてくれる。そうしておくれ！」

「しかし、あなたは娘たちを恨んでいるんでしょう」

「誰がそんなことを？」老人は驚いて言った。「わたしがあの子らを愛していることは、よくご存じでしょうに。わたしはあの子らを愛しています、とことんです！　あの子らに会えば元気になります……さあ行ってください、善き隣人、優しいせがれよ、行ってください。あなたはいいひとですよ。あなたは。なにか礼をしたいが、あげられるようなものをなにも持っていないのです。ただ死に際の人間からの祝福しか差し上げられない。ああ、せめてデルフィーヌに会って、わたしの代わりにあなたに恩返しをするよう言いたい。もうひとりは無理でも、デルフィーヌは連れてきてください。あの子が来るのを渋ったら、もう愛さないぞ、と言ってやりなさい。あの子はあなたをすごく愛しているから来るでしょう。なにか飲み物を。腹のなかが燃えるように熱いんだ！　頭になにか載せておくれ。あの子らの手ならわたしを救えるんだがなあ。そう感じるんだ……神さま！　わたしが死んだら、誰があの子らの財産を取り戻してやるんです？　わたしはあの子らのためにオデッサに行きたい、そこでパスタを製造したいんだ」

「これを飲んで」ウジェーヌが病人の体を起こしながら言った。左腕で病人を支え、右手で、煎じ薬のたっぷり入ったカップを摑む。

「あなたはお父さんとお母さんを愛さなければいけませんよ、あなたは！」老人がウジェーヌの手を両手で握ったが、力は入らなかった。「わかりますか、わたしはあの子らに会えないまま死んでいくんです！　いつもからからに渇いているのに、癒されることがない、わたしの十年はずっとそんなだった……ふたりの婿がわたしの娘たちを殺したんです。そうだ、わたしにはもう娘はいないんだ。あの子らが結婚したときからね。世の父親よ、議会に訴えて結婚についての法律をつくらせるんだ！　そうだ、もし娘たちを愛しているなら結婚させちゃいけない。婿は娘の内面を徹底的にだめにする悪党だ。やつらはすべてを汚染する。結婚は廃止だ！　我々から娘たちを奪いさるのは連中だ。死ぬときにはすでに娘がいないということになるぞ。父親の死に際についての法律をつくるのだ。これはひどいぞ、ひどすぎるぞ！　復讐しろ！　婿どもがあの子らがここへ来るのを邪魔しているのだ。やつらを殺してくれ！　レストーに死を！　アルザス野郎に死を！　わたしを殺すのは連中だ！　死ね、いやなら娘を返せ！　ああ、これで終わりだ。あの子らに会えぬまま死ぬのだ！　娘たちよ、ナジーよ、フィフィーヌよ、さあ、おいで、さあ！　パパがお出かけだ……」

「どうかゴリオさん、落ち着いてください、さあ静かに、興奮しないでください、なにも考えないで」

「あの子らに会えないなんて、こんな最期だなんて！」

「会えますよ」

「本当かね！」老人は取り乱して言った。「おお、あの子らに会える！　わたしはあの子らに会える、声が聞ける。それなら幸せに死ねる。そうだそうだ！　わたしはもう生きていたくない。もう耐えられない。痛みは増していくばかり。しかしあの子らに会える、あの子らのドレスに触れよう。ああ、ドレスだけ、それじゃ物足りない。なにかあの子らを感じさせるものでなくっちゃ！　そうだ、髪がいい、髪が……」

彼は棍棒で殴られたように、枕の上に頭を沈めた。手が毛布の上をさまよう。あたかも娘たちの髪を摑もうとするかのようだった。

「おまえたちに祝福を」彼は力を振りしぼって言った。「神のお恵みを」

突然、力尽きた。そのときビアンションが入ってきた。

「クリストフに会った」彼は言った。「おまえの馬車を呼びにいった」それから彼は病人を見つめ、その瞼《まぶた》をぎゅっと持ち上げた。そしてふたりの学生はそこに生気のない曇った瞳を見た。「回復しないだろう」ビアンションは言った。「たぶん」彼は手首で脈を取り、老人の心臓の上に手を当てた。

「心臓はまだ動いている。しかしこの状況は最悪だ。死んだほうがましだろうな！」

「ほんとにそうだな」ラスティニャックが言った。

「どうした？　死人みたいに蒼い顔して」

「たったいま叫びと嘆きを聞いたとこなのさ。神はいる！　そうだ、そのはずだ！　神がいて、おれたちのために最高の世界をつくった。さもなきゃこの地上はなんのためにあるんだ。もしこれほどの悲劇でなければ、おれはおいおい泣いたかもしれない。しかしいまは胸のあたりが締めつけられて苦しくてたまらない」

「とにかく、いろんなものが必要になるぞ。金はどこで調達する？」

ラスティニャックは懐中時計を出した。

「これを急いで質に入れてきてくれ。途中で馬車を止めたくない。一分無駄にするのも怖い。おれはクリストフを待つ。おれには一リヤールもないが、戻ったとき御者に払う金がいる」

ラスティニャックは階段を駆け降り、エルデル街のレストー夫人の家に向かって馬車を走らせた。先刻目《ま》の当たりにした恐ろしい光景に胸を衝かれ、道すがら考えをめぐらせるうち、猛烈に腹が立ってきた。玄関ホールに着き、レストー夫人を呼んでくれと頼むと、奥さまは面会できないという答えが返ってきた。

「しかし」彼は召使いに言った。「奥さまのお父上の代理でうかがったのですが。ご危篤なのです」

「あいにく、こちらも伯爵さまから特別厳しい命令を受けておりまして……」

「もしレストー氏が在宅なら」彼は言った。「彼に舅がどういう状況にあるか説明してください。ぼくから緊急にお話しすることがあると伝えてください」

ウジェーヌはかなり待たされた。

「こうしているあいだにも死んでしまうかもしれない」彼は思う。

召使いが彼を最初のサロンに案内した。レストー氏が学生を迎えた。火の気のない暖炉の前に立ったまま、相手に椅子も勧めなかった。

「伯爵」ラスティニャックが言った。「あなたの義理の父上は悲しくなるようなむさ苦しいぼろ家で死にかかっています。一リヤールの金もなく、薪もありません。正真正銘の危篤状態で、娘さんに会いたいと願って……」

「申し訳ありません」レストー伯爵は冷ややかに答えた。「あなたはわたしがゴリオさんにほとんど愛情を持ってないとお気づきのはずです。彼はそのひととなりで家内の評判に傷をつけました。わたしの人生に不幸をもたらしました。あの男はわたしにとって安らぎを乱す敵です。それが生きようが死のうが、いっさい関係ありません。さあ、これがわたしの彼に対する気持ちです。世間はわたしを悪く言うでしょうが、わたしは噂なんて気にしません。わたしには目下、片付けねばならぬもっと大事な用件があるんです。いちいち馬鹿や無関係な人間がどう思うかなんてことにかまっていられません。それと家内ですがね、外出どころじゃありません。わたしもあれに家を空けてほしくありませんしね。あれの父親に言ってください。娘さんはわたしとわたしの子供に対する義務を果たし次第そちらにうかがいますと。あれが父親を愛しているのなら、あれはあと少しで自由の身になれますから……」

「伯爵、わたしにはあなたの振る舞いをとやかく言う権利はありません。あなたはご自分の妻に対して権限を持っておられる。しかし、あなたの誠実さに期待することはできませんか？　とにかく！　ただこれだけは奥さまに伝えると約束してください。お父さんはあと一日もたないでしょう。そして枕元に姿を現さないあなたのことを、すでに恨んでいます！」

「それはあなたが伝えてください、直接」レストー氏はラスティニャックの口調に滲《にじ》みでた憤怒に衝撃を受けて言った。

ラスティニャックは伯爵の案内で、夫人が普段使っているサロンへ入った。彼女はいまにも死にそうな女のようにぐったりと安楽椅子に寄りかかって泣きぬれていた。その姿は憐憫《れんびん》を誘った。彼女はラスティニャックを見る前、びくびくとした目で夫を見た。その目が、暴君と化した夫に心身の力を根こそぎにされた虚脱状態を物語っていた。伯爵は頷いた。彼女は発言を許されたと考えた。

「ラスティニャックさん、全部聞こえました。父に伝えてください。わたしのいまある状況を知れば、お父さんもきっとわたしを赦してくれるでしょうと。自分にこんな責め苦が待っているとは思っていませんでした。それはわたしの力を超えているのです。でもね、わたしは最後まで闘いますわ」彼女は夫に向かって言った。「母親ですもの。父に伝えてください。ひとからどう見られようと、わたしはあなたに対していっさい咎《とが》められるようなことはしていないと」彼女は学生に向かって嘆くように叫んだ。

ウジェーヌは夫婦に暇を告げた。その女性の置かれた危機的状況を察し、愕然として退散した。レストー氏の口調に自分がいくら奔走しても無駄であるということを思い知らされた。そしてアナスタジーにはもういっさいの自由が許されていないことを理解した。彼はニュッシンゲン夫人の家に駆けつけた。そしてそこで彼女がまだベッドにいるのを発見した。

「気分がすぐれないのよ」彼女はウジェーヌに言った。「舞踏会の帰り道に風邪を引いてしまったの。肺炎を起こしたのじゃないかと心配で。医者が来るのを待っているの……」

「あなたが死にかけているとしても」ウジェーヌが彼女の言葉を遮った。「お父さんのところに連れていきます。あなたを呼んでるんです！ もしあのひとの悲鳴をほんの僅《わず》かにでも耳にしたら、あなたの病気なんてすぐに治ってしまいますよ」

「ウジェーヌ、父の容体はあなたが言うほど悪くないと思うわ。でもあなたの目に、わたしがちょっとでも間違ったことをしていると映るのは悲しい。だからわたし、あなたが望むように行動します。でも、わたしは父というひとをよく知っているけど、そんな外出をして私の病気が死ぬほど悪くなりでもしたら、それこそ父は死ぬほど悲しむでしょうけどね。まあいいわ！ とにかく、お医者さまに見てもらったらすぐに行きます。あら！ どうして懐中時計を着けてないの？」彼女は鎖が見えないので言った。ウジェーヌは赤面した。

「ウジェーヌ！ あなた、まさかもうあれを売ってしまった、失くしてしまったの……まあ！ もしそうならひどすぎるじゃないの」

学生はベッドに屈みこみデルフィーヌの耳元で言った。

「その訳が知りたいですか？ いいでしょう、よく聞きなさい！ あなたのお父さんは自分の死に装束を用意する金もないのです。今晩、それで彼を包んでやることになるでしょうがね。時計は質に入れました。ぼくにはもう金がないからです」

デルフィーヌはベッドから飛び出し、書き物机に駆けていき、財布を取りだし、ラスティニャックに差しだした。彼女はベルを鳴らし叫んだ。

「行くわ、行くわ、ウジェーヌ。着替える時間をちょうだい。ああ、わたしひとでなしになってしまう！　先に行って！　追い越すから！　テレーズ」彼女は小間使いに叫んだ。「旦那さまに、いますぐ話があるから上がってきてと言ってちょうだい」

ウジェーヌは瀕死の老人に娘のひとりは来ますと告げられることにほっとして、浮かれるような気分でヌーヴ＝サント＝ジュヌヴィエーヴ通りに帰った。彼は御者に金が払えるように財布をまさぐった。実に豪華でエレガントな財布の中身はたったの七〇フランだった。階段の上まで辿りつくと、ゴリオ爺さんがビアンションに支えられ、救済院の医師に見守られながら、大病院の外科医の施術を受けているのが見えた。背中をもぐさで焼かれているところだった。それは医学的には最後の治療法であり、虚しい処置だった。

「熱いのがわかりますか？」医師が老人に訊ねる。

ゴリオ爺さんは学生の姿を垣間見て答えた。

「来るんでしょう？」

「助かるかもしれない」外科医が言った。「口を利いたぞ」

「来ます」ウジェーヌが答えた。「すぐにデルフィーヌが来ます」

「ほらね！」ビアンションが言った。「しゃべるといったら娘たちのことさ。娘たちの名前を呼ぶんだ、杭《くい》の上で水を求めて叫ぶみたいに[10]……」

「やめましょう」医師が外科医に言った。「もうできることはなにもありません。我々に彼を救うことはできません」

ビアンションと外科医は患者を汚らしいベッドの上に元のように寝かせた。

「いずれにせよシーツや下着を交換すべきでしょう」医師が言った。「望みがまったくないとしても、このひとの人間としての尊厳を軽んじることはできません。わたしはもう一度戻ってきます。ビアンション」医師は医学生に向かって言った。「もし彼がまだ苦痛を訴えるようなら、鳩尾《みぞおち》のあたりに阿片を塗ってやりなさい」

外科医と医師は出ていった。

「さあ、ウジェーヌ、元気をだそうぜ、おい！」自分たちだけになるとビアンションは言った。「清潔な下着に替えて、寝具も交換しないとな。シルヴィにシーツの替え

10　ビアンションは十字架の上で「渇く」と言ったキリストを連想したのかもしれない。

を持ってくるよう頼んできてくれ。ついでに手助けも頼むってな」

　ウジェーヌは下に降り、シルヴィと一緒にテーブルの用意をしているヴォケール夫人を見つけた。ラスティニャックが話を始めるなり未亡人は、無駄金は使いたくないが客を怒らせたくもない用心深い商人の見えすいた親切面《づら》で言い返した。

「でもねえウジェーヌさん、あなただってゴリオ爺さんがもう一スーも持ってないのはご存じでしょう。死にかかっている人間にシーツを出すなんて大損ですよ。ただでさえ死体に掛けてやる布が一枚いるってのに。だいたい、あなたにはすでに一四四フランの貸しがあるってのに、シーツ四〇フランとその他もろもろ、シルヴィがあなたがたのために灯す蠟燭代なんかを含めると、少なくとも二〇〇フランになります。あたしのような哀れな未亡人には見過せない出費ですよ。とんでもない！　わかってくださいよウジェーヌさん、うちの下宿に不幸が居座りはじめて五日、あたしはもうたっぷり損をしてきてるんですよ。予告どおりに、あのひとが数日前に出てってくれてたなら、一〇エキュあげてたかもしれませんよ。ほかの客が怖がりますよ。もうほんとにちょっとでも問題があったら、病院に運ばせますからね。というか、あたしの立場になってください。なにより大事なのはこの下宿屋、これはあたしの人生なんです、あたしのね」

ウジェーヌはゴリオ爺さんの部屋にとんで帰った。

「ビアンション、時計の金は？」

「テーブルの上だ。三六〇とちょっと残っている。工面できた分から必要な払いを済ませた。金の下に質札がある」

「さあ、どうぞ」ラスティニャックは階段を駆けおり恐ろしい剣幕で言った。「清算してください、我々の未払い分です。ゴリオさんはあなたの下宿に長くは留まりませんよ、そしてぼくもね……」

「でしょうね、あのひとはお墓に行くでしょうからね。あの可哀想なお爺さんは」彼女は二〇〇フランを数えながら、半ば嬉しげに半ば物憂げに言った。

「後腐れなしです」ラスティニャックは言った。

「シルヴィ、シーツを出して、それから上に行って旦那がたの手助けをしてあげて」ヴォケール夫人が言った。

「シルヴィにも礼をやってください」ヴォケール夫人はウジェーヌの耳元で言った。「この二日、徹夜ですから」

ウジェーヌが背中を向けるなり、夫人は台所へ駆けこんだ。「七号室のシーツを引っくり返して持っておいき。誰にわかるもんですか。死人にはそのくらいで十分だ」夫人はシルヴィの耳元で言った。

ウジェーヌはすでに階段を上りはじめており、老女将の声は聞こえなかった。

「さあ」ビアンションが彼に言った。「シャツを脱がせるぜ。まっすぐに支えてくれ」

ウジェーヌはベッドの頭側に移動して病人を支えた。ビアンションが病人のシャツを脱がせると、老人は胸元にあるなにかを守ろうとするような動作を取り、それから動物が大きな悲しみを表現するときのように憐れな、くぐもった声を上げた。

「そうか！　あれだ！」ビアンションが言った。「髪の毛で編まれた小さな鎖とロケットを欲しがってるんだ。さっき灸を据えるときに外したから。可哀想な男だ！　返してやらなきゃ。暖炉の上に置いてあるよ」

ウジェーヌは行って、小さな白銀の髪で編まれた鎖を手に取った。おそらくはゴリオ夫人の髪だろう。ロケットの片面にはアナスタジー、もう片面にはデルフィーヌという文字が読めた。彼の心が追い求めるものの面影は、いつも彼の心臓の上に収まっていたのである。ロケットの中身は頭髪の束だった。ふたりの娘がまだあどけない少女のころに切り取られたにちがいない実に繊細な髪だった。ロケットが胸に触れると、老人は長い溜息をついた。見ていて怖くなるような満足の溜息だった。それは老人が最後に見せた心の反応のひとつだった。そうやって彼の心は、我々の共感が生まれたり、向かったりする、どこか未知の中枢へと帰っていくようだった。彼の引き攣った顔に、異常な悦びの表情が浮かんだ。学生ふたりは、思考が死んでもなお感情というものが残り、驚異の閃きを見せることに胸を衝《つ》かれ、老人の上に熱い涙を落とした。老人は悦びに貫かれて悲鳴を上げた。

「ナジー！　フィフィーヌ！」彼は言った。

「まだ生きている」ビアンションは言った。

「それがなんの役に立つんです？」シルヴィが言った。

「苦しみのさ」ラスティニャックが答えた。

ビアンションは友に自分を真似るよう合図を送ったあと、跪き、病人の膝の下に両腕を入れた。その間にラスティニャックもベッドの反対側に回って、病人の背の下に両手を差し込んだ。シルヴィはその場で、老人の体が持ち上がったらシーツを引く準備をしていた。運んできたシーツと取り替えるのだ。おそらく落ちた涙を娘たちのものと勘違いしたのだろう。ゴリオは最後の力を振り絞って両手を広げ、ベッドの両脇にあった学生たちの頭を探しあて、その髪を乱暴に摑んだ。そしてか細い声が漏れた。

「ああ！　わたしの天使たち！」たったそれだけだったが、その呟きはいままさに飛びたった魂の声として異様に響き渡った。

「可哀想なひと」シルヴィも思わずほろりとした。老人の最後の言葉に、とてつもなく崇高な愛が溢れていたからだ。最後の最後になって、老人のうちにふたたびその感情を高ぶらせたのは錯覚だった。それは偶然が引き起こした、おぞましい錯覚だった。この父親の最後の溜息は、悦びの溜息だったにちがいない。その溜息は彼の全人生の表明だった。彼はふたたび勘違いしたのだ。ゴリオ爺さんはその粗末なベッドの上に恭しく寝かされた。こののちその容貌から、生死をめぐって繰り広げられた闘いの痛々しい痕跡が消えることはなかったが、彼はもはや人間としての悦びや痛みの感情を生みだす意識のたぐいを持たぬ機械だった。あとは破壊にどれだけの時間がかかるかというだけだった。

「彼はあと数時間このままでいて、そして死ぬ。誰にも気づかれることなくね。もはや喘ぐことさえない。脳は完全に侵されたにちがいない」

そのとき階段を若い女が息せき切って上がってくるのが聞こえた。

「間に合わなかった」ラスティニャックは言った。

それはデルフィーヌではなく小間使いのテレーズだった。

「ウジェーヌさま」テレーズが言った。「旦那さまと奥さまは大喧嘩をしました。可哀想な奥さまがお父さまのためにお金を頼んだからです。奥さまは気を失われてしまいました。お医者さまが来て瀉血《しゃけつ》が必要だと言いました。奥さまは叫びました。『父が死にそうなのです。パパに会いたい！』ほんとに胸が引き裂かれるような叫びでした」

「もう結構だ、テレーズ。いまさら彼女が来たってどうにもならない。ゴリオ爺さんの意識はもう戻らない」

「お可哀想に、こんなにお悪いなんて！」テレーズが言った。

「もうわたしは必要ありませんね。食事の仕度に行かなくちゃ。もう四時半だ」シルヴィは言った。彼女はあやうく階段の踊り場でレストー夫人と衝突しそうになった。

この伯爵夫人の登場は厳かで恐ろしいものだった。夫人は一本だけの蠟燭の光で薄暗く照らされた病人のベッドを見た。父親の顔に残り少ない命が震えるように脈打つのを見て、彼女は涙を流した。ビアンションは気遣いから席を外した。

「これより早くは抜け出せなかったのです」伯爵夫人はラスティニャックに言った。

学生は顔に悲しみを滲ませてわかったと頷いた。レストー夫人は父親の手を取り、それにキスをした。

「わたしを赦して、お父さん！　昔わたしの声を聞けば、墓からだって戻ってくると言っていたじゃない。ねえ！　戻ってきて、過ちを悔いている娘に祝福を与えてちょうだい。聞こえるでしょう。こんなのひどいわ！　このさき、この地上でわたしが受け取れるのは、お父さんの愛しかないのに。世界じゅうがわたしを憎んでいるの。わたしを愛してくれるのはお父さんだけ。子供たちもわたしを憎むようになるでしょう。わたしもいっしょに連れていって。わたしお父さんを愛するから、大事にするから。もう聞こえていないのね。わたしったら馬鹿ね」彼女は父の膝の上にすがりつき、錯乱した表情で老人を見つめた。

「わたしの不幸に足りないものはありません」彼女はラスティニャックを見て言った。「トライユ氏は旅立ちました。膨大な負債をあとに残して。そしてわたしは騙されていたとわかりました。夫はけっしてわたしを赦さないでしょう。そしてわたしは夫に自分の財産の所有権を譲りました。わたしは夢のすべてを失ったのです。なんてことでしょう！　いったいなんのために、わたしはたったひとつの宝物を（彼女は父親を示した）裏切ったのでしょう！　愛されていたのに！　わたしは父を父と認めず、父を遠ざけ、さんざん嫌な目に遭わせました。わたしは卑しい人間です！」

「彼は知っていましたよ」ラスティニャックは言った。

このときゴリオ爺さんが目を開けた。しかしそれは痙攣《けいれん》による反射だった。伯爵夫人はもしかしたらというように身を動かしたが、それは死にゆく老人の目を見るよりぞっとする光景だった。

「聞こえたのかしら？」伯爵夫人が叫んだ。「いいえ」ベッドのそばに腰を下ろしながら彼女は自分につぶやいた。

レストー夫人が父親を見ていたいと言うので、ウジェーヌはなにか腹に入れようと下に降りた。テーブルには客がもう集まっていた。

「さてどうなったか！」画家が訊いた。「上に瀕死ラマがいるんだろ？」

「シャルル」ラスティニャックは言った。「冗談を言うなら、もう少し愉快なことをネタにするべきだと思うぜ」

「つまりここじゃもう冗談も言えないのか？」画家が言い返した。「だってどうしようもないじゃないか、ビアンションに聞いたが爺さんはもう意識がないんだろ」

「ってことは！」博物館員が言った。「彼は生きてたときみたいに死ぬんでしょうなあ」

「父が死んだわ！」伯爵夫人の叫び声がした。

この恐ろしい叫びに、シルヴィとラスティニャックとビアンションは上に戻り、気を失ったレストー夫人を発見した。彼女の意識を取り戻させ、下で待っていた馬車まで彼女を運んだ。ラスティニャックはテレーズに彼女の介抱を託し、ニュッシンゲン夫人の家に連れていくよう命じた。

「ほんとだ、たしかに死んでる」ビアンションが降りてきて言った。

「さあさあ旦那がた、テーブルに着いてくださいまし」ヴォケール夫人が言った。

「スープが冷めちまいます」

学生ふたりは隣りあわせに席に着いた。

「これから、なにをすればいいんだろう？」ラスティニャックはビアンションに言った。

「とにかく爺さんの目を閉じ、姿勢は直してやった。届けを出したら、役所から医師が来て死亡を確認する。それが終わったら爺さんを亜麻布で包んでやり、埋葬する。ほかにどうしようもないぜ」

「彼はもうこんなふうにパンの匂いを嗅げないんだな」そう言いながら、常連のひとりが老人のしかめっ面を真似てみせた。

「いいかげんになさいよ」家庭教師が言った。「ゴリオ爺さんの話はもういいでしょう、さすがに食傷気味です。もう一時間たっぷり話したでしょ。パリって素晴らしい都市の一番の特権は、誰の注意を引くこともなく生まれて死ねることです。ならばその文明の優れた点を活用しようじゃありませんか。今日出た死者は六十人ですよ。パリじゅうの死者に同情しろってんですか？　ゴリオ爺さんはくたばりましたがね、彼にしたらそのほうがずっと幸せですよ！　みなさん、そんなに彼が好きなら、そばで見ててやればいい。ほかの人間の食事を邪魔せんでください」

「ええ、そうですとも！」ヴォケール夫人が言った。「あのひとにはそのほうがずっと幸せですよ！　可哀想に生きているあいださんざん嫌な日に遭ったらしいしね」

それがウジェーヌに身をもって父性愛というものをおしえてくれた人間の死を悼《いた》む演説のすべてだった。十五人の食事客は平生の会話を始めた。ウジェーヌとビアンションは食事を済ませると、フォークやスプーンの鳴る音や会話に伴う笑い、貪《むさぼ》り食う冷淡な表情、ひとびとの無頓着さすべてにぞっとして、すくみ上がった。ふたりは死者のそばで夜通し祈ってくれる司祭を探しに下宿を出た。老人を送るもろもろの儀式も、ふたりで払える金額に抑える必要があった。夜九時頃、その貧しい部屋には二本の蠟燭が立てられ、遺体は蠟燭のあいだ、黒いリボンで飾られた寝台の上に寝かされた。司祭がやってきて遺体のそばに腰を下ろした。ラスティニャックは寝る前に、通夜と葬儀にかかる費用を司祭に問い合わせ、ニュッシンゲン男爵とレストー伯爵に短い手紙を書き、葬儀もろもろの払いができるよう使用人を寄越してくれるように頼んだ。彼は急いでクリストフを使いに出した。それから横になり、疲れに押し潰されるようにして眠りに落ちた。翌朝、ビアンションとラスティニャックは死亡届を提出しにいかなくてはならなかった。受理されたのは昼頃だった。二時を過ぎても、ふたりの婿はどちらも金を送って寄越さなかったし、代理で訪問してくる者もなかった。そしてラスティニャックは早くも司祭への謝礼を払わなければならなかった。シルヴィからは老人を屍衣でくるみ縫い込む作業に一〇フランを請求されていた。ウジェーヌとビアンションは、もし遺族が葬儀にいっさい関わりたくないと言った場合、自分たちだけでその費用を払うのはほぼ不可能と判断した。そこで医学生は遺体を棺に移す作業を自分で請け負うことにした。彼は職場で粗末な棺を格安で手に入れ、下宿に運ばせた。

「あのごろつきどもにほえ面をかかせてやれ」ビアンションはウジェーヌに言った。「ペール＝ラシェーズに五年契約で墓地を買え。そして教会には三級のミサと式を頼むんだ。もし婿と娘どもがおまえに金を返済するのを拒んだら、墓にこう刻んでやれ『ゴリオ氏こと、レストー伯爵夫人並びにニュッシンゲン男爵夫人の父ここに眠る。埋葬費はふたりの学生が負担』ってな」

ウジェーヌはこの友人の助言に従う前に、とにかくはニュッシンゲン夫妻の家とレストー夫妻の家で虚しい努力をした。彼は門より先に一歩も進めなかった。それぞれの門番が厳しい命令を受けていた。

「旦那さまも奥さまも」彼らは言った。「どなたにもお会いになりません。父上が亡くなられたのです。そしておふたりとも非常に深い悲しみに沈んでおられます」

ウジェーヌはパリの社交界で十分に経験を積んだので、そこでしつこく粘ってはいけないことを知っていた。デルフィーヌにさえ取り次いでもらえないとわかったときは、心がひどく痛んだ。

「アクセサリーを売ってください」彼は門番の横で彼女に書いた。「あなたのお父さんを、きちんと墓地へ送ってあげられるように」

彼は手紙に封をして男爵家の門番に託し、テレーズに渡してくれるよう頼んだ。そうすれば奥方に届くだろう。しかし門番はその手紙をニュッシンゲン男爵に渡した。それを男爵は暖炉にくべた。ウジェーヌはあれこれと手筈を整えて三時に下宿に帰ってきた。そして門の前に棺を見つけたとき涙が溢れてくるのを止められなかった。そのひと気のない通りで、二脚の椅子の上に置かれた棺には黒い布が掛けてあるだけだった。聖水で満たされた銀色の盆に粗末な水を振り撒くためのブラシが浸してあるが、いまだ誰も触れていなかった。門には喪章さえ張ってなかった。それは貧乏人の死だった。豪華な飾りもなく、従者も友人も親戚もいない。病院に出なければならなかったビアンションからラスティニャック宛てに書き置きがあった。教会との交渉についての報告だった。ミサはひどく値が張るので、やや安価な晩課の祈りで手を打たざるをえなかった。それからすでにクリストフを遣って葬儀屋にその旨を伝えてあるとのことだった。ウジェーヌはビアンションの走り書きを読み終えたとき、ヴォケール夫人の手の中に金の丸いロケットがあるのに気がついた。娘たちふたりの髪が入っている例のロケットだ。

「よくもまあ、それを奪いとれたものですね」彼は夫人に言った。

「当然ですよ！　いっしょに埋めろとでも？」シルヴィが言った。「金製ですよ」

「そうだ！」ウジェーヌは憤慨して言った。「せめてそれくらい持っていかせてやるんだ。ふたりの娘の思い出の品はそれだけなんだから」

霊柩車が到着したとき、ウジェーヌは棺を持ち上げさせた。釘を抜いて蓋をあけ、老人の胸元にロケットをそっと置いてやった。それはデルフィーヌとアナスタジーが若く清純な乙女であった時代、死に際の老人の言によれば「口答えなんてしなかった」時代の思い出の品だった。ラスティニャックとクリストフだけがふたりの葬儀人夫といっしょに馬車に付き添った。馬車はその哀れな老人をヌーヴ＝サント＝ジュヌヴィエーヴ通りから程近いサン＝テチエンヌ＝デュ＝モンの教会へと運んだ。到着すると、遺体は薄暗い小礼拝堂に置かれた。学生は周辺にゴリオのふたりの娘かその夫の姿がないかと虚しく見回した。いるのはクリストフだけだった。クリストフは、ときどき自分にチップをくれたひとへの礼儀として、その旅立ちを見送ってやるのは当然だと思っていた。ふたりの司祭とミサ答え[11]の少年と案内係が現れるのを待ちながら、ラスティニャックはクリストフの手を握ったが、なにも言うことができなかった。

「そうですとも、ウジェーヌさん」クリストフが言った。「このひとはまじめで正直なひとでした。けっして怒って大声も出さなかったし、誰かを傷つけることもありませんでした。絶対にひとに乱暴もふるいませんでした」

ふたりの司祭とミサ答えの少年と案内人がやってきて、七〇フラン分のことをしてくれた。当世ただでお祈りしてくれるほど、教会は裕福ではないのだ。聖職者たちが「リベラ・メ」[12]と「デ・プロフンディス」[13]を歌った。儀式は二十分だった。葬儀のための馬車は司祭とミサ答えの少年が乗る霊柩車が一台あるきりだったが、ラスティニャックとクリストフも同乗することが許された。

「随行者もいませんし」司祭が言った。「そのほうが早く着けるでしょうから、遅く

11　ミサを捧げるためには最低ひとり司祭の祈りに応答する者が必要とされる。
12　「我を解き放ちたまえ」で始まる聖歌。かつては告別式の冒頭で司祭が唱えた。

ならずにすみます。もう五時半ですから」

それでも遺体が霊柩車に載せられたとき、誰も乗せていない紋章のついた馬車が二台姿を現した。レストー伯爵とニュッシンゲン男爵の馬車だった。二台の馬車はペール=ラシェーズ墓地まで一列になって付いてきた。六時、ゴリオ爺さんの体が墓穴に降ろされた。娘たちの使用人が穴を取り囲んだ。司祭が学生から貰った金額の分だけ老人のために短い祈りを唱え終わると、使用人たちは司祭たちとともに姿を消した。墓掘りのふたりは棺が隠れるようにショベルで土を二三杯掛けると姿勢を戻し、ひとりがラスティニャックにチップをくれと要求してきた。ラスティニャックはポケットを探ったが空っぽだった。クリストフに二〇スー借りるはめになった。それ自体は実にささいな出来事だったが、ラスティニャックのうちに猛烈な悲しみを引き起こした。日が暮れようとしていた。黄昏《たそがれ》の湿った空気が感傷を呼び起こした。彼は墓を見つめ、そこに若者として落とす最後の涙を埋葬した。それは無垢な心が神聖な感動によって流す涙、地面に落ちると、天まで跳ね返るような涙だった。彼は腕を組み、雲を見つめた。クリストフは学生のそんな様子を見てひとり立ち去った。

ラスティニャックはひとりになると少し歩いて墓地の高台へと上り、セーヌ川の両岸に曲がりくねって横たわるパリを見下ろした。街の灯がきらきらと光を放ちはじめていた。彼はヴァンドーム広場の円柱とアンヴァリッドの丸屋根のあいだを、食い入るように見つめた。そこには彼が入ろうとしたあの社交界が息づいていた。彼はそのぶんぶんうなりをあげるミツバチの巣のような世界に向かって、まるでいまから蜜を吸い上げようとするように視線を投げ、そして言い放った。

「今度はおれが相手だ！」

そして社交界との闘いを開始すべく、ラスティニャックはニュッシンゲン夫人の家に夕食に出かけた。

一八三四年九月　サッシェにて。

13　デ・プロフンディス「深き淵より」。「われ深き淵よりなんじを呼ぶ」で始まる詩篇第一二九篇は、痛恨の詩篇として、死者のためのミサで唱えられる。

解説

宮下志朗
（フランス文学者）

バルザックといえば、だれでも『ゴリオ爺さん』『幻滅』『谷間の百合』といった長編小説を連想するであろう。けれども、それらの小説（ロマン）は、決して孤立した作品ではない。いずれも、《人間喜劇》という総勢数千人の登場人物が織りなすところの、巨大な社会絵巻の要《かなめ》をなす傑作なのである。《人間喜劇》の文学空間は、九〇編近い長編・中編・短編で構成されていて（思想的エッセイも入っている）、その長さの合計は、プルースト『失われた時を求めて』の三倍にもなろうか。そこには、バルザックという天才が創造した、ひとつの確固たる世界観による小説空間が広がっている。

小説の全盛時代

そのバルザックが生きた一九世紀のヨーロッパは、活字メディアの世紀であり、本や新聞を読むデモクラシーが開花した世紀といっても過言ではない。識字率が飛躍的に向上して、読む行為が選良のみならず、ふつうの人々にとっても身近なふるまいとなっていった（婚姻署名などから算出されたフランスにおける識字率は、一八世紀末に四割弱だったのが、一九世紀末には九割近くに達する）。このことと連動するかのごとく、新聞や雑誌という活字媒体が急速に発展して、「ジャーナリズム」が成立する。ジャーナリストや編集者といった職業が生まれるのも、この時代なのである。

人々の身のまわりに、書かれたものがあふれるようになった時代。それはまた、「小説」というジャンルがメジャーな存在になっていく時代でもあった。識字率の低い時代に広くもてはやされたのは、たとえば詩であり、また芝居であった。いずれも、「声」を支えとするジャンルだ。詩は朗唱されるだけではなく、楽曲となって愛唱もされた。芝居が手軽な娯楽として人々に熱狂的に愛されたことはいうまでもない。だが、一九世紀になると、状況は変わっていく。小説という融通無碍《ゆうずうむげ》の文学形式が、同時代の社会風俗を映し出すスクリーンとなって、人々の喜びや悲しみをかき立て、あるいは社会的な義憤や反抗心を誘うジャンルとして幅をきかせてくる。「新聞連載小説」が誕生したのもこの世紀で、たとえばデュマの『モンテ・クリスト伯』は一八四四年に「ジュルナル・デ・デバ」紙で連載を開始、翌々年に完結するのだ。しかも、この間、連載を追いかけるようにして毎月のように単行本が売り出される（連載と単行本化のシステムが、今日では、人気コミックスに継承されていることを想起しよう)。やがて世紀末近くになると、小説の「消費化」が進んで、犯罪ミステリーという新ジャンルも産声を上げるだろうし、「新聞連載小説」の代名詞ともいわれるモンテパン『パン運びの女』(一八八四年)のような大衆小説が空前の大ヒットとなって読者を熱狂させる。

作家の立場からすれば、発表媒体が多様化したことには大きなメリットがあった。新聞・雑誌に連載・分載した段階で原稿料が稼げるし、次に単行本となる段階でまた「印税」が入るのである。一九世紀の芝居は現代のテレビのようなもので、もっとも身近な娯楽であったから、小説作品が舞台化される例もしばしばで、その際には、さらに収入が確保されるのだった。デュマに至っては、自作上演用の芝居小屋「歴史劇場」をパリの盛り場グラン・ブールヴァールに建てて、『モンテ・クリスト伯』をロングランさせたのである。

ところで、「印税」といったが、芝居の場合は、観客数・興行日数に比例した、いわゆる歩合システムが、すでに一八世紀に成立していた。人気を博せばロングランで作者の懐もうるおうけれど、不人気ならばただちに打ち切りという、シビアにして、合理的なシステムである。では、小説の場合はどうかといえば、一括買い取り制という、作家・版元の双方にとってギャンブル性の強いリスキーな方式が主流を占めていた。そこに歩合制というか、定価の何パーセントという狭義の印税方式が浸透していくのが、この時代かと思われる。

いずれにせよ、読むデモクラシーの成立、ジャーナリズムの発展、印税システムの整備のおかげで、従来のようにパトロンに頼るのではなくて、いわば筆一本で小説や雑文を書いて生活していく作家が出現してくるのである。

バルザックの格闘——失敗した起業家、作家として背水の陣をしく

こうした世紀を代表する作家が、オノレ・ド・バルザック（一七九九—一八五〇）である。彼は新たな時代を迎えた文学システムのなかで、全方位的に格闘した。作家として格闘したことはいうまでもないが、活字鋳造、印刷、出版、編集、批評といった分野でも格闘したのだ。文学システムを成立させているすべてのメチエ（職業）を手がけて、ビジネスとして成功に導き、金銭を獲得したいと希求したのである。けれども、起業家としてのバルザックは失敗の連続であって、多額の借金を抱えて、ついには作家として背水の陣をしくこととなった。いざ作家となっても、綱渡りの連続であったものの、そのことが逆に、信じがたいエネルギーを噴出させて、《人間喜劇》

という傑作を誕生させた。まさに天才のみがなしうる力業というしかない。

ここで、起業家バルザックの歩みを簡単にふり返ってみたい。パリ大学法学部に入ると同時に代訴人事務所で見習いもしたバルザックは、文学者志望を捨てきれず、大学を中退する（なお、奇しくもフローベールもパリ大学法学部中退である）。そして小説や芝居を書くも芽が出ず、一時期は、貸本屋──フランスでは「読書室 cabinet de lecture」と呼ばれていた──向けの通俗小説を、友人と共同執筆していたという。

やがて、とりあえずビジネスでがっぽり稼いでから、安心して文学に専念しようと考えて、書店主ユルバン・カネルと出版社の共同経営に乗り出す。友人や向かいの屋敷に住む年上の愛人ベルニー夫人も資金提供してくれた。そもそも、バルザックには楽天的なところがあり、成功ばかりを夢見て、勝手に妄想をたくましくするという欠点があった。心配した末の妹ローランスが、こう忠告している。

「オノレ兄さん、なんだか三つ四つ、商売をするんですって？　わたし、そのことが頭にこびりついて離れないの。作家には文学の女神がついていれば十分なんです。（中略）ビジネスなんか、若いうちからよくわかっていないと無理ですよ。（中略）もっと悪いのは、兄さんは、この三つ四つの商売の舵取りを、ひとりではできないこと。これほど儲かる仕事はないって、兄さんに思わせてしまう連中といっしょなんですものね。で、兄さんの想像力は例によってふくらんでいって、三万リーヴルの不労所得が入る自分の姿を思い描いてしまうのよね。兄さんは人がよくて、まっすぐな性格だから、他人のずるがしこさに対して無防備なのよね。（中略）オノレ兄さん、事業がうまくいって、一財産築いた兄さんよりも、わたしは、一文無しでも、五階の芸術家の部屋で、書きかけの原稿や、やりかけのまじめな作品の山に埋もれている兄さんのほうがよっぽど好きなのよ」（一八二五年四月四日）

こうした妹の心配をよそに、バルザックは、挿絵入り全集（モリエールやラ・フォンテーヌ）の出版にのめり込んでいく。縮刷版という斬新なアイデアにもかかわらず、予約も売れ行きも思わしくなくて、残ったのは借金と在庫だけ。可愛い妹のロールも二四歳の若さで病死、さすがのバルザックも一時は落ちこんだ。

だが、失敗に懲りて、実業の世界から足を洗い、書き手になると思いきや、彼は逆方向に進む。出版業者は印刷業者に搾り取られているのだと考えて、一八二六年、借金して印刷業を始める。いや、それだけではない。ベルニー夫人の出資で、活字の鋳造にも乗り出す。しかしながら、こうしたアイデアを次々と実行に移そうとして事を急ぎすぎたのか、印刷・活字鋳造のいずれもうまく立ち行かずに、資金繰りが悪化して、結局は一八二八年に会社を清算する。資産を売却しても、差し引き六万フランの負債が残り、これを家族とベルニー夫人に肩代わりしてもらったという。仮に一フラン一〇〇〇円で換算すると、六〇〇〇万円の借財ということになる。大金を投じて制作された活字見本帳が残されているが（先年、復刻版が出た）、まさに潰《つい》えた夢の形見といえよう。こうして死ぬまで続く、借金人生の幕が開く。この頃、彼が父親の知人に宛てた書簡を読んでみよう。

「拝啓、その規模があまりにも大きすぎまして、この事業を立ち上げ、維持していくにあたって、多くの人々が予測し、またわたし自身も危惧していたことが、ついに起こってしまいました。（中略）しかしながら、わが母の献身と、わが父の優しさのおかげもあり、わたしの財産と両親の財産を犠牲にして、われわれは（共同事業なので「われわれ」となる）名誉と名前を救うことができました。事業を清算して、借金を完全に支払ったのです。わたしはもうすぐ三〇歳になりますが、根性と汚れなき名前は失われてはおりません。

将軍、わたしとしては、この悲しいできごとを前に、わたしの新たな決意から生まれた状況についてお知らせしたいのです。わたしは再びペンをとるつもりです。大《おお》鴉《がらす》やガチョウのように俊敏に翼をはばたかせて、しっかりと生きて、母親に借金を返済する助けとしなくてはいけないのですから」（ポムルール将軍宛、一八二八年九

月一日）

読むことの民主化――「ブッククラブ」と「文芸家協会」

こうしてペンの力で稼ぐという初心に返った彼は、一八二九年、《人間喜劇》に入る最初の小説『ふくろう党』（ブルターニュ地方での反革命運動がテーマ）を出版し（初版一〇〇〇部、印税は一〇〇〇フラン）、まもなくジャーナリズムで活躍し始める。「パリ評論」「両世界評論」「カリカチュール」といった雑誌に、小説や雑文を書きまくるのである。とはいえ、ただ書きなぐったわけではない。文学を取り囲む環境の変容について、きわめて自覚的にふるまったのである。

たとえば一八三〇年には、書評中心の週刊誌「フユトン・デ・ジュルノ・ポリティック」を創刊する。のちの「新聞王」エミール・ド・ジラルダン（一八〇六―一八八一）を含む四人の共同出資であった（資本金一〇万フランのうち、バルザックは一万フラン出した）。ここに掲載された「書籍業の現状について」という評論では、非常に鋭い現状分析がなされているので、少しだけ紹介しておく（全訳は、『グランド・ブルテーシュ奇譚』光文社古典新訳文庫に収録してある）。

バルザックは、教育が普及し始めて、本や新聞・雑誌といった印刷物が民衆のものとなり、「読書がひとつの必需品」となっていく時代の到来を見抜いている。パトロン・システムから解放された作家は、自らの翼で飛翔しなくてはいけない、消費者たる一般読者に作品を購入してもらうことで創作行為の報酬を得るシステムが誕生したのだから、というのだ。「市場の芸術家」（W・ベンヤミンの表現）の時代を直視していたのである。ブルジョワジーに向かって「諸君は多数派だ、数と知性だ。したがって諸君は力であって、力こそは正義だ」（「一八四六年のサロン」）と言い放った詩人ボードレールの、憂鬱にして皮肉な言説を先取りする感もある。

ところが現実はというと、「書物は、まさにパンのように作られて、パンのように売られる」べきなのに、肝心の市場がしっかりと成立していない。こうして彼は、海賊版の横行や、「読書室（貸本屋）という、われわれの文学を殺す店」の跳梁《ちょうりょう》跋扈《ばっこ》を「著作権侵害」として指弾する。自作の小説が、読書室で二〇人の顧客に読まれたとしても、本人には一冊分の収入しか入らないではないか。

読書の民主化の世紀を迎えたのに、それを支えるシステムが整わず、さまざまの矛盾が噴出しているという現実。作家の正当な権利が保護されず、利益が損なわれている現状に、バルザックは義憤を覚えていた。芸術家には「屋根裏部屋とパン」さえ与えておけばいいという、ロマン主義的なアナクロニズムではだめだと考えていた。

ジャーナリズムで活躍し始めても、出版のデモクラシーのために行動するというパトスは衰えない。そして彼は、「著者と消費者のあいだには、書籍商以外の仲介者がいてはならない」(「書籍業の現状について」)という考えを、ビジネスと結びつけた。書籍商という中間の夾雑物を排除して、「生産」と「消費」を直結すれば、作家と読者の双方が得をすると考え、小説を「ブッククラブ」で、つまり本の直販システムで売るアイデアを思いつく。「予約購読協会」という名称の画期的な会員権商法、一五〇〇部印刷して、会員を一〇〇〇人集められれば、十分な利益が出るとの皮算用であったものの、結局は、出資予定者が抜けてしまい、絵に描いた餅に終わり、バルザックが書いた趣意書だけが空しく残された。彼がこの二一世紀に生きていたら、きっとAmazon.comのような商売の先駆者となったにちがいないが、ビジネスとして成功したかどうかは神のみぞ知るだ。

このように、《人間喜劇》の作者は、出版と読書の民主化闘争の担い手なのである。「読書室」や海賊版といった、「著作権」を侵害する存在と戦うには、作家たちが団結して、自分たちの権利を確立すべきだとして、「われわれの救済は、われわれ自身のうちにある。(中略)われわれが集結して、劇作家たちがすでに作っているような、ひとつの協会を作ることは、われわれ全員にとって大いに利益になることなのだ。

（中略）われわれのような芸術家・作家だけが、共通の絆がないままなのだ」（「一九世紀のフランス作家への手紙」一八三四年）と訴えた。劇作家たちは、ボーマルシェの尽力で一七七七年に「劇作家協会」を設立し、紆余曲折はあったものの、興行成績に応じた収入システムを確立していたのである。こうして一八三八年には「文芸家協会」が設立されて、バルザックは二代目の会長として、著作権の確立、とりわけ作品の無断転載を防ぐために奔走して、法廷闘争まで行っている。「ブッククラブ」という新商法にしても、「文芸家協会」での奮闘にしても、バルザックにとっては同根なのであって、出版と読書のデモクラシーを実現して、作家が正当な報酬を確保する手段にほかならなかった。

『ゴリオ爺さん』の成立

さて、『ゴリオ爺さん』である。その最初のプランが「善良な男――下宿屋――六〇〇フランの年金――全財産をなげうって、二人の娘に五万フランずつ渡して――犬のように死のうとしている」といったものであったことは興味深い。もっぱらゴリオ爺さんの父性愛がもたらす悲劇を書こうとしたらしいのだ。

「ぼくは偉大な作品を書き始めました。『ゴリオ爺さん』といいます。次号の『パリ評論』で読めますよ」(「異国の女」ことハンスカ夫人宛、一八三四年一〇月一八日)とあるから、この頃執筆を開始したのであろう。別の書簡では、「『ゴリオ爺さん』は傑作ですが、おそろしく悲しい物語なのです」とも書いている。こうしてバルザックは『ゴリオ爺さん』を四か月で書き上げる。ほかの作品と並行して執筆しているから「この四〇日間、わたしは八〇時間は眠ってませんよ」(ハンスカ夫人宛、一八三五年二月一〇日)というのだ。まったく、怪物というしかない。

この小説はまず週刊「パリ評論」に四回に分けて掲載されてから(原稿料は三五〇〇フランと、かなり高額)、一八三五年の三月に初版が刊行された(ヴェルデ書店。一二〇〇部、三五〇〇フラン)。初版の章立ては、雑誌掲載時とは少し変わって(もちろん、本文にも加筆されている)、「下宿屋」「二度の訪問」「社交界デビュー」「社交界デビュー(続き)」「トロンプ=ラ=モール」「二人の娘」「父親の死」の七区分であった。初版はすぐに売り切れて、五月には再版が発売された(一〇〇〇部、三〇〇〇フラン)。ここでは、「下宿屋」「社交界デビュー」「トロンプ=ラ=モール」「父親の死」という、四つのパートで区切られている。しかしながら、この区切りはシャルパンチエ社から一八三九年に出た版で消滅してしまったらしい。『ゴリオ爺さん』がフュルヌ社から出た《人間喜劇》の「パリ生活情景」という小説グループに入れられるのは、一八四三年のこと。現在、われわれが読むのは、このフュルヌ版に作者が手書きで斧鉞《ふえつ》を加えたところの「フュルヌ訂正版」と呼ばれるテクストである。ところが、このフュルヌ版にも章立てはなく、バルザックもこれを訂正してはいないため、物語が一続きに組まれていて(それがバルザックの最終的な意志だとも解釈できるのだが)、これではさすがに読みづらい(たとえば、もっとも権威ある「プレイヤード版」は区切りなしでベタに組んであって、学問的には正しくても、とても読みにくい!)。そこで、再版の区切りを採用するのが常識であって、今回の翻訳もそうなっている。

そしてもうひとつ、注意すべきことがある。『ゴリオ爺さん』は、当初は「パリ生活情景」の一篇として世に出された。ところが、《人間喜劇》全体の構成についてのバルザックの最終プランなるものが残されていて(一八四五年)、これに従って、『ゴリオ爺さん』の最終的な分類先は、「パリ生活情景」(『浮かれ女盛衰記』『十三人組物語』『セザール・ビロトー』『従妹ベット』『従兄ポンス』『ニュッシンゲン銀行』『ファチーノ・カーネ』など)ではなく、「私生活情景」(『イヴの娘』『三十女』『捨てられた女』『ゴプセック』『ざくろ屋敷』『禁治産』などのグループ)となっている。また完成した作品が、当初の執筆プランからは大きく変貌するのは、バルザックにとってはいつものパターンである。同時並行的に書き進めているうちに、物語の時空間が交錯して、想像力のおもむくままに作品も変化していく。校正刷りの段階でも、単行本化の段階でも、大幅な加筆訂正がおこなわれ、ときには最終段階で、ページ合わせのために、急遽、挿話が付け足されることまであった。

『ゴリオ爺さん』あらすじ

以下は本作の章ごとのあらすじである。複雑な人間関係を頭の中で整理する一助としていただきたい。結末までまとめているので未読の方は注意されたい。

1「下宿屋」――ときは一八一九年。舞台はパリ、カルチェ＝ラタンの外れにある賄いつきの「ヴォケール館」で七人が下宿している。家族の期待を一身に背負って上京しパリ大学に通う、しがない田舎貴族の息子ラスティニャック。一八一三年に裕福な年金生活者としてこの下宿に移り住むも、二人の娘に身分ちがいの結婚をさせて、金を貢いだために、すっかりおちぶれてしまった「父性愛」の元製麺業者ゴリオ爺さん。平役人として勤め上げたポワレ老人と、ひからびたような老嬢ミショノー。金満家の父親に認知してもらえない不幸な娘のヴィクトリーヌ・タイユフェール嬢と、彼女の母親代わりの戦争寡婦クチュール夫人。そして得体の知れない、独身の中年男ヴォートランである。ラスティニャックの友人で医学生ビアンションのように、食事だけに通ってくる連中も一〇人近くいる。この下宿屋を仕切るのが、「不幸を重ねた女の風情」を感じさせるヴォケール夫人である。

ラスティニャックが叔母の助力で、パリ社交界の華ボーセアン子爵夫人の舞踏会に招かれるところから、物語は動き始める。レストー伯爵夫人の美貌に惹かれて、会いに行ったラスティニャックは、彼女がゴリオ爺さんの長女アナスタジーだと気づく。ボーセアン夫人の家では、実は夫人が恋人アジュダ侯爵の結婚話で苦しんでいることを知るとともに、後ろ盾が欲しいなら、アナスタジーの妹で、銀行家ニュッシンゲンに嫁いだデルフィーヌが狙い目よとアドバイスされる。社交界で名をなすには先立つものが必要だと、ラスティニャックは母や妹に無心の手紙を書く。

2「社交界デビュー」――送られてきた金でダンディとなったラスティニャックを見て、ヴォートランは「野心」があるならイチかバチかの大芝居を打たないとダメだといって、悪魔の取引を持ちかける。ヴィクトリーヌ・タイユフェール嬢と仲良くして結婚しろ、親父の銀行家タイユフェールは一人息子に全財産を譲るつもりだが、そいつが死んじまえば娘に財産が転がり込む、息子が決闘で死ぬように手を打つからというのだ。だが、ラスティニャックは潔癖さから、これを断る。そして、手元不如意のデルフィーヌから渡された一〇〇フランを、ルーレットで見事七〇〇〇フランにして渡したことから、二人は親密さを増していく。金がすべての世の中を実感するラスティニャックであった。

3「トロンプ＝ラ＝モール」――下宿人のミショノーとポワレは、刑事に、ヴォートランは別名「トロンプ＝ラ＝モール（死神の手を免れた男）」、実は脱獄囚ジャック・コランであるらしいから、確かめてほしいと頼まれる。タイユフェールの息子の決闘が明日だと知ったラスティニャックは、事情をタイユフェールに伝えようとするも、この動きを察したヴォートランに睡眠薬入りの酒を飲まされて果たせない。そして翌日、銀行家の一人息子の死が伝えられ、タイユフェール嬢は迎えの馬車で実家へと向かう。動揺するラスティニャック。だが、直後にヴォートランが逮捕される。ラスティニャックは、恋人デルフィーヌが父親のゴリオに一万二〇〇〇フラン出させて用意させた右岸のアパルトマンに向かう。その翌日、ボーセアン夫人から大舞踏会への招待状が届くと、デルフィーヌは姉アナスタジーとのライバル意識をむき出しにする。

4「爺さんの死」――ゴリオの部屋にデルフィーヌが駆け込んできて、夫のニュッシンゲンが自分の財産も事業に注ぎこみ、破産寸前よと泣きつく。そこに姉のアナスタジーも現れて、不実な愛人のために借金を重ねた窮状を訴える。姉妹が口論となり、無一文のゴリオは錯乱ぎみだ。そこでラスティニャックは手元にあった手形をゴリオ宛一万二〇〇〇フランと裏書きして、アナスタジーに渡す。これだけあれば彼女の愛人は救われるのだ。痴呆状態となって眠りこむゴリオ。医学生ビアンションは、これは重体だと判断する。ラスティニャックが劇場で父親の容体を知らせても、デルフィーヌは、ボーセアン夫人の舞踏会の後で行きますと答えるだけだった。実は、ボーセアン夫人の恋人のアジュダ侯爵が若きロシュフィード嬢と婚約、これを知ったボーセアン夫人がどうするか、パリ社交界は興味津々なのであった。この間、舞踏会用のドレスの代金がないとアナスタジーにせがまれて、ゴリオは食器を売り、終身年金を担保に入れたりと金策に奔走したせいで、危篤におちいる。

舞踏会で毅然とした態度を示したボーセアン夫人は、世を捨ててノルマンディの片隅に隠遁することをラスティニャックに打ち明けると、翌朝、パリを去っていく。ラスティニャックが下宿屋に戻ると、やがてゴリオは息を引き取る。二人の娘は来なかったのだ。ラスティニャックはビアンションと協力して埋葬の手続きなどをおこない、一八二一年二月二一日、ゴリオ爺さんをペール゠ラシェーズ墓地に葬る。そして社交界が息づくパリを見下ろすと、「今度はおれが相手だ!」といって、「ニュッシンゲン夫人」の屋敷へと向かうのだった。

「人物再登場」と時間的交錯

　コーヒーをがぶ飲みしながら、小説の執筆に驀進するバルザック。「わたしの人生は、はなはだ蒸気機関車みたいな人生となっております。きのうも仕事、今日も仕事、いつも仕事なのですが、なかなか成果はあがりません。一八三六年が始まり、わたしももうすぐ三七歳になります。支払いに充てる五万フランをかき集めるには、まだ半年はあります」（一八三六年一月一八日、ハンスカ夫人宛書簡）といった状況が続く。ときには債鬼をのがれるべく、偽名で仕事部屋を借りた。またパリ一六区にある彼の屋敷（一八四〇年から一八四七年まで居住）――現在は「バルザック記念館」――の表の入口が三階で、裏口が一階という構造も、借金取りや執達吏が来たら一階の裏口から逃げ出すことを想定してのことだともいう。

　新聞・雑誌と単行本という二段階システムをフルに活用して、何本もの小説を並行して書き進める作家が、苦肉の策として思いついたのが、「人物再登場」の手法ではないのか？　物語の部品にあたる登場人物を、複数の作品で使い回せば、それだけ創作のエネルギーの節約になるではないか。「リサイクル」作戦のアイデアが閃いたとき、バルザックは「ぼくは天才になろうとしているんだ」「石が巨大な建物になるんだ」と、妹のロールに叫んだという(ロール・シュルヴィル『わが兄バルザック』一八五八年)。

同一人物を別の物語の時空間に浸入させることで、個別の作品＝石がいくつも組み合わされて石垣となり、虚構空間は複雑にして、「巨大な建物」へと変容していく。「人物再登場」という手法を採用することで、諸作品を体系化する意志も強まったにちがいない。

かくして、すべての作品を《人間喜劇》という大河に流れこませる全体小説の構想が具体化してくる。さまざまな社会階層に属する種々のタイプの人間像を描き出して、一つの社会の総体を描き出すこと、そのために自分は「フランスという社会の書記」となって、「社会の歴史と批判を、諸悪の分析と諸原理の検討をすべて包摂したい」(《人間喜劇》の「総序」一八四二年)という作家としての野望の実現である。

この「人物再登場」の手法を意識的かつ系統的に使ったのが、『ゴリオ爺さん』(一八三五年)にほかならない。ここでは、『赤い宿屋』(一八三一年)のタイユフェール、ランジェ公爵夫人(『ランジェ公爵夫人』一八三四年)、『捨てられた女』(一八三二年)のボーセアン夫人などがさまざまな形で「再登場」するものの、なんといっても『あら皮』の準主役ラスティニャックを、主役として再起用したことが重要である。

『あら皮』の主人公ラファエル・ド・ヴァランタンはストイックに生きる若者だったが、友人ラスティニャックは、彼に「浪費」することの価値を力説し、社交界の花形フェドラ伯爵夫人に紹介する。サロンに通いつめるもフェドラはものにならず、ラファエルはみずから放蕩の日々に墜ちて、ついには自殺まで考える。そんなときに、人間の欲望を、命と引き替えに実現してくれる「あら皮」を手にするのだ。つまり、『あら皮』でのラスティニャックはむしろ悪徳の媒介者なのである！　この両者が出会ったのが一八二九年とあるから、ラスティニャックは三〇歳を越えている計算になろう。

作者は、そのラスティニャックをかつてのうぶな学生に戻らせて、『ゴリオ爺さん』に起用した。そのため、物語の開始年代も、最初は一八二四年だったのを、五年早めたという。そして『ゴリオ爺さん』では、ラファエルではなく、ラスティニャック本人が、パリという欲望の「泥沼」に溺れていくドラマが演じられる。こうした倒叙法は、『捨てられた女』も同じで、『ゴリオ爺さん』で恋人に捨てられて田舎に引きこもったボーセアン夫人の「後日譚」なのである。ひょっとすると読者は混乱するかもしれないけれど、《人間喜劇》の大きな魅力は、この種の意図した時間的な交錯にある。《人間喜劇》では、一人の人物が必ずしも時系列に沿って再登場するわけではないのだ。窮余の一策という側面も否定はできないものの、明らかに作者はなかば意図的にこうした手法を実践している。なにしろ、本人がこう述べている。「この世界には、ひとつのかたまりであるようなものは、なにもないのです。そこではすべてがモザイクなのです。時系列で語れるのは、過去の歴史（物語）だけです。これは、進行中の現在には適用できないシステムなのです。著者の目の前にモデルとしてあるのは一九世紀です。極端に落ち着きがなくて、しかるべき場所に置くのがむずかしいモデルなのです」（『イヴの娘』「序文」一八三九年）と。バルザックを読む醍醐味は、こうした時間的に錯綜したモザイクの集合体のなかに分け入っていくことにある。作者も、《人間喜劇》という「広大な迷路のなかで」読者が迷わないように老婆心でと、ラスティニャックを例に挙げて、同じ「序文」でその生涯を要約している。最初の部分だけ訳しみよう。

「ラスティニャック（ウジェーヌ＝ルイ）。ラスティニャック男爵夫妻の長男として、一七九九年、シャラント県ラスティニャックに生まれる。一八一九年、法律を学ぶためにパリに上京して、ヴォケール館に住む。そこで、ヴォートランことジャック・コランを知り、有名な医師オラース・ビアンションと親しくなる。ド・マルセーに捨てられたデルフィーヌ・ド・ニュッシンゲン夫人を愛すのだが、彼女は元製麺商人ゴリオ氏の娘で、ラスティニャックはゴリオ氏の埋葬費用を出す。彼は社交界の寵児となり、ド・マルセー、ボードノール、デグリニョン、リュシアン・ド・リュバンプレ、エミール・ブロンデ、デュ・ティエ、ナタン、ポール・ド・マネルヴィル、ビクシウ等、当時の若者たちと親しく交わる。彼が財をなした物語は、『ニュッシンゲン銀行』で読める。彼は『骨董室』『禁治産』ではほとんどの場面で再登場している。（以下、略）」

ところで、ある研究者が、おもしろい調査結果を発表している。《人間喜劇》の登場人物は全部で優に二〇〇〇人を超えると思われるが、「再登場」、つまり二つの作品に出現する人物が二六〇人もいるという。でも、これで驚くのはまだ早くて、三作品に登場する人物も一〇二人に上るというのだ。いやはや、いかに多くの登場人物が、文豪バルザックによって使い回されているかがよくわかる。

ちなみに、登場回数のベスト5はというと、ニュッシンゲン（三一作品）（ちなみに夫人は一七作品）、ビアンション（二九作品）、ド・マルセー（二七作品）、ラスティニャック（二五作品）、デスパール侯爵夫人（二四作品）となる。ラスティニャック（『あら皮』『ゴリオ爺さん』『幻滅』『浮かれ女盛衰記』（飯島耕一訳では『娼婦の栄光と悲惨』など）はもちろん、金の亡者であるユダヤ人銀行家のニュッシンゲン男爵（『ニュッシンゲン銀行』『浮かれ女盛衰記』）も主役級といえよう。ただし、偽装倒産事件が主題の『ニュッシンゲン銀行』は、四人の語りによってストーリーが展開していくという枠物語構成であって、ニュッシンゲン本人が直接登場するわけではないが。この狡猾な銀行家は、金銭を一大テーマとする《人間喜劇》には欠かせぬバイプレイヤーといった役回りで、とかく人々のうわさの種にもなるがために、登場回数が多いのであろう。だが、それ以外の、ビアンション、ド・マルセー、デスパール侯爵夫人は、せいぜいが名脇役といったところだろう（たとえばビアンションは、『グランド・ブルテーシュ奇譚』では語り手・聞き手の役回り）。端役・脇役のほうが、出演本数が多いのは映画芸術と同じことなのだ。ウジェニー・グランデ（『ウジェニー・グランデ』）やマルネフ夫人（『従妹ベット』『従兄ポンス』）など、たった一度か二度主役を演じると、深い印象を残したまま舞台から消えていく登場人物も多いのである。

パリという泥沼、悪魔のささやき

ゴリオ爺さん、ラスティニャック、ヴォートランと、この小説には主役級が三人登場する。けれども、本当の主役は、社交人士が交わり、舞踏会では美女たちが妍《けん》を競い、さまざまな欲得がうずまき、札束が舞う、パリという大都会である。

ナポレオンがワーテルローの戦いで敗れて、ルイ一八世が即位したのが一八一五年、物語はこの「王政復古」の時代の一八一九年に始まる。平和が訪れはしても、貴族制度も復活して、銀行家などの大ブルジョワジーとともに世の中を支配している。乱世ならば、軍隊に入って手柄を立てて出世することも可能だけれど、そのような時代は終わりを告げた。ならば、大学に入って勉強して弁護士とか役人にでもなって堅実な人生を送るしかないのだろうか？　いや、やはり手っ取り早くのしあがりたい。ラスティニャックも、このように考えてパリにやってきた多くの若者のひとりである。

場末の下宿屋の「陰鬱な光景」を目にしながら、「あちら側」の「もっとも上品な貴族社会」にあこがれるラスティニャックだが、とっかかりがない。ヴォートランには「法学一直線博士」とからかわれるし、「あなたのパリってのは、つまりは泥沼のようなところですね」と口にすると、「それも実に滑稽な泥沼なのさ。（中略）馬車に乗っていれば正直者、徒歩だと悪人ということになる」（八八ページ）のだと、逆に追い打ちをかけられる。世間には、自家用馬車に乗って泥に汚れずにすむ人間と、ぬかるむ道を泥をつけて歩くしかない人間の二種類がいる、どうせ泥沼、前者にならなければ損だぞ、弁護士になるには年月もかかるぞとまでいわれてしまう。

ボーセアン夫人からは、「計算高く冷徹になればなるほど、あなたは出世するでしょう。(中略)相手が男だろうが女だろうが、郵便馬車の馬のように扱えばいいのです。使えなくなったら次の中継所で交換すればいいのです。(中略)死刑執行人でなくなった途端、あなたは被害者になるのです」(一四三ページ)と知恵を授かり、ゴリオの娘デルフィーヌ・ド・ニュッシンゲンを「看板」にしなさいとアドバイスを受ける。

そこで青年は、「親愛なるお母さん、(中略)手際よく出世できる状況にあります。一二〇〇フラン必要です。(中略)社交界へ出なくてはいけません。(中略)ぼくにとって肝心なことは、道をつくることなのです。さもなければ泥沼に留まることになります」(一五二—一五三ページ)と、母親に無心の手紙を書く。第1章での終わり近くでのことだ。『ゴリオ爺さん』について、作家がハンスカ夫人に「パリの道徳の下水道を示す必要がありました」と告白したとおりで、この小説には汚泥《おでい》が染み込んでいる。

魂胆のあるヴォートランは、「いいかね、坊や。人形芝居に騙されたくないなら、一度はすっかり芝居小屋の中に入ってみないといけない」とけしかけて、狙った若者に悪の片棒をかつがせようとする。ルソーの弟子を自称し、社会契約なるものの欺瞞に抵抗する彼は、もはや個人が国家に従属する義理はないとまで思っている。

原理なんてない。あるのは事態だけだ。法則なんてない。あるのは状況だけなんだ。優れた人間ってのは事態と状況に適応する。そいつを操作するためにね。もし確固とした原理や法則なんてものがあったら、国民だってシャツでも着替えるみたいに気軽にそれを取り替えたりはしないだろう（二〇四ページ）。

革命の夢はとうに過去のものとなり、理性や美徳が支配する時代も終わった。そして「シャツでも着替えるみたいに」コロコロと移り変わる、無原則な世の中が到来した。ならば、世の中を勝手に操ってやろうじゃないか、出世するには、「才能を閃かせるか、さもなければ汚い手を使う」しかないんだぞ、大都会パリという「泥沼」では、誠実な人間などむしろ悲惨なだけじゃないかと、吠えまくる。アナーキーともいえる居直りである（やがてバルザックが「売春と盗みは、自然の状態が社会の状態に対抗する二つの抗議である」『浮かれ女盛衰記』と述べることも覚えておきたい）。

こうしてヴォートランはラスティニャックを操り人形として、遠隔操縦し、がっぽり稼がせてもらおうと画策する。ヴィクトリーヌ・タイユフェール嬢の兄を決闘で殺すように仕組むから、おまえは、おまえに恋しているヴィクトリーヌに言い寄って結婚すればいい、そうすれば一〇〇万フランという莫大な持参金が転がり込むから、二〇パーセントの手数料をくれないかと、非常においしい話をもちかける。悪魔のささやきである。

良心に従って生き、額に汗して毎日働いても、たかがしれている、良心など金になるわけでもない。ボーセアン子爵夫人にも、打算と野心を説かれたではないか。かくして、ラスティニャックの良心は危機一髪となる。

「マンダランを殺す」

そんなとき、ラスティニャックは、リュクサンブール公園で友人のビアンションとばったり出会う。この小説では、リュクサンブール公園が、ラスティニャックの良心の法廷として機能している。ウジェーヌは深刻な顔で相談する。

「悪い考えに取り憑かれてて」

「どういったたぐいの？　治るよ、頭は」

「どうする？」

「抵抗をやめる」

「事情も知らないから冗談が言えるのさ。ルソーを読んだか?」

「ああ」

「あの一節を憶えているか? ルソーが読者に、もしパリから一歩も出ずに意志の力だけで中国にいる年老いた役人（マンダラン）を殺すことができ、それで金持ちになれるとしたら、きみならどうするかと訊ねてくるくだりだ」〔カッコ内は筆者による加筆〕

「あったな」

「で、どうする?」

「そうさな! 目下、三十三人目の役人（マンダラン）を料理中」

「ふざけるなよ。いいだろう、じゃあ、それが可能なことだと証明され、おまえが頭をちょいと動かすだけで、それができるとしたらどうだ?」

「相手はほんとに年寄りの中国の役人なんだな? まさか、ないない! 若かろうが、年寄りだろうが、中風患者だろうが、健康体だろうがもちろん……うへえ、まいったな! やらない、やらないよ」

「おまえは真っ当なやつだ、ビアンション。しかしもし女を好きになり、その女のために殺さなければならなくなったらどうする？　そしてその女のために、その女のドレスや、馬車や、ようするにそういう酔狂すべてを叶えてやるために金が、莫大な金が必要になったら？」

「なんだよ、理屈は抜きだと言いながら、結局は正論が聞きたいのか」

「かもな！　ビアンション。頭がどうかしてるんだ、頼む、治してくれ」（二四六―二四八ページ）

「マンダランを殺す tuer le mandarin」という表現に注目しよう。mandarin とは中国清朝の高級官吏で、「マンダランを殺す」とは、リトレ辞典が定義するように「絶対に分からないだろうと期待して、悪事を犯すこと」を意味する。ここではもちろん、ヴォートラン主導による、決闘という合法な形による人殺しのことで、ラスティニャックはこれに加担しかねない状況だ。この「マンダランを殺す」という表現こそが、「良心」と「野心」の葛藤を主題とする『ゴリオ爺さん』という作品の「中心紋」だといってもおかしくはない。けれども、幸福は金銭とは無関係、幸福なんて、「おれたちの足の裏と頭のてっぺんのあいだ」の話じゃないかと考えるビアンションは、そんな一刀両断式の解決法はアレクサンドロス大王ならいざ知らず、やめておけと諭す。廉潔な若き医者が、確かな診断能力を発揮したといえよう。ラスティニャックは、「ありがとう、おまえの治療は効いたぜ、ビアンション！　ずっと友だちでいような」と、友人の忠告に感謝するのだった。

ところが、それもつかの間、ラスティニャックは放蕩に溺れ、借金に苦しむ身となる。そんなとき、ビアンションにマンダランを殺しちまったのか？　と尋ねられると、「まだだ」「しかし虫の息だ」（二八一ページ）と答えるしかない。

虫の息なのは、むろん青年の良心であって、この先、物語はスリリングな展開を見せる。窮したラスティニャックはヴォートランに借金をして、約束手形にサインしてしまうのだ。大変な弱みを握られたものではないか。けれども、彼はまだ神に見放されてはいなかった。ホイストで大もうけして、ヴォートランに借金を耳をそろえて返し、手形を取りもどす。しかもヴォートランは、ミショノー嬢の手引きで警察に捕まり、結果として、ラスティニャックは犯罪の片棒をかつがずに済むのである。

では、ラスティニャックが拒んだメフィストフェレス＝ヴォートランとの契約は、《人間喜劇》ではどうなるのだろうか？　彼と同郷の美青年リュシアン・ド・リュバンプレが、そうした役回りを引き継ぐといえるのではないだろうか（『幻滅』『浮かれ女盛衰記』）。

「教養小説」あるいは「感情教育」

不実な娘たちが舞踏会で華やかさに酔いしれている頃、死の床にあったゴリオ。「父性の塊であるキリスト」と作中で形容されているけれど、イタロ・カルヴィーノが、ゴリオはむしろエゴイストで、娘たちは父性愛というエゴの被害者だと解釈していることも指摘しておきたい（カルヴィーノ「バルザックのなかの小説都市」『なぜ古典を読むのか』須賀敦子訳、みすず書房、所収）。ともあれ、娘たちは、ゴリオの葬式にも来ない。こうして、だれもいなくなった――元徒刑囚も、ボーセアン夫人も、ゴリオ爺さんも。ラスティニャックにとって、この小説は、別れと再出発の物語なのである。

埋葬をすませたラスティニャック青年は、ペール＝ラシェーズ墓地の高みからパリを見下ろすと「今度はおれが相手だ！」と叫んで、ニュッシンゲン夫人の屋敷に向かう。この最後の有名なシーンが、「ニュッシンゲン夫人の家に夕食に出かけた」と書かれていることは意味深い。自分は、もはや恋人のデルフィーヌのところにではなく、ニュッシンゲン夫人の屋敷に、つまりは有力者のところに行き、出世の階梯《かいてい》を上るのだというラスティニャックの強い決意の表れと読める。物語の最後で、青年はようやくにして、パリという泥沼のなかで、なにがなんでものしあがるのだという「野心」をあらわにして、これを行動に移していく。

この『ゴリオ爺さん』の幕切れについて、作者は、金融小説『ニュッシンゲン銀行』（一八三七年）で、ビジウの口を借りてこういわせている。

「ラスティニャックという男は、パリに出てきた当初から、社会全体を軽蔑するように導かれたんだ。（中略）世界はあらゆる腐敗とあらゆる詐欺の集合であると見なしていた。（中略）彼はいかなる徳義も信じてはいず、ただ人間が徳義を持てる状況だけがあるのだと思っていた。このような見識は、彼が一瞬にして得たものだった。つまりそれは、彼がペール＝ラシェーズの丘の上に、ある気の毒な正直者の亡骸を運んだその日に、獲得されたものだった。（中略）ラスティニャックはこの世界全体を手玉に取り、そこに徳義と誠実さと礼儀正しさの正装をまとって立つことを決心した。利己主義がこの若い貴族を、全身、上から下まで武装させたんだ」（「ニュシンゲン銀行」吉田典子訳、『バルザック「人間喜劇」セレクション第7巻　金融小説名篇集』藤原書店、所収）。

そういえば「野心」について、かつて彼はヴォートランにこう教えられたではないか。「女たちに、いったいどんな男が好みか訊いてみろ。野心のある男だと言うさ。

野心家というのは、そのほかの男たちに比べて、どっしりと構え、意志が強く、勇ましく、熱い心を持っている。(中略)女たちは、力が並外れて大きい男たちを好むさ」(二八九ページ)と。いつの時代も、男はやはり「野心」がないといけないらしい。

「良心」から「野心」へ

『ゴリオ爺さん』は、ある種の「ビルドゥングス・ロマン(教養小説)」にして「感情教育」なのである。そしてラスティニャックは、やがてひとつの類型に、ひとつの神話的な存在になっていく。「感情教育」といったから、フローベール『感情教育』(一八六九年)を読んでみよう。パリに出て法律を学ぶ主人公フレデリックに、親友のデローリエが、出世するにはコネが大切だ、「いいかい、ロックのおやじにたのんでダンブルーズ家に紹介してもらうんだ。(中略)ああいう上流社会に顔をだしておくべきだよ。(中略)うまく気にいられるようにしろよ。もちろん夫人にもな。いっそ愛人になっちまえばいい」(『感情教育(上)』、太田浩一訳、光文社古典新訳文庫)とけしかける。冗談はやめてくれというフレデリックに、デローリエがこう言い返す。「いや、そいつが世間の常道ってもんだろう。『人間喜劇』のラスティニャックを忘れたのか。なあに、きっとうまくいくさ」と。アルヌー夫人への、ある種ロマンチックで理想化された情熱に囚われているフレデリック・モローは、はたしてラスティニャックにはなれるだろうか？　『ゴリオ爺さん』と『感情教育』とをぜひとも読み比べていただきたい。

　この『ゴリオ爺さん』が刊行された一八三五年、ただちにイタリア語訳とオランダ語訳が出ているらしい。以後、この傑作は各国の言語に（何度も）翻訳されて、人々を熱狂させてきたのである。ドストエフスキーも青春時代に抄訳で読んで、大きな影響を受けたという。『罪と罰』の主役ラスコールニコフにはラスティニャックという名前が隠されているともまことしやかにささやかれたりする。冗談半分としても、先ほどの「マンダラン殺し」のことなどを考え合わせてみると、大変に興味深いことである。寡聞にして知らないのだが、日本にも、『ゴリオ爺さん』を下敷きにした小説があってもおかしくない。

　また、最近さまざまな古典の新訳という試みが積極的におこなわれているが、バルザック『ゴリオ爺さん』の場合は特別だ。高山鉄男訳（岩波文庫、以前の集英社版の改訳）を皮切りに、鹿島茂訳（藤原書店、タイトルは『ペール・ゴリオ――パリ物語』と工夫を凝らしてある）、博多かおる訳（集英社文庫）ときて、今回の新訳と、次々と翻訳が出ている。わたしが愛読した平岡篤頼訳（新潮文庫）も健在だ。それもこれも、「真を突きすぎて、誰もが、どこかしらに自分に通じるものを見つける」（一「ヴォケール館」）ことができるところの、何度読んでもおもしろい傑作であるがゆえだと、わたしは確信している。

もちろん、『ゴリオ爺さん』を独立して読んでも、読者は十分に満足できる。けれども、「人物再登場」の手法により、《人間喜劇》の多くの名作・佳作と相関関係にあることはすでに述べたとおりである。他の作品を合わせて読んで《人間喜劇》という壮大な「モザイク」のなかに入りこんでいけば、そこにはまた別の小説世界が開示されるにちがいない。批評家のビュトールの表現を借りるならば、《人間喜劇》の宇宙とは「ロマネスクなモビール」（『ゴリオ爺さん』「序文」一九八三年）なのである。

参考文献

邦訳を含む日本語の参考文献は膨大なので、野崎歓編『ポケットマスターピース03　バルザック』（集英社文庫ヘリテージシリーズ、二〇一五年）巻末の、博多かおる編「バルザック　主要文献案内」に譲る。ここではいくつかを補足するにとどめる。

・『週刊朝日百科　世界の文学＝「ヨーロッパⅢ」』鹿島茂編、朝日新聞社、一九九九年。〔バルザック、スタンダールなどが扱われている。視点も斬新だし、カラー図版も豊富で楽しい〕

・宮下志朗『読書の首都パリ』みすず書房、一九九八年。〔バルザック関連は「発明家の苦悩」「マンダランを殺せ」など〕

・宮下志朗『本を読むデモクラシー』刀水書房、二〇〇八年。

・松村博史編著『対訳　フランス語で読む「ゴリオ爺さん」』白水社、二〇一六年。〔朗読のCD付き〕

バルザック年譜

・作品の公刊に関する情報は、原則として各年の最後に、＊を付してまとめてある（「刊行」は単行本を、「発表」は新聞・雑誌媒体を示す）。
・（→『ファチーノ・カーネ』『あら皮』）とある場合は、当該のできごとや人物が、バルザックの作品に、直接・間接に反映されていることを示す。

一七九九年

五月二〇日、オノレ・バルザック、トゥールで生まれる。父親のベルナール＝フランソワ（五二歳）は、当時、陸軍第二二師団に勤務、母親アンヌ＝シャルロット＝ロールは、パリの裕福な商家の娘で、まだ二〇歳の若さであった。前年に、長子ルイ＝ダニエルが生後一か月で死去しており、オノレは、実質的には長男である。四歳まで、ブルジョワ家庭の慣例に従ってロワール河対岸のサン＝シール＝シュル＝ロワール村に里子に出される。

一八〇〇年　**一歳**

九月二九日、妹、ロール誕生。オノレと同じ家に里子に出される。

一八〇二年　**三歳**

四月一八日、妹、ローランス誕生。

一八〇三年　**四歳**

一月、父ベルナール＝フランソワが、トゥール市の救済院理事に任命される（一八一四年まで在任）。

一二月二三日、ベルナール＝フランソワ、トゥール市の助役に任命される

（一八〇八年まで在任）。

一八〇四年　五歳

一月六日、エヴェリーナ＝コンスタンス＝ヴィクトワール（一八〇四〜一八八二年）、ポーランドの名門貴族の娘として生まれる（ハンスカ夫人、のちのバルザック夫人だが、その生年に関しては一八〇一年説などもある）。

四月、オノレ少年は、トゥールのル・ゲー私塾に入る。

一八〇七年　八歳

六月二二日、ヴァンドームのオラトリオ修道会のコレージュ（学寮）に入り、以後、六年間寄宿生活を送る。

父ベルナール＝フランソワが、『盗みや殺しを予防するための方策』という小冊子を、地元のマーム書店から出版（以後も、何冊かの著作を上梓）。

一二月二一日、弟、アンリ誕生。サシェの大地主で、バルザック家の友人であるジャン・ド・マルゴンヌが実の父親とされる。

一八〇九年　一〇歳

四月、ラテン語作文で二等賞を獲得。

一八一三年　一四歳

四月二二日、ヴァンドームのコレージュを退学する。この年の夏、短期間、パリのマレー地区にあるガンセール学院に入寮するとともに、コレージュ・シャルルマーニュの授業も受ける。

一八一四年　一五歳

夏のあいだ、トゥールのコレージュに通う。一一月一日、父親がパリ師団の糧秣《りょうまつ》部長に任命されたのに伴い、マレー地区のタンプル通り四〇番地（現在では一二二番地）に移り住む。オノレは、近くのルピートル学院に入れられる（→『谷間の百合』）。

一八一五年　一六歳

一〇月、ガンセール学院に入寮。コレージュ・シャルルマーニュの授業も聴講していた。

一八一六年　一七歳

コキエール通りの代訴人ギヨネ＝メルヴィルの事務所に、見習いとして入る。一一月、パリ大学法学部に登録し、文学部の講義にも出る。

一八一七年　一八歳

夏、パリ北東リラダンの町長フィリップ・ド・ヴィリエ＝ラ・ファーユ宅に滞在。一家の知り合いであった。

一八一八年　一九歳

三月、ギヨネ＝メルヴィル事務所をやめて、公証人ヴィクトール・パセ氏の事務所に移る（タンプル通り）。パセ氏はバルザック一家と同じ建物に居住し、両親とも知り合いとなっていた。夏、昨年同様リラダン町長のところで過ごす。法律よりも哲学に引かれて、ラ・メトリの唯物論の影響などを受けた、『霊魂の不滅に関する覚え書き』を執筆。

一八一九年　二〇歳

一月四日、「法学バカロレア」を取得（ただし、その後大学は中退となる）。

四月、父親は退職して、年金生活者となる。

夏、公証人パセ氏の事務所を退職して、夏をリラダン町長宅で過ごす。一家はパリ北東郊外のヴィルパリジに転居する。

オノレは、文学者となるべく、パリ市内にとどまり、レディギエール通り九番地の屋根裏部屋（→『ファチーノ・カーネ』『あら皮』）で文学修行。アルスナル図書館で、デカルト『哲学原理』『省察』、マルブランシュ『真理の探究』を読んで、ノートをとる。

八月一六日、父の弟のルイ・バルッサ、農場の娘を妊娠させて、殺害した罪により、アルビでギロチンに処せられる（冤罪か）。

九月、悲劇『クロムウェル』に着手。

一八二〇年　二一歳

四月、『クロムウェル』を脱稿するも、上演も、出版もされず。

中世の物語『ファルチュルヌ』を書き始めるも、未完に終わる。

五月一八日、妹ロールと、土木技師ウージェーヌ・シュルヴィルの結婚式に参列。

書簡体小説『ステニーあるいは哲学的あやまち』を執筆するも、未完に終わる。

レディギエール通りを引き払って、

ヴィルパリジの実家に戻る。ただし、一家はマレー地区（ポルト＝フォワン通り一七番地）にも部屋を確保していたから、そこにしばしば泊まる。

一八二一年　二二歳

四月から五月、リラダン町長宅に、最後の滞在。

五月、この頃、雑文業者オーギュスト・ルポワトヴァンと知り合い、通俗小説の合作を開始する。

九月一日、妹のローランス、貧乏貴族ド・モンゼーグル氏と結婚。

秋、七年ぶりに、生まれ故郷のトゥーレーヌ地方に行く。

ヴィルパリジで、向かいの屋敷のベルニー夫人（旧姓ロール・イネール、一七七七～一八三六年）に、娘たちの家庭教師を頼まれる。

一八二二年　二三歳

五月、猛烈にアタックしたあげく、ベルニー夫人を陥落させる。

五月から八月、ベルニー夫人とのことを母親に気づかれ、ノルマンディ地方のバイユーに住む妹ロール夫婦のところに送られる。シェルブールなどにも出かける。

夏、『アルデンヌの助任司祭』『百歳の人』の出版契約（二〇〇〇フラン）。

一〇月末、バルザック一家は、ヴィルパリジからマレー地区のロワ＝ドレ通り七番地に引っ越す。

＊『ビラグ家の跡取り娘』『アルデンヌ

の助任司祭』『百歳の人』など、通俗小説を刊行。

一八二三年　二四歳
一月二四日、前年に完成した三幕のメロドラマ『黒人』の上演をゲーテ座にもちかけるも、断られる。
夏、トゥーレーヌ地方のトゥール、サシェ、ヴーヴレに滞在。
＊『最後の妖精』刊行。

一八二四年　二五歳
六月二四日、一家は、かつて住んでいたヴィルパリジの家を購入して、転居する。
八月、バルザックは、カルチエ・ラタンのトゥルノン通り二番地で一人暮らしを始める。

＊『アネットと罪人』『長子権について』『イエズス会の公正なる歴史』を刊行。

一八二五年　二六歳
ベルニー夫人などから資金援助を受けて、書店を営むユルバン・カネルと共同で出版社を設立する。

四月、ノルマンディ地方のアランソンに向かい、版画家ピエール・フランソワ・ゴダールと交渉。

モリエールやラ・フォンテーヌの挿絵入り縮刷版全集を刊行するも、売れ行きは思わしくない。

この頃、妹ロールの紹介で、社交界の花であったダブランテス公爵夫人（一七八四〜一八三八年）と知り合い、翌年には関係が成立する。

八月一一日、下の妹ローランスが死ぬ。

九月から一〇月にかけて、トゥーレーヌ地方に滞在。
＊『ヴァン・クロール』『紳士の作法』を刊行。

一八二六年　　二七歳
三月、職工長のアンドレ・バルビエと組んで、ジャン＝ジョゼフ・ローランスの印刷所を買収する。

六月一日、印刷業者の免許を取得して、マレ＝サン＝ジェルマン通り一七番地（サン＝ジェルマン＝デプレ教会の北側、現在のヴィスコンティ通りで、プレートが掲げてある）で印刷業を始める。

八月、家族はヴェルサーユに転居。

九月、債権の取り立てのために、ランスに向かう。

一八二七年　　二八歳
七月一五日、活字鋳造業者ジャン＝フランソワ・ローラン、アンドレ・バルビエと共同で、活字鋳造にも乗り出す。ベルニー夫人が出資。
九月一九日、競売で活字鋳造設備入手。ユルバン・カネルが発行する「ロマン主義年報」の印刷を手がけることで、ロマン派の結社セナークルのヴィクトル・ユゴーなどと親交を結ぶ。ヴェルサーユの妹ロールの家で、ジュルマ・カロー夫人（一七九六～一八八九年）と知り合い、知性あるこの女性と意気投合する。

一八二八年　　　　　　　　　　二九歳
事業の失敗と、文学への回帰の年である。

二月三日、印刷業、活字鋳造業が破綻して、バルビエが抜け、ローラン＝バルザック＝ベルニー商会となる。

四月、バルザックは、債権者の手を逃れて、義弟名義でカッシーニ通り一番地（パリ天文台の北）の部屋を借りる。

四月一六日、バルザックの活字鋳造所は解散、ベルニー夫人の息子のアレクサンドルとローランが新会社を引き継ぐ。

八月一六日、いとこの判事シャルル・セディヨの手をわずらわせ、印刷会社の清算手続きが終わる。会社を六万七〇〇〇フランで売却し、結局、六万フランの負債が残る。

印刷、出版、活字鋳造のすべてに失敗して、あとに残るは文学だけとなる。

九月から一〇月、ブルターニュ地方フージェールのポムルール将軍――父の友人――の屋敷に滞在して、「ふくろう党」（ブルターニュ地方で反革命として蜂起した王党派）を主題とした小説の資料を集める。

一八二九年　　　　　　　　　　三〇歳
この年、二年前に知り合ったジュルマ・カロー夫人との交友・文通が始まる。
ダブランテス公爵夫人、レカミエ夫人、ソフィー・ゲー、ジェラール男爵などのサロンに出入りするようになる。

三月、『最後のふくろう党、あるいは一八〇〇年のブルターニュ』を「オノレ・バルザック」と、実名ではじめて刊行する（タイトルはのちに『ふくろう党』となり、《人間喜劇》に入る最初の小説に。初版一〇〇〇部、印税は一〇〇〇フラン。年末までに半分ほどしか売れなかった）。

六月一九日、父親のベルナール＝フランソワが死去（享年八三）。

この頃から、あちこちのサロンに頻繁に出入りする。

一二月、『結婚の生理学』を刊行し、予想外の好評を博す。

一八三〇年　　三一歳

ジャーナリズムでの活躍が始まる。「パリ評論」「両世界評論」「モード」「ヴォルール」「カリカチュール」などに寄稿。ペンネームとして貴族風の「オノレ・ド・バルザック」を採用する。

二月二五日、作家ユゴー、古典主義演劇の牙城コメディ・フランセーズで自作『エルナニ』を上演して、成功を収め、ロマン主義の勝利を象徴する日となる。バルザックも、ネルヴァルらと参加したが、執筆した劇評ではむしろ厳しい見方を示した。

三月、エミール・ド・ジラルダン（その後の新聞王）、バルザック、ヴァレーニュ、オージェの四人で、書評中心の週刊誌「フユトン・デ・ジュルノ・ポリティック」を創刊（資本金一〇万フランのうち、バルザックは一万フランを出資）。「書籍業の現状について」などを寄稿して奮闘するも、一一号で廃刊の憂き目にあう。

五月末頃、ベルニー夫人とロワール河を下り、トゥール郊外サン＝シール＝シュル＝ロワール（かつて里子に出された村）の「ざくろ屋敷」に滞在（↓『ざくろ屋敷』）。また、塩田で知られるブルターニュのゲランドも訪れる（↓『海辺の悲劇』『ベアトリックス』）。九月一〇日、パリに戻る。

秋、シャルル・ノディエのサロンの常連となる（ユゴー、ラマルチーヌ、デュマ、ミュッセ、スタンダール、サント＝ブーヴ、ドラクロワなど、錚々たる顔ぶれ）。

〈ド・パリ〉〈テュルク〉〈トルトーニ〉などの有名カフェにも、出入りする。
＊『復讐』『不品行の危うさ』（のちの『ゴプセック』）『ソーの舞踏会』『栄光と不幸』（のちの『鞠打つ猫の店』）を刊行。『不老長寿の薬』『優雅な生活論』『サラジーヌ』などを発表。

一八三一年　三二歳

伝説ともなった、猛烈な執筆活動の開始である。

この年は、数度にわたり、フォンテーヌブローの森の南の、ベルニー夫人の所有地に滞在する。

三月九日、センセーションを巻き起こした、ヴァイオリニストのパガニーニのパリでのデビュー演奏会を聴く。

六月一日、ジラルダンとデルフィーヌ・ゲーの結婚式の立会人となる。

八月、『あら皮』を刊行し、作家としての名声が高まる。

九月、中古のカブリオレ（軽二輪馬車）と馬を購入し、カッシーニ通りの大きなアパルトマンを借りる。

一〇月、有名なカストリー侯爵夫人（かつて、オーストリア首相メッテルニッヒの息子ヴィクトールと同棲していた）から、匿名のファンレター。

一〇月から一二月、トゥール南郊サシェのマルゴンヌ氏――弟アンリの実父とされる――の城館（現在、バルザック記念館）に滞在。以後も、ここが気に入って、しばしば滞在し、執筆している。

一二月、アングレームのジュルマ・カロー夫人のもとに滞在。以後、一八三八年まで、合計六回、滞在することになる。

*『あら皮』『知られざる傑作』『徴募兵』を刊行。『赤い宿屋』を発表。

一八三二年　三三歳
二月一五日、「両世界評論」に、『ことづて』を発表。
二月一九日、「パリ評論」に、『マダム・フィルミアーニ』を発表。

二月二八日付、オデッサの消印により、“異国の女”からのファンレター（当時のロシア帝政はユリウス暦であり、現行暦の三月一二日とされる）。二万ヘクタールの領地に、三〇〇〇人の農奴を抱えるウクライナはヴェルホヴニャ（キエフの南西）の大農場主ヴァーツワフ・ハンスキ伯爵の妻、エヴェリーナ・ハンスカからの最初の手紙である。

五月、自由主義者から正統王朝主義者に転向し、代議士の座をも狙おうとする。『ことづて』と『グランド・ブルテーシュ奇譚』が、『忠告《ル・コンセーユ》』として組み合わされて刊行される。

五月末、自家用馬車から落ちて、頭部を負傷する。

六月六日、サシェの館に行き、一か月あまり滞在、『ルイ・ランベール』を仕上げる。以後、一二月まで、パリから離れて暮らす。

七月後半から、アングレームの知人ジュルマ・カロー夫人の屋敷に一か月あまり滞在。

八月末、カストリー侯爵夫人の滞在する、サヴォワ地方の保養地エクス＝レ＝バンに向かう。彼女と関係を結ぼうとするも、拒まれる。この地で、ジェームズ・ド・ロートシルド男爵と知り合う。

一〇月一四日、カストリー侯爵夫人とその息子たちと共にジュネーヴに向かうも、そこで二人は破局を迎える（↓

『ランジェ公爵夫人』)。失意のあまり、フランスに戻り、ベルニー夫人の胸元へ。
＊『風流滑稽譚』第一集『マダム・フィルミアーニ』『コルネリウス卿』『ルイ・ランベール』を刊行。『捨てられた女』『ざくろ屋敷』を発表。

一八三三年　三四歳
四月中旬から五月中旬、アングレームのジュルマ・カロー夫人の屋敷に三度目の滞在(→『幻滅』)。

この頃、パリで、〝愛読者マリア〟ことマリア・デュ・フレネー(二四歳の人妻)という〝純な女〟と関係を結ぶ(→『ウジェニー・グランデ』)。

九月二二日、パリを出発し、二五日、スイスのヌーシャテルで、夫と旅行中のハンスカ夫人に初めて対面する。ハンスキ伯爵にも気にいられ、以後は、「表向きの手紙」と「裏の手紙」を使い分ける。

一〇月一日、ハンスキ夫妻と別れて、一度、パリのカッシーニ通りに戻る。

一二月一九日、パリを発って、二四日にジュネーヴに到着し、クリスマス・プレゼントとして『ウジェニー・グランデ』の原稿を夫人に贈る(現在、ニューヨークのピアポント・モルガン・ライブラリー所蔵)。翌年二月まで滞在。
＊『風流滑稽譚』第二集、『田舎医者』『ことづて』『ウジェニー・グランデ』

を刊行。『フェラギュス』『歩き方の理論』を発表。

一八三四年　三五歳

一月二六日、ハンスカ夫人との「忘れえぬ日」。

二月八日、ジュネーヴを発って、一一日にパリに帰る。やがて、ハンスカ夫人一家もジュネーヴを離れて、イタリア旅行をしたのち、ウィーンへ。

この頃、自作を「風俗研究」「哲学的研究」「分析的研究」の三部構成で体系化するプランが成立し、やがて『ゴリオ爺さん』で、「人物再登場」の手法を初めて用いる（「風俗研究」は、「私生活情景」「地方生活情景」「パリ生活情景」「政治生活情景」「軍隊生活情景」「田園生活情景」という六つの情景《シーン》に分かれる）。

四月二〇日、コンセルヴァトワールホール（現存せず）で、ベートーヴェン『運命』を聴く（→『セザール・ビロトー』）。

六月四日、〝愛読者マリア〟、バルザックとのあいだにできた娘を産む。

この頃、オペラ座やイタリア座にボックス席を確保、またコンサートなどにも通う。

七月二四日、ベルニー夫人のところに行き、一週間滞在。

九月二五日頃、サシェの館に向かい、『ゴリオ爺さん』の執筆開始。一〇月一〇日にパリに戻る。

一〇月末、友人の作家ジュール・サンドー（ジョルジュ・サンドの恋人）が、カッシーニ通りのバルザックの家に引っ越す。

秋、おそらくオーストリア大使館で、グイドボーニ＝ヴィスコンティ伯爵夫人を知る。

＊『絶対の探究』『ランジェ公爵夫人』『金色の眼の娘』第一章、『ざくろ屋敷』『海辺の悲劇』を刊行。『ゴリオ爺さん』を「パリ評論」に四回に分けて発表（翌年二月まで。原稿料は三五〇〇フランであったらしい）。

一八三五年　三六歳

一月六日、『ゴリオ爺さん』の版権をヴェルデ書店に、三五〇〇フランで売る（一二〇〇部）。

一月末、心臓病で苦しむベルニー夫人を見舞い、一〇日ほど滞在。

三月二日、『ゴリオ爺さん』二巻本で刊行（ヴェルデ書店）。価格は一五フランであったが、すぐに売り切れて、バルザックは、ヴェルデ書店とのあいだで、再版（一〇〇〇部、三〇〇〇フラン）の契約を結んでいる（発売は五月）。

三月初め、債鬼が集まるアパルトマンから逃れるべく、「近づきがたい小部屋」として、バタイユ通り一三番地（現在のパリ一六区、イエナ大通り）に偽名で仕事場を借りる。この頃、グイドボーニ＝ヴィスコンティ伯爵夫人と愛人関係に。彼女はその後、債権者から逃げまわるバルザックを庇護する。

四月から五月、パリ郊外のムードンに滞在（理由は不明）。

五月九日、ハンスカ夫人と会うためウィーンに行って、三週間滞在し、メッテルニッヒなどにも歓迎される。

六月四日、ウィーンを離れ、ミュンヘン経由でパリへ（その後、夫人とは八年間会うことはない）。

六月一一日、パリに帰り、ウィーンで託された外交文書を外務省に届ける。

六月一六日から二一日、八月三一日から九月八日、グイドボーニ＝ヴィスコンティ伯爵夫人と二度にわたり、北フランスの港町ブーローニュ＝シュル＝メールに行く。

一〇月一九日、病床のベルニー夫人を見舞って、『谷間の百合』を読み聞かせる。彼女と会うのは、これが最後となる。

一二月二四日、新聞事業に目をつけて、「クロニック・ド・パリ」紙の所有権の一八分の六を取得。
＊『金色の眼の娘』『ルイ・ランベール』『セラフィータ』を刊行。『谷間の百合』第一部・二部を発表。

一八三六年　三七歳

一月から六月、『谷間の百合』がロシアの雑誌に掲載された件をめぐり、「パリ評論」「両世界評論」を発行するフランソワ・ビュロと訴訟合戦になる

（作家は印税はすでに手にしていたが、未校正のテクストが発表されてしまった）。結局、バルザック側のほぼ全面勝訴となる（六月三日）。

三月一七日、「クロニック・ド・パリ」紙に『ファチーノ・カーネ』を発表する。

四月二七日、国民軍への応召義務不履行により、一週間収監される。

六月一九日、パリを脱出してサシェに滞在し、『幻滅』に着手する。

七月一五日、「クロニック・ド・パリ」紙が経営破綻して、バルザックは四万六〇〇〇フランの損失をこうむる。

七月二六日、グイドボーニ＝ヴィスコンティ伯爵夫人の遺産相続の代理人となり、作家志望の〝田舎ミューズ〟こと、人妻のカロリーヌ・マルブーティ（→『田舎ミューズ』）を男装させて、トリノに向かう。

七月二七日、ベルニー夫人死去。

八月二二日、マッジョーレ湖、ジュネーヴを経てパリに戻って、はじめてベルニー夫人の死を知り、悲嘆にくれる。

九月三〇日、債権者を逃れるべく、カッシーニ通りのアパルトマンを完全に放棄する。

一〇月二三日から一一月四日、ジラルダンの「プレス」紙に、『老嬢』を一二回にわたって連載（フランスで最初の新聞連載小説！）。以後、バルザックは多くの作品を日刊紙に載せるようになる。

一一月一五日、出版業者デロワとルクーとの契約金五万フランで、借金の穴埋めをおこない、窮地から脱する。

一一月二〇日から一二月一日、再びサシェに滞在。一一月二六日には、タレイランと会食する。

*『谷間の百合』刊行。

一八三七年　三八歳

二月一九日、グイドボーニ＝ヴィスコンティ家の遺産相続問題で、ミラノを訪れて、裁判を和解にもちこむ。ミラノの社交界から歓迎され、クララ・マッフェイ伯爵夫人などと出歩き、スカラ座での観劇を楽しむ。


三月一日、『いいなづけ』の作者アレッサンドロ・マンゾーニを表敬訪問。

三月一四日から一九日、ヴェネツィア滞在（↓『マッシミッラ・ドーニ』）。その後、ジェノヴァ、フィレンツェ、ボローニャ（ロッシーニを訪問）、コモ湖、ルツェルンなどを経て、五月三日に、パリに戻ると、債権者から逃れるべく、グイドボーニ＝ヴィスコンティ邸に身を隠して、執筆。

八月半ば、サシェに向かい、月末まで滞在。

九月一六日、パリの西の郊外ヴィル＝ダヴレーの、通称レ・ジャルディに、土地付きの家を購入し、その後、投機目的で土地を買い増す。

＊『幻滅』第一部、『セザール・ビロトー』『風流滑稽譚』第三集を刊行。

一八三八年　三九歳

二月、アンドル県ノアンのジョルジュ・サンドを訪問。

三月から六月、前年のイタリア旅行の際に、サルデーニャ島の銀山発掘という儲け話を聞かされて、採掘権を獲得しようと、トゥーロン、コルシカ島経由で現地に向かうも、失敗に終わる。

六月七日、ダブランテス公爵夫人死す。

七月、パリ西郊レ・ジャルディ荘に転居する。

一二月、バルザック、前年に設立された文芸家協会に加盟する。

＊『しびれえい』(『娼婦の栄光と悲惨』第一部)を刊行。『骨董室』を発表。

一八三九年　四〇歳

一月ないし二月、リシュリュー通り一〇八番地(証券取引所の近く)に、パリでの仮宿を借りる。

一月二四日、国民軍への義務不履行により、二度目の収監。

三月一六日、『ゴリオ爺さん』(シャルパンチエ書店)刊行。

七月二二日、レ・ジャルディ荘を、ユゴーとレオン・ゴズランが訪れる。

八月一六日、文芸家協会の第三代の会長に選出され、著作権の確立などに尽くす。

八月三〇日、旧知の公証人セバスチャン・ブノワ・ペーテルの妻と召使いが殺された事件で、ペーテルに有罪判決がくだるが、バルザックは冤罪として、行動を開始する。

九月七日、画家のガヴァルニとともにパリを発って、ブルゴーニュ地方のブール＝カン＝ブレスに向かい、八日にはガヴァルニが、九日にはバルザックが、獄中のペーテルと面会。一〇日には、犯行現場を訪れる。その後、「シエークル」紙に論説を発表するも、一〇月二八日に、死刑執行。

一〇月二二日、文芸家協会会長として、ルーアンでの海賊版をめぐる裁判で証言をおこなう。
＊『骨董室』『パリにおける田舎の偉人』（『幻滅』の第二部）を刊行。『村の司祭』を発表。

一八四〇年　四一歳

一月、某編集者への手紙で、初めて《人間喜劇》というシリーズの総題が出現する。

三月一四日、ルイ＝フィリップ王を風刺しているとの嫌疑により、検閲で差し止めとなった戯曲『ヴォートラン』を、ポルト＝サン＝マルタン座で初演するも、ただちに禁止命令が出される。

七月、個人編集の月刊誌「ルヴュ・パリジェンヌ」（一二五ページで、価格は一フラン）を創刊し、『Z・マルカス』『ベール氏研究』（『パルムの僧院』を絶賛した評論）などを発表するも、九月の第三号で廃刊に。

九月一八日、レ・ジャルディ荘が差し押さえられる。

一〇月一日、パッシーのバッス通り一九番地（現在のレヌアール通り）の家を借りて、母親を呼び寄せる（現在のバルザック記念館である。建物の構造に高低差があり、執行吏がきたら、裏口、現在のマルセル・プルースト通りから逃げ出そうとの魂胆）。いわゆる〝家政婦〟のブリュニョル夫人と肉体関係ができてしまう。
＊『ピエレット』、戯曲『ヴォートラン』を刊行。

一八四一年　四二歳

一月一五日、文芸家協会の名誉会長に任命される。その後、著作権法制定に関する提言などを執筆。

四月から五月初め、ブロワ、オルレアン、ナントなどを旅行。

六月三日、ユゴーのアカデミー・フランセーズ入会式に参列。

一〇月二日、フュルヌ、エッツェルなど四人の出版業者と、《人間喜劇》の出版契約を結ぶ（各巻三〇〇〇部で、印税は一冊につき五〇サンチームであった。一八四二年から一八四六年にかけて、全一六巻が出る）。

一一月一〇日、ハンスカ夫人の夫ハンスキ伯爵が死去。
＊『村の司祭』『役人の生理学』を刊行。『ユルシュール・ミルエ』『二人の若妻の手記』第一部・二部を発表。

一八四二年　四三歳
一月、ハンスカ夫人からの手紙で夫の死を知らされ、彼女との結婚という悲願にとりつかれる。一方、夫人は、その後、夫の遺産の相続をめぐり、親族との裁判となる。

三月一九日、戯曲『キノラの策略』がオデオン座で初演されるも、不評に終わる。

四月一三日、ジョルジュ・サンドを訪問して、《人間喜劇》の「序文」を依頼するが、結局、彼女は執筆に至らず、バルザックが自分で執筆することになる。

六月二日、「ダゲレオタイプ」により肖像を撮影する。

六月二五日、《人間喜劇》第一巻「私生活情景」を刊行（『マダム・フィルミアーニ』が収録されている）。

七月、《人間喜劇》の「総序」が、予約購読者に配布される。

九月三日、《人間喜劇》第二巻「私生活情景」を刊行（『ことづて』が収録されている）。
＊『アルベール・サヴァリュス』『二人の若妻の手記』『続女性研究』、戯曲『キノラの策略』を刊行。『田舎で、男が独り身でいること』（『ラブイユーズ』第二部）を発表。

一八四三年　四四歳
三月二五日、パリ滞在中のアンデルセンと会う。

六月四日から七月初め、〝家政婦〟ブリュニョル夫人とパリ郊外のラニーに滞在。近くの印刷所で、『幻滅』の組版が進行中であった。

七月一八日、未亡人となったハンスカ夫人に会うべく、パリを出発して、ダンケルクからデヴォンシャー号に乗船し、二九日に、夫人が、遺産相続裁判で訪れているサンクト・ペテルブルグに到着。八年ぶりの再会をはたして、帝都に一〇月まで滞在。

八月二一日、帝国近衛兵の観兵式に立ち会うも、日射病にやられる。

九月一四日、ハンスカ夫人にプロポーズ。

一〇月八日、陸路、帰途につき、ベルリンでは、フンボルト、ティークなどと会見。以後、体調不良に。

一一月、《人間喜劇》第九巻、「パリ生活情景1」刊行（『ゴリオ爺さん』を収める）。

一一月三日、パリに戻る。その後、ナカール医師の診察を受けるが、慢性髄膜炎との見立てであった。

この頃、ブリュニョル夫人と、ライン河地域、ベルギーへ旅行をしたらしい。

一二月、アカデミー・フランセーズへの立候補を断念する（翌年選出されたのは、サン＝マルク・ジラルダン）。

＊『田舎ミューズ』『幻滅』『暗黒事件』そして『ジャーナリズム博物誌』を刊行。『オノリーヌ』を発表。

一八四四年　四五歳

一月二九日、作家シャルル・ノディエの葬儀に参列。

春先から健康がすぐれず、黄疸症状が現れて、ドイツでの温泉治療なども考える。こもりがちになるが、その分、せっせとハンスカ夫人に手紙を書く。

五月、ハンスカ夫人、相続問題が片づき、サンクト・ペテルブルグを離れて、ヴェルホヴニヤに帰る。

六月一四日、ハンスカ夫人の娘アンナの家庭教師をしていたスイス人の「リレット」ことアンリエット・ボレルが、フランスで修道院に入りたいとの希望を抱いて、パリに出てくる。

八月、歯痛に苦しむ。

九月二八日、《人間喜劇》第一〇巻「パリ生活情景」を刊行(『ファチーノ・カーネ』が収録されている)。

一〇月、神経痛に苦しむ。

一一月、ハンスカ夫人、ウクライナを離れ、冬を過ごすためにドレスデンに向かう。
＊『娼婦の栄光と悲惨』前半、『カトリーヌ・ド・メディシス解明』(のちの『カトリーヌ・ド・メディシス』)、『モデスト・ミニョン』を刊行。『農民』第一部を発表。

一八四五年　四六歳

ハンスカ夫人との旅行などで、執筆量が徐々に減少していく年である。

《人間喜劇》の「総目録」を作成する(発表は翌年)。作品の総数は一三七、うち執筆予定が五〇編となっている（『従妹ベット』『従兄ポンス』『実業家』『ゴディサール二世』は、この目録にはない）。

一月二〇日、ダヴィッド・ダンジェ作の彫像が届く。

四月二四日、ミュッセ、フレデリック・スリエと共に、レジオン・ドヌール勲章を受ける。

四月二五日、ハンスカ夫人のいるドレスデンを目ざして、パリを出発する。

五月一日、娘アンナとその婚約者ムニーシェフ伯爵を連れたハンスカ夫人に再会する。なお、ムニーシェフ伯爵の先祖のマリーナは、イワン雷帝の息子を称した「僭称者ドミトリー」の妻である（メリメの史伝『贋のドミトリー』にも登場する）。

その後、ハンスカ夫人たちとはいったん別れて、七月七日にストラスブールで再び合流、パリに行く。ハンスカ夫人たちは、パッシーのラ・トゥール通りのアパルトマンに逗留する。ハンスカ夫人、パッシーの屋敷をあずかるブリュニョル夫人が、単なる家政婦ではないことに気づく。

七月末、いっしょにオルレアン、ブールジュ、トゥール、ブロワを旅行してから、またストラスブールへ。

八月一一日、ストラスブールを出発して、蒸気船エルベフェルト号でライン河を下り、デン・ハーグ、アムステルダム、ロッテルダム、アントウェルペンを経て、八月二七日にブリュッセルに入り、ここでハンスカ夫人一行と別れる。八月三〇日、パリに戻る。ブリュニョル夫人に解雇を告げるも、その後も、二人の関係はダラダラと続く。九月二四日、パリを離れて、郵便馬車で、ハンスカ夫人のいるバーデン＝バーデンに向かう。一〇月にいったん、パリに戻るも、一三日、シャロン＝シュル＝ソーヌで一行に合流して、四人で南仏を旅行し、マルセーユからレオニダス号に乗船して、ナポリに向かう。一一月八日、一行をナポリに残してマルセーユ経由で帰国の途につき、二七日にパリに帰着。

一二月、《人間喜劇》第四巻「私生活情景」を刊行（『グランド・ブルテーシュ奇譚』が、単独で収録されている）。

一二月二日、バルザックの奔走により、「リレット」ことアンリエット・ボレルは聖母訪問会の修道女となる。バルザックも誓願式に立ち会う。

一二月二二日、シテ島のピモダン館（現在のローザン館）での、ゴーティエ主催によるハシッシュ吸引会に参加。ボードレールもいた。

一二月二六日、鉄道でルーアンに向かい、ハンスカ夫人との生活に備えて黒檀の家具を購入する。

＊『蜜月』（『ベアトリックス』第三部）を刊行。『結婚生活の小さな悲惨』一

七章分、を発表。

一八四六年　四七歳

この頃、ハンスカ夫人から結婚準備にと大金を受け取り、値上がりを見込んで北部鉄道の投資にまわすかたわら、絵画や家具を買いまくる。

三月一六日、パリを郵便馬車で出発し、リヨンを経て、マルセーユからメントール号に乗船し、チヴィタヴェッキア港からローマへ。二五日、その冬をナポリで過ごしたハンスカ夫人と合流する。ローマでは、教皇グレゴリウス七世にも謁見、ブロンツィーノ（模作か?）などの絵画を買いあさる。

四月二二日、チヴィタヴェッキア港からジェノヴァへ、そしてマッジョーレ湖畔などに滞在した後、スイスに入り、ジュネーヴ、ベルン、バーゼルを経てハイデルベルクへ向かう。

五月二六日、ハンスカ夫人と別れて、二八日パリに帰着。

六月二日、ハンスカ夫人から妊娠したらしいとの報せを受けて、大感激する（当時、四二歳だから、高齢出産となる）。男児と決めこんで、名前はヴィクトール＝オノレとする。

八月二九日、《人間喜劇》第一六巻「分析的研究」が刊行されて、全一六巻が完結。

八月三〇日、ハンスカ夫人に会うべくパリを出発してドイツに向かい、九月一五日に戻る。

九月二八日、フォルチュネ通り一二番地（現在のバルザック通り、凱旋門近く）の、古い屋敷を購入。

一〇月九日から一七日、ハンスカ夫人の娘アンナの結婚式の立会人となるべく、ヴィースバーデンまで往復。

一二月一日、ハンスカ夫人がドレスデンで流産したことを知らされて（女児であった）、しばらく筆を持てなくなる。

一二月一七日、足を捻挫する。これが三度目で、しばらく動けなくなる。
＊『従妹ベット』を発表。

一八四七年　四八歳

一月末、〝家政婦〟ブリュニョル夫人を、ようやく解雇する。

二月六日、フランクフルトでハンスカ夫人と落ち合い、パリに連れてくると、フォルチュネ通りに近いヌーヴ＝ド＝ベリー通りのアパルトマンに住まわせる。そして二人で、お忍びで、オペラやコンサートなどに出かける。その一方で、精力的に執筆や校正にあたるなど、ふたたび充実した時期を迎える。

四月一五日、フォルチュネ通りに引っ越す。

五月、ハンスカ夫人をドイツまで送る。以後、新居となるはずの、フォルチュネ通りの屋敷の整備に取り組む。

六月二八日、ハンスカ夫人にすべての財産を遺す（包括遺贈）という内容の遺言書を作成。

七月、「プレス」紙への『農民』の連

載をめぐり、発行人のジラルダンともめて、ついに両者は決別してしまう。

九月五日、パリ北駅から出発して、駅馬車などを乗り継いで、一三日、ウクライナのヴェルホヴニャに到着し、翌年一月まで滞在する。
＊『従妹ベット』『従兄ポンス』『ヴォートラン最後の変身』（『娼婦の栄光と悲惨』第四部）を刊行。

一八四八年　　四九歳

一月末、ウクライナを発って、クラクフ経由で、ドレスデン、マインツの骨董商などを訪ねながら、二月一五日にパリに戻る。

二月二二日、二月革命が勃発し、二四日、バルザックは、チュイルリー宮殿での掠奪を目撃。こうして七月、王政が崩壊する（「パリはごろつきに牛耳られました」ハンスカ夫人への書簡）。北部鉄道株の暴落。新聞社・出版社も萎縮して、原稿掲載や小説の出版がむずかしくなる。そこでバルザックは、芝居に活路を求めようと考えて、あれこれ試みるが、成功を収めることはできない。

六月三日、パリを列車で発って、一か月間、サシェの館に滞在するも、重い心臓病の徴候が現れたりして、執筆は進まず。

七月八日、作家シャトーブリアンの葬儀に参列。空席となったアカデミー・フランセーズの地位を望む。

九月一九日、ケルン行きの列車でパリを出発、二七日にハンスカ夫人の屋敷に到着して、一八五〇年四月まで滞在。以後、死ぬまで、ハンスカ夫人と離れることはない。

一一月、フュルヌ版《人間喜劇》の補遺として、第一七巻を刊行（『従妹ベット』『従兄ポンス』を収録）。

一八四九年　五〇歳

この年は、ずっとウクライナで過ごす。

一月一一日ならびに一八日、アカデミー・フランセーズの二つの空席をめぐる、二つの選挙。バルザックは、ほとんど得票できずに落選。

五月、ハンスカ夫人とともにキエフに短期滞在。

六月、心臓発作を起こす。クノテ医師は、心臓肥大症と診断。

七月、バルザックとの結婚をロシア皇帝に願い出たハンスカ夫人は、その場合は、領地の継続所有は認められない旨の通知を受けとる。

一〇月末、断続的な頭痛と発熱。

一八五〇年　五一歳

年明けから、悪性の風邪に苦しむ。

三月一四日、ベルディチェフの教会で、ついにハンスカ夫人と結婚する。

四月二四日、病状が改善せず、フランスに帰ることにする。

五月一六日、ヴェルホヴニャに残った義理の娘のアンナに手紙を書く。

五月二〇日頃、パリ、フォルチュネ通

りの自宅に帰る。やがて、健康状態が悪化して、ナカール博士など四人の医師の診察を受けるも、状態は悲観的であった。

六月四日、夫婦のどちらかが死亡した場合には、配偶者に包括遺贈する旨の遺言書を作成する。

七月六日、ルイ医師、ユゴーに、バルザックは「六週間のいのち」と伝える。

七月一八日、ユゴーがバルザックを見舞う。バルザックは元気に議論を交わす。

七月二四日、穿刺《せんし》治療の開始。

八月、壊疽が起こり始める。「すべては、この結婚という大きな幸福の代わりに、天がお求めになった代償なのです」（妻が代筆した手紙より）。

八月一八日、ユゴーが見舞いに来るも、意識がない。午後一一時半、バルザック死去（享年五一）。翌日、遺体は、すぐ近くのサン＝ニコラ礼拝堂に安置される。

八月二一日、サン＝フィリップ＝デュ＝ルール教会で葬儀。ユゴー、デュマ、内務大臣バロッシュ、「文芸家協会」代表のフランシス・ヴェイ（一説には、サント＝ブーヴ）が、棺の紐を持った。その後、ペール＝ラシェーズ墓地に埋葬。ユゴーが墓前で、バルザックの才能を讃える演説をおこなう。バルザックは今も、このペール＝ラシェーズ墓地に、妻のエヴェリーナと共に眠る。

一八五五年
＊フュルヌの後継者ウシオーにより、《人間喜劇》の補遺として、第一八巻（『暗黒事件』『農民』など）、第一九巻「戯曲」、第二〇巻『風流滑稽譚』が刊行される。

本年譜を編むに際しては、主として以下のものを参考にしている。

Balzac en son temps, in Balzac, *Lettres à Madame Hanska*, Tome 1, Robert Laffont, coll. Bouquin, 1990.
Chronologie de Balzac, in Balzac, *La Comédie humaine*, Tome 1, Gallimard, coll. Pléiade, 1976.
Stéphane Vachon, *Les travaux et les jours d'Honoré de Balzac*, Presses du CNRS, 1992.
佐野栄一・大矢タカヤス編「バルザック年譜」、《バルザック「人間喜劇」セレクション》別巻2『バルザック「人間喜劇」全作品あらすじ』所収、藤原書店、一九九九年）

訳者あとがき

ようやくあとがきにたどり着きました。訳出作業を開始したのが二〇一四年の春ですから、なんとまあ二年以上もこの作品と付き合っていたことになります。なにしろすぐれた既訳がいくつも存在する『ゴリオ爺さん』です。取り組む以上、自分ならではの試みを行うべきだと思いました。ただ正直なところ、自分になにができるだろうと悩むことも多い二年でした。

今でも忘れられないのですが、最初の打ち合わせで光文社の編集部から受けた注文は、えてして古典とよばれる作品の冒頭部分は読みにくいけれど、とりわけ『ゴリオ爺さん』のそれは読みにくい、ここをなんとか読めるようにしてほしい、というとても難しい注文でした。本書でいえば七頁冒頭「ヴォケール夫人は旧姓をド・コンフランといい、四十年来、パリの下町で賄いつきの下宿屋を営んでいる」から、六〇頁「子爵夫人はこれに、近々開かれる舞踏会への招待で応えた」あたりまでの五十頁あまりが、初めて読む者にとって、まさに〝鬼門〟だというわけです。これは難題だ、と思いました。しかし同時に燃えてくるものもありました。わたしにとってはこの第1章、とりわけこの冒頭部分こそが『ゴリオ爺さん』の肝、それどころか『人間喜劇』全体を楽しむための肝だったからです。

実際、読み返すたびに、おやここにもうあの小道具が登場している、この人は最初からこんな属性を顕わしていたのか、ここにすでにあの展開が予告されているじゃないか、と発見の喜びがある場所です。あとあとじわじわ旨みが出てくる、それがこの冒頭部分の特徴なのです。まさしくラスティニャックの伯母が所有していたあの宝箱、ごそごそ探れば次々お宝が見つかる「ポンペイとヘルクラネウム」のようなものなのです。読み飛ばされるなんてもったいない。とにかくここをどう面白く読んでもらうかをクリアすべき第一目標に据えることにしました。

それにしても「読みにくい」という印象の正体はなんなのでしょう？　なにしろ作者がそこで試みていることは、物語の舞台と登場人物の紹介、これから動き出すドラマの背景の説明であって、バルザックに限らず、どんな小説家でも、なんらかの形でクリアしなければならない約束事なのです。考えられるとすれば、一段落が長い（それもめちゃくちゃ長い）、挿話が多い、時間が錯綜する、理解に地理的、歴史的知識が要求される、といった要因です。

一段落の長さは悩ましい問題でした。もともとフランス語は日本語に比べてあまり細かく段落を切らない傾向がありますが、それをそのままベタッと日本語に置き換えただけでは、日本の読者が窒息しかねません。しかしむやみに段落を増やすというのは恐ろしいことです。原文に立ち返ってみると、バルザックの一段落の区切りというのは、ことこの部分に関していえば、意味の切れ目というより軽快な語り口の弁士がぽんと扇子を叩いてテンポを切り替えるポイントのようでもありました。であれば、このテンポの切り替えさえうまく再現できていれば、細かい息継ぎが増えても原文からかけ離れることはないだろう、と思いました。場合によっては一行開《あ》けることになってもしかたがないと割り切り、息継ぎする要領で段落を区切ってみました。当然ながらこれが正解というわけはありませんが、読者窒息の危機は回避できたのではないでしょうか。

次は挿話の多さと、時間が錯綜する問題です。そもそもこの冒頭部分は作者がまさに神様のように時空を往来して、登場人物やヴォケール館の過去を語る部分です。これ以降は基本的にラスティニャックの背後に姿を隠すバルザックが、ここでははっきり顔を出し、かつてどんな作家も描かなかったパリを描いてみせると意気込みを語ります。先に述べた弁士の印象はこのあたりに由来するわけですが、ときにそれが長い長い挿入部分を生み、全体の流れを停滞させる原因となるわけです。

対処としては、地道に整理整頓するほかありません。叙述を物語の前面へ押し出すのか後方へ沈めるのかを見極め、訳文の調子を整えます。その際、作者の立ち位置を参考にするのですが、これが〈作者の現在〉、つまり彼が執筆を開始した一八三四年の場合もあれば、〈物語の現在〉、つまりラスティニャックがボーセアン邸での舞踏会（レストー夫人と初めて踊った舞踏会）から帰宅し世界の観察を開始する一八一九年の十一月末の夜の場合もあるのです。これをきちんと区別できれば、読者を混乱させることもないのでしょうが、実際そうはっきりと白黒つけられません。

たとえばヴォケール夫人が四十年来下宿を営んでいるという記述ひとつとっても、〈作者の現在〉〈物語の現在〉どちらを基点にしているのかと迷います。まずは〈物語の現在〉と仮定して計算してみましょう。創業一七七九年、ヴォケール夫人十四歳！夫人の言動から下宿屋は死んだ亭主の残したものらしいので、その時点ですでに結婚している必要があります。うーむ、厳しい気がします。ならば〈作者の現在〉で計算すると、創業一七九四年、夫人二十九歳、問題なさそうです。しかしこれだと、続く一八一九年に三十年来初めて若い娘が住んでいたという内容と合わなくなります（〈物語の現在〉が一八二四年ならぴったりですが）。解説にもありますが、こうした時間の錯誤、どこかしら計算が合わないという現象は『人間喜劇』のあちこちで見受けられます。どうやら作者が時間の整合性より、それが（その人物が）そこにある（いる）面白さを優先しているのは明らかなようです。ならば、翻訳者としては錯誤をことさらに目立たせるべきではありません。暫定的に答えを出して整理整頓に徹するのみです。

そして、理解に地理的、歴史的知識が要求されるという問題ですが、これについては、なるべく注釈で対応したつもりです。ただ、もう少し大きな時代のうねりを感じていただきたいとも思い、巻末に『ゴリオ爺さん』の背景年表を用意しました。これを参照されながら、いまふたたび第1章をお読みいただければ、十九世紀零落博覧会とでも呼びたくなるヴォケール館にキュレーター＝バルザックによって集められた住人たちのその不幸の多彩さに、あらためて舌を巻かれることでしょう。

さて、あとがきも終わりに近づきました。最初に編集部から出されたあの「難しい注文」に、わたしはきちんと応えることができたのでしょうか。ぜひ読者のみなさんのご意見をお聞かせいただければと思います（再び悩み多き日々を過ごすことになりそうですが）。

このたびの翻訳に際しましては、ル・リーヴル・ド・ポッシュ社（一九九五年版）、およびポケット出版社（一九九八年版）の二冊を主たる底本とし、ガリマール社プレイヤード版を参考に開くという形で作業しました。

光文社翻訳編集部のみなさまには、本当に最後の最後までお世話になりっぱなしでした。心からお礼を申し上げます。

二〇一六年八月　中村佳子

＊　＊　＊

『ゴリオ爺さん』関連年表

☆　物語に関わる事項
※　作者バルザックに関わる事項

一七八九年　パリ市政革命達成、立憲議会成立
☆麺打ち職人ゴリオ、店を構える（八九～九〇年頃？）

九一年　立憲議会解散、立法議会成立
九二年　王権停止、国民公会開会、第一共和制成立
九三年　ルイ十六世処刑
　　　　公安委員会誕生
　　　　ロベスピエールを中心とする十二人による恐怖政治の始まり
　　　　☆ゴリオ、小麦の売買で儲ける
九四年　テルミドール九日の反動　ロベスピエールら処刑
　　　　☆ヴォケール館開業？
九五年　総裁政府成立
九七年　フリュクチドール十八日のクーデタ
九八年　フロレアル二十二日のクーデタ
九九年　※バルザック誕生
　　　　☆ラスティニャック誕生？（あるいは九七年）
　　　　ブレリアル三十日のクーデタ
　　　　ブリュメール十八日のクーデタ
　　　　統領政府成立

一八〇四年　ナポレオン民法典成立
　　　　　　第一帝政成立
一三年　☆ゴリオ、ヴォケール館に入居
一四年　　復古王政成立
一九年　☆ラスティニャックによる観察開始　↑物語の現在
二〇年　☆ゴリオ死去
三〇年　七月革命　ルイ＝フィリップ即位
三四年　※『ゴリオ爺さん』執筆開始　↑作者の現在
四八年　二月革命　第二共和制成立
五〇年　※バルザック死去
五一年　ルイ＝ナポレオンによるクーデタ
五二年　ナポレオン三世即位　第二帝政成立
七〇年　パリ＝コミューン成立のち壊滅
七一年　第三共和政成立

本書では「浮浪児」「孤児」「首切り役人」「死刑執行人」「下男」「丁稚」「未亡人」「乞食」など、特定の境遇や職業に対して、現代の観点からすると不適切と思われる用語が使われています。

また本文中に、ある登場人物の経歴を語り手が推察して「もしかしたら法務省勤めで、たとえば処刑される反逆者に被せる黒いヴェールだとか、首を受ける籠に敷くもみ殻、ギロチンの刃を吊るための紐などにかかった費用の計算書を提出する部署にいたのかもしれない。もしかしたら屠場あたりの会計係だとか、衛生局の副検査官だとかだったのかもしれない……」と論じている部分があります。

これらは本作が成立した一八三五年当時のフランスでの社会状況に基づいた表現ですが、フランス革命後の混沌とした時代という物語の根幹をなす舞台設定と登場人物のキャラクター設定に鑑み、原文に忠実に翻訳することを心がけました。

それが今日にも続く人権侵害や差別問題を考える手がかりになり、ひいては作品の歴史的価値および文学的価値を尊重することにつながると判断したものです。差別の助長を意図するものではないということを、ご理解ください。

編集部

光文社古典新訳文庫

ゴリオ爺《じい》さん

著者　バルザック
訳者　中村《なかむら》 佳子《よしこ》

2016年9月20日　初版第1刷発行
2024年8月20日　第3刷発行

発行者　三宅貴久
印刷　萩原印刷
製本　ナショナル製本

発行所　株式会社光文社
〒112-8011東京都文京区音羽1-16-6
電話　03（5395）8162（編集部）
03（5395）8116（書籍販売部）
03（5395）8125（制作部）
www.kobunsha.com

ISBN978-4-334-75337-5 Printed in Japan

いま、息をしている言葉で、もういちど古典を

長い年月をかけて世界中で読み継がれてきたのが古典です。奥の深い味わいある作品ばかりがそろっており、この「古典の森」に分け入ることは人生のもっとも大きな喜びであることに異論のある人はいないはずです。しかしながら、こんなに豊饒で魅力に満ちた古典を、なぜわたしたちはこれほどまで疎んじてきたのでしょうか。

ひとつには古臭い教養主義からの逃走だったのかもしれません。真面目に文学や思想を論じることは、ある種の権威化であるという思いから、その呪縛から逃れるために、教養そのものを否定しすぎてしまったのではないでしょうか。

いま、時代は大きな転換期を迎えています。まれに見るスピードで歴史が動いていくのを多くの人々が実感していると思います。

こんな時わたしたちを支え、導いてくれるものが古典なのです。「いま、息をしている言葉で」――光文社の古典新訳文庫は、さまよえる現代人の心の奥底まで届くような言葉で、古典を現代に蘇らせることを意図して創刊されました。気取らず、自由に、心の赴くままに、気軽に手に取って楽しめる古典作品を、新訳という光のもとに読者に届けていくこと。それがこの文庫の使命だとわたしたちは考えています。

このシリーズについてのご意見、ご感想、ご要望をハガキ、手紙、メール等で翻訳編集部までお寄せください。今後の企画の参考にさせていただきます。
メール　info@kotensinyaku.jp

光文社古典新訳文庫　好評既刊

グランド・ブルテーシュ奇譚

バルザック／宮下《みやした》志朗《しろう》●訳

妻の不貞に気づいた貴族の起こす猟奇的な事件を描いた表題作、黄金に取り憑かれた男の生涯を追う自伝的作品「ファチーノ・カーネ」など、バルザックの人間観察眼が光る短編集。

ラブイユーズ

バルザック／國分《こくぶ》俊宏《としひろ》●訳

収監された放蕩息子を救う金を工面すべく、母は実家の兄に援助を求めるが、そこでは美貌の家政婦が家長を籠絡し、実権を握っていたのだった……。痛快無比なピカレスク大作。

赤と黒（上）

スタンダール／野崎《のざき》歓《かん》●訳

ナポレオン失脚後のフランス。貧しい家に育った青年ジュリヤン・ソレルは、金持ちへの反発と野心から、その美貌を武器に貴族のレナール夫人を誘惑するが…。

赤と黒（下）

スタンダール／野崎《のざき》歓《かん》●訳

次の標的の侯爵令嬢マチルドの心をも手に入れるジュリヤンだが、野望達成というとき、レナール夫人から届いた一通の手紙で、物語は衝撃の結末を迎える！

オリヴィエ・ベカイユの死／呪われた家

ゾラ傑作短篇集

ゾラ／國分《こくぶ》俊宏《としひろ》●訳

完全に意識はあるが肉体が動かず、周囲に死んだと思われた男の視点から綴る「オリヴィエ・ベカイユの死」など、稀代のストーリーテラーとしてのゾラの才能が凝縮された5篇を収録。

感情教育（上）

フローベール／太田《おおた》浩一《こういち》●訳

二月革命前後のパリ。青年フレデリックは美しい人妻アルヌー夫人に心奪われる。人妻への一途な想いと高級娼婦との官能的な恋愛。揺れ動く青年の精神を描いた傑作長編。

光文社古典新訳文庫　好評既刊

感情教育（下）
フローベール／太田《おおた》浩一《こういち》●訳

思わぬ遺産を手にしたフレデリックはパリに戻り、アルヌー夫人に愛をうちあけ、ついに、媾曳きの約束を取りつけたのだが…。自伝的作品にして傑出した歴史小説、完結！

三つの物語
フローベール／谷口亜沙子《たにぐちあさこ》●訳

無学な召使いの一生を描く「素朴なひと」、聖人の数奇な運命を劇的に語る「聖ジュリアン伝」、サロメの伝説に基づく「ヘロディアス」。フローベールの最高傑作と称される短篇集。

女の一生
モーパッサン／永田千奈《ながたちな》●訳

男爵家の一人娘に生まれ何不自由なく育ったジャンヌ。彼女にとって夢が次々と実現していくのが人生であるはずだったのだが…。過酷な現実を生きる女性をリアルに描いた傑作。

脂肪の塊／ロンドリ姉妹
モーパッサン傑作選
モーパッサン／太田《おおた》浩一《こういち》●訳

人間のもつ醜いエゴイズム、好色さを描いた「脂肪の塊」と、イタリア旅行で出会った娘との思い出を綴った「ロンドリ姉妹」。ほか初期作品から選んだ中・短篇集第1弾。（全10篇）

宝石／遺産
モーパッサン傑作選
モーパッサン／太田《おおた》浩一《こういち》●訳

残された宝石類からやりくり上手の妻の秘密を知ることになる「宝石」。伯母の莫大な遺産相続の条件である子どもに恵まれない親子と夫婦を描く「遺産」など、傑作6篇を収録。

オルラ／オリーヴ園
モーパッサン傑作選
モーパッサン／太田《おおた》浩一《こういち》●訳

見えない存在に怯え、妄想と狂気に呑み込まれていく男の日記「オルラ」。穏やかに過ごす老司祭の、直視し難い過去との対峙を描く「オリーヴ園」など、後期の傑作8篇を収録。

光文社古典新訳文庫　好評既刊

千霊一霊物語

アレクサンドル・デュマ／前山《まえやま》 悠《ゆう》◉訳

「女房を殺して、捕まえてもらいに来た」と市長宅に押しかけた男。男の自供の妥当性をめぐる議論は、いつしか各人が見聞きした奇怪な出来事を披露しあう夜へと発展する。

椿　姫

デュマ・フィス／永田《ながた》 千奈《ちな》◉訳

真実の愛に目覚めた高級娼婦マルグリット。アルマンを愛するがゆえにくだした決断とは…。オペラ、バレエ、映画といまも愛され続けるフランス恋愛小説、不朽の名作！

死刑囚最後の日

ユゴー／小倉《おぐら》 孝誠《こうせい》◉訳

処刑を控えた独房での日々から、断頭台に上がる直前までの主人公の、喘ぐような息づかいと押しつぶされるような絶望感をリアルに描く。文豪ユゴー、27歳の画期的小説。

クレーヴの奥方

ラファイエット夫人／永田《ながた》 千奈《ちな》◉訳

恋を知らぬまま人妻となったクレーヴ夫人は、舞踏会で出会った輝くばかりの貴公子に心をときめかすのだが…。あえて貞淑であり続けようとした女性心理を描き出す。

アドルフ

コンスタン／中村《なかむら》 佳子《よしこ》◉訳

青年アドルフはP伯爵の愛人エレノールに言い寄り彼女の心を勝ち取る。だが、エレノールが次第に重荷となり…。男女の葛藤を心理描写のみで描いたフランス恋愛小説の最高峰！

カルメン／タマンゴ

メリメ／工藤《くどう》 庸子《ようこ》◉訳

カルメンの虜となり、嫉妬に狂う純情な青年ドン・ホセ。男と女の愛と死を描いた「カルメン」。黒人奴隷貿易の舞台、奴隷船を襲った惨劇を描いた「タマンゴ」。傑作中編2作。

光文社古典新訳文庫　好評既刊

八十日間世界一周（上）
ヴェルヌ／高野《たかの》優《ゆう》◉訳

謎の紳士フォッグ氏は、八十日間あれば世界を一周できるという賭けをした。十九世紀の地球を旅する大冒険、極上のタイムリミット・サスペンスが、スピード感あふれる新訳で甦る！

八十日間世界一周（下）
ヴェルヌ／高野《たかの》優《ゆう》◉訳

汽船、汽車、象と、あらゆる乗り物を駆使して次々立ちはだかる障害を乗り越えていくフォッグ氏たち。インドで命を助けたアウダ夫人も仲間に加わり、中国から日本を目指すが…。

地底旅行
ヴェルヌ／高野《たかの》優《ゆう》◉訳

謎の暗号文を苦心のすえ解読したリーデンブロック教授と甥の助手アクセル。二人はガイドのハンスと地球の中心へと旅に出る。そこで目にしたものは…。臨場感あふれる新訳。

十五少年漂流記　二年間の休暇
ヴェルヌ／鈴木《すずき》雅生《まさお》◉訳

ニュージーランドの寄宿学校の生徒らが乗った船は南太平洋を漂流し、無人島の海岸に座礁する。過酷な環境の島で、少年たちは協力して生活基盤を築いていくが……。挿絵多数。

未来のイヴ
ヴィリエ・ド・リラダン／高野《たかの》優《ゆう》◉訳

恋人に幻滅した恩人エウォルド卿のため、発明家エジソンは、魅惑の美貌に高貴な魂を具えた機械人間〈ハダリー〉を創り出すが……。アンドロイドSFの元祖。（解説・海老根龍介）

にんじん
ルナール／中条《ちゅうじょう》省平《しょうへい》◉訳

母親からの心ない仕打ちにもめげず、少年は自分と向き合ったりユーモアを発揮したりしながら、日々をやり過ごし、大人になっていく。断章を重ねて綴られた成長物語の傑作。

光文社古典新訳文庫　好評既刊

肉体の悪魔

ラディゲ／中条《ちゅうじょう》 省平《しょうへい》◉訳

パリの学校に通う十五歳の「僕」と十九歳の美しい人妻マルト。二人は年齢の差を超えて愛し合うが、マルトの妊娠が判明したことから、二人の愛は破滅の道をたどり…。

ドルジェル伯の舞踏会

ラディゲ／渋谷《しぶや》 豊《ゆたか》◉訳

社交界の花形ドルジェル伯爵夫妻と親しく交際する青年フランソワは、貞淑な夫人マオへの恋心を募らせていく…。本邦初、作家の定めた最終形「批評校訂版」からの新訳。

恐るべき子供たち

コクトー／中条《ちゅうじょう》 省平《しょうへい》・中条《ちゅうじょう》 志穂《しほ》◉訳

十四歳のポールは、姉エリザベートと「ふたりだけの部屋」に住んでいる。ポールが憧れるダルジュロスとそっくりの少女アガートが登場し、子供たちの夢幻的な暮らしが始まる。

アガタ／声

デュラス、コクトー／渡辺《わたなべ》 守章《もりあき》◉訳

記憶から紡いだ言葉で兄妹が〝近親相姦〟を語る『アガタ』。不在の男を相手に、電話越しに女が別れ話を語る『声』。「語り」の濃密さが鮮烈な印象を与える対話劇と独白劇。

消しゴム

ロブ＝グリエ／中条《ちゅうじょう》 省平《しょうへい》◉訳

奇妙な殺人事件の真相を探るべく馴染みのない街にやってきた捜査官ヴァラス。人々の曖昧な証言に翻弄され、事件は驚くべき結末に。文学界に衝撃を与えたヌーヴォー・ロマン代表作。

すべては消えゆく

マンディアルグ最後の傑作集

マンディアルグ／中条《ちゅうじょう》 省平《しょうへい》◉訳

パリの地下鉄での女との邂逅と悦楽が思わぬ展開を見せる表題作。美少女との甘い邂逅から一気に死の淵へと投げ出される「クラッシュフー」など、独自の世界観きわだつ3篇。